ÉRIC DESCHODT
JEAN-CLAUDE LATTÈS

LE SEUL AMANT

roman

ÉDITIONS DU SEUIL
27, rue Jacob, Paris VIᵉ

ISBN 2-02-041688-3

A David, Dominique,
Estelle, Jean, Pierre et Régis,
nos enfants, ce conte sur la tolérance

Fuyons, mon bien-aimé,
vers les montagnes d'épices.

<small>Cantique des Cantiques</small>

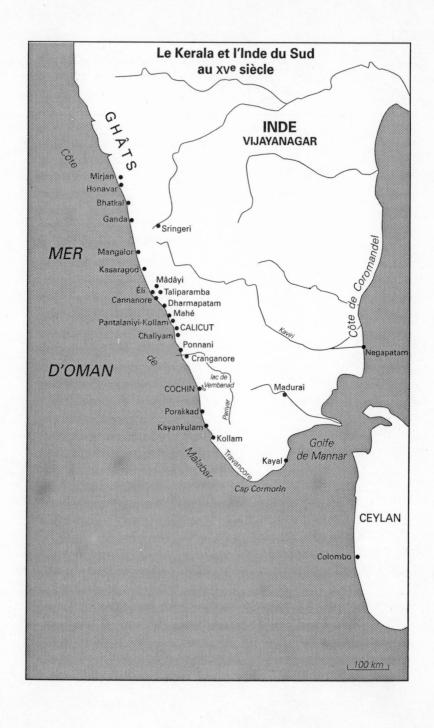

Le Kerala et l'Inde du Sud
au XVe siècle

Prologue

Journal de Krishna

Je m'appelle Krishna. Je suis brahmane, brahmane nam-bûtiri, j'appartiens à la plus haute noblesse. De surcroît, je suis le scribe. Le scribe secret, l'homme du roi depuis quinze ans. Je vois tout, j'entends tout, je comprends tout, je note tout. Je suis la mémoire de ce temps. Les annales officielles sont muettes.

Ces annales vont disparaître et les miennes aussi. L'humidité de la mousson dissout les feuilles de palmier où elles sont gravées. L'oral seul est durable ici.

J'observe et j'écris. Écrire... Écrire le vrai, tâche redoutable, puisque le vrai est toujours secret.

J'enregistre les décisions du roi, les nominations inconnues, les cérémonies secrètes, les déplacements clandestins, les réceptions d'espions. Je tiens le registre du fond des choses et des cœurs.

*
* *

Krishna le scribe se lève, sort sur la varangue. Le soleil apparaît au-dessus des Ghâts, les montagnes qui séparent le Malabar du reste de l'Inde. Dans les jardins, les paons saluent à grands cris ses premiers rayons. Les serviteurs du palais n'ont pas encore pris leur service. Nombreux sont ceux qui dorment encore enveloppés dans les pièces de coton qui seront les linceuls où leurs cadavres seront roulés jusqu'au lieu de leur crémation. Ils dorment à même le plancher de teck, calés contre les murs du pavillon. Le scribe distribue quatre ou cinq coups de pied au hasard à ces gisants. Gentils coups de pied, à peine appuyés, pour rendre service et éviter des blâmes aux dormeurs.

Le voudrait-il, le scribe ne saurait pas frapper pour de bon. C'est un homme court, gras et chauve. Ses petits yeux noirs disparaissent presque sous de lourdes paupières mal pourvues de cils brefs. On les devine cependant perçants. On ne devine que cela : une acuité redoutable. Ces yeux voient tout sans rien juger. Les mains sont menues, très soignées, les ongles parfaitement polis, pour tenir l'une la feuille et l'autre le stylet. Les épaules, les bras, le torse nu, les genoux, les mollets, tout est rond dans cette silhouette. C'est le ventre qui le serait le moins.

Krishna pose les mains sur la balustrade de la varangue, considère les jardins et les pavillons qui composent le palais royal. Les jardins forment un désordre aquatique et végétal où dominent les cocotiers et les manguiers. Des singes gris se poursuivent dans les grands banians. Un éléphant, présage de bonheur, barrit dans une écurie. Des couples de sarcelles marbrées jaillissent par jeu des petits étangs encadrés de bambous. Une escadre de pélicans croise vers la mer, très haut dans le ciel pur.

Dangereuse pureté, clarté néfaste, songe le scribe. Il guette les nuages vers le couchant, vers la grande mer interdite d'où vient la pluie chaque année, depuis le commencement du monde.

Les plus hauts des bâtiments ne laissent voir que leurs faîtes de cuivre. Les autres sont masqués par la végétation. On ne soupçonnerait jamais qu'ils constituent une petite ville. Les palais sont des quadrilatères bordés de varangues à colonnades, qui délimitent des cours pavées où coulent des fontaines. Les façades extérieures sont presque aveugles. Les fenêtres ne donnent que sur les cours. Les colonnes et les portes sont sculptées et peintes. Les salles sont décorées de fresques.

Il y a deux palais, celui du roi et celui de la reine. Les corniches du palais du roi sont dorées sur toute la tranche, celles du palais de la reine le sont au tiers seulement. Les autres constructions sont des casernes, des écuries et des remises. Les premières logent les nayars de la garde du roi. Chevaux et éléphants se partagent les écuries – le roi nourrit soixante-quatre de ces pachydermes et trente-deux chevaux importés d'Arabie et de Perse. Les remises contiennent une collection de palanquins à faire pâlir les grands princes du Nord.

Deux mille personnes vivent ici et l'on n'entend rien d'humain, remarque une fois de plus Krishna ; que des cris d'animaux et des froissements de branches sous le vent. La brume rasante du jour naissant qui déjà s'effiloche entre les feuillages frappe d'irréalité les bâtiments silencieux. Ils se détachent comme des visions et semblent fondre dans les volutes du brouillard éphémère.

Où est le réel ? se demande Krishna.

Question familière. Il se la pose tous les matins, sans prétendre y répondre. Brahmâ seul, le Créateur, en est capable, à moins que ce ne soit Vishnou – pour les uns, c'est Brahmâ le Créateur, pour d'autres c'est Vishnou, d'où Brahmâ procéderait... Quelle importance ? A quoi bon se quereller pour des identités improbables ?

Je suis là, se dit-il, et n'est-ce pas tout ce qui compte ?

Qu'est-ce qu'être là ? Il ne le sait pas. Cette incertitude lui procure un sentiment délicieux d'impunité, d'invincibilité, d'inexpugnabilité. Personne ne peut rien contre lui et si les plaisirs les plus vifs sont illusoires, les dégoûts les plus profonds ne le sont pas moins. De même les fortunes les plus éclatantes et les malheurs les plus extrêmes.

La brume achève de se dissiper. Le monde est rendu à ses

13

couleurs. Krishna retrouve un degré de perception qui le ramène à la conviction que si lui-même et la création ne sont qu'illusions, ce sont des illusions tangibles. Le ciel est bleu, les arbres sont verts, perçants les cris des paons, chatoyant leur plumage. L'odeur des frangipaniers lui donne faim... La servante qui traverse la cour une jarre sur la tête est charmante. Ce bleu, ce vert, ces cris, ces parfums, la séduction de ce déhanchement, le balancement de cette croupe si ferme sous le tissu de coton blanc n'ont rien d'illusoire. Voilà Krishna réveillé avec une force inattendue qui lui rend toute sa jeunesse. La fraîcheur du matin va bientôt laisser place à la chaleur moite du jour. La journée peut commencer, le roi l'appeler.

Le roi l'appelle chaque jour deux fois, le matin pour évoquer la nuit, le soir pour résumer le jour. Krishna avec son stylet et ses feuilles de palmier s'assied en tailleur, face à lui, dans le clair-obscur de la salle du trône. C'est à l'approche du crépuscule qu'il aime le mieux le retrouver, lorsque le soleil déclinant apparaît sous le toit de la galerie, projetant ses rayons rasants sur la fresque qui représente le Shiva chasseur du *Kirâtârjuniya* dans l'épopée insurpassable du *Mahâbhârata*, qui occupe tout le mur opposé.

Les rayons horizontaux découpent en même temps les deux ombres du roi et du scribe assis de profil et les déforment à mesure que le soleil plonge, effaçant les deux réalités, éphémères et mouvantes, des projections de leurs deux personnes à peine plus durables, songe le scribe hanté par l'être et par le temps. Le tableau des guerriers barbus de la fresque ocre et verte contemplant le dieu agenouillé devant un phallus sortant de terre demeure visible quelques instants, puis la pénombre fond les détails.

Fantômes blancs, les serviteurs apportent les lampes. Ils flottent silencieux sur le parquet poli, où leurs silhouettes se réfléchissent, renversées comme s'ils marchaient sur les eaux d'un lac immobile. La clarté des flammes dérobe leurs visages à l'obscurité mais non pas à l'anonymat. Figures humaines irremplaçables, songe le scribe, et remplaçables à l'infini, comme lui-même, comme le roi, comme tout le monde.

Plus souvent que dans la salle du trône, le roi et Krishna se retrouvent dans la salle des secrets, souterraine et aveugle, d'où nul son ne sort ni n'entre. Ils s'y enferment pour ne pas être entendus. On y descend par trente-neuf marches avec une lampe.

Krishna est un espion supérieur.

Le *nîtishâstra*, ce traité si subtil sur l'art de gouverner, accorde à l'espion une place éminente. Il est le lien le plus intime entre le roi Goda Varma et son peuple. Lien public au service du plus grand secret.

Public ?

Qui ne connaît le petit homme rond, chauve, à l'œil rieur et perçant ? Depuis quinze ans qu'on le voit partout, l'incognito lui est impossible. A Cochin, le scribe du roi est connu comme l'éléphant blanc. Devine-t-on qu'il n'est pas un scribe ordinaire ? Les ignorants s'arrêtent à sa séduction. A son enjouement si affable. Ils vont à lui comme il va à eux et lui parlent comme il les écoute. Les informés connaissent son vrai rôle et s'en servent comme il se sert d'eux, informant l'informateur sans déformer l'information, la peine en serait perdue. Cent canaux remontent jusqu'à lui. Il ne peut rien ignorer de l'état du royaume et des sentiments du peuple. Après lui le roi non plus.

Krishna, revenu sur la varangue, s'étire, les bras au ciel ; ses seins gras tremblotent un instant sous la tension de cet étirement.

La servante passée tout à l'heure avec sa jarre vide sur la tête en lui tournant le dos revient, sa jarre pleine et de face. Oubliée, la coupable angoisse où il s'est complu !

Les bras levés qui maintiennent droit le récipient, la poitrine dont ce geste rehausse la fierté, les seins nus, fruits noirs et fermes, la finesse de la taille, l'évasement des hanches, le contraste de la peau brune et de la longue jupe blanche nouée sous le nombril, ces grâces banales chassent

15

sur-le-champ sa morosité, lui rendent le goût de vivre. La mousson peut se faire attendre tant que pareilles jeunes femmes s'offrent à ses regards. Sans doute ces grâces ne dureront pas, mais leur fugacité fait leur prix et lui-même n'est pas immortel.

Il rentre dans sa chambre où s'empilent contre les murs les liasses de feuilles reliées en bois où il grave la chronique du royaume, du royaume de Cochin, qui s'étend entre les Ghâts occidentaux et l'océan Indien, le long de la côte du Malabar.

Les Ghâts sont inférieurs aux Himalayas, mais escarpées et continues ; ces montagnes isolent le royaume du reste de l'Inde avec lequel il ne partage guère que trente-trois mille trois cent trente-trois dieux.

Trente-trois mille trois cent trente-trois, c'est trop, pense Krishna depuis longtemps. Pourquoi pas trois cent trente-trois ? Ou trois mille trois cent trente-trois ? Ou un nombre infini ? S'il y a tant de dieux, ils sont partout. Ils sont partout et se confondent. Se confondent et fusionnent peut-être. Jusqu'à l'unité ?

Ce n'est pas une fille ravissante, mais un valet tout ridé qui survient.

– Maître, dit l'homme en saluant, le roi t'attend.

– Je te suis.

Le même dialogue depuis quinze ans.

Le roi en a quarante, l'âge de son retrait du monde, a-t-il décidé depuis longtemps, quatrième et dernière étape de la vie de l'hindouiste pieux, après la formation, l'action puis le détachement. La perspective de ce départ, dont la date n'est pas fixée, partage la cour entre admiration et désarroi. Admiration pour l'homme, désarroi de perdre un roi si capable et si jeune.

Krishna lui-même n'est pas impavide. Aimer deux rois l'un après l'autre n'est pas impossible, se dit-il. S'en faire aimer, c'est autre chose. Il peut encore écrire longtemps. Si le successeur le congédie, pour qui écrira-t-il ?

Il faut retenir le roi sur son trône. Le persuader de ne rien précipiter. Le convaincre qu'il y aurait plus de vertu à retarder son renoncement qu'à l'anticiper, lui représenter tout l'égoïsme de cette retraite. Un roi, surtout s'il est capable, se doit à son peuple, d'autant plus en période incertaine. Or celle-ci l'est comme jamais, les astres sont formels. Le roi doit rester sur son trône.

– Alors ? dit le roi. Le ciel ?
– Il est trop bleu. Les éléphants sont taciturnes, les paons se plaignent et les pélicans vont au large. La pluie n'est pas pour demain.
– Châtiment ?
– De quels crimes, Seigneur ? La vertu règne à Cochin, les démons sont découragés. Avertissement, peut-être.

La mousson tarde. Le retard de la mousson n'est jamais de bon augure.

La sinistre conjonction des principales planètes confirmerait le courroux des dieux…

S'il y a des dieux, songe Krishna, pourquoi ne seraient-ils pas accessibles au mécontentement ? Que vaut-il mieux ? Dieux, absence de dieux… Un seul Dieu, comme le professent les juifs, les chrétiens et les musulmans ? Dont les synagogues, les églises et les mosquées côtoient ici depuis des siècles les temples des dieux de l'Inde. Aucun dieu si tout est Dieu, comme le pense Krishna. Peu importe : la mousson est en retard et les planètes forment une figure funeste.

– Je te vois troublé…

Le roi n'est plus le même depuis sa décision de renoncement.

La veille de cette décision, ils se faisaient face presque nus selon la coutume du pays, hormis la pièce de coton blanc qui ceint les reins des hommes et descend jusqu'aux genoux. Aucun masque, ornement, insigne de pouvoir n'était là pour lui ajouter l'apparence de la majesté. Sa majesté ne tenait qu'à lui ; le roi nu était le roi.

17

C'était un homme de quarante ans qui respirait l'équilibre et la force, les cheveux noués au-dessus de la tête en un chignon épais, aux larges yeux sagaces et vifs. Un guerrier aux vastes épaules, à la poitrine profonde, à la taille fine, les bras musclés par l'entraînement aux armes, avec de très belles mains. Un guerrier sans rien de sommaire. Un guerrier philosophe. Un roi dont les plus grands dieux ne rougiraient pas de prendre l'apparence, un dieu masqué peut-être, qui aurait choisi de régner à Cochin, l'an 616 de l'ère Kollam, 1495 de l'ère chrétienne.

La sagesse avait toujours prévalu chez lui sur l'affirmation grossière de soi. Depuis qu'il avait décidé cette retraite, il n'était plus le même homme. Ou peut-être, ayant dénoué les attachements les plus puissants d'un homme à cette terre – la gloire, la majesté, le pouvoir et l'amour –, n'était-il plus tout à fait un homme. Peut-être s'était-il déjà haussé à un état supérieur. Quelque chose de surhumain désormais l'envahissait, s'était surpris à songer Krishna.

– A quoi penses-tu ? demande le roi. Tu es bien silencieux…

– Seigneur, je pense à toi.

– Il y a mieux à faire. Moi, je pense à la pluie. Quand tombera-t-elle ? Le ciel est trop bleu, les nuages sont trop rares. Ils filent loin au-dessus des montagnes pour aller se perdre je ne sais où, en Chine peut-être. Pourquoi jadis ai-je tant désiré d'aller en Chine ? Pourquoi ce désir m'a-t-il quitté ?

Krishna ne relève pas.

– Laissons la Chine, reprend le roi. Revenons à la mousson. Cette nuit, je songeais à la prédiction. N'y aurait-il pas un lien entre ce retard et cette prédiction ?

Prédiction déjà ancienne d'une invasion d'étrangers qui apporterait un grand changement.

– Les dieux n'agissent pas par surprise.

– Un seul signe suffit-il ?

– Les astres en donnent un autre.

– Quel autre ?

– Les planètes depuis un mois forment une figure sinistre.

– Il faut prendre consultation.

– Tous les brahmanes du Malabar scrutent en ce moment les astres, font assaut de divination et multiplient les sacrifices. Dans le ciel, ils voient ce que je vois, dans les augures, ils ne voient rien ; quant aux sacrifices, on ne les saura efficaces que s'il n'arrive rien.

Une chose seule semble certaine : le délabrement ne sera pas mineur.

– Pourrait-ce être la fin de notre Yuga ?

– Non. Ce monde où nous croyons vivre risque encore de durer quatre cent mille ans. Délabrement n'est pas destruction.

– Nous touchera-t-il ?

– Le signe est trop clair pour ne pas nous être adressé.

– Que faire ?

– Retarde ton départ. Il y aura plus de vertu à faire face à cette surprise qu'à l'ignorer au fond de ton ermitage.

– Combien de temps ?

– Si la mousson arrivait demain, si le nœud des astres se dénouait, il ne serait pas nécessaire de le retarder du tout.

– Reparlons de ces étrangers.

L'étranger ! Les étrangers ! Ils en avaient déjà parlé cent fois, sans être jamais parvenus à s'entendre sur le sens du mot.

Qu'est-ce qu'un étranger ? demandait-il régulièrement à Krishna, lequel peinait à répondre. Jusqu'à présent, aucune de ses réponses n'avait satisfait le roi, qui se faisait un jeu de le pousser chaque fois au bout de ses arguties.

L'autre, le différent, l'extérieur, l'exotique, l'inconnu... comment éclairer la notion d'étranger ? Pour le monarque, les hommes étaient tous les mêmes, comme tous les dieux n'en feraient qu'un, s'ils le désiraient, s'ils ne se plaisaient plus à leur multiplicité.

– Qui pourraient être ces étrangers ? D'où pourraient-ils venir ?

– Commençons par le Levant. Les Chinois ne sont plus revenus depuis un demi-siècle. Leur dernière flotte s'est présentée l'année de ta naissance et deux ans après la mienne. Reviendront-ils ? Les astres n'en disent rien. Plus près de nous, derrière les Ghâts, l'empereur du Vijayanagar est trop occupé à contenir à ses frontières le sultan de Delhi. Au nord, le Samorin ne nous est que trop connu. A Calicut et au-delà, il y a les musulmans. Est-ce que les musulmans sont des étrangers ? Si je regarde par la fenêtre, j'en vois toujours plusieurs et cela depuis toujours.

– Et tu les vois sans dégoût.

– Sans dégoût. Comme les juifs et les chrétiens. Leurs dieux sont avatars des nôtres.

– Alors, quels étrangers ? Restent le Sud et le Couchant. Au sud, il n'y a que la mer, n'est-ce pas ?

– Oui, Seigneur, il n'y a que la mer.

– Sans rien au-delà ?

– Sans rien qu'on sache.

– Ce qu'on ne sait pas n'existe pas. Ne reste plus que le Couchant. Qu'y a-t-il au Couchant ?

– La mer aussi, Seigneur, une vaste mer, mais au-delà il y a l'Afrique.

– Pourraient-ils venir d'Afrique ?

– Voilà, Seigneur, la question.

– Tu es astronome, tu es astrologue, tu es devin ; moi, je ne suis que roi. C'est à toi d'y répondre. Réponds au moins une fois, tu ne réponds à rien…

– Ils le pourraient, Seigneur. Il est seulement peu vraisemblable qu'ils se révèlent africains.

– Pourquoi ?

– Les Africains ne sont guère marins.

– Qui vient de la mer, et d'Afrique, sinon des Arabes, avec qui nous commerçons depuis des siècles ?

– Il pourrait en venir d'autres qu'eux.

20

– De vrais étrangers, alors, selon toi. D'où tiens-tu cela ?

– Des bruits circulent parmi les négociants et les capitaines de navire.

– *Il y a les vivants, les morts et ceux qui naviguent sur la mer*, a écrit un Grec dont je ne sais plus le nom. S'ils doivent venir, qu'ils viennent ! Nous ne leur ferons pas plus de mal qu'aux juifs et aux chrétiens que nous accueillons depuis plus de mille ans, aux musulmans que nous hébergeons depuis sept cents ans. S'ils ne nous veulent pas de bien, nous nous défendrons. Dans un cas comme dans l'autre, nous ferons connaissance. Si vraiment ils sont étrangers, ils ne le resteront pas longtemps. L'étrangeté, si elle existe, est une notion fugitive, elle ne résiste pas au contact. Ou bien il n'y a pas d'étrangers, ou bien nous le sommes tous les uns pour les autres, conclut le roi.

– Je crains, Seigneur, que tu n'aies tort et raison.

– Comment ?

– Nous nous fréquentons – grâces te soient rendues – quotidiennement depuis quinze ans. Par là, nous nous connaissons : tu me connais, je te connais. Pourtant, nous ne nous connaissons pas. Nous savons beaucoup l'un de l'autre et nous n'en savons rien, puisque nous ne savons pas tout. Savoir, c'est tout savoir.

– Revenons aux astres. Éclaire-moi mieux, dit le roi.

– Je ne lis dans les astres que deux choses claires : la première, un changement proche ; la seconde, un grand changement. Une surprise complète.

– D'où viendra-t-elle ?

– Peut-être de l'ouest.

– Tu reviens toujours à l'Ouest.

– J'y reviens à cause des marchands qui nous relient à ces contrées, dont les habitants ne tiennent pas en place – les hâbleries de Marco Polo ont eu là-bas un succès insigne – et qui sont assoiffés d'épices – cette soif-là fait ta richesse – et d'influence…

– Cette soif-ci pourrait faire ma ruine ?

21

– Je ne vois pas annoncée ta ruine.

Le roi demande si la prédiction ne concerne que Cochin.

– Calicut et Cranganore n'y échapperont pas, lui répond Krishna.

– Calicut ? dit le roi.

– Calicut, confirme Krishna.

– Le mystère s'éclaircit.

– Comment, Seigneur ?

– Tout viendra du Samorin de Calicut. Samorin ne veut-il pas dire Seigneur de la Mer ? La relation est évidente avec la prédiction. Il me jalouse, suzerain jaloux de son vassal ; je lui fais une ombre insupportable.

– Le Samorin est trop concevable. Tu le connais par cœur. La prédiction annonce l'inconcevable.

– Je ne dis pas qu'il en épuisera la totalité. Je dis qu'il sera l'un de ses agents.

– Je ne peux pas en dire autant.

– Peux-tu me jurer qu'il n'y sera pour rien ?

– Non.

– Peux-tu me jurer qu'il ne songe pas à s'emparer de Cochin ?

– Je ne peux jurer que le contraire.

– Crois-tu que je puisse, si je le voulais, précipiter la prédiction ?

– Jamais. A moins que ton impatience elle-même y soit incluse.

– Elle doit l'être, si les dieux tiennent compte de tout.

– Seigneur, le Samorin peut lever cent mille hommes. Tu n'en as que trente mille au mieux.

– Tu oublies le plus important : le Samorin est grabataire, ses généraux sont ramollis, des cent mille hommes dont tu parles, il n'y a de bon que trois mille marins. La guerre, ici, se gagne sur terre. Je sais faire la guerre.

– Tu es donc sûr de l'emporter.

– Je ne suis sûr que de vieillir. Le temps m'affaiblit, mes forces baissent et mon discernement s'émousse. Plus j'attends, plus l'issue sera douteuse. Je préfère avoir affaire à l'oncle qu'au neveu ; à un infirme prévisible qu'à un jeune inconnu. Parle-moi de ce neveu.

Le Samorin si fatigué a des dizaines de neveux ; un seul compte, son successeur, désigné depuis deux ans.

– Tu vas le voir à Poram [1].

– Combien de temps va-t-il rester ? Il était question de quinze jours. C'est long. Comment l'occuper ? Qu'aime-t-il ? Je ne le connais pas.

– Je ne l'ai jamais vu non plus. Il n'a pas de goûts originaux.

– Mais encore ?

– Les femmes. La chasse. Le jeu. Je crains qu'il n'aime le pouvoir. Au point de trouver exigu le territoire de Calicut.

Les ambitions du neveu ne sont pas plus critiquables que les mobiles du roi. Cochin se développe, Calicut stagne. Le mouvement est engagé depuis un grand nombre d'années. Les hommes n'y sont pour rien. C'est la nature qui agit, autrement dit les dieux.

Un dieu surtout, Varuna, le fils de la Boue, le grand dieu des eaux et des éléments, le président de l'univers de l'Ouest, le maître de la Justice, « Celui qui lie les coupables avec une corde », l'Omniscient. C'est lui qui a tranché.

Pourquoi a-t-il tranché ainsi plutôt qu'à l'inverse ?

Une barre s'est formée devant le mouillage d'Éli, dont les falaises sont l'amer le plus remarquable de toute la côte, de la frontière perse à la pointe sud de l'Inde. Le port d'Éli n'existe plus. Celui de Cranganore non plus. L'antique Musiris des Grecs et des Romains s'est envasée. Les marchands juifs et chrétiens qui faisaient sa richesse sont allés à Cochin, dont le commerce s'est accru d'autant. Calicut reste importante. Ses passes demeurent sûres et sa rade accueillante. Elle est la capitale des marchands arabes et le repaire des corsaires musulmans dont les équipages sont l'élite des cent mille hommes du Samorin. Mais l'Omni-

_____
1. Fête de la mousson.

scient perfectionne toujours le port de Cochin, qui se rapproche de Calicut, bientôt la talonnera, bientôt...

Les errances de fleuves mal embouchés, les fantaisies des courants côtiers, les mouvements sous-marins de l'écorce terrestre concourent tous à favoriser le développement de Cochin.

Déjà, les grands vaisseaux qui transportent les richesses du monde et font vivre les royaumes malabars relâchent à Cochin autant qu'à Calicut. Un jour, bientôt peut-être, grâce au Maître de la Justice, la cité orgueilleuse qui prétend encore à la domination de la côte va décliner; sa vassale, si longtemps regardée de haut, va l'égaler, puis la dépasser.

Le roi rêve. Un jour, Calicut ne sera plus que ruines où des tigresses viendront mettre bas. L'Inde est couverte des vestiges de puissantes cités, bien plus puissantes que Calicut ne le fut jamais. Calicut passera.

– Pas de sitôt, admet le roi, je ne vivrai pas assez pour le voir, je me contente de savoir que cela se produira.

« Aujourd'hui, reprend-il, quel est notre devoir? Il est d'aider l'Omniscient. De laisser les fleuves et la mer achever leur tâche. De prévenir la menace que notre accroissement fait peser sur nous. De la tuer dans l'œuf. De faire la guerre.

Il reprend d'une voix plus sourde :

– Attendre serait une faute.

« Une faute », répète-t-il alors que Krishna se retire.

*
* *

Journal de Krishna

Je suis rentré mécontent. Le roi s'aveugle, il se ment. Attendre ne serait pas une faute. C'est le contraire qui le serait. Une faute pour une faiblesse

La faiblesse a un visage, un corps et un nom. Le visage

est ravissant, le corps aussi. Le nom ? Le nom est Shobita. Le tout est une danseuse, une *devadasi*, la maîtresse du roi. La seule femme qu'il ait aimée. Ils se sont séparés il y a un mois.

— Je l'ai éloignée, a-t-il commencé par dire.

— Nous nous sommes éloignés l'un de l'autre, a-t-il corrigé une première fois.

— Elle s'est éloignée, m'a-t-il avoué enfin.

Éloignée ? Physiquement, peut-être. Mais elle n'a jamais été aussi proche. Elle hante le roi, corps et âme, et son absence le déchire. C'est pour l'oublier qu'il veut faire la guerre. La guerre ferait diversion à ce déchirement.

Shobita...

Chaque année, je montais dans les Ghâts avant la mousson, chercher un air plus frais et des pensées plus subtiles dans les poivrières de Rhâda, la femme la plus riche et la plus influente du Malabar.

Dans la paix de ces collines vertes, je revenais à l'essentiel, à l'*Advaïta Vedanta* ; à la lecture de Sankara. Dans le belvédère qui me servait d'ermitage, je dialoguais avec mon maître. Sankara est mort il y a plus de cinq siècles, mais pour moi il est le Vivant, qui me conduit vers « l'âme des âmes », où un jour j'espère me fondre.

Quand je levais les yeux de mon livre, je dominais une immense étendue verte qui se prolongeait jusqu'à la mer, me donnant le divin spectacle de l'unité du monde : les eaux originelles, la terre qui en sortit et moi, moi avec les Livres qui rendent tout cela intelligible : la mer, la terre, le ciel, tout ce qu'ils contiennent et tout ce qu'ils portent.

Le soir rompait ma solitude. On venait faire cercle autour de moi et, devant la foule de neveux et nièces qui forment l'immense famille de Rhâda, je retrouvais la première vocation d'un brahmane : l'enseignement.

Année après année, comment ne l'aurais-je pas distinguée

25

entre tous ces enfants ? Elle régnait mieux sur eux qu'aucune reine sur sa cour, par son esprit, la grâce de ses gestes, la musique de sa voix, dont les aigus étaient ceux du rossignol et les graves les soupirs rauques du coucou à la saison des amours. M'adressant à tous, je ne parlais que pour elle. Hymnes, poèmes, épopées, elle assimilait les textes les plus difficiles avec une aisance prodigieuse. Une seule lecture, une seule audition lui suffisaient à en rendre si bien toutes les nuances qu'il me semblait les entendre pour la première fois.

Tous les enfants au Malabar sont beaux et gracieux, mais non sans intermittences de gaucherie ou de niaiserie. La grâce ne la quittait jamais. Elle tranchait en tout. Sa beauté même était différente, à commencer par ses longs yeux – nos filles les ont plutôt ronds. Les regards de ses cousines étaient ceux d'oiseaux stupides comparés aux siens. Les battements de ses paupières avaient une douceur bouleversante. Lorsque plus tard, élève danseuse, elle apprit à remuer les yeux pour exprimer la panoplie des sentiments humains – la surprise, la colère, la honte, l'attendrissement, la tristesse... –, elle surpassa toutes ses compagnes. Balayant d'un regard le péristyle d'un temple ou une esplanade, elle captivait ses spectateurs. Leur infusait l'amour, la haine, la douleur ou la compassion. Jamais déesse ne fut mieux représentée par aucune mortelle.

Son teint est plus clair que le nôtre, qui est celui des Dravidiens qui peuplaient l'Inde entière aux commencements du monde, avant l'arrivée des Aryens du Nord. Sa peau ambrée paraît soyeuse ; nous sommes ternes à côté d'elle. Ses gestes aussi sont plus déliés. Un long cou très flexible ajoute à son prestige. Les mouvements de sa tête sont ceux d'une fleur sur sa tige.

Sa grand-mère aurait aimé l'un de ces Chinois qui sont longtemps venus ici, avec des jonques énormes chargées de porcelaines d'une finesse inconnue et de soies somptueuses, et répandirent l'usage de ces filets de pêche en forme d'araignée qui ourlent aujourd'hui nos côtes.

Ses questions sur l'amour et les dieux m'étonnaient toujours. Elle triomphait régulièrement au jeu des énigmes, tiré des *Contes du vampire*. Celle-ci me revient :

Trois princes aimaient la même princesse. Pour l'aider à choisir, ils décidèrent de lui offrir chacun un cadeau.

Le premier lui fit porter un gâteau cuit dans du lait de coco avec des amandes et du miel. Le deuxième glissa dans ses cheveux une guirlande tressée des fleurs les plus rares et les plus belles. Le troisième posa sur sa poitrine une parure composée des pierres les plus précieuses. Lequel des trois choisit-elle ?

Les petites filles s'écrient en chœur : « Le prince aux bijoux ! » Sauf Shobita qui ne dit rien. « Qui choisit-elle, Shobita ? – Le prince au gâteau. – Pourquoi ? – Les deux autres prétendent embellir la princesse. N'est-elle pas assez belle à leurs yeux ? Le premier n'a pensé qu'à elle. Aimer, c'est donner et non pas recevoir. – C'est tout ? fis-je, stupéfait. – Non. Je préfère les gâteaux aux bijoux et aux fleurs. »

Elle n'allait pas le dire toute sa vie.

Elle devait avoir dix ans lorsqu'un soir, à ma surprise, Rhâda m'invita dans son lit. Mes rondeurs la faisaient rire depuis longtemps, de là à les consommer ! Je m'amusai presque autant qu'elle et je ne crois pas qu'elle ait voulu me donner le change. Ni elle ni moi n'avons dû rire autant toute une nuit. L'amour n'est pour moi qu'un jeu. A l'aube, elle me murmura entre deux morsures : « Ne crois-tu pas qu'il serait bon de consacrer l'enfant aux dieux ? Elle sera la femme-lotus, la *padmini*, une parfaite *devadasi*. – Les dieux n'attendent qu'elle », lui dis-je.

On lui choisit un professeur de chant, de danse et de musique qui lui enseigna en outre l'art des bouquets, celui de la conversation et la liturgie des sacrifices. Lui enseigna ? Façon de parler ! On eût dit que toutes ces matières lui étaient innées. A douze ans, elle dépassait sa maîtresse en tout.

Elle n'apprit pas à placer son rire, n'apprit pas non plus la musique, ni la danse, ni le chant : elle était le rire, la musique, la danse, le chant.

Lorsqu'elle s'interrogea sur l'amour, un brahmane itinérant fut le premier à lui répondre. Jeune, élancé, savant, subtil et d'une blondeur extraordinaire, il lui enseigna le plaisir. C'était un maître exigeant qui se lassait vite ; elle le retint plus longtemps qu'aucune autre de ses élèves.

Il lui apprit l'absolu et son chemin, l'amour des dieux et celui des hommes. Il lui répétait :

– La vocation d'une *devadasi* est d'une terrible exigence. A personne ici-bas il n'est tant demandé. Danser et faire l'amour, c'est aller vers les dieux. Tu danses, tu t'en approches et les spectateurs le ressentent. Tu fais l'amour, c'est la même chose. Pour ton partenaire, la volupté est une étape vers l'amour divin, la lumière qui précède l'éblouissement.

Il lui disait encore :

– Brahmane et *devadasi*, nous sommes des intercesseurs ; moi par l'enseignement, toi par la danse et par ton corps.

La leçon porta si bien qu'elle s'inquiéta bientôt de trop aimer le plaisir : dans ses bras, n'allait-elle pas jusqu'à s'évanouir ? Il la rassura :

– La volupté, lui affirma-t-il, ne peut pas être excessive. Le plaisir est une étape de la connaissance de soi nécessaire à celle des dieux : qui ne se connaît ne peut les connaître : *Les cris de l'amour sont des cantiques*, est-il écrit dans les *Veda*.

Lorsqu'il partit, elle le combla de présents qu'il refusa tous.

Peu après, je lui demandai de venir danser au palais. Elle dansa avec une grâce délicieuse. Quand elle finit, le roi quitta son trône, s'approcha d'elle et, à la stupeur des courtisans, l'entraîna dans le pavillon de l'Enchantement, pour n'en sortir que le surlendemain.

Durant trois ans, ils se virent tous les jours. La *devadasi* de quinze ans découvrit que cet homme mûr, roi de surcroît, n'avait jamais été aimé ni n'avait aimé lui-même.

Ignorer l'amour, c'est tout ignorer, lit-on aussi dans les *Veda*. Le roi l'apprit par elle et par elle s'accomplit. Il revint à la poésie dont il n'avait plus lu une ligne depuis son accession au trône. De toute l'Inde il fit venir les meilleurs musiciens pour découvrir en regardant danser sa bien-aimée des beautés que personne avant lui n'aurait pu saisir. L'amour perfectionnait son règne. La métamorphose de celui dont tout dépendait valut dans le peuple un culte à Shobita.

L'état de grâce dura trois ans. Le brahmane aux cheveux de soleil repassa par Cochin. Comment l'aurait-il oubliée ? Pourquoi ne l'aurait-elle pas revu ? Une *devadasi* ne peut pas se refuser à un brahmane. L'amour ne peut avoir de bornes. La connaissance d'un autre ajoute à celle des autres et rapproche de l'Autre. « Le roi, pensa-t-elle, m'aimera mieux et je l'aimerai plus. » Raisonnement irréprochable, dont elle ne lui dit rien.

Le roi aurait dû le comprendre lorsqu'il les aperçut ensemble. Il ne comprit rien.

Quand elle le rejoignit le soir dans le pavillon de l'Enchantement, il n'y eut ni danse ni chant. Une rage noire emporta cet homme si maître de lui. Shobita n'y résista point. Se laissa battre et ravager. Puis, éperdue, le provoqua, le força au plus vil, le réduisit à son infamie.

A l'aube, il fondit en larmes, pleurs de honte et de repentir, à genoux près du lit où sa bien-aimée avait fini par s'endormir. Ses sanglots la réveillèrent. A son tour, elle éclata en sanglots. Ils pleurèrent longtemps dans les bras l'un de l'autre.

Puis il lui prit la main pour lui demander pardon. Sans pouvoir un long moment prononcer un mot. Enfin, ses lèvres remuèrent. Il n'avait pas ouvert la bouche qu'elle lui posait un doigt sur les lèvres.

– Tais-toi.

Il obéit.

A son tour, elle lui prit la main, à son tour dut se ressaisir avant de pouvoir parler, mais lui, quand elle le put, la laissa dire ou plutôt chanter, car Shobita chanta doucement, sur un ton de berceuse, cette comptine du Malabar :

L'amour est création
L'amour est destruction
L'amour ne meurt que pour renaître

Le chant monta dans l'aube muette, net et précis comme celui de l'oiseau-lyre après la pluie.

– Que tu chantes bien ! lui dit le roi.

– Seigneur, je ne sais bien que deux choses, le chant et la danse. Tout dépend des derniers pas, de la dernière note. Le frémissement et le souffle ultimes doivent tout contenir pour hanter le spectateur.

– Nous n'avons pas de spectateur, à moins de l'être l'un de l'autre.

– Certes, Seigneur, mais nous ne jouons pas.

Le silence retomba. Léger chez elle, pesant chez lui. Elle attendait qu'il le rompe et lui baissait la tête. Enfin, il la releva :

– C'est à moi de parler ?

– Ce l'est toujours, Seigneur, dit-elle, avec une ironie charmante.

Il se retrouva un instant, retrouva ce qu'il était avant la crise de la nuit.

– J'ai décidé de me retirer, dit-il.

– De quitter le trône ?

– Oui. Il est temps. Je n'ai que trop attendu.

– Quand partiras-tu ?

– C'est la question. Je partirais demain si cela ne dépendait que de moi.

– Ce n'est pas le cas ?

– Non. Cela dépend de la mousson et de Calicut. De Calicut surtout. Le retard de la mousson ne peut pas durer longtemps, Calicut, c'est autre chose.

– Le Samorin ?

– Sa succession. Je voudrais jauger le successeur. Je crains qu'il ne soit dangereux. Les augures le disent. Nous allons voir la tête qu'il a : son oncle nous l'envoie pour Poram, recevoir le tribut en son nom. C'est le signe que le vieux Samorin n'en a plus pour longtemps. Mais c'est combien de temps ? Des mois peut-être, peut-être plus... Les augures ne sont pas clairs. Je suis bloqué. Au moins le suis-je avec toi...

– Non, Seigneur.

– Comment, non ?

– Il faut nous séparer.

– Tu ne veux plus de moi ?

– Que puis-je encore te donner ? Je ne peux plus que te nuire, ô mon roi. Tu auras besoin plus que jamais de sérénité. La tempête que nous avons traversée cette nuit en appellera d'autres. Nous nous détruirons. Il faut nous séparer maintenant.

– Attends mon départ.

– Je l'attendrais s'il était fixé.

– Je ne peux pas le fixer.

– Alors je ne peux pas l'attendre. Le risque est trop grand. Pour toi, pour moi, pour ton royaume.

Il la supplia de ne pas le quitter tout de suite. Elle répondit que c'était le moment, après ce qui s'était passé.

– Le jour et l'heure t'appartiennent, acquiesça-t-il.

S'inclinant avec cette grâce célèbre jusqu'en Chine, elle répondit que la sagesse commandait de ne pas tarder, que l'effet devait suivre aussitôt la décision prise.

Elle lui dit encore, et ce furent ses derniers mots, en réponse à l'inquiétude finale du roi qui lui aurait dit – aurait dit car je n'en suis pas sûr :

– A quoi penserai-je quand je te verrai danser ?

– Au prix des rubis que tu vas me donner, répondit-elle en riant. Je les porterai toujours. Tu m'oublieras et ne verras plus qu'eux.

Elle s'éclipsa là-dessus avec l'un de ces sourires que les poètes célébraient dans l'Inde entière, jusqu'aux contreforts de l'Himalaya, désespérant, disaient-ils tous, de rendre à ses charmes une gloire équitable.

Les dithyrambes retentissaient jusqu'au Tibet dans toutes les cours et les fêtes des villages les mieux perdus :

Je me suis approché de Shobita au doux visage. Nous nous sommes dirigés tous les deux vers le lit. C'est cela dont j'ai conscience. Ce qui s'est passé ensuite : les mon-

tagnes chavirant, les étoiles tombant, les nuages tour-
noyant, cela la lampe seule le sait, moi je l'ignore.

Ou encore :

La discussion que mènent les savants sur l'existence et le
néant n'a pas de fin quand ils voient, ô Shobita, la ligne
de ta taille immatérielle invisible sous le fardeau de tes
seins.

Le roi collectionnait ces éloges, on les copiait partout pour lui. Il en conservait les rouleaux dans des coffrets précieux et s'isolait pour les lire et les relire, s'émerveillant naïvement que tant de poètes aient composé de si justes portraits sans avoir vu l'original.

Il n'a plus qu'eux à présent. L'enchanteresse a déserté le pavillon de l'Enchantement et le fer, à leur lecture, remue dans la plaie. Puisse-t-il y remuer sans fin, puisqu'il chérit sa blessure.

Outre les rubis, le roi offrit à Shobita le premier palais qu'avaient construit ses ancêtres au temps où Cochin n'était qu'un port minuscule. On l'appelait le Petit Palais. Le peuple, très vite, dit la Petite Maison, car ainsi nommait-on les demeures des courtisanes.

*
* *

PREMIÈRE PARTIE

Chapitre 1

Le temps a changé depuis le matin. Des nuages d'abord rares sont montés de la mer et sont allés se multipliant.

L'esplanade devant le temple, qui le sépare du fleuve, pourrait contenir deux grandes armées. En son centre, près du sanctuaire, est installée une longue estrade couverte de tissus somptueux. Tapis de soie sauvage, brocarts tissés de fleurs et d'oiseaux. Coussins bourrés de kapok pour le confort des invités de marque. Tantôt le soleil les allume, tantôt l'ombre les éteint. Les ors, les broderies et les chamarrures passent ainsi sans arrêt de la vie à la mort et de la mort à la vie. Au loin le fleuve s'écoule, immobile en apparence.

L'estrade est vide, mais l'esplanade de part et d'autre ne cesse de se remplir. Les castes se rangent en ordre dans les espaces qui leur sont réservés des deux côtés de l'échafaudage, par rang décroissant de prestige. Les castes sont quatre : les prêtres, les guerriers, les artisans, les serviteurs des trois autres. La première est celle des brahmanes, la deuxième celle des *ksatrya*, qui sont ici les nayars, la troisième celle des *vaishya*, la quatrième celle des *shudra*. Les intouchables viennent après. On ne les voit pas, mais ils sont proches, massés sous les arbres, car ils doivent rester invisibles : les apercevoir serait une souillure.

Les commerçants prennent place à côté des nayars. Ils ne professent pas l'hindouisme. Ils sont juifs, chrétiens ou musulmans. La foi les définit et aussi les sépare.

Les communautés ne se mélangent pas et chacune d'elles est divisée. Il y a les juifs blancs et les juifs noirs, les premiers n'ont que mépris pour les seconds parce qu'ils ont du sang indien. Il y a les musulmans arabes et les musulmans mappilas, les premiers se jugent supérieurs aux seconds, car ils n'épousent que des Arabes et ceux-là des Indiennes. Quant aux chrétiens, c'est la chronologie qui les sépare. Les descendants des compagnons de l'apôtre Thomas n'aiment guère ceux des compagnons du marchand Thomas Cana, arrivés trois cents ans plus tard.

Tous ces groupes sont bruyants, car l'alcool circule, mais chacun garde un œil sur la masse gris fer qui enfle dans le ciel.

Depuis dix jours, les premiers nuages surgissent en matinée, prolifèrent à la mi-journée, s'épaississent l'après-midi jusqu'à former sur la mer une muraille énorme et noire d'un bout à l'autre de l'horizon. Trompeuse avance.

Dix fois, dix jours de suite, le rempart chargé d'eau a hésité sur la côte et reculé au large, aspiré au soleil couchant. Torture perfectionnée : chaque soir la muraille noire avance un peu plus loin.

De quoi les dieux sont-ils fâchés ? Quel péché veulent-ils punir ? Les croyants des quatre religions s'épuisent à deviner la cause de ce courroux. Les prières sont incessantes, les sacrifices se multiplient, les astrologues sont surmenés. L'inquiétude tourne à l'angoisse.

Chez les hindous, le bruit commence à courir que la fin du monde est imminente, que le terme du présent « Jour de Brahmâ », – *kalpa* de quatre milliards trois cent vingt millions d'années – est venu, que la « Nuit de Brahmâ » va tout engloutir… Le temps pour Vishnou de se reposer, mollement étendu sur le grand serpent qui n'a ni fin ni commencement, avant le prochain.

Il faut qu'il pleuve.

Le roi arrive dans un palanquin rutilant entouré de cinq cents nayars l'épée nue. Un parasol dodeline de toutes ses franges au-dessus de sa tête. Il n'est pas seul sur la litière. Face à lui, adossé à une pile de coussins, un très jeune homme s'exerce à l'impassibilité. C'est le Nambiadari, neveu du Samorin, son successeur désigné, futur rajah de Calicut, de son armée de cent mille hommes et suzerain de Cochin.

En son absence, cent nayars auraient suffi pour escorter le palanquin et donner une bonne idée de la majesté royale. Les quatre cents guerriers supplémentaires ne sont là que pour l'honorer. « Nous l'accueillerons avec tous les honneurs », a dit le roi.

Le palanquin est porté au centre de l'estrade. Se levant, les deux hommes se trouveront de plain-pied avec le plancher qui les attend. Ils se lèvent. Le roi n'a pas le temps de prier son hôte de le précéder sur les tapis qui recouvrent les planches, le jeune homme fait le premier pas sans le regarder, comme s'il était le maître ici. Mais que se passe-t-il ?

Le Nambiadari trébuche et tombe, ayant accroché du pied la marche apparue soudain entre le bord de l'estrade et celui de la litière. Soudain ? Oui, les porteurs du palanquin qui ont ajusté exactement la litière à l'estrade ont fléchi les genoux à l'instant même où le jeune homme décidait d'en débarquer...

Une défaillance aussi précise ne peut pas être fortuite. Les porteurs ont répété la manœuvre, comprend Krishna, consterné.

Le roi s'est précipité au secours de son imminent suzerain à quatre pattes sur un somptueux motif de rhinocéros et d'alligators affrontés – les premiers gris, les seconds verts, sur fond incarnat. Il a glissé la main droite sous l'aisselle gauche du Nambiadari et l'a relevé d'un seul geste, comme si le jeune homme n'eût rien pesé.

Présage, cette chute ? Personne n'en doute. Krishna seul sait qu'il n'en est rien. Le présage est ailleurs. Tous les yeux se tournent vers le ciel où la muraille des nuages monte et s'épaissit sur la mer. Quelles citernes là-haut s'avancent ! Si elles éclatent, elles écraseront tout. La pluie pourrait-elle être pire que la sécheresse ?

A peine le roi et son hôte sont-ils assis côte à côte sur de grands coussins, entourés des plus hauts dignitaires, que le grand chambellan brandit devant l'estrade une lance d'or agrémentée de bouquets de plumes de paon, vers le grand-maître des cornacs qui attend là-bas sous les arbres. Assis sur l'éléphant royal, le fameux Sârvarbhauma, mâle splendide de près de cent ans qui en paraît cinquante, autant dire un jeune homme. Ses larges pieds ont piétiné des milliers d'ennemis de Cochin pour la gloire de six rois successifs, sa trompe en a balancé des centaines dans une autre vie et son crâne a enfoncé plus de portes fortifiées que n'en comptent ensemble toutes les citadelles du roi. Ses défenses sont incrustées d'or et le poids de son caparaçon terrasserait un peloton des plus forts chameaux de combat qui sont l'orgueil des sultans du Nord. Cette terreur est cependant d'une douceur incroyable.

Son cornac lui effleure la tête de son crochet doré et le monstre s'ébranle. Quatre-vingts de ses congénères lui emboîtent le pas, dont cinquante sont ses descendants. Tous habillés de cottes étincelantes dont les plis réfléchissent la lueur livide qui tombe des nuées empilées au-dessus de Cochin.

– Il va pleuvoir, dit le roi à son hôte.

Lequel ne semble pas entendre et paraît ne rien voir.

Très en avant des éléphants, l'esplanade tout entière tremble. Une lente vibration se communique à l'estrade, saisie avec la terre d'une sorte de tangage. Sur la tête du Nambiadari, l'aigrette de diamants, insigne de sa suzeraineté, est agitée d'une trémulation qui enlève à son porteur une grande part de sa dignité.

Les bêtes arrivent à la hauteur du roi. Quatre-vingts trompes se dressent ensemble vers le ciel et soulignent ce salut de trois barrissements formidables. La figure du visiteur se contracte vilainement. Le piétinement irrésistible de la troupe géante s'éloigne, s'affaiblit et meurt, mais bien après que son dernier rang a défilé devant le roi, la terre tremble toujours.

L'énorme escadron a laissé derrière lui des chapelets fumants de bouses gigantesques. Cent serviteurs armés de paniers et de pelles en bois se précipitent sur la piste et recueillent la précieuse matière qui engraissera les jardins du roi. La cérémonie du tribut peut commencer.

Deux serviteurs s'approchent, porteurs d'un grand plateau d'or où reposent un couteau d'or et un gâteau doré, le Pala Ata, fait de farine de riz, de pulpe de noix de coco râpée, de poudre de gingembre et d'une pointe d'ail. Le tribut est symbolique, mais les symboles sont tout. Goda Varma va présenter le gâteau à son hôte, l'entamer, lui en offrir la première part en hommage et tout sera dit : la dépendance sera perpétuée.

Tous les yeux sont fixés sur le plateau que les deux serviteurs agenouillés maintiennent devant le roi. Mais Goda Varma ne présente pas le gâteau au Nambiadari. Sans un regard pour son hôte d'honneur, il prend le couteau, en plonge la lame dans la croûte, découpe une portion généreuse, la saisit, la porte à sa bouche, en croque une bouchée, la mâche sans hâte l'air concentré, l'avale, pose le reste, dit :

– Excellent !

Et alors seulement il se tourne vers son voisin. Replonge le couteau dans le riz doré, en coupe une seconde part et la lui présente. Le jeune homme ne bouge pas. La portion que le roi tient suspendue devant ses yeux lui est-elle seulement visible ? Les secondes passent. Une minute… Enfin, le Nambiadari s'anime, lève la main droite jusqu'à la part de gâteau, la prend, la porte à ses lèvres, à ses lèvres pas plus loin, en effleure la pâte odorante et la repose sur le plateau sans en avoir rien mangé. Les apparences sont sauves. L'envoyé du Samorin n'a pas repoussé l'hommage retourné de Goda Varma, roi de Cochin et provocateur.

– Que la fête continue, dit le roi, rayonnant.

Le grand chambellan lève une seconde fois sa lance d'or à queues de paon et ordonne de placer les cibles pour le concours de tir à l'arc. Les concurrents sont divisés en deux groupes de six archers de l'armée de Cochin, permanents et auxiliaires, qui ont cinq flèches à tirer chacun. Les premiers sont des nayars, ils tirent à cent pas, les seconds représentent les trois milices, juive, chrétienne et musulmane, et ils tirent à cinquante pas.

Le tir se fait par volées espacées de dix secondes. Discipline militaire : l'ennemi s'accable mieux par salves.

Les premières flèches s'envolent dans un seul claquement de corde. Filent de concert sur le ciel noir parfaitement parallèles – les rubans de couleur qui les ornent et les prolongent les font ressembler à des fusées –, arrivent ensemble au centre des cibles, malgré le vent de travers – perfection d'un entraînement implacable.

Krishna observe un jeune homme du côté des mappilas, qui se tient debout, près d'un palanquin dont l'occupant est un homme mûr au turban imposant, éventé par un esclave noir. L'éventail est en plumes de paon, signe de son importance.

La chevelure du jeune homme est frisée et le nez en bec d'aigle. Ses yeux ne quittent pas l'un des tireurs. Ils débordent de fierté. Est-ce son reflet qui le satisfait ? Car l'archer qui est son frère est aussi son sosie. Les deux fils de Mohammed Marakkar, Ali et Ibrahim, sont jumeaux. Leur père est le premier des négociants de Cochin. Il contrôle l'essentiel du commerce intérieur. Ses bateaux doublent tous les jours le cap Comorin. Ils échangent bien au-delà du Tamil Nadu les épices et le bois contre le riz qui nourrit la ville.

Débarqués il y a des siècles du Yémen ou du Hedjaz, les Marakkar prétendent descendre de compagnons du Prophète. Ils ont épousé des Indiennes et nombre de coutumes de l'Inde, mais leur fidélité au Coran est inébranlable.

Les jumeaux sont adulés par leurs coreligionnaires. Ibrahim pour son adresse et ses qualités de guerrier et de marin. On l'appelle l'Amiral. Quand on le sait sur un bateau, aucun pirate n'ose l'aborder. Ali est le premier poète de son temps. Ses poèmes circulent dans toute l'Inde. Il chante le vin, l'amour et Dieu. Le doigt d'Allah est posé sur lui, les mappilas voient en lui un des futurs grands soufis de son temps, l'un de ces mystiques qui sont l'honneur de l'islam.

Krishna lit sur les lèvres d'Ali qui parle à son père :

– Veuille le Prophète – que son nom soit béni et sa descendance sanctifiée – donner la victoire à mon frère. Notre foi l'emportant sur les autres, nombreux seront ceux qui viendraient nous rejoindre auprès d'Allah. Hier soir, Ibrahim mon frère, si semblable et si différent de moi, m'a dit en riant : « Tire une épopée de ma future victoire. » Il est tout mouvement comme l'action, et toute innocence ; je ne suis, moi, qu'ivresse rêveuse comme la poésie. Je forge des mots nouveaux. Je mêle l'arabe, langue du Coran, qui est un vin noir et fort, au malayalam, cette langue douce et épicée. Mes mots parfois font danser les hommes jusqu'à l'ivresse. Ainsi s'approchent-ils d'Allah. J'ai dit à Ibrahim, en attendant l'épopée : « Écoute ce poème. » J'ai pris deux flèches dans son carquois et j'ai écrit sur la première :

Vent de mousson, emporte-moi en son cœur

puis, sur la seconde :

Briser le bois, le fer et l'infidèle.

La dernière salve prend l'air dans un dernier froissement de soie et s'enfonce, comme les précédentes, au centre des cibles.

Les empennages dépassent à peine de la paille comprimée. Leurs rubans bariolés palpitent vers l'estrade, agités par le vent de mer. On dirait qu'ils saluent l'élite de Cochin.

– Que dis-tu de ces archers ? demande le roi à son hôte.

– Je ne croyais pas, répond le jeune homme, sans tourner la tête, voir ici douze Arjuna.

Arjuna, l'archer invincible du *Mahâbhârata*.

– Comment, reprend-il, désigner les vainqueurs ?

Le boiteux maître des archers s'approche de l'estrade en compagnie d'un nayar borgne d'une quarantaine d'années, vainqueur du premier concours.

– Je n'avais jamais vu précision pareille, annonce le maître.

41

– A qui as-tu sacrifié ? demande au borgne le Nambiadari.

– A Râma.

Râma, l'archer divin, dieu du bonheur, avatar solaire de Vishnou, vainqueur de Râvana le démon aux dix têtes, dont le teint « est semblable à la couleur des nuages noirs », dont le corps, « couleur de lotus bleu, est éclatant de charme et de beauté » et dont « la main radieuse, pareille au lotus, est toujours armée de son arc ».

– A Râma, reprend le borgne, mais je ne suis pas le seul. Nous lui avons tous sacrifié.

– Vous lui avez tous sacrifié, mais toi seul as vaincu, intervient le roi. Approche.

L'homme fait trois pas jusqu'à l'estrade. Goda Varma porte les mains à son cou pour en détacher le lourd collier d'or qui pend sur la poitrine, mais son hôte l'a devancé. Le futur Samorin a déjà dans les mains son propre collier. Il saute à bas de l'estrade et le passe au cou du borgne, ignorant le roi qui se crispe.

– Je suis, dit-il, le seigneur de ton seigneur. Ce prix te récompense mal, mais souviens-toi qu'à Calicut on ne t'oubliera pas.

Le borgne s'incline, remercie, puis ôte le collier de son cou et le présente à Goda Varma pour lui en faire hommage. Le roi s'éclaire, prend le bijou, l'examine et le lui rend :

– Il est à toi. Tu le tiens de main de maître et nous en sommes tous honorés. Les orfèvres de Calicut sont insurpassables, achève-t-il en se tournant vers le donateur qui incline brièvement la tête.

Krishna soupire de soulagement. La guerre s'éloigne peut-être.

Le borgne se retire avec le boiteux. Vient le tour du vainqueur du concours des milices.

Ibrahim Marakkar a écrasé ses concurrents pour la troisième année de suite. Quand il s'avance vers le roi, les musulmans explosent :

– Allah est le plus grand ! hurlent-ils trois fois tous ensemble.

Les mappilas courent vers le vainqueur, se l'arrachent, le

42

portent en triomphe. Dans la cohue, son carquois se renverse et ses flèches tombent par terre.

Un seul homme parmi eux est resté silencieux. C'est Mansour Koya Kassim, fils unique du chef de la guilde des marchands musulmans de Cochin, l'homme le plus puissant de la côte. Les enthousiasmes populaires ne concernent pas Mansour.

Héritier adulé, âgé d'une vingtaine d'années, Mansour est insupportable. La fortune de son père le grise, il méprise le monde entier : les hindous qui ne vont pas sur l'eau, les juifs qui ont perdu Jérusalem, les chrétiens qui ont perdu Constantinople, les femmes pour n'être pas des hommes et les hommes pour lui être toujours inférieurs. L'intérêt qu'il se porte épuise ses capacités d'attention. Son père même n'est à ses yeux qu'un encombrant géniteur. Il est vrai qu'il en dépend totalement.

On ne peut le connaître sans le détester. Ses coreligionnaires eux-mêmes ne le supportent que pour son nom. Peu lui importe, la froideur qui l'entoure est pour lui conséquence de sa supériorité.

Ibrahim est devant le roi, le Nambiadari prend la parole :

— Représentant le protecteur de tous les musulmans de la côte, seigneur de ton seigneur, il me revient de te remettre le prix de ta valeur...

Se tournant alors vers le roi pour la première fois :

— Quel est ce prix, d'ailleurs ? Que je sache quoi remettre...

— Un anneau d'or, répond, blême, le roi.

Le jeune homme enlève une bague de son index droit et la remet à l'archer :

— Cet anneau vient de plus haut que celui qui te serait échu en mon absence. Voilà pour toi un second motif de bonheur aujourd'hui.

La guerre qui s'éloignait se rapproche à pas de géant, songe Krishna, consterné. Tout à l'heure, le roi lui reprochera de ne pas l'avoir mis en garde contre son hôte, oubliant royalement l'avoir provoqué.

43

Le Nambiadari est content de lui : on a cherché à l'abaisser, il l'a rendu au centuple. L'année prochaine, il sera roi, Samorin de Calicut, ses astrologues l'ont confirmé. Il disposera de cent mille hommes et d'une flotte redoutable.

Attendre un an… L'éternité.

Il rumine l'humiliation du tribut refusé. Son oncle l'avait prévenu : « Goda Varma n'est pas sûr, il veut s'affranchir. Pour la paix, lui avait-il dit, ignore les offenses. » L'oncle malade chérit la paix, le neveu bouillonnant l'exècre. Il vit dans le culte de Cheraman Perumal.

Roi de peu, roi de rien, roitelet de rien, le roi de Cochin. Roi d'une danseuse qui règne sur lui. Je ne serai roi d'aucune danseuse, se promet le Nambiadari.

Il a d'autres ambitions pour le Malabar.

Krishna devine ses pensées. Perumal régna jadis sur tout le Malabar. Il se convertit à l'islam lors d'un voyage à La Mecque et abdiqua en partageant son royaume entre ses neveux, ne laissant que son épée au Samorin de Calicut, pour qu'un jour avec elle il en refasse l'unité. Les Samorin d'oncle à neveu se la transmettent depuis toujours.

Les cibles sont enlevées. L'esplanade est vide. Le vent tombe.

Le monde soudain devient tambour. Cent mille tambours battent tous ensemble dans un tonnerre de fin du monde, ou de commencement.

Le grondement de milliers de caisses n'amènera peut-être pas la pluie. Il annonce les danseuses qui la feront oublier.

Trois hommes arrivent devant l'estrade, porteurs de sacs de riz, de riz porte-bonheur. Ils dessinent sur le sol les contours sinueux d'un grand serpent à plusieurs têtes, le naja mythologique aux mâchoires grandes ouvertes, d'où jaillissent des langues bifides, qui pourraient être d'autres serpents vomis par le premier.

Le naja est l'accessoire essentiel du *Mohini Attam*, la danse de Mohini.

Mohini – Celle qui trompe – est la danseuse ravissante

dont Vishnou prit l'apparence pour reprendre aux anti-dieux le breuvage d'immortalité qu'ils avaient volé. Mohini fascina les voleurs ; ils oublièrent de garder leur larcin.

Shobita surgit devant le roi comme si elle sortait de terre. Elle est vêtue d'un sari pourpre. Une ceinture nacarat de soie floche tissée de fils d'or lui souligne la taille. Ses bras ronds sont cerclés de dix bracelets d'or, ses doigts fuselés de cinquante bagues d'or, trois colliers d'or pendent à son cou et de longues boucles à ses oreilles. Des anneaux d'or tintent à chacune de ses chevilles. Vingt bagues ornent ses orteils. Son chignon est natté de jasmin. Ses longs yeux sont allumés de collyres et ses paupières noircies de khôl. Le bétel a rougi ses lèvres. Elle salue. Quel salut !

La vibration des tambours se transmet à ses bracelets, à ses anneaux, à ses colliers, à tout le métal précieux dont son corps est chargé. Shobita se ploie, s'affaisse, enfin s'effondre sur la tête centrale du serpent magique, danseuse mourante, bientôt morte, vaincue par un trop grand désir. Forme indécise à présent, silhouette indistincte prostrée devant le roi qui retient son souffle, avec la cour et les cent mille spectateurs.

Mais cent tambours se déchaînent sur fond de cornets aigres et de hautbois acides. Leur stridence rappelle la danseuse à la vie. Elle frémit puis se redresse avec une lenteur savante. Elle bondit, jetée vers le ciel – il y a dans ce bond assez de force pour arracher aux anti-dieux tout ce qu'ils prétendaient retenir –, et retombe avec la grâce d'un oiseau de paradis. L'envoûtement commence. Il durera deux heures. Deux heures soustraites au temps.

Thomas achète et vend du poivre. Achète et vend du drap. Achète et vend du poisson séché. Achète et vend des porcelaines. Achète et vend n'importe quoi. C'est un marchand.

Thomas est un homme jeune. Ses cheveux noirs, le nez droit des anciens Grecs – celui des soldats d'Alexandre –, de petites oreilles, de grands yeux verts signent son appartenance aux chrétiens de saint Thomas, venus de Palestine avec l'apôtre, il y aura bientôt quinze siècles. Les Syriens, on le sait, ont souvent les yeux verts. Marchand chrétien, voilà Thomas.

Il n'est pas malheureux de vivre car il est sûr de son salut comme de sa fortune terrestre. Avant-hier, il a vendu, à quatre cents roupies le quintal, vingt quintaux de poivre achetés à quatre-vingts roupies un mois plus tôt. Encaisser cinq fois sa mise en trente jours, ce n'est peut-être pas miraculeux, mais ce n'est pas négligeable.

Non. La fortune de Thomas n'est pas moins solide aujourd'hui que sa foi. Puis sa santé est excellente et son mariage heureux. Son dieu le protège et le favorise. Son dieu? Dieu.

Pourtant, depuis un instant, il éprouve un insidieux sentiment. C'est à regarder cette danseuse que cette sensation est née. Il ne se serait jamais douté que l'on puisse danser ainsi, mimer le désir avec cette force, l'éveiller avec cette sûreté.

Heureusement, il lui suffit de fermer les yeux, ou de les détourner seulement, pour que ce trouble s'estompe. S'il ferme les yeux, il voit Cécile, sa femme, et cette vision le charme toujours. Lorsqu'il les détourne vers la gauche, il voit Abraham, et si la vue d'Abraham n'est pas de celles qui peuvent remplacer celle de Shobita, elle ne lui est pas indifférente et lui permet de l'oublier.

Thomas éprouve pour Abraham une sorte de tendresse dont il s'est toujours étonné.

Abraham est marchand comme lui, ils ont le même âge et le même Dieu – Thomas, quant à lui, le croit dur comme fer, l'apôtre Paul n'a-t-il pas écrit : « Il n'y a plus ni juif ni gentil... »? Même s'il n'est pas tout à fait sûr qu'Abraham soit de cet avis, puisque Abraham attend toujours le Messie.

Thomas se plaît quelquefois à imaginer que leurs ancêtres sont arrivés par le même bateau. Les juifs et les chrétiens de saint Thomas sont aussi anciens les uns que les autres à Cochin. Les synagogues depuis toujours y côtoient les églises. Les rois de Cochin ont – sans cesse – manifesté à leurs deux communautés une bienveillance certes normale et même naturelle, puisqu'ils en tirent la plus grande partie de leurs revenus, mais qui n'est pas si fréquente à travers le monde, pour autant que sache Thomas.

Le profil incisif d'Abraham – pâle, les juifs blancs sont pâles – se découpe sur le bleu dur de la robe de son voisin de gauche. Abraham se tient immobile. Comme tout le monde, il contemple cette *devadasi* incomparable, mais son immobilité n'est pas naturelle.

Abraham ne tient pas en place. En dormant il bouge et son esprit n'est jamais en repos. Une curiosité permanente des êtres et des choses l'anime du matin au soir. Cet intérêt perpétuel en fait l'un des meilleurs négociants de la côte où pourtant ils fourmillent.

Or cette attention aux êtres et aux choses ne s'étend pas aux femmes, Abraham est veuf et inconsolé.

Les juifs, a cru remarquer Thomas, manifestent plus souvent que le reste des hommes une surprenante sûreté dans le choix de celle avec laquelle ils décident de passer leur vie. Un même goût très sûr de la permanence les installe en affaires à leur meilleur niveau d'observation, d'analyse et de synthèse et les éclaire en amour. Abraham est pour Thomas l'exemple de cette sûreté. Une seule femme, épousée lorsqu'elle avait treize ans, a accaparé à jamais ses regards, réjouit son cœur et stimulé son esprit. Déborah incarnait pour son mari la féminité universelle. Elle était à la fois sa femme et toutes les femmes. Elle est morte il y a sept ans en donnant le jour à un trop robuste garçon. Abraham depuis s'étourdit d'affaires, enfermé dans une douleur que son fils seul distrait. Voilà pourquoi Thomas s'étonne de le voir si accaparé par la maîtresse du roi.

Sans doute, se dit-il, dans l'amicale volonté de le croire au-dessus des entraînements vulgaires, ne la voit-il pas comme les autres. La perfection de la danse l'absorbe certainement tout entier ; la chair n'y est pour rien.

Thomas le jurerait : ce n'est pas le désir qui fait briller les yeux d'Abraham.

Ils ne brillent plus. Le cri d'un paon l'a arraché à sa fascination.

47

Pour les hindous, le cri du paon est de bon augure, pour Abraham, il est d'abord une discordance éclatante. L'un des rares couacs que le Créateur s'est plu à semer dans sa création, pour indiquer dans quelle géhenne Il aurait pu plonger les hommes, s'Il en avait eu le désir.

Quand le vacarme des tambours a décru pour amorcer la prostration de Shobita, que leurs roulements ont diminué jusqu'au crépitement ténu d'un crachin sur une futaie, que la danseuse s'est affaissée sur le sol, Abraham a entendu le cri guttural de l'oiseau de Subrâhmanya, le dieu aux six bras, dernier fils de Shiva et de Parvati. Dans les glapissements de l'éblouissante créature ailée, Abraham a perçu les trois syllabes de son nom : *A ! Bra ! Ham !* Le paon l'appelait.

Abraham est persuadé que les paons lui parlent depuis l'âge de sept ans, l'âge où il sut lire. Tous les juifs du Kerala apprennent à lire la Bible ; à l'instar de tant d'enfants, il ne se satisfit pas d'ânonner sans comprendre. Curieux de mots comme de toute chose, il se passionna pour leur sens. Un rabbin de grand savoir émigré de Syrie lui apprit l'hébreu ; il se lança presque aussitôt dans la rédaction d'un lexique de cette langue et de malayalam.

De tout le livre sacré, c'est l'histoire de Salomon surtout qui avait enflammé son imagination. Le règne splendide et tumultueux de celui qui éleva au Seigneur son premier temple à Jérusalem l'enchanta.

Un vertige l'avait saisi à la fin de ces versets :

Le roi dispose d'une flotte. Elle court sur l'océan Indien. Les navires d'Hiram l'accompagnent. Ensemble ils retournent tous les trois ans, chargés d'or, d'argent, d'ivoire, de singes et de paons.

... découvrant que le mot *paon* est le même en hébreu et en sanskrit : *tukki* en sanskrit, *tokai* en hébreu (singe et santal aussi, apprendrait-il plus tard). Cette découverte était un signe, il en fut aussitôt persuadé : il était lié au Roi des Rois. Descendant assurément d'un marin de ce monarque, et parent de Salomon lui-même... Sa lignée au Malabar était alors bien plus ancienne que celles de tous les autres juifs qui faisaient remonter les leurs à la première chute du Temple, aux négociants d'Alexandrie qui, sous les Romains, tenaient le commerce des épices, à l'exode qui suivit la destruction du Temple par Titus... Mais comment en être sûr ? Les archives des synagogues pourrissaient comme toutes les autres et ne conservaient rien de ces mouvements.

Abraham croit toujours à son rêve d'enfant. Se voit plus juif que tous les juifs ; il a appelé son fils David, comme le père de son héros.

Il n'entend plus le *tukki-tokai*. Les tambours couvrent le grand froissement des palmes sous le vent. Shobita danse. Abraham la revoit. Le ciel s'est éclairé, les nuages massifs disparaissent au-delà des Ghâts. La promesse de pluie s'éloigne. Sans quitter Shobita des yeux, la multitude entre en prière. Abraham non plus ne la quitte pas des yeux et murmure pour lui seul la prière de Salomon :

> *Lorsque le ciel se ferme et refuse sa pluie*
> *Pour le péché de Ton peuple Israël*
> *Si ce peuple comptait célébrer Ta grandeur*
> *Et venir en ce lieu humblement Te supplier*
> *Des profondeurs où Tu demeures*
> *Entends son cri, pardonne son offense*
> *Montre-leur le chemin où marcher*
> *Donne la pluie à Ton pays, ce pays*
> *Que, pour toujours, Tu leur as concédé.*

Abraham, extatique, confond maintenant Israël et le Malabar. Les hindous invoquent Parjanya, leur dieu de la pluie, c'est à Yahvé qu'il en appelle. Yahvé seul fera pleuvoir.

Il presse la main de son fils. Mais la main du garçon reste inerte. La pression de celle de son père ne lui fait rien. Ainsi le jour de sa naissance, la même pression eut le même effet, se souvient Abraham transi, sur celle de sa mère.

« Adonaï ! Protège mon fils ! »

Krishna devine les mots sur les lèvres d'Abraham et le voit se déplacer pour mieux voir Shobita en transe. L'expression d'Abraham ne laisse pas de doute : il est subjugué.

C'est pour lui qu'elle danse, comme dansaient pour Salomon la Moabite, l'Ammonite, la Phénicienne, l'Édamite, la Hittite… « Salomon épousa sept cents princesses, eut trois cents concubines, je n'en veux qu'une, pense Abraham, celle-là. » Ainsi sont effacés sept ans de continence et se dissipe le souvenir charnel de Déborah.

Combien sont-ils au même instant à tout oublier pour elle ? se demande Krishna. Des centaines ? Des milliers ? Thomas est du nombre. Il a détourné les yeux d'Abraham, les a reportés sur Shobita. Ils ne la quittent plus. Cécile s'efface. Ses pudeurs, sa docilité comptent pour rien. Ployée jusqu'à raser le sol pour mimer l'amour, Shobita brouille de son corps le dessin du serpent et s'y substitue. Il n'a jamais imaginé pareille lascivité. Ni rêvé que fût possible pour mimer le plaisir un contrôle si parfait de soi. L'exercice n'y suffit pas ; un don insigne est nécessaire. Thomas n'est plus que convoitise.

Krishna a tout vu : les perditions concurrentes d'Abraham et de Thomas, la rage du futur Samorin envers son roi, la morgue de Koya Kassim envers ses rivaux juifs et chrétiens… La matière de plusieurs désastres.

Ali Marakkar, le poète, ne voit pas tout, mais ce qu'il voit surpasse l'ensemble des visions de Krishna. La beauté, et son influence, est son unique étude ; il s'est concentré sur l'observation de Shobita et surtout des sentiments qu'elle a fait naître sous ses yeux. Faute de pouvoir observer cent mille hommes, il s'est attaché à Abraham et à Thomas, qu'il connaît, qui l'intéressent, avec qui il aimerait resserrer d'agréables liens. Ce qu'il a vu l'a en même temps réjoui et attristé.

Il a lu sur leurs visages les progrès d'une fascination qui l'a d'abord réjoui car, poète et soufi, la beauté est pour lui l'expression suprême, ici-bas, du Créateur. Puis il a vu se dévoyer cette fascination. Il l'a vue s'exacerber en un désir vulgaire où la danseuse sacrée n'était plus qu'objet de plaisir.

Ainsi, même ces deux-là, cœurs religieux, âmes sensibles, esprits cultivés, tombaient dans le piège immémorial, se rendaient tout entiers à ce corps féminin.

La danse va s'achever. Les anti-dieux hypnotisés n'ont pas vu disparaître leur butin. L'*amrita* a changé de mains. La boisson de l'immortalité est revenue à ses détenteurs légitimes. La silhouette du grand serpent est entièrement brouillée. Les grains de riz qui la composaient seront mangés par les oiseaux. Les Asura, bernés, n'ont plus qu'à remonter dans leurs forteresses volantes, emportant leur frustration au ciel.

Les tambours battent decrescendo avec une maîtrise inouïe ; l'évanouissement de leur tapage est presque imperceptible. Entre tonnerre et silence, une éternité paraît passer. Shobita accompagne cet effacement d'une dissipation correspondante : elle s'estompe comme une brume se dilue dans le soleil. Une prodigieuse illusion dont elle est l'unique source la fait disparaître aux yeux des spectateurs, mission accomplie.

En même temps que s'est éteint le roulement des tambours et éloignée l'ensorceleuse, les nuages sont revenus.

Ils ont la couleur du fer et sans doute le poids. Les forteresses volantes des Asura, elles aussi en fer, ne sont pas plus imposantes. Peut-être sont-elles identiques ?

Les boursouflures grises montent de la mer avec une puissance d'autant plus irrésistible qu'elle est mesurée. Les sombres et mouvants châteaux s'empilent, avancent et couvrent l'esplanade. Les Marakkar, les Koya Kassim, Thomas, Abraham et son fils, le roi et l'héritier de Calicut... les notables du Malabar se tordent le cou avec le peuple pour suivre l'avance du plafond monstrueux. L'ouverture de ces gigantesques citernes qui dérivent vers les Ghâts pourrait seule surpasser le prodige de leur étanchéité. Une double angoisse étreint la foule : de les voir crever, de les voir passer.

Le divin synchronisme entre la disparition de Shobita, la fin de la musique et l'invasion du ciel fait jubiler Krishna.

Le roi a pris son parti : « Crevez ! enjoint-il *in petto* aux nuages, crevez donc ! » La pensée de voir douché son futur suzerain, de le voir courir sous des cataractes, fait d'avance ses délices, même s'il doit partager un sort analogue. Il le voit glissant dans la boue et se relevant entièrement souillé, toute dignité abolie.

A l'avant du front obscur, le ciel est plus bleu que jamais, mais entièrement vide d'oiseaux.

Des gouttes éparses s'écrasent sur l'estrade, énormes et lourdes comme des pierres. L'une d'elles explose sur le nez de Krishna ; il en est tout éclaboussé avec plusieurs de ses voisins. Il éternue de surprise. Le ciel ouvre ses écluses. Une clameur monte de la foule, noyée net par le déluge.

En un instant, la place est vide. Des pièces d'étoffe, quelques sandales signalent seules que cent mille personnes se pressaient là l'instant d'avant. La mousson d'été de l'an 670 de l'ère Kollam du Malabar – l'an de grâce 1496 de l'ère chrétienne – commence.

Chapitre 2

– Om[1], terre, atmosphère et ciel. Aimable lumière Sâvitar, puissions-nous t'avoir en nous. Puisses-tu diriger nos pensées.

Il est cinq heures. Krishna sitôt levé a récité le *Gâyatrî*, le Triple Chant de vingt-quatre syllabes et trois vers du *Rig Veda*, le plus ancien des quatre *Veda*, dont l'origine remonte peut-être à la création du monde. Le *Gâyatrî* est la prière du matin et du soir des brahmanes orthodoxes en hommage au soleil. Sâvitar est la mère des Veda et des brahmanes, elle représente à la fois Brahmâ, Vishnou, Shiva et les Veda. Elle personnifie l'énergie solaire. Son corps est fait de la substance même de la poésie qui la symbolise. Elle a cinq visages, auréolés de rose, de rouge, de jaune, de bleu et de blanc, et dix bras. Elle est assise sur un lotus rose. A midi, elle se nomme Sâvitrî ; au crépuscule, Sâravasti.

Ce mantra est enseigné aux jeunes brahmanes qui le prononcent pour la première fois lors de la cérémonie où leur est remis le cordon sacré de l'initiation et en fait des « deux fois nés ». Il y a trente ans que Krishna l'a récité pour la première fois et il n'y a jamais manqué.

Après avoir prié le soleil, Krishna sort sous la pluie.

A la porte du palais, Krishna tourne vers l'ouest, vers le quartier des pêcheurs, vers la mer, contre le vent lesté d'eau tiède qui ralentit sa marche. Bienheureux ralentissement qui

---

1. Om : Invocation sacrée, l'essence absolue du principe divin. Prononcer « Aoum ».

lui fait mieux sentir la pluie envoyée par les dieux ! Quelques pas le portent à l'entrée du temple de Palliarakavu Devi dont la toiture de cuivre vert, nappée d'un ruissellement permanent, resplendit sous le ciel bas comme jamais sous l'azur.

L'offrande du matin commence. L'officiant frotte de lait caillé la statue de la Shakti Devi, épouse de Shiva, le Bon, le Gentil, l'Amour, le moteur du monde sensible... Il l'essuie, l'habille de vêtements brodés d'or, la pare de bijoux d'or, la parfume, lui applique sur le front un point de pâte rouge de curcuma. Des plats de riz et de sucreries sont déposés devant la déesse au son des cloches.

Dans un vacarme de tambours, de flûtes et de trompes un brahmane présente une lampe aux fidèles. Ils placent les mains en coupe au-dessus de la flamme puis les portent à leur front et à leurs yeux, s'appropriant la chaleur et la lumière de la divinité. Le même brahmane les marque au front de cendre blanche et le *pûja* est terminé.

Le front marqué, Krishna repart vers l'ouest dans les ruelles grouillantes de Cochin. Cochin est une presqu'île coupée de canaux où circulent les bateaux qui apportent les produits de l'intérieur aux magasins du port.

Devant lui, à quatre pas, une lame scintille, siffle et tranche net une tête aux yeux blancs. Du cou jaillit une fontaine de sang. L'aveugle décapité s'effondre dans la boue, éclaboussant plusieurs passants dont une petite fille qui pousse un cri perçant en se frottant les yeux.

Le nayar qui a été souillé par la vue de l'intouchable essuie son sabre à ses guenilles et court se plonger dans le bassin du temple le plus proche pour se purifier.

La circulation, un instant arrêtée par une sorte de stupeur, reprend placidement son cours.

Le temple de la Devi de Palliarakavu est proche de l'église Saint-Étienne, la paroisse des pêcheurs chrétiens. Krishna se hâte sous la pluie qui lui cingle la figure pour arriver avant la fin du premier office. Pourquoi ? Cette messe n'a pas de sens pour lui. Mais il a décidé ce matin de s'intéresser aux religions qui se partagent la ville. Le doute qui ne le lâche jamais bat toujours en retraite devant le spectacle de la foi humaine. La foi au singulier, au-delà de ses diverses manifestations, car pour lui les croyances tendent toutes à l'unité. Il observe les monothéismes installés à Cochin pour reconnaître ce qui l'en sépare, sans avoir jamais trouvé la séparation bien profonde, lui qui admet trente-trois mille trois cent trente-trois personnes divines. Les chrétiens qui en connaissent trois, dont ils disent qu'elles ne font qu'un, lui semblent tout proches. De trois, pense-t-il, à trente-trois mille trois cent trente-trois, il n'y a qu'une redondance.

Saint-Étienne est une caverne de bois noirci où les lampes peinent à percer la fumée des encensoirs. Débute le *kauma* dans l'âpre langue syriaque des gens de saint Thomas. Une clameur comminatoire, menace autant que supplication, s'élève sous la voûte :

> *Saint es-Tu, ô Dieu,*
> *Saint es-Tu, Seigneur Tout-Puissant,*
> *Saint es-Tu, Seigneur immortel,*
> *Ô Toi qui fus crucifié pour nous, aie pitié de nous !*

A ces mots, desservant et assistance se prosternent tous ensemble, le front touchant le sol par deux fois.

Les rythmes mécaniques de cette religion férue de mouvements automatiques le surprennent toujours. Sans doute les adorateurs d'un seul dieu doivent-ils agir comme un seul homme...

Suit bientôt la distribution du pain salé et du jus de raisin qui sont le corps et le sang de leur Christ. Confusion qui le laisse perplexe.

Il resterait volontiers dans cette église à l'abri de la pluie, mais son devoir l'appelle – son devoir d'informateur. Lui restent un long chemin à faire et beaucoup de monde à voir.

Il prend sur sa droite pour suivre la courbe de la presqu'île et se diriger vers le port, épicentre des nouvelles, des rumeurs et des mensonges. Il longe les remparts neufs qui toisent la passe ouverte en 1341 par la grande crue qui a mêlé la terre et la mer, l'eau salée du large et l'eau douce du lac Vembanad, créant le port de Cochin, compensation divine à l'envasement simultané de l'antique Musiris. Musiris est devenu Cranganore, mais Krishna affectionne l'ancien nom de ce comptoir fameux, avant-poste de Rome vers l'extrême Asie.

Il dépasse l'excroissance trapue dont les briques rouges luisent sous la pluie. Le roi lui en disait hier, à sa consternation : « Il faudra renforcer l'artillerie de Jumma Masjid. » Au-delà commence le port de commerce. La côte s'infléchit plein sud le long des eaux intérieures, hérissée comme un peigne d'estacades bordées de boutres qui dégagent de fastueuses odeurs d'épices, odeurs mêmes du raffinement et de la fortune.

Une multitude de débardeurs chargent et déchargent ces navires, insensibles au mystère poignant de ces coques surgies de l'inconnu, avant de redisparaître sur les « eaux noires », ainsi les vieux textes sanskrits désignent-ils la mer.

L'amène Krishna, pour qui tous les hommes se valent, ressent là, et là seulement, des bouffées d'irritation envers l'humanité. L'insensibilité de ces portefaix, incapables de goûter la poésie de ces assemblages de bois grinçant contre leurs appontements, lui fait avec chagrin réviser sa conception de l'égalité. Non, tous les hommes ne se valent pas, il y a les brutes et il y a les autres.

Les établissements de commerce s'alignent entre les jetées le long de la grève où piaillent des mouettes. Longs bâtiments à un étage, flanqués de vastes cours, les magasins au rez-de-chaussée, les logements au-dessus. Juifs, chrétiens et musulmans se succèdent du nord au sud. Rien ne distingue ces partisans d'un seul Dieu qui s'estiment si différents les uns des autres et du reste des hommes, songe une fois de plus Krishna. Rien, sinon le plus superficiel, le vêtement.

Le monothéiste trinitaire Thomas est devant sa porte. Il discute avec un contrôleur du fisc de la valeur de la cargaison de poivre dont on achève l'arrimage dans la cale du *Saladin*, grand boutre égyptien dont Suez est le port d'attache. La taxe à l'exportation est de quarante pour cent. Discuter en vaut la peine.

– Je te confirme qu'il est rentré douze cents sacs pour un poids total de trois cent soixante-dix-huit *bahar*[1]. Je te dois donc...

Le contrôleur qui aurait dû assister au chargement est arrivé en retard et il reproche à Thomas d'avoir commencé sans lui. Thomas aurait dû attendre. Les contrôleurs sont tenus de compter eux-mêmes les sacs portés dans les cales et de recevoir en main propre le règlement de la taxe dont ils portent les espèces dans de belles sacoches en peau de requin frappées au timbre du rajah.

Le contrôleur est dans son tort, Thomas aussi. Ils se connaissent bien. Les choses devraient s'arranger. Pourtant :

– Peut-être, mais je suis forcé de taxer à quinze pour cent de plus. C'est l'amende. Tu ne devais pas commencer sans moi.

Le taux officiel de l'amende en ce cas est de trente pour cent. Le contrôleur est déjà bien bon. Thomas sait son compte juste. La cargaison ne dépasse pas trois cent soixante-dix-huit *bahar*. Quinze pour cent, dit-il, c'est encore trop. Il accepterait dix pour cent. Le contrôleur consent. L'amende ira dans sa poche. S'il avait exigé le taux officiel, il aurait dû l'enregistrer et l'argent serait passé dans les caisses du roi.

Thomas n'est pas content. Il s'en veut d'avoir chargé sans le contrôleur. « Quelle bêtise ! se dit-il, irrité. Je ne suis plus moi-même. » Il est obsédé, obsédé par une femme qui n'est pas la sienne. Obsédé par Shobita. Krishna arrive à ce moment.

– Je te guettais, lui dit Thomas, sans mentir.

---

1. 6,3 tonnes.

– C'est une occupation qui me connaît. Que me veux-tu, chrétien Thomas ? dit Krishna.

– J'ai entendu que le roi aurait congédié sa maîtresse...

– Maîtresse ? Quelle maîtresse ? Quel sens donnes-tu à ce mot ?

Thomas ne se démonte pas, bien qu'il ait un peu pâli.

– Celui d'amie, d'amie intime ; d'amie très intime. Mais tu as dit : quelle maîtresse ? Je croyais qu'il n'en avait qu'une...

– Je l'ai cru longtemps, je n'en suis plus sûr...

La surprise donne à Thomas une expression stupide.

– Je veux parler de Shobita.

– Congédier Shobita... La crois-tu congédiable, si tu la connais le moins du monde ?

Perfide, il ajoute :

– Je vois que tu ne la connais pas.

Il poursuit :

– Pour être roi, commande-t-on si facilement à ses senti-ments ? Toi-même, chrétien, qui devrais les gouverner mieux que nous, te vois-tu prendre à ce point sur toi si tu la connais-sais comme le roi ?

– Je n'ai pas la prétention de commander à quoi que ce soit, fait Thomas, pâlissant encore.

– Sage réserve. Incompatible cependant, si je ne me trompe, avec vos commandements.

– Non, pas sage. Désespérée.

– Mon ami, le désespoir est une sottise avant d'être un péché.

A ce moment survient Cécile, la femme de Thomas. Sans doute a-t-elle surpris le dernier mot de son mari car elle l'interpelle :

– Toi, désespéré ?

Et elle ajoute, tournée vers Krishna qu'étonne toujours la liberté de ces chrétiennes :

– Thomas est l'homme le plus gai du monde... Au moins jusqu'à présent, ajoute-t-elle, après avoir regardé son mari.

– Je ne sais pas ce qu'elle entend par gaieté..., grommelle Thomas.

– Insouciance, peut-être ? lâche Krishna.

– Je ne suis pas insouciant, réplique Thomas, soudain tout rouge.

– Ne te tourmente pas trop quand même, dit Cécile gentiment moqueuse. Puis, saluant Krishna d'une brève inclinaison de la tête : Au revoir, je dois faire mon marché.

– Et moi, je dois achever ma tournée, dit le scribe.

Avant de quitter Thomas, saisi d'une brusque pitié, il lui susurre sur le ton de la confidence, de tous les tons celui qu'il sait le mieux prendre :

– Je ne crois pas au congédiement de Shobita. Si congé il y avait, il ne pourrait être que formel, un congé pour la galerie…

– Ah ! soupire Thomas, qui se passe la main sur le front avec accablement.

Comment lui, marchand protégé, pourrait-il rivaliser avec le roi ?

Sur le chemin de la synagogue, Krishna se demande s'il priera son dieu de lui accorder Shobita ou s'il aura le courage de le prier, comme il le devrait, de la lui interdire.

L'atmosphère de la synagogue ne laisse jamais Krishna insensible. Après le long périple qui l'a mené du quartier des pêcheurs à la rue des Juifs, à deux pas du palais d'où il est parti, il arrive devant le sanctuaire où Isaac lui apprend que va être dite la prière pour le roi.

Isaac est le plus sociable des êtres, il aime parler, donner des nouvelles des siens, les siens au sens le plus large, tous les juifs de Cochin, et, s'il pouvait, il en donnerait de tous les juifs du Malabar. Il est orfèvre de profession. La boutique où il martèle tout le jour avec une douceur sans défaut les métaux précieux, après les avoir chauffés pour accroître leur malléabilité, ne désemplit pas. De clients et de bavards qui savent toujours trouver chez lui matière à entretenir des conversations interminables. Krishna s'y rend depuis des années une fois par semaine et ne l'a jamais regretté.

– Entre.

– Je préfère rester dehors, répond le scribe. Je vais m'abriter ici de la pluie, ajoute-t-il, désignant l'auvent d'une boucherie rituelle où pendent trois carcasses de chèvre et deux de mouton, couvertes de mouches.

Depuis l'étal, Krishna étudie l'architecture de la synagogue. Sa structure, tout en bois, rappelle une carène renversée. Il réalise alors que tous les temples, toutes les églises, toutes les mosquées sont conçus sur le même modèle interchangeable ! Tous les sanctuaires sont identiques, seuls à l'intérieur un lingam[1], une croix, une corniche historiée, un rouleau de manuscrits indiquent la foi. Les portes des bâtiments des trois religions monothéistes sont tournées vers l'ouest, vers Jérusalem et La Mecque. Les portes des temples hindous le sont parfois aussi.

La prière pour le roi retentit en malayalam dans la synagogue :

De Ta demeure sainte, ô Seigneur
Bénis et protège
Le roi de Cochin et son peuple. Amen.
Que ce royaume soit heureux et prospère
Et grand par son union et sa concorde
Que les rayons de ta lumière éclairent notre roi
Afin qu'il fasse régner l'ordre et la justice. Amen.
Que grande soit sa santé ainsi que celle de tous les siens.
Amen.

Krishna admire et la forme et le fond du texte. L'appel à l'union et à la concorde le touche spécialement, car il craint beaucoup pour elles depuis la fête de Poram.

Une autre prière, dite en hébreu, termine l'office. De son poste il voit Abraham délacer de sa main droite les lanières qui retiennent sur son bras gauche et sur son front les deux étranges petites boîtes noires, appelées phylactères. Abraham

---

1. Le phallus sacré.

les embrasse avant de les ranger dans un châle, puis s'approche, lui laissant le temps de s'émouvoir de cette rencontre fortuite, au hasard d'une promenade, avec les deux victimes de Shobita, après le roi, après lui-même, après combien d'autres et avant combien ? Mais le mot victime ne convient pas, ou il faudrait en changer le sens pour lui donner celui d'élu.

Abraham le salue. Quelque chose le tourmente. L'incertitude ne dure pas. Abraham ne traîne jamais :

– J'ai, lâche-t-il, besoin d'un conseil…

– Quel conseil puis-je te donner ?

– Un conseil de vengeance.

Vengeance. C'est bien cela. Tout se trouble. Les astres sont dérangés. Les cœurs s'ulcèrent. La confiance rancit. Où va le royaume ?

– De vengeance contre qui ?

– Mansour Koya Kassim…

– Quelle offense ?

Krishna la connaît, elle date de Poram. Il en a été témoin, témoin partiel, c'est à dire sourd : il était trop loin d'Abraham et de Mansour pour entendre ce que le premier a dit au second. Mais il a vu Mansour, passant près d'Abraham, lui jeter quelques mots avec cette expression de mépris dont il s'est toujours étonné qu'elle ne lui ait valu cent fois la mort.

Shobita dansait depuis une heure. L'envoûtement n'épargnait personne. A l'exception de Mansour qui s'aimait trop pour se laisser envoûter par quiconque. Pour bien montrer son mépris de cette fascination grossière, il avait quitté les lieux avec toute l'ostentation dont il était capable. Et passant près d'Abraham, il lui avait lancé : « Je vois que le veuvage te pèse. Te voilà aussi le jouet de cette créature… » Abraham, frappé au cœur, était resté muet.

– Il m'a gravement offensé, répond Abraham.

– Il a insulté ton dieu ?

– Non.

– Il ne peut pas avoir fait pire.

– Il a insulté ma femme et il a insulté Shobita, je l'ai ressenti comme le pire.

– Comment a-t-il pu insulter ta femme ?

– En prétendant que j'aurais pu l'oublier.

– Et Shobita ?

– Tu peux le deviner.

– La vengeance, c'est l'oubli.

– Comment ?

– L'oubli de l'insulte. L'insulte oubliée n'a pas été faite et l'insulteur est renvoyé au néant. La vengeance, c'est ce néant, surtout envers Mansour.

Abraham est hors de lui, comme Thomas tout à l'heure.

– Oublie Mansour qui ne vaut rien d'autre, lui répète Krishna.

Abraham secoue la tête comme une vache énervée par des mouches puis se reprend. Il invite Krishna au mariage de sa sœur Sarah, fixé dans un mois. Elle va épouser le fameux Saül, le géant roux venu d'Europe, célèbre pour la conclusion d'un marché avec le Samorin. Il se distingue partout par son physique extraordinaire et sa faconde inégalable pour évoquer les pays lointains. Krishna brûlait de le rencontrer. Quelle occasion serait plus belle que le mariage du phénomène ?

La mosquée de Chembitta s'élève au bout du port, au sud de la ville, face au lac Vembanad. La prière vient d'être dite lorsqu'il y parvient. Comme chaque jour, cinq fois par jour, les musulmans ont proclamé :

Au nom de Dieu le Miséricordieux plein de miséricorde. Louange à Dieu le Seigneur des mondes, le Miséricordieux plein de miséricorde, le maître du jour du Jugement. C'est Toi que nous adorons, c'est Toi que nous implorons. Conduis-nous vers le droit chemin, le chemin de ceux que Tu combles de bienfaits, non de ceux qui T'irritent ni de ceux qui s'égarent.

Les hommes s'égaillent sans tarder le long du port où les affaires les appellent, rejoignant leurs bureaux, leurs entrepôts, les bateaux en attente de chargement et de déchargement. Il faut vérifier les comptes, contrôler les marchandises, surveiller les débardeurs filiformes qui portent sur la tête des sacs si enflés qu'ils accentuent leur décharnement.

Mais le commerce n'est pas tout et tous les musulmans n'y sont pas adonnés. Devant la mosquée, deux hommes ne se soucient ni de cargaisons ni de bénéfices. Ce sont les frères Marakkar, l'archer et le poète, le triple vainqueur du concours de Poram et l'idole des lettrés, les jumeaux Ibrahim et Ali. Ils sont engagés dans une discussion qui paraît d'autant plus vive à Krishna que leur entente est célèbre et qu'une rare douceur imprègne tous leurs rapports. Or il semble qu'ils l'aient oubliée : leurs gestes sont véhéments, leurs expressions tendues, il y a de l'âpreté dans leur ton. Krishna surprend le nom de Mansour. Encore lui !

Il s'approche, les frères le saluent et se taisent, comme gênés d'une excitation si éloignée de leur sérénité ordinaire.

Gêné lui aussi, Krishna se contente de les saluer de la formule rituelle et banale :

– La paix soit avec vous.

Sitôt Krishna éloigné de quelques pas, ils reprennent leur débat. Il n'est pas assez éloigné pour qu'il ne surprenne une seconde fois le nom de Mansour, prononcé avec une étonnante fureur.

Quelques pas encore et, n'entendant plus rien, il se retourne. Les jumeaux se sont séparés. Ils se ressemblent tant qu'il lui faut y regarder à deux fois avant d'être assuré de l'identité de celui qui est parti. Est-ce bien Ali qui reste là, songeur comme un poète ? Oui, c'est bien lui : la robe de son frère était blanche et la sienne est écrue.

Krishna s'avance vers l'estacade la plus proche, qui appartient aux Koya Kassim avec les deux suivantes. Elles peuvent accueillir en même temps une douzaine de boutres, ce qui fait de leurs propriétaires les transitaires les plus importants de Cochin, dont ils sont aussi les premiers armateurs.

Le père et le fils se tiennent côte à côte sur le pont d'un navire. Ils discutent avec véhémence avec son capitaine, tous trois seuls sur le pont désert. Les cales sont ouvertes, pleines de poivre, mais de poivre pourri. Scandale.

Krishna éprouve toujours une délectation mystérieuse à monter sur un bateau. Il y frôle l'interdit qui lui ferme la mer, dont l'invraisemblable étendue l'attire et l'effraie.

Il ne peut pas ne pas saluer le chef de la guilde musulmane de Cochin, la seconde en importance de tout le Malabar après celle de Calicut. Krishna s'avance vers la passerelle qui donne accès à bord.

Il se souviendra toute sa vie du mol enfoncement de cette planche sous son pied gauche, qui lui fit baisser les yeux. Lorsqu'ils tombèrent sur l'espèce de cible que figurait un nœud dans la planche, il entendit la vibration – le son d'une flèche traversant l'air –, le choc mou de l'impact, et un bruit sourd d'effondrement dans la cale, celui de la chute de Mansour Koya Kassim, tué d'une flèche dans le dos.

Le père et le capitaine sautent à sa suite dans la cale. Krishna n'oubliera jamais leurs expressions. L'horreur du premier, l'incrédulité du second.

Le père s'efforce de prendre son fils dans ses bras sans toucher à la flèche plantée dans son dos, le relève jusqu'à le maintenir debout serré contre sa poitrine en fermant les yeux – ceux du cadavre sont ouverts – puis il se reprend, abaisse les paupières du mort et le repose doucement sur le ventre.

Chapitre 3

Journal de Krishna

J'arrivai chez Abraham porteur d'un message du roi. Le roi le félicitait du mariage de sa sœur. Il renouvelait les privilèges des Rabban, cette grande famille juive dont Abraham est le chef – disposition d'un palanquin, d'une ombrelle, licence de se faire précéder dans les processions officielles de joueurs de tambour et de trompette, titre de prince, exemptions fiscales... –, souhaitait bonheur et descendance à Sarah et à son mari.

Le respect des traditions est irremplaçable. Il rassure en pérennisant. Depuis le meurtre du Koya Kassim, Cochin a besoin d'être rassurée.

Le tribut d'Abraham au roi, une douzaine de flacons d'un vin de Venise et non pas de Perse, a séduit Sa Majesté. « De l'or, m'a-t-elle dit, de l'or liquide d'Europe. Il m'aidera à rêver à mon ermitage. » Le ton était amer.

Le trajet est bref jusqu'à la maison d'Abraham, car, depuis le meurtre, j'habite en permanence au palais de Cochin, seul dans cette immense bâtisse avec les nayars qui en gardent la porte, nus sous la pluie, l'épée à la main, dans des postures de hérons tristes. Sinistre solitude.

La pluie sur les toits, sur les dallages des cours et dans les fontaines, résonne en musique mortuaire. Ma mission – trouver le meurtrier – n'est pas plus gaie. « Les voies officieuses seront plus efficaces que les officielles », m'a dit le roi dans la salle des secrets. Il a peu confiance en sa police.

Il faut faire vite. La situation se dégrade. Des échauffourées ont déjà éclaté. Les communautés s'épient et se défient. Chacun soupçonne tout le monde. Les relations commerciales entre les juifs, les chrétiens, les musulmans se sont envenimées. Les hindous qui les côtoient s'inquiètent : jusqu'où ces désordres iront-ils ? Le roi est critiqué. On lui reproche – à mots couverts, pour combien de temps ? – de négliger son royaume. On le soupçonne de ne rêver qu'à reprendre sa danseuse. Le port de Cochin est secoué par des houles que je n'aime guère.

J'ai senti cette tension en arrivant chez Abraham. Le porche était gardé par deux grands juifs soupçonneux ; j'ai vu leurs arcs et leurs épées, à peine dissimulés derrière les montants de la porte. Leurs têtes me disaient quelque chose qui me revint très vite : les deux gaillards faisaient partie de l'équipe des archers juifs au concours de Poram.

L'immense cour où les épices sèchent au soleil entre les moussons était déserte. Poivre, cannelle, safran et cardamome avaient été rentrés à l'abri de l'eau dans les entrepôts soigneusement fermés et leurs parfums s'étaient depuis longtemps dissipés. L'un des magasins était ouvert. Une foule se pressait dans la salle qui avait été vidée, tapissée de soieries et de cotonnades ; au fond un dais avait été dressé.

Alors qu'Abraham se précipitait pour m'accueillir, j'aperçus sous ce dais le marié, le fameux Saül : il dépassait d'au moins deux têtes le plus grand des invités. La mariée était invisible, masquée par l'assistance.

Saül, dit Peau d'Ours, était couvert de lourds oripeaux chamarrés – comment pouvait-il les supporter par cette chaleur ? Un turban grossissait encore son énorme tête. Des cheveux roux émergeaient çà et là de cette coiffe. Mais plus étonnante que son gabarit et ses cheveux rouges était la couleur de sa peau. Je n'ai jamais vu un blanc aussi blanc ; blanc extrême, plus que blanc. Peau blanche parsemée de taches de rousseur comme le sont, paraît-il, les léopards des neiges.

Il allait passer le *tali* autour du cou de sa fiancée. Ce

collier, symbole du mariage, est fait d'une feuille de bananier en or. Toutes les communautés – chrétienne, musulmane, juive – nous ont emprunté ce rite, mais il est plus fréquent chez nous que chez elles, les unions ne durant guère en Inde du Sud. Les juifs et les chrétiens ne se marient qu'une fois, chose bien surprenante.

Pour que chacun puisse être témoin de ce moment décisif, Peau d'Ours souleva Sarah d'une seule main, comme une poupée. De l'autre, il lui passa le collier par-dessus la tête et le fit glisser avec délicatesse sur son cou. Nous applaudîmes tous et des cris s'élevèrent, en hébreu et en malayalam, lorsqu'ils s'embrassèrent – baiser d'un ours et d'un petit chat.

Selon nos traditions, ils s'avancèrent sur une jonchée de fleurs de jasmin vers une table où étaient posés une aiguière et un plat d'argent. Sarah versa de l'eau sur les mains de Saül et prit sur le plateau un gâteau qu'elle porta à la bouche de son mari. Les chants s'élevèrent, chants indiens et juifs mêlés. A cet instant, l'angoisse qui planait sur la ville me parut s'être dissoute.

La détente ne dura guère. On entendit soudain éclater une dispute à la porte de la cour. On se pressa sur le seuil de la salle à l'abri de la pluie redoublante, pour voir les gardes de la porte malmener un petit homme brun en habits de fête déjà tout éclaboussés de la boue rougeâtre que piétinaient ses tourmenteurs en le repoussant.

Saül se précipita vers l'entrée, s'interposa et serra l'homme dans ses bras. Je m'approchai avec Abraham et de nombreux invités, surpris de leurs vociférations. Le marié, de sa voix de stentor, fit taire tout le monde.

– Je t'avais prévenu, lui dit le petit homme, que ta famille me rejetterait.

– Il ne peut pas se mêler à nous, confirma Abraham.

– Et pourquoi ? rétorqua Saül, j'ai été reçu dans sa famille à Calicut. J'ai célébré dans leur maison tous les shabbats. Tout juif est notre frère.

– Notre frère ? dit Abraham qui contenait sa colère. Vois la couleur de sa peau.

– La couleur de sa peau ?

– Ne vois-tu pas comme il est noir ?

– Le noir serait-il symbole de noirceur ? Alors, si je nous comparais, tu serais l'incarnation du mal et moi celle du bien.

– Ce noir lui vient de son sang indien. Ses aïeux ont épousé des Indiens et des Indiennes. Ils ont enfreint la Torah : les juifs doivent se marier entre eux. Cet homme n'est pas un vrai juif et de surcroît il prétend l'être. Il n'a pas sa place ici. Va-t'en ! jeta Abraham au malheureux que maintenaient les gardes.

J'intervins. Je fis remarquer à Abraham que je n'étais pas juif non plus, bien moins juif en vérité que celui qu'il repoussait. Il me répondit que je ne prétendais pas l'être, comme cet imposteur, fit-il, désignant d'un mouvement de menton le petit homme tout déconfit. Le mot me parut si excessif que je m'abstins de répliquer. Il y avait foule derrière nous malgré l'averse qui détrempait les vêtements de fête. Saül me relaya.

– En Espagne, j'ai vu brûler des juifs sur des bûchers. Est-ce ce que tu souhaites ?

– Non. On ne brûle que des veuves à Cochin et des veuves volontaires.

– Je viens d'Europe. Les juifs y sont persécutés. Comment veux-tu que je supporte de voir un juif comme celui-ci maltraité par ces deux-là…

Il désigna le groupe que formait le petit homme piteux entre les deux gardes qui le dépassaient d'une bonne tête, lui-même les dominant d'une hauteur plus grande encore et de toute sa blancheur, puis reprit :

– … maltraité par ces deux-là et renvoyé par toi, mon beau-frère, qui rejette mon invité le jour de mes noces.

– Nous ne sommes pas en Europe. Il n'est pas question de brûler qui que ce soit, de léser quiconque. Seulement chacun doit rester chez soi. Que lui et les siens, qui se disent juifs, mais que nous avons des raisons très précises et très fortes, des raisons sacrées – est-ce que tu tiendrais la Torah pour rien ? –, de ne pas reconnaître tels, restent chez eux, qu'ils prient dans leurs synagogues, comme nous prions dans les nôtres.

Il reprit pour l'indésirable :

– Pourquoi es-tu venu ? Tu savais que tu n'entrerais pas, tu l'as dit tout à l'heure.

– Je suis venu à l'invitation de Peau d'Ours.

– Saül vient de très loin. Il ne savait pas.

– Je ne savais que trop, protesta Saül. A Constantinople, j'ai vu des juifs comme toi dresser des palissades pour ne pas voir leurs frères kharaïtes.

– La mesure est judicieuse, même si elle est un peu voyante. L'ordre est la condition du bonheur. Une place pour chacun et chacun à sa place, l'Inde est ainsi organisée et sinon l'Inde le Malabar, à la satisfaction de tous.

Saül a secoué la tête en fermant les yeux et, malgré la pluie, je suis sûr d'avoir vu des larmes couler sur son visage : la pluie ne sort pas des yeux. J'ai cru qu'il allait perdre son calme, mais il a courbé le dos, respiré profondément, pris le petit juif noir par le bras et l'a raccompagné doucement vers le porche où il l'embrassa avec de grandes claques dans le dos.

Pareil colosse aurait assommé les deux gardes d'un revers de main, le voir ainsi garder son calme me parut digne de sympathie. La réputation formidable qui l'avait précédé chez nous n'était sans doute pas usurpée.

– Il faut que je te parle, dit Saül à Abraham, croisant mon regard pour la première fois, tandis que les spectateurs, trempés, se hâtaient vers l'abri du magasin où Sarah attendait avec le reste de la noce.

Je compris qu'il demandait qui j'étais et que la réponse l'intéressa, car je le vis questionner encore Abraham avec un surcroît de concentration. Puis il se tourna vers moi, sa vaste face illuminée d'une jovialité colossale qui me fit penser à celle d'un ogre devant je ne sais quel festin. Et ses propos ne démentirent point cette apparence si engageante. Son apostrophe fit tourner la tête à une trentaine d'invités, ce dont je me serais bien passé, j'ai horreur de l'ostentation, mais Peau d'Ours était ostentatoire de la tête aux pieds et il fallait s'en accommoder.

— Écoute-moi, ô brahmane. Ta réputation de sage est infinie et le Samorin envie le roi de Cochin de t'avoir pour conseiller.

— C'est trop d'honneur, lui répondis-je.

— Trop d'honneur ! s'exclama-t-il d'une voix de tonnerre qui parut faire hésiter la pluie, on n'en fait jamais assez pour ceux qui le méritent. Et si tu n'en mérites pas tant, laisse-moi au moins le bénéfice de ma générosité.

Là-dessus il éclata d'un rire gigantesque dont la vibration fit reculer la foule au fond de l'entrepôt et repoussa un instant la pluie jusqu'aux nuages. Puis il bondit à l'abri et se campa, poings sur les hanches, face à la noce sidérée.

— Écoutez-moi, fils d'Abraham, d'Isaac et de Jacob et tous ceux de Vishnou, vous narrer ma vie...

Il s'avança au centre de l'entrepôt pour permettre que l'on fasse cercle autour de lui, en habitué de ces représentations. Les juifs dans leur habit de fête et les juives tout enfouies dans leur robe de soie l'encerclèrent étroitement. Je m'assis en face de lui et il me faut bien rapporter qu'il ne me quitta guère des yeux, revenant toujours aux miens sitôt qu'il s'en écartait – j'en conclus, non sans plaisir (ah ! quand parviendrai-je, si j'y parviens jamais, au détachement qui est mon seul but...), que son compliment initial avait été sincère.

Son récit, dont j'ai bien des difficultés à rendre la musique, car il entrecoupe le malayalam de mots étranges venus d'autres langues qui en feraient un charabia, s'il ne les prononçait tous avec tant de force et ne les soulignait de tant de gestes que le sens s'en imposait par-dessus les sons, démarra dans l'épique et ne s'en écarta jamais. Épopée très différente de celles de notre côte, mais non moins belliqueuse, à cela près que les combats de Saül furent menés sans autre arme que l'astuce, le culot, un bagout irrépressible, nous faisant tous croire à des aventures qui eussent été incroyables de tout autre.

M'annonçant les fiançailles de sa sœur, Abraham m'avait

averti qu'elle allait épouser un énergumène – énergumène fut le mot – mais il n'y avait rien à faire, elle n'en démordrait jamais.

– L'essentiel, c'est qu'il soit juif, avait-il soupiré. Et tant pis s'il fait beaucoup parler de lui.

J'avais déjà entendu nommer l'individu d'un nom musulman par un Arabe, mais je gardais l'information pour moi.

Ma hâte à rencontrer le mari de Sarah était récompensée.

Le commerce dans nos ports est considéré comme un art et nos différentes communautés rivalisent avec ardeur dans son exercice. La conclusion d'un marché, quand elle est exceptionnelle, provoque toujours autant d'admiration que d'envie. Les grands acheteurs et les grands vendeurs sont autant de héros.

– Tu ne connais pas Peau d'Ours ? me dit un jour Abraham.

– Peau d'Ours ? m'étonnai-je.

– C'est un surnom. Il s'appelle Saül et c'est un bon juif. Il va épouser ma sœur.

Je demandai par courtoisie comment les fiancés avaient fait connaissance. Abraham, les yeux brillants – Saül l'impressionne d'évidence beaucoup –, m'apprit qu'il était venu le voir à son bureau, que Sarah avait passé la tête par la porte pour lui demander quelque chose, qu'elle était restée médusée, la tête inclinée dépassant seule du battant de la porte avant de s'effacer brutalement. Mais la stupeur de Sarah n'était rien comparée au saisissement de Saül, qui était resté pétrifié bien plus longtemps sur son siège que Sarah à la porte.

– Bien plus longtemps, oui. Deux ou trois fois plus longtemps, fit Abraham rêveusement.

Il ajouta, jubilant :

– Le saisissement d'une carcasse pareille était bien plus impressionnant que la stupeur de ma petite sœur.

Ainsi les fiancés avaient-ils tous deux été frappés d'un

même éclair. Abraham était convaincu qu'ils feraient un couple exemplaire et la conviction de mon ami était réjouissante.

Mon impatience à rencontrer Peau d'Ours tenait, d'une part, à sa célébrité, de l'autre, à une conviction : ce personnage qui ne ressemblait à rien de ce que je connaissais m'apprendrait beaucoup. Dans l'obscurité où j'étais plongé depuis le début de mon enquête, j'avais à mon tour besoin de conseils, de lumière.

« Un bon juif », avait dit Abraham... Quelques jours auparavant, un Arabe m'avait posé la même question : « Connais-tu Peau d'Ours ? » J'y avais répondu par la négative. Il avait ajouté, ce qui me parut étrange, que sous ce même sobriquet « Peau d'Ours » se dissimulait un dénommé Hussein. Bon musulman, sans doute... Mais pourquoi ? Pourquoi ne pas adorer le même dieu de diverses manières ?

Saül-Hussein était arrivé en Inde venant d'Alexandrie. Débarquant à Calicut, il avait pour tout bagage un gros ballot mal ficelé qui fit rire tous les douaniers du port, plein de peaux d'ours et de peaux de loup. Notre visiteur croyait qu'en Inde, dont il connaissait la chaleur du climat, il n'y avait point d'animaux à fourrure, point d'ours, point de loups. Savait-il même qu'existaient ces tigres dont les peaux recouvrent les sièges de tous nos palais ?

Quoi qu'il en fût, il se démena pour voir le Samorin. A qui, disait-il, il voulait accorder, comme à tout grand personnage, la première exclusivité sur ses marchandises. Son insistance amusa le chambellan du monarque qui, après l'avoir repris : « Ce n'est pas à toi d'*accorder* quoi que ce soit au Samorin, tout au plus peux-tu *réserver* l'exclusivité... – Eh bien, je réserve. Je réserve sans réserve », répliqua-t-il, épanoui, tout heureux plutôt que fâché de l'observation dont bien d'autres se fussent vexés. L'épanouissement de pareil colosse a quelque chose d'irrésistible.

Le chambellan, qui ne se déridait pas facilement lui-même, n'avait pas vu rire son maître depuis bien longtemps. Le géant au teint de lait pourrait, devina-t-il, rompre sa morosité. Le Samorin éclata de rire quand Saül déballa devant lui un fatras poussiéreux de peaux grises et brunes, fatiguées et mitées. Le monarque riait toujours quand soudain Saül, théâtral, tira de dessous son stock une gigantesque dépouille qui l'aurait enseveli dans ses plis, tout énorme qu'il était, s'il n'avait déployé cette chose effrayante avec une force surhumaine. Il lui fit battre l'air à bout de bras comme à un simple drap, obscurcissant la salle du palais du dégagement opaque d'une âcre poussière dont le Samorin se trouva aussitôt entièrement poudré et qui l'étouffa, car une violente quinte de toux le secoua dans son tréfonds, lui ôtant toute la majesté dont Saül – il me le dit plus tard – n'avait pas laissé d'être impressionné. Mais toussant, il riait toujours. Le chambellan, poudré de même, était plié en deux. Lui, Saül, infatigable, secouant toujours au nez du Samorin l'immense fourrure, gueule ouverte sur des crocs terribles, et des griffes monstrueuses à l'extrémité des antérieurs, n'avait rien remarqué, ne pouvant rien voir, le trophée qu'il déployait lui masquant son client. Il n'avait pas aperçu le geste du suzerain ordonnant aux gardes qui se jetaient sur lui de rester tranquilles.

Il fallut changer de salle pour commencer l'examen de la marchandise, si épaisse était la poussière que la démonstration musclée de Saül en avait exhalée. Une fois dans la salle voisine, le chambellan le pria d'attendre que le Samorin ait pris un bain avant de poursuivre la transaction. « Et moi-même, dit-il, je vais en faire autant. » Saül fut laissé à ses réflexions sous l'œil suspicieux d'une vingtaine de gardes (il en avait été discrètement appelé six en renfort, armés en guerre et des plus forts, au cas où le géant se fâcherait...). Il en profita pour étendre du mieux qu'il put son extravagante fourrure qui ainsi recouvrit les deux tiers à peu près du sol d'une pièce qui n'était pas petite – rien n'est petit à Calicut, dans le palais royal.

– C'est donc un ours, dit le monarque, revenu tout frais et parfumé de son bain, avec une aménité qui confirma Saül dans son impression que les rois indiens, celui-ci au moins,

73

étaient tout différents des princes d'Europe et d'Orient qui l'auraient fait jeter pour bien moins dans un cul-de-basse-fosse...

– C'est bien un ours, Majesté, avait-il répondu avec une componction étonnante chez un si grand corps.

– Blanc ? reprit le Samorin.

– Blanc, Majesté, approuva Saül.

Le Samorin ferma les yeux.

Il n'y a pas d'ours blanc en Inde, pas même dans l'Himalaya où ils seraient à l'aise. Sa blancheur illuminait la pièce.

– D'où vient-il ? demanda le monarque. Où vivent ces bêtes ?

On avait informé Saül que le Samorin était curieux de tout, aussi se lança-t-il dans une description splendide des contrées boréales où foisonnent, assura-t-il, ces monstres.

– Ils ne sont donc pas si rares ? observa le souverain.

– L'espèce est commune, Majesté, au-delà du cercle polaire, mais cet au-delà est inaccessible, les hommes qui s'y risquent sont pétrifiés par le froid. Aussi pareilles fourrures demeurent-elles presque inconnues, même dans les pays les plus proches de ce Nord impitoyable. L'empereur d'Allemagne prétend en posséder une, mais je sais de source sûre qu'on l'a abusé ; on lui a vendu une peau d'ours brun décolorée, paraît-il, avec beaucoup d'art, mais la tromperie n'en est pas moins patente.

Le Samorin resta perplexe : l'empereur d'Allemagne ? Il ignorait. Alors Saül entreprit de l'éclairer. L'empereur d'Allemagne régnait sur le centre de l'Europe, il était l'élu du Saint Empire romain germanique. Lequel était le principal représentant temporel du pouvoir universel du chef de l'Église romaine.

– Universel ? grogna le Samorin.

– Majesté, c'est tout discours et prétentions insoutenables, se hâta d'ajouter Saül. Ce pouvoir n'a jamais dépassé les frontières de l'Italie et il les a rarement atteintes.

– L'Italie..., fit le Samorin.

Il connaissait. Il en avait entendu parler. Périodiquement,

des Vénitiens, des Siennois, des Génois, des Romains même et de très rares Napolitains se risquaient sur les eaux noires dans les vaisseaux arabes et visitaient le Kerala. Tous empressés, flatteurs, obséquieux pour les pires, obsédés de commerce.

— Mais moi aussi je suis obsédé de commerce, prononça à voix très basse, certainement pour lui seul, le Samorin de Calicut.

Or Saül avait l'oreille si fine qu'il l'entendit parfaitement.

— Majesté, le commerce est la plus noble obsession possible…

— Vraiment? Penses-tu vraiment ce que tu dis? répondit le monarque, très loin du rire qui l'avait pris devant ce ballot misérable de juif… Juif?

— Es-tu vraiment juif? demanda-t-il, avec l'œil scrutateur et perçant du prince qui passe en revue l'élite de sa garde.

— Dieu me garde…

— Comment?

— Dieu me garde de ne pas l'être. Et comme il m'en garde, la question est résolue, si bien, Majesté, que je puis, tout en le restant, être ce que tu voudras que je sois.

— Revenons à notre ours, coupa le Samorin. Approche donc cette peau plus près de moi que je l'examine.

Saül saisit l'antérieur droit de la dépouille entre le pouce et l'index et la fit glisser sans effort aux pieds du monarque, lequel plongea ses deux mains dans la fourrure et dit :

— Que c'est doux ! Que c'est profond ! Que c'est souple !

— Majesté, c'est le plus doux, profond et souple pelage du monde, proféra Saül en écho.

— Je te l'achète, dit le souverain. Quel est ton prix ?

Saül baissa les yeux, garda le silence, une expression de pudeur incroyable sur sa large face d'ogre concupiscent.

— Eh bien? fit le Samorin.

— Majesté, cette peau-là n'est pas à vendre…

— Pas à vendre ! s'exclama le monarque. Alors pourquoi me l'as-tu montrée ?

— Elle n'est pas à vendre seule.

– Comment, pas à vendre seule ? Voudrais-tu te vendre avec elle ?

– Ce serait trop d'honneur pour moi que d'appartenir à votre Majesté. Non, je voulais dire que l'achat de cette peau couronne celui de tout mon ballot. Je ne peux pas la céder seule. Toutes ces fourrures sont habituées à voyager ensemble. Je n'aurais pas le cœur à les séparer...

– Eh bien, moi, je les séparerai. Quel est ton prix ?

– Mille *varâha*, Majesté, ou mille pagodes.

Le poids de ces deux pièces d'or est le même ; les premières, frappées d'un sanglier courant, sont la monnaie de l'empire voisin de Vijayanagar, les secondes, d'une pagode, sont les plus répandues dans tout le sud de l'Inde. Mille d'entre d'elles, soit de l'une soit de l'autre, à cent grammes près, pèsent quatre kilos d'or. C'est un prix exorbitant pour une seule peau d'ours, si grande et blanche soit-elle. Le reste, les loups mités, les ours communs, mités aussi, sans compter les autres insectes qui prospéraient certainement encore dans leurs plis, ne valant rien.

Le Samorin demeura impassible et ce fut là que le marchand reconnut le grand roi. « J'aurais dû dire deux mille pagodes... », se reprocha-t-il aussitôt.

– C'est l'ours le plus cher du monde..., laissa enfin tomber le prince.

– Certainement, Majesté. Au plus grand roi, l'ours le plus précieux.

A la stupeur du chambellan qui se hâta de l'imiter, le Samorin éclata de rire pour la seconde fois. Les gardes, abasourdis, contemplaient leur maître, dont la maussaderie était si célèbre, avec des yeux ronds ; les yeux ronds du Malabar encore plus ronds que d'habitude.

Saül, donc, explosa à son tour. Le palais entier trembla et les corbeaux gris qui tournoient en permanence sur Calicut s'enfuirent, affolés, vers la mer à tire-d'aile. Tandis que le Samorin, le chambellan, les gardes se bouchaient les oreilles, les deux premiers riant toujours – curiosité physiologique, me fit observer Saül lui-même : « Essaie de rire les deux index vissés contre les tympans », me dit-il après m'avoir rapporté la scène.

Ainsi naquit la légende indienne de celui qui allait devenir mon ami et dont je regretterai toujours d'être séparé. Légende indienne car il en a d'autres. En Europe, dans le Levant, en Perse, partout où il passe s'accrochent à lui des histoires fabuleuses, comme s'il était d'une autre espèce, plus grande, mieux douée, plus généreuse que l'humanité commune.

En quoi pourrait-il se réincarner ? Je me le demande souvent, depuis son départ. En ours ? En *apsara* ? Les deux lui conviendraient, car il y a beaucoup de féminité dans ce subtil colosse.

Qui de nous, Indiens, n'a rêvé, ne rêve d'*apsara* ? Les nymphes célestes, les « venues des eaux », maîtresses des dieux, pleines de grâce et de charme. Même moi, si peu porté que je sois sur ces rapprochements, j'en rêvais jeune et j'en rêve encore. La transformation de l'énorme Saül en gracile *apsara* exprimerait merveilleusement l'ironie et la placidité de la création ; celle du même en seigneur des glaces, fauve géant immaculé, confirmerait ses dons.

Lorsque Saül cessa de rire, en même temps que le Samorin – ce synchronisme était perfection de courtisanerie ! –, le palais soudain parut plongé dans la tombe, tant le silence, qui était celui de tous les jours, apparut sépulcral. Le rajah le rompit comme il lui revenait de le faire :

– A présent, tu ne me quittes plus, dit-il. L'ours et son vainqueur vont ensemble, n'est-ce pas ?

Il voulait insinuer par là que Saül l'avait tué, que Saül seul pouvait avoir tué ce monstre.

– Majesté, je ne demande pas mieux que d'être à vous, ce sera mille pagodes de plus.

Le chambellan cette fois s'étrangla, mais le souverain s'esclaffa pour la troisième fois et le chambellan parvint à sourire.

– Fais-lui compter deux mille pagodes, laissa tomber le Samorin, et loge-le au palais, que je l'aie sous la main.

Le « sous la main » ne fit pas regimber le marchand triomphant.

Saül surmonta douze semaines l'accablement que lui valut cette faveur insigne.

Sa verve le sauva, le sauva de l'ennui qui l'aurait « presque tué », selon sa propre expression. Trois mois dans un palais, à la disposition d'un monarque qui lui fit la grâce de ne pas en abuser. A la fin du premier mois, il avait enregistré tout ce que cette cour pouvait lui apprendre.

– Ah ! les cours, soupira-t-il deux ou trois fois devant moi, lorsque nos rapports furent devenus plus étroits, avec une lassitude à laisser entendre qu'il avait été familier de toutes les cours du monde.

Étendu sur la peau qu'il avait payée si cher, le Samorin le convoquait chaque jour l'après-midi pour l'écouter parler des pays lointains où lui-même n'irait jamais, mais dont il savait que venaient les produits de ses entrepôts.

Nous ne savons rien de ces mondes, car les marchands arabes ou italiens qui accostent ici ne nous en disent guère. Les Italiens parce qu'ils ne parlent pas notre langue, les Arabes parce qu'ils ne sont que des transporteurs dont l'activité s'arrête aux portes de cette Europe qu'ils ne connaissent pas plus que nous. Saül, lui, avait voyagé partout et avait réussi à apprendre le malayalam en quelques semaines.

Mais je me suis égaré dans cette relation de son arrivée à Calicut, qu'il me fit plus tard. J'en reviens à son mariage, à cet instant où il entama le récit de sa vie, car j'en ai entendu d'autres de sa bouche qui n'ont de commun entre eux que le point de départ.

– Je suis né, commença-t-il, en Pologne, dans une province nommée Galicie où nos frères sont très nombreux et d'autant plus détestés du reste de la population qui se dit chrétienne…

J'entendais pour la première fois cette expression si restrictive. Elle me frappa d'admiration pour résumer tout à la fois l'inconscience et l'hypocrisie humaines.

Il tint près de deux heures la noce sous le charme. Pendant

ce temps, la pluie cessa et reprit trois ou quatre fois sans que personne s'en aperçût ; on n'entendait que lui.

Son discours m'avait étourdi. Je n'arrivais pas à concevoir que des mondes si étranges, si différents puissent exister outremer. Si vaste soit l'étendue d'eau qui nous en sépare, me disais-je, elle nous y relie aussi et je croyais – je crois toujours – que tous les hommes partagent la même nature humaine.

Quoi qu'il en soit, le récit fantastique de Saül acheva d'en faire à mes yeux un être à part, entièrement singulier. J'eus le sentiment qu'il était un envoyé désormais lié à notre sort et qu'il partagerait avec nous un destin qui était pour moi menaçant et proche. Bref, il m'apparut que le sort de Cochin était attaché à celui de ce géant volubile, sans que je puisse rien préciser. C'était un homme nouveau dans un monde qui allait changer. Il ne fit pas de doute pour moi que son arrivée parmi nous tenait à la prédiction dont le roi se souciait si fort. Cette obscure intuition ne s'arrêtait pas là.

Ce géant surgi d'Europe pour vivre avec nous la crise que nous attendions tous, et peut-être la déclencher, était un être bienfaisant. Une espèce de protecteur, ressentisje absurdement, puisque c'était un homme seul et pauvre, fuyard perpétuel – les somptueuses broderies de son discours de présentation ne pouvaient pas le dissimuler et sans doute n'y prétendaient-elles pas –, dont le succès à Calicut était certainement l'une des rares embellies d'une existence non pas seulement incertaine, nous en sommes tous là, mais dangereuse. De dangers plus sournois que ceux des voyages en mer ou des batailles rangées.

On le sentait parfaitement dépourvu de l'indifférence ou de la froideur, de l'égoïsme en un mot, qui est la plaie cardinale du genre humain. On percevait une disponibilité exceptionnelle, une curiosité permanente et bienveillante de tout, à la mesure de sa stature colossale. L'observer me réconfortait et bien avant qu'il ne finît de parler, je sus que j'avais trouvé en lui la chance d'un appui. C'est à ce moment que l'idée folle me vint qu'il pourrait être une aide précieuse dans l'enquête dont le roi m'avait chargé.

La fin de son récit laissa la noce plongée dans une méditation qui redonna tout son empire à la pluie. Sa vie rendait les nôtres à la banalité la plus mélancolique. Les femmes surtout, emportées loin de cet entrepôt d'Abraham, loin de Cochin. Abraham rompit le charme en tapant dans ses mains.

Le déroulement normal d'un mariage reprit. La fête recommença. Les musiciens juifs et indiens accordèrent leurs flûtes, leurs tambours, leurs trompettes, et les hommes commencèrent à danser entre eux, se tenant par la main, pendant que les juives chantaient. J'approchai d'Abraham et Saül dont la main droite était posée sur l'épaule de Sarah.

Saül m'apostropha :

– Brahmane, me dit-il, pourquoi as-tu l'air si soucieux ?

– Le meurtre de Mansour me poursuit toujours.

– Pourquoi se faire tant de souci ? dit Abraham. Ce chien n'a eu que ce qu'il méritait.

– Tu l'aurais tué ?

– Tout le monde l'aurait tué.

– Mais tu ne l'as pas fait.

– *Tu ne tueras point*, dit Dieu. Dieu interdit de trancher une vie, fût-ce la plus indigne. Je crains pourtant que ma piété ne soit qu'alibi de ma lâcheté...

Saül eut un rire de colombe, une espèce de roucoulement suave, si incongru chez pareille carcasse que j'en sursautai presque.

– Pourquoi ris-tu ? dit Abraham.

– La piété et la lâcheté ne sont-elles pas inséparables ? Alors, ne te fais pas de souci.

Abraham, stupéfait, considéra son beau-frère et resta coi, tandis que Sarah, la tête levée vers son mari comme vers une montagne, ouvrait des yeux immenses où perçait la perplexité derrière la confiance. Saül, qui sans doute voyait tout – il voit tout, je le sais depuis longtemps –, se pencha majestueusement, il ne pouvait pas faire autrement, vers sa femme et l'embrassa sur le bout du nez. Elle rosit jusqu'aux cheveux, la perplexité disparut.

Le géant se tourna vers moi :

– Explique-moi, me demanda-t-il, l'importance de la disparition de ce Mansour.

La mort d'un homme, quelle qu'en soit la cause, relevait pour lui de la fatalité. Celle de Mansour, à ses yeux, n'avait rien que de banal. Mon émoi était superflu.

– Pourquoi es-tu si préoccupé par le trépas de ce détestable personnage ?

Je lui répondis ne la regretter en rien, mais redouter ses conséquences.

– Quelles conséquences ?

– Le désordre et la violence.

– Quel désordre ? Quelle violence ? Le désordre et la violence sont universels, dit-il. Les redouter, ce n'est plus vivre, m'asséna-t-il, professoral ; le sage les ignore, et, de l'avis général, n'es-tu pas le plus grand sage de Cochin ?… Avant ma venue, finit-il avec un clin d'œil, maintenant nous sommes deux.

Il insista sur la vertu de l'indifférence : tous ses voyages ne lui avaient montré que désordres et exactions. Brigandages, crimes en tout genre. Enlèvements, extorsions, viols, assassinats… Partout.

– Les royaumes les mieux policés n'y échappent pas. Alors…

Je répondis ne pas savoir si le royaume de Cochin était mieux policé que les autres, mais savoir très bien que ces désordres n'y existaient pas, avant cette flèche… Je poursuivis :

– Tu connais le monde entier, mais tu ne connais pas encore Cochin, puisque tu viens d'y arriver. Ici, il n'y a ni vol ni crime impuni. Lorsqu'il y a vol, le roi indemnise le volé du préjudice qu'il a subi.

– Le roi, sur sa propre cassette ?

– Le voleur, une fois pris, rembourse le roi et, crois-moi, les chefs de la police, s'ils veulent garder leur place, s'occupent avec diligence de retrouver et d'arrêter les voleurs. Aujourd'hui, l'équilibre est rompu.

– Quel équilibre ?

– Celui de la justice.

– Mais encore ?

– Ici, répondis-je, c'est le roi qui assure la justice, or le roi est choisi par les dieux ; s'il n'y a plus de justice, c'est que les dieux l'ont voulu.

– Où vois-tu qu'il n'y a plus de justice ?

– Il n'y en aura plus si l'assassin de Mansour n'est pas puni.

– Vraiment ? fit-il avec une ironie écrasante.

Sur-le-champ, je n'aurais pas su nommer ironie cette espèce de détachement persifleur, dont j'appris plus tard qu'il faisait fortune en Europe. Je ne connaissais ni le mot ni la chose. Cette dérision m'aurait blessé si je ne l'avais pas prise, comme un brahmane doit le faire, pour une manifestation d'ignorance. Aussi je l'ignorai et délivrai à mon tour une brève leçon à ce professeur de détachement :

– L'impunité d'un seul coupable est un châtiment collectif. Il frappe le royaume entier, le roi et tous ses sujets. Ce meurtre ici qui n'est pour toi qu'un fait divers banal a déjà fait beaucoup de bruit aux oreilles attentives. J'en conviens, la mort violente de Mansour n'a rien d'extraordinaire, compte tenu de ce qu'il était. J'ai entendu plusieurs fois qu'il l'avait cherchée. Mais il n'était pas que lui-même ; il était le fils de son père et le neveu d'un grand personnage que tu as certainement rencontré à Calicut. Ce meurtre ne peut pas passer par profits et pertes. Déjà, l'ordre est atteint. Une fissure s'étend. Elle présage des déchirures beaucoup plus importantes. L'harmonie est plus fragile que la discordance. Le désordre est moins rare que l'ordre et le malheur que le bonheur…

– Ici aussi ? dit-il, moqueur.

J'ignorai la moquerie. Mon obsession de prédiction me fit noircir le tableau :

– La fissure va s'élargir, lui assurai-je, les maux s'aggraver… Tout basculer. Le roi pourrait perdre son trône. Les communautés venues d'ailleurs pourraient souffrir… Toutes.

Les juifs, les chrétiens, les musulmans... Vous serez les premières victimes. On trouve toujours à désigner des boucs émissaires, les peuples sont crédules...

— Je sais, dit-il, soudain frappé d'une lassitude incroyable. Je me tus. Il reprit :

— En Europe depuis longtemps, on chasse le juif et la sorcière, ce sont les deux gibiers permanents, mais non pas exclusifs. Sans doute sont-ils les plus coriaces..., fit-il d'un ton rêveur. Les cathares n'ont pas duré. En Espagne, à présent, on y ajoute les musulmans. Qui seront les suivants? Mais revenons à ton meurtre. Pourquoi l'avoir tué, ce Mansour?

— Par vengeance, je suppose.

— Privée?

— Sans doute, mais je n'en sais rien. Pour l'instant, je ne sais qu'une chose, le tueur est un archer d'élite. Il a tiré par une fenêtre d'un premier étage d'une maison abandonnée, à plus de cent pas du bateau. On a trouvé l'arc dans la pièce, un arc banal. Les bons archers pullulent à Cochin. Cela fait des centaines d'assassins possibles et les commanditaires virtuels sont encore plus nombreux. Il se faisait dix ennemis par jour.

— Les Espagnols ont un proverbe : « Beaucoup d'ennemis, beaucoup d'honneur. »

— Il est stupide, ce proverbe.

— N'est-ce pas?

— On a pu le tuer pour cent raisons. A Poram, il s'est arrangé pour insulter, devant moi, Abraham, ton beau-frère, le chrétien Thomas et le vainqueur du concours d'archers, le mappila Ibrahim Marakkar. Abraham est le chef des juifs blancs, Thomas celui des chrétiens et le père d'Ibrahim est de très loin le premier mappila. Aux deux premiers, il a reproché leur intérêt pour cette danseuse...

— La fameuse Shobita?

— Elle-même. Au troisième, il a dit que le concours était truqué, qu'il ne méritait pas son prix.

— Rien que ça.

83

– Tout simplement. La vengeance a pu faire tirer cette flèche, mais l'intérêt aussi. Une rivalité commerciale – cette cargaison pourrie... Ou même familiale... Si bien que d'autres musulmans et mêmes des hindous peuvent être impliqués. Je connais assez les hommes de Cochin, pour trouver à chacun une raison d'occire Mansour. Je suspecte la ville entière, donc je ne trouve pas de suspect. Et toi, qu'en penses-tu, toi qui viens des pays où les ours sont blancs ?

– Je ne suis pas allé dans le pays des ours blancs, j'y serais mort de froid, moi qui grelotte ici. Je ne peux parler que d'expérience : à qui le crime profite-t-il ? L'intérêt domine tout. Je l'ai vu envoyer des hommes au bûcher, décider l'extermination de cités entières, parfois crûment, sans déguisement, mais le plus souvent sous les prétextes les plus vertueux – l'Europe est chrétienne, n'est-ce pas ? Et l'Orient musulman. Pourquoi la reine Isabelle d'Espagne et son mari Ferdinand condamnent-ils au feu leurs sujets les plus utiles sinon pour leurs richesses ? Les victimes ont souvent du mal à l'imaginer. Certaines, les plus naïves, voient dans leur supplice un châtiment divin : Dieu les punit pour leurs péchés. D'autres se croient livrées au feu pour avoir fait périr celui que les chrétiens appellent le Messie. Ni Dieu ni l'impérieux souvenir d'un vieux procès de quinze cents ans ne sont pour rien là-dedans. L'argent est le nouveau commandement – « Enrichissez-vous ! » –, il remplace tous les autres. Les rois toujours à court le cherchent là où il se trouve. Un nouveau monde est en train de naître là-bas, dont l'intérêt est le seul moteur et qui se bâtit sur le vol et l'assassinat.

Le géant exprimait des vérités bien abruptes. Je crois le destin plus subtil. Sans doute avait-il beaucoup souffert pour simplifier l'histoire à ce point et se montrer, lui si fin, si sommaire. Cette vulnérabilité me toucha car elle nous rapprochait. Puis son exorde avait quelque chose de rassurant. Qui n'aime trouver à chaque événement une cause simple ? Il me vint l'idée de me l'attacher, de le faire participer à mon enquête, lui qui ne connaissait rien aux hommes et aux mœurs d'ici. Moi, je ne les connaissais que trop.

Il accepta tout de suite ma proposition, se tourna dans la seconde vers Abraham et demanda :

— Où étais-tu au moment du meurtre, ô frère de ma Sarah ?

— J'étais ailleurs.

— Mais où donc ?

— A la Petite Maison, chez Shobita.

— Qu'y faisais-tu ?

— J'étais venu lui dire qu'elle occupait toutes mes pensées.

— Qu'a-t-elle répondu ?

— De revenir. Mais avec un poème ou un présent qui pourrait l'embellir.

— Tu as entendu, ô brahmane ? Mon beau-frère n'est pas le meurtrier, ce qui me réjouit, car je ne supporterais pas de voir ma femme pleurer.

— Tu l'innocentes bien vite. Mais qui me dit qu'un de ses archers n'est pas le criminel ?

— Laisse-moi les interroger.

Il s'avéra que les deux sicaires étaient à la synagogue lorsque la flèche frappa Mansour. Ils ne seraient pas les seuls à s'y être trouvés.

*
* *

Chapitre 4

Journal de Krishna

Hier soir encore, le roi m'a fait grief de ma lenteur.

– Je viens de recevoir, a-t-il maugréé, une missive de Calicut. Une mise en garde du Samorin. Il me rappelle la puissance et l'influence des Arabes, qui tiennent la mer, et la position particulière d'Ahmed Koya Kassim, oncle de Mansour, qui règne là-bas sur le commerce et lui fournit les petits chevaux vifs dont Sa Majesté raffole car elle en tombe de moins haut.

« Kassim, m'assure-t-il, croit qu'une conspiration dont je serais l'instigateur veut l'évincer de notre commerce. L'évincer lui et sa famille dans un premier temps, puis, dans un second, tous les Arabes. Que dis-tu de ça ?

La manœuvre est habile. Le Samorin attise le feu. La rupture avec les Arabes serait la ruine de Cochin. Les juifs et les chrétiens sont des commerçants excellents mais sans flotte ni marins. Le poivre ne pourrait plus quitter le port.

– N'est-ce pas ? fit le roi, content, avant d'enchaîner : Koya Kassim est très lié au sultan d'Égypte, dont le Samorin a grand besoin parce qu'il est aussi le calife. Cette fonction de chef religieux, qui en fait le seul représentant de Mahomet sur terre, lui permet de contenir les musulmans du Nord qui lorgnent nos ports et leurs richesses.

Je savais tout cela comme lui depuis toujours, mais le roi se répétait souvent, comme la plupart des détenteurs d'autorité qui aiment trop s'écouter pour songer à varier leurs discours.

– Le Samorin me dit ne pas croire à cette conspiration, mais il me presse d'agir, pour lui éviter d'intervenir et ainsi de froisser son vassal bien-aimé...

« Le vassal, c'est moi, reprit le roi, sarcastique – la dérision le fit rajeunir. Me voici sur la défensive, si ce Kassim est à ce point lié au sultan... Je ne peux pas m'aliéner l'Égypte, sa flotte est beaucoup trop puissante... Où en es-tu de ton enquête, brahmane ?

Que pouvais-je lui répondre que je ne lui avais cent fois détaillé ? Les innombrables interrogatoires que la police et moi-même avions conduits, les informateurs que je ne cessais de harceler, les réseaux que Saül avait tissés chez les juifs et les musulmans ne donnaient rien et coûtaient cher. Saül m'avait extorqué une somme énorme pour récompenser les délateurs. Or les délateurs restaient muets. A quoi employait-il ces fonds ? Je m'interdisais de le lui demander, pour conserver toute sa confiance. Cela depuis deux mois et demi. Nul coupable ne se dégageait de tant d'efforts et de dépenses.

A propos d'interrogatoires et surtout d'alibis, cette enquête me confirma que Cochin était certainement la ville la plus religieuse du monde. Les lieux de culte y sont innombrables, mais ils pourraient être vides en dehors des heures de prière. Or il apparut qu'entre l'instant où la flèche quitta la corde de cet arc – je le contemple intensément tous les jours, cet arc, comme s'il allait se mettre à parler – et celui où son vol s'acheva dans le thorax de Mansour, tous les hommes de Cochin étaient dans leurs temples aux pieds de leurs dieux. Hormis Mansour, son père, le capitaine du navire et l'invisible archer...

Tous, hindous, juifs, chrétiens et musulmans, se pressaient, paraît-il, à ce moment-là dans leurs temples, leurs synagogues, leurs églises et leurs mosquées, sans qu'il manquât un seul des bras capables de bander un arc. Confession pour confession, tous s'étaient vus, s'étaient parlé, s'étaient entendus prier, tandis que sous la pluie le trait perçait l'air au-dessus de ma tête dans le chuintement des projectiles mortels jusqu'à... Ah! j'entendrai toute ma vie le choc sourd dans le dos de Mansour et le choc mou de son cadavre sur le poivre pourri dans la cale où il tomba sous mes yeux comme un sac, sans un soupir, la flèche entre les omoplates.

– Nous perdons notre temps, m'avait dit Saül. Toi, mon maître – il me donne du « maître » en cas d'embarras –, ta police et moi-même faisons fausse route. Nous cherchons de tous côtés comme des chiens qui ont perdu la piste d'un chevreuil, s'affolent et se perdent davantage.

– Que faire?

– Travaillons sur une seule piste au lieu de les courir toutes.

– Laquelle?

– La bonne.

– Tu la connais?

– C'est l'intérêt. A qui a profité le crime? Tout le monde détestait Mansour. Vous êtes ici trop pacifiques pour tuer par haine ou par vengeance. Le mobile de l'intérêt est de loin le plus puissant.

– Précise, veux-tu. Quel intérêt?

– L'argent. L'or n'a pas moins de puissance chez vous que partout ailleurs. Cette cargaison de poivre pourri est la clé du meurtre. C'est pour le poivre qu'on a tué.

Essoufflé, il s'arrête et me regarde pour voir s'il m'a convaincu. Il m'a ébranlé.

J'ai rapporté au roi la théorie de Saül. Il a sauté dessus.

– On en veut au royaume. On m'en veut. Saül a raison. On cherche à saper la confiance. On veut installer la suspicion. La suspicion, c'est la fin du commerce. On veut la ruine de Cochin. C'est un complot, brahmane! Un complot!

Je ne doutais pas un instant de la justesse du jugement du roi. Il était le roi. Et, à ma différence, à moi qui complique tout, il savait débrouiller les écheveaux les plus embrouillés. Ainsi sont les vrais hommes de pouvoir.

Il me rappela le lendemain :

— On ne complote pas seul, il faut être plusieurs et cette nuit j'ai pressenti que ce complot impliquait de nombreuses complicités, des ramifications très étendues. Il serait extraordinaire qu'aucun des comparses ne se trahisse...

J'acquiesçai. Un maillon faible, toute la chaîne saute.

— Où les hommes parlent-ils le plus et le plus ouvertement ? Où se vantent-ils le plus facilement de leurs prouesses ? demanda le roi.

— Où ? Je l'ignore.

— Au lit, Krishna. Les hommes aiment les caresses et les femmes les confidences. Les unes provoquent les autres et celles-ci attirent celles-là.

— Sans doute..., approuvai-je mollement.

Il était lancé. Il continua ses devinettes :

— Où se trouve, à Cochin, l'épicentre du plaisir ? me demanda-t-il finement.

Je prétendis n'en rien savoir.

— À la Petite Maison ! m'asséna-t-il, triomphant. Chez elle ! (Il n'aimait plus prononcer son nom.) Va la voir. Demande-lui son aide. Elle nous la doit. Si ce n'est pour moi, pour le royaume.

J'aurais dû penser plus tôt à faire participer Shobita à l'enquête. Les réseaux du plaisir et de l'argent se croisaient tous chez elle. Tous les négociants et propriétaires importants du royaume s'y rencontraient. Son ascendant sur ses consœurs, les autres *devadasi*, faisait de la Petite Maison la chambre de résonance de toutes les rumeurs de Cochin.

Je lui demandai son aide pour moi, sans nommer le roi.

Elle accepta immédiatement.

— Je serais heureuse d'être utile. Ce meurtre est une insulte aux dieux...

Elle dansait mal, me confia-t-elle, depuis cet assassinat parce qu'elle dansait sans désir. Elle n'éprouvait plus de goût pour rien. Comme si Kama avait déserté son temple, déserté Cochin. Elle avait hâte de le faire revenir pour se retrouver.

*
* *

Krishna et Saül traversent le bazar derrière le port. On y trouve les produits locaux, mais aussi ceux de l'Asie, de l'Afrique et de l'Europe. Chacune des ruelles de ce labyrinthe est consacrée à un produit. Ici, les épices – les poivres, les gingembres, les bilimbis, les cardamomes, les safrans, les cannelles, les anis – livrent leurs couleurs et leurs odeurs entre les petites balances grises qui en mesurent le prix. Plus loin, les légumes – les fenouils, les lentilles, les pois, les céleris, les curcumas – qui constitueront la base des thalis dont les végétariens raffolent. Un peu partout, des petits vendeurs font croustiller des *bhaja* – ou *cegouni* – tranches d'aubergine à peine frites dans la farine de pois chiche. Les passants se régalent d'oignons crus et le nez de Saül frémit de gourmandise.

– En Europe, dit-il, c'est l'odeur de sang qui domine dans les marchés.

– Je n'irais sûrement pas avec toi dans le marché aux viandes, ni dans le marché aux poissons.

– Moi, je m'y installerais.

La diversité des riz présentés le fascina. Le marché aux fruits avec les tamarines, les pastèques, les caramboles, les mangues, les noix de coco blanches et vertes, achevait le déploiement. Ensuite venaient les poteries, la vaisselle, les cotonnades, les cuirs, les peaux, les onguents ; puis, un peu à part, les boutiques d'alcool de tous les fruits et légumes possibles dont les hindous s'enivrent après chaque fête.

– Je ne connaissais pas le dixième de ces produits, dit Saül.

– Tu connais l'Europe, répond Krishna. Ici, nous sommes au centre du monde, au centre au moins de ce qui s'échange. Puisse-t-il ne pas se déplacer. Son déplacement serait un désastre.

– Pourquoi se déplacerait-il ?

– Pour respecter la prédiction de ce grand changement…

– Si ces échanges se tarissaient…

– Ce serait d'abord la fin de Cochin, puis le train du monde entier en serait changé. L'Asie se replierait sur elle-même. L'Islam y perdrait sa principale richesse. Qui sait alors si l'Occident n'y trouverait pas une nouvelle force…

Krishna hait le poivre à présent. Il voudrait n'en rien connaître, ni le nom, ni l'aspect, ni le goût, ni l'odeur surtout. Il entendra toute sa vie : « Ce poivre est pourtant pourri. »

C'étaient les mots du capitaine à Abbas Koya Kassim, le père de Mansour, lorsqu'il mit le pied sur la passerelle pour monter à bord. En même temps qu'il posait ce pied, la flèche quittait la corde où l'assassin l'avait placée et, achevant ce premier pas, il y avait eu cette vibration, le bruit mou de l'impact et le basculement de Mansour sur les sacs de poivre pourri dont la cale était à demi remplie, avant d'entamer le pas suivant.

– Je t'ai demandé de venir pour constater toi-même…, avait dit le capitaine au profil de tortue.

– Je l'ai pourtant acheté à bonne source…, avait dit Abbas.

– Il est pourtant pourri.

La passerelle pliant sous son poids, le chuintement, le premier choc dans le dos de Mansour entre les omoplates, juste à gauche de la colonne vertébrale à la hauteur de la sixième vertèbre dorsale – entre les pointes des omoplates. Tir chirurgical, le cœur transpercé. Le second choc du cadavre sur les sacs d'où montait en effet cette odeur douceâtre, contraire à celle du poivre si tonique et si piquante. Celle-là écœurante.

« A bonne source », avait dit Abbas. Jusque-là, il n'y en avait pas d'autre à Cochin. Personne ne trompait personne. Non pas tant peut-être par vertu que par intérêt bien compris. Mais pourquoi ne pas nuancer ? Au nom de quoi, de quel démon, récuser sempiternellement toute vertu ? Si l'intérêt fait la vertu, le contraire ne peut être faux, a toujours pensé Krishna.

Le second choc du corps tombant comme un sac sur les autres sacs, bras et jambes en vrac, dans l'incohérence des cadavres. Il entendra jusqu'à sa mort ce bruit mou, décomposé en une succession de sons correspondant à la chute du cadavre désarticulé, qui avait détruit aussitôt le bel ordre du royaume de Cochin, à l'instant désintégré.

« Je l'ai pourtant acheté à bonne source », avait dit Abbas. L'instant d'après, son fils était mort et il n'y avait plus de bonne source.

– Comment cette cargaison est-elle arrivée dans la cale du *Léopard* ? demande Saül pour la centième fois. Par combien de courtiers est-elle passée ? Où fut-elle cueillie ?

Elle était passée partout. Le poivre a été cueilli dans les domaines de Rhâda. Vendu par qui ? Rhâda emploie comme intendants trois de ses neveux, chacun chargé d'un ensemble de propriétés échelonnées sur les Ghâts, du nord au sud. Ces intendants ont chacun leurs acheteurs. Ils se jugeraient déshonorés de faire appel aux mêmes hommes. Les courtiers souvent se revendent ou échangent entre eux les lots qu'ils ont achetés. Le même lot peut changer plusieurs fois de mains avant d'aboutir dans la cale d'un boutre.

Les sacs sont marqués au pochoir des première et dernière lettre du nom de leur domaine d'origine. L'humidité, la pluie, les frottements effacent ces marques jusqu'à les rendre illisibles ou provoquer des confusions.

Le poivre pourri du *Léopard* était contenu dans des emballages indéchiffrables. Des dizaines d'intermédiaires avaient eu affaire à ces sacs, ce lot ayant beaucoup circulé.

– Tout le monde s'y est intéressé, dit Krishna, pour la centième fois aussi. Les hindous, les juifs, les chrétiens, les musulmans…

– Les mécréants aussi, l'interrompt Saül.

– Quels mécréants ?

– Les mécréants de toutes confessions, dit Saül.

– Oui, dit Krishna.

Les intendants tiennent des livres. Leur consultation n'a rien donné. La mention « poivre avarié » ne figure nulle part. Il faut remonter du *Léopard* et non pas descendre des Ghâts. Mais partir du *Léopard* n'avancera pas davantage Krishna.

– Qui t'a vendu cette cargaison ? va-t-il demander à Abbas.

Le fier Abbas, dont la mort de Mansour n'a pas abattu la superbe, loin de là, va répondre :

– Que t'importe ?

– Nous avons des raisons de croire, dira Krishna, que ce poivre et la mort de ton fils sont liés.

– Nous ? dira Abbas. Qui sont ce « nous » ?

– Le Samorin, le roi et moi, dira Krishna pour faire court, ayant inventé le Samorin.

Abbas s'adoucira. Daignera collaborer.

– J'ai acheté ce poivre au juif Nathan Rabban. (Nathan est cousin d'Abraham, l'un de ses quatre cents cousins.) Je l'ai acheté personnellement, il n'était pas pourri.

– L'échantillon n'était pas pourri ?

A Cochin, de mémoire d'homme, jamais un échantillon n'a été dissociable du lot qu'il représentait, sinon le commerce eût été impossible. Maintenant, il l'est, pour combien de temps ?

Jusqu'à ce que l'assassin soit identifié, arrêté, jugé, condamné, châtié.

– Si le poivre n'était pas pourri, il était très fragile et il a chauffé très vite, suggérera-t-il à Abbas.

– Peut-être avait-il été mal séché et ensaché trop vite, dira Abbas. Quoi qu'il en soit, Nathan a remboursé. J'ai une lettre de crédit.

– Ah ! fera Krishna.

– Je vois toujours un étroit rapport entre ce poivre et Mansour, dira Saül peu après.

Après Abbas, ils iront voir Nathan.

– J'ai moi-même tiré de trois sacs différents l'échantillon qu'a vu Abbas, déclarera Nathan. Ce poivre était parfaite-

ment sain. J'ai rarement vu poivre aussi sain. Me suspecte-
riez-vous d'avoir voulu rouler Abbas ?

– Nous ne l'avons pas imaginé une seconde.

Alors ?

Il faut revoir ce poivre toujours consigné au port avec
le *Léopard* malgré la rage de son capitaine, craignant d'être
bloqué des mois jusqu'à la mousson terrestre d'hiver.

Ils iront le revoir, le feront décharger sur le quai, feront
éventrer tous les sacs et étaler leur contenu à la pelle à même
le sol pour ne rien négliger, contrôler s'ils n'auraient pas
renfermé autre chose que du poivre. Mais ils ne découvriront
rien que du poivre pourri, une bouillie noirâtre et nauséa-
bonde qu'ils jetteront dans la mer où elle se diluera en
nuages noirs qui feront fuir les poissons.

– Tous ces échanges, ces ventes, ces reventes, ces trans-
bordements ne peuvent-ils pas altérer la qualité du poivre ?
demande Saül.

Krishna se tourne vers lui, hausse les épaules et les sourcils en signe d'ignorance.

– Un accident est toujours possible. Ou je ne sais quoi…

– Je ne sais quoi ? Tu ne veux pas prononcer le mot de
sabotage ? Ton amie Rhâda n'ignore rien des épices puisqu'elles font sa fortune, allons l'interroger.

L'immense domaine de Rhâda s'étend à flanc de colline
au sud des Ghâts, à une demi-journée de marche de Cochin,
de marche ou de navigation, car on y accède encore mieux
par bateau en glissant silencieusement dans les paysages
enchanteurs des eaux intérieures au rythme serein des bate-
liers sur leur perche, des claquements du linge mouillé que
les lavandières abattent sur des pierres plates.

Rhâda, explique Krishna à Saül, est une *karanavathi*,
le membre le plus influent de sa *tarawad* – famille ou plutôt
tribu, au sens indien du terme, dont dépendent tous les nayars.
Des ouvriers ratissent le poivre qui sèche au soleil sous la
surveillance d'un neveu de Rhâda. Celui-ci leur explique de

bonne grâce la préparation de cette épice, ébouillantée sitôt cueillie, puis séchée un jour ou deux au soleil sur de vastes aires où les grains sont constamment retournés à l'aide de grands râteaux, enfin nettoyée et ensachée.

— Le poivre du Malabar est le meilleur du monde, déclare le neveu, en en croquant voluptueusement une pleine poignée.

— D'où a pu venir le poivre pourri chargé à bord du *Léopard*? Et comment y est-il parvenu? demande Saül.

— Ramesh a peut-être une idée…, répond le jeune homme.

— Il ressemble à sa cousine, dit Krishna, une fois reparti.

— A quelle cousine? dit Saül, distrait.

— A Shobita. Tu ne l'as pas vu?

— Je regardais surtout le poivre, dit Saül. Mais qui est ce Ramesh?

— C'est le mari de Rhâda, allons le questionner. Il n'habite pas ici, il vit chez sa tante dont la *tarawad* est à plus de quatre heures de marche.

— Il n'habite pas avec sa femme? demande Saül, étonné.

— Bien sûr que non, dit Krishna. Il ne la rejoint que la nuit.

— Je ne comprends guère vos mœurs.

— Tu n'es pas le seul. L'empereur du Vijayanagar, chez qui Goda Varma m'avait envoyé en ambassade, m'a demandé de les lui décrire et il en fut scandalisé. Nos mœurs sont uniques en Inde. Pour nous le sang, qui est la vie, seul importe ; il se transmet par la mère seule. Le père ne compte pas. La *tarawad*, qui est la cellule de notre société, est constituée à partir d'un ancêtre commun. Les enfants y sont incorporés dès la naissance. Ils y sont élevés par leur mère, leurs tantes, leurs cousines plus âgées… Et ce sont les oncles qui assurent la formation virile des garçons.

— Soit, dit Saül d'un ton neutre.

— Maintenant tu sais pourquoi les femmes sont si importantes ici – la mère du roi compte plus que la reine. Tu devines aussi pourquoi Rhâda joue un si grand rôle. Elle est la *karanavathi* – la maîtresse incontestée – de la plantation la plus importante du royaume.

95

– Oui, dit Saül, je comprends maintenant l'assurance des femmes et leur effronterie.

Ils s'avancent vers la tarade qui élève ses deux étages de bois dans une clairière entourée de tecks où s'accrochent les lianes confuses des poivriers.

– Plus de cent personnes habitent cet immense bâtiment, comparable à une ruche dont chaque alvéole est habité par un membre de la *tarawad*, héritier automatique d'une chambre et d'une parcelle de terre. Chacune d'elles a la même superficie. Elles sont cultivées par un paysan d'une classe inférieure.

– Qu'advient-il, demande Saül, si la famille s'agrandit trop ?

– La question se pose rarement, morts et naissances s'équilibrent.

– Sinon ? insiste Saül.

– Alors la seconde femme de la *tarawad* s'en va en fonder une autre.

– Comme les abeilles, dit Saül.

– Je n'ai pas employé le mot « ruche » pour rien, dit Krishna.

Trente ou quarante femmes s'activent dans une cuisine gigantesque où cuit du riz dans d'énormes bassines en cuivre.

Rhâda, prévenue, les attend dans le *tekkini*, ample vestibule soutenu par une colonnade de bois, où sont célébrées les fêtes et les cérémonies de la *tarawad*.

– Hier, dit-elle à Krishna, c'était la fête de Baghavati. Le sol était couvert de sang, le nettoyage vient seulement de finir.

– Ces sacrifices d'animaux…, fait Krishna avec dégoût.

– En quoi te gênent-ils ?

– Verser le sang ! Toute vie est sacrée.

Il soupire et reprend :

– Je sais bien, tradition oblige. Au moins, vous n'oubliez pas les dieux.

Rhâda ne quitte pas Saül du regard.

– Tes yeux, belle Rhâda, lui dit-il, sont plus perçants que le soleil, je vais bientôt me consumer.

– Je n'ai jamais vu aussi grand homme, dit-elle, ni aussi large. Tu mesures à ce que je vois au moins le double de mon mari, si ce que je ne vois pas y correspond, ta femme doit être bien heureuse, et bien des femmes du Malabar.

– Je suis l'homme d'une seule femme, dit Saül, malicieux.

– C'est ce qu'assurent tous les juifs et tous les chrétiens, mais leurs yeux disent le contraire. Ma nièce Shobita en sait quelque chose, entre ton beau-frère et Thomas. Les musulmans sont plus discrets.

– C'est qu'ils sont polygames. Et vous, hindous, comment faites-vous ?

– Nos mariages – nos *sambandham* – sont temporaires. Une sorte de reconnaissance publique d'un couple qui dure le temps de l'amour ou de la complicité. Les femmes et les hommes contractent dans leur vie plusieurs *sambandham*. Quand une femme prend un nouvel amant, celui-ci laisse ses armes à sa porte, ainsi son prédécesseur apprend-il son remplacement.

– Et comment l'accepte-t-il ?

– Comme il le peut, mais sans murmure. Il a sa tribu comme refuge. Chez vous, le mariage est indissoluble et la famille indissociable. Vous constituez les plus petites cellules sociales imaginables. Nous voyons plus grand. Vous jouez du singulier et nous du pluriel.

– Et tous l'acceptent ? insista Saül.

– Que faire d'autre ? dit Rhâda. C'est la coutume. Je ne dis pas qu'il n'y ait pas d'aigris, de jaloux non plus, ni même de jalouses. Lis donc nos poètes.

Saül était passionné. Krishna dut le ramener à l'enquête.

Rhâda n'avait aucune d'idée sur ce qui avait pu se passer avec le poivre. Il était parti sain de chez elle et il était arrivé pourri, elle ne savait rien de plus. Les acheteurs et revendeurs avec qui elle travaillait depuis toujours étaient irréprochables, leur intérêt à tous était de l'être. Les accidents

97

étaient rarissimes et tout le monde en partageait les conséquences.

— La confiance, finit-elle, efface toutes les pertes et perpétue le commerce.

— Alors, si ce n'est pas le poivre, reprit Saül, comment expliques-tu ce meurtre ?

— Je vais te réjouir, beau rouquin.

— J'ai hâte de l'être.

Rhâda se tourna vers Krishna :

— L'amour, dit-elle. La jalousie, plus précisément. Je me suis renseignée sur Mansour. Son arrogance ne le détournait pas des femmes. Il avait le goût des filles très jeunes, peu lui importait leur religion. Moi, je chercherais de ce côté...

— On tuerait pour une femme ici ? dit Saül, dubitatif.

— Pour une femme, non. Pour une fille, oui, répondit Krishna. Vous, les juifs et les chrétiens, quel sort faites-vous aux violeurs d'enfants ?

— Si ton hypothèse est juste, dit Saül, il faudrait récompenser l'assassin de Mansour.

*
* *

Journal de Krishna

Je ne partageais pas ce point de vue, car si le meurtrier avait agi pour cette raison, il se serait livré, sûr d'être acquitté par nos lois.

Nous étions assis tous les trois dans l'immense salle de la tarade où la pénombre s'épaississait, moi, perplexe, Rhâda aguichant Saül, Saül plus embarrassé que moi, lorsque nous fûmes tirés de cette oisiveté par un messager du roi. Il me tendit trois missives.

La première était laconique : « Lis ces deux lettres et viens vite au palais. » La deuxième émanait de Talappana, le chapelain du Samorin, brahmane nambûtiri comme moi, que je connais depuis l'enfance car nous fûmes à la même école, où je le devançais toujours. Son esprit est vif mais il manque d'audace et d'imagination. Il connaissait les textes sacrés sur le bout du doigt – je ne dirai pas par cœur car il n'en retenait que la lettre, jamais l'esprit.

Talappana annonçait au roi la mort du Samorin, vieille déjà de trois semaines. Les frontières de Calicut avaient été fermées pour bloquer la nouvelle. Le nouveau Samorin l'avait confirmé dans ses fonctions.

Le neveu avait respecté scrupuleusement les quinze jours rituels de purification après la crémation de son oncle et, ce délai respecté, il avait exigé pour son couronnement une pompe extraordinaire. Il avait d'abord tenu à ce que le concile des brahmanes lui donne officiellement l'investiture, qui avait été déjà approuvée par son oncle et toutes les hiérarchies de Calicut. Il alla visiter chacun des temples de son royaume, s'attardant longuement dans ceux de Baghavati et de Shiva, dieu de la guerre. Il exigea que l'épée de Cheraman Perumal lui soit remise sur le parvis du sanctuaire où elle était conservée, devant le peuple entier, et non pas à l'intérieur, où quelques-uns seulement l'auraient vue. Il la brandit à la face de cette assemblée, l'embrassa longuement avant de la ceindre et prononça trois mots qui furent relayés par des porte-voix répartis dans la foule : « Justice et vérité. » Spontanément, de grandes fêtes se déroulèrent dans tout le pays.

Les fastes de ce couronnement frappèrent d'autant plus qu'ils s'accordaient à la prédiction.

« Tous les augures concordent : un grand changement va survenir », concluait Talappana.

La troisième missive, du nouveau Samorin à Goda Varma, était lapidaire :

> J'ai ceint l'épée de Cheraman. Je suis ton seigneur. J'attends que tu remplisses tes devoirs de vassal comme je remplirai mes devoirs de suzerain, maître du Kerala. J'exige que la

justice soit rétablie à Cochin. Fais diligence quoi qu'il t'en coûte, sinon je le ferai à ta place. Que les dieux protègent notre terre et nos temples sacrés, qu'ils nous soient propices.

Je croyais trouver le roi de très mauvaise humeur en arrivant au palais. J'avais sous-estimé sa capacité de réaction. Il éructa à ma vue :

— Qu'as-tu pensé de ces perfidies ?

Je répondis qu'elles me semblaient conformes à ce que nous savions du nouveau Samorin, de son caractère et de sa volonté. J'ajoutai que malheureusement les circonstances lui étaient favorables et finis en annonçant que d'après mes espions il avait fait recenser dans tous ses villages les hommes en état de porter les armes et demandé aux rajahs d'Éli et de Cranganore de faire de même et...

Soudain, il m'interrompit :

— Parle-moi d'elle...

— Il y a longtemps que je ne l'ai vue, lui dis-je.

— Tu mens !

Certes, je mentais, mais ce n'était pas le moment de tout dire.

— Je t'ordonne de parler et de dire la vérité !

Shobita l'intéressait davantage que le Samorin. Le danger où nous jetait le meurtre irrésolu de Mansour aiguillonnait son amour et attisait son obsession. L'amour est souvent une fuite.

Eh bien soit ! J'allais parler, mais ma mémoire serait sélective car je savais ce qui se passait à la Petite Maison.

*
* *

Chapitre 5

La Petite Maison de Shobita s'élève à deux pas du fort dont le roi veut faire renforcer l'artillerie. Rectangle ouvert sur l'ouest, entouré d'un jardin de bananiers, de manguiers, de jacquiers, de papayers et de palmiers, bordé lui-même d'une haie de ficus nains. L'entrée, à l'est, se compose d'un portique en arc couvert comme toute la maison de tuiles chinoises, vernissées et rouges – en Chine, la couleur impériale, ici, celle de l'amour. Le bâtiment est de type *nâlupura*. Il comprend une quinzaine de pièces ordonnées sur deux niveaux autour d'une cour. Ancienne maison royale, c'est la plus belle demeure de Cochin. Les tapis sont de soie, la vaisselle est d'or, les coussins sont de brocart d'or ; les lits de corde en sont chargés et les tabourets de rotin en sont garnis. La salle des dieux, la plus grande, contient des dizaines d'effigies des principales figures du panthéon indien. Shobita l'habite seule avec douze servantes à sa dévotion, d'une discrétion inattaquable, dont deux sont presque ses sosies.

Le lendemain de son emménagement commençait un défilé de tout ce qui compte au Malabar, puis au Coromandel, puis au-delà, le temps que la nouvelle circule dans l'Inde entière et plus à l'est, jusqu'en Chine, vers l'ouest jusqu'en Syrie.

La maison regarde donc vers la mer, vers l'océan Arabe où, aux saisons propices, les nefs de la mer Rouge et du golfe Persique longent la côte, écrasant de leurs masses les barques des pêcheurs présentes toute l'année, avant de virer dans la passe qui donne accès aux eaux intérieures et aux appontements. Il n'y a que des femmes dans cette maison, les hommes n'y sont que de passage. La nuit, la danseuse dort ; le matin, elle se baigne et prie, s'apprête, chante, danse, et prie à nouveau. Une fois la semaine, la danseuse redevient *devadasi* et danse au temple pour les dieux. Ni l'entraînement ni la prière n'admettent de relâche.

L'après-midi, après une sieste, elle s'abandonne aux mains de ses femmes qui la préparent pour le monde, pour les hommes autrement dit, qui ne sont reçus que sur rendez-vous, en audience d'abord, par petits groupes, jamais plus de six, pour s'exposer à son examen. Ceux qui ne déplaisent pas sont conviés à revenir seuls, le lendemain, pour s'isoler avec la maîtresse des lieux, ou sont retenus sur-le-champ, à la fin des audiences. Dans le cas le plus simple, une servante rattrape le groupe qui a pris congé, dans le vestibule ou dans le jardin, touche le coude de l'élu et lui dit : « Tu as oublié quelque chose. »

– Je ne dois vous recevoir qu'une seule fois, leur dit-elle sans faillir, au terme du temps qu'elle leur accorde, qui toujours est enchantement et surtout métamorphose, car quand ses invités la quittent, ils ne sont plus les mêmes.

On soupçonne des accommodements avec cette règle de fer.

Ainsi, les amants éphémères de Shobita constituent sans le savoir une société secrète, éparpillée d'Alexandrie à Pékin, de bienheureux inconsolés – brahmanes, marchands, soldats, ambassadeurs… Initiés à l'amour incomparable qu'elle leur révèle dans la chambre haute où elle se dévoile, le lent ressac de l'océan accompagnant le souffle des amants.

Les réceptions de Shobita sont le plus souvent meublées de disputes sur des points d'amour, alternées de concerts. La maîtresse de maison chante en jouant de la cithare, ou accompagnée à la flûte et au tambour par deux ou trois de ses servantes.

Entre deux morceaux de musique, elle dirige la conversation avec un tact inégalable, mettant tour à tour en valeur chacun de ses visiteurs, guerrière avec le guerrier, négociante avec le négociant, philosophe avec le sage. Tandis que ses suivantes proposent rafraîchissements et douceurs sur des plateaux d'or, il lui arrive de danser, mais elle préfère danser seule, sans spectateur, jugeant trop facile d'enflammer les hommes de cette manière.

Elle reçoit à partir du milieu de l'après-midi. Une clepsydre mesure le temps de ces réceptions qui durent environ deux heures ou huit *ghâti* de vingt-quatre minutes. « En deçà, on ne peut se connaître ; au-delà, les hommes se lassent ou s'impatientent », lui a appris Rhâda à ses débuts dans le métier.

A mesure que le temps passe et que le terme de la confrontation approche, l'atmosphère lentement se tend. Les invités se surveillent autant qu'ils épient le moindre geste de Shobita envers tel ou tel d'entre eux – regards, inflexions de voix, battements de paupières… Jamais on ne peut deviner qui elle va garder près d'elle ou convoquer le lendemain, tant son aménité est impénétrable et sa courtoisie impartiale.

Elle annonce enfin qu'elle doit se retirer. Demande pardon de quitter si tôt des amis si séduisants, ou si chers, ou si intéressants… Tous se lèvent, s'inclinent, remercient, sortent de la salle accompagnés par une servante jusqu'à la porte du jardin, au-delà de laquelle ils se séparent après s'être comptés. Lorsqu'ils se voient un de moins que dans la pièce où leurs désirs se sont exaltés, c'est avec une tristesse jalouse qu'ils retournent à leurs affaires.

Comment l'élu a-t-il été averti de sa fortune, si nulle servante n'est venue lui toucher le coude ? Comment s'est-il éclipsé ? Comment l'a-t-on enlevé ? Tout se passe comme si, soudain, il devenait invisible. Cette disparition tient toujours de la magie. C'est le secret de la Petite Maison.

Le roi enrage et dépérit de savoir sa maîtresse dispenser tous les soirs à un homme différent les plaisirs dont quatre ans ne l'avaient pas lassé.

Abraham et Thomas se retrouvent par hasard placés côte à côte sur les tapis de soie. Pour l'un et l'autre, c'est la pre-

103

mière fois. Le signe est manifeste : ils sont liés. Comment ? Jusqu'où ? L'un et l'autre se promettent d'aller voir un devin. Ils ont déposé leurs cadeaux à l'entrée dans les mains d'une servante. Pour Abraham, un anneau de cheville, qui viendrait, lui a dit son vendeur, du palais de Salomon où la reine de Saba l'aurait porté. Pour Thomas, une agrafe scythe trouvée dans la tombe d'un roi de ce peuple des steppes. Elle représente un monstre dévorant une gazelle. La gazelle, c'est lui.

Ainsi sont-ils assis sans plaisir côte à côte sur les tapis de soie fleurie, plus fâchés d'être rivaux ici que sur le port, en compagnie de deux marchands d'Ispahan, puissants marchands dont le seul mobile à s'aventurer si loin de leurs palais multicolores était de voir au moins dans l'Inde humide et étouffante la danseuse sacrée dont la renommée a franchi l'Himalaya et court le long des routes de la soie, de Pékin à Moscou.

Au Malabar comme partout, les deux Persans disposent de correspondants d'élite, tous dévoués à leurs intérêts et dont les courriers parviennent sans retard à leur palais, dans la magnifique capitale de la Perse, tellement plus belle que Cochin ! Mais l'un et l'autre, très bons amis, ont résolu de faire le voyage avant de mourir pour au moins voir l'incarnation de la femme idéale en l'an 875 de l'hégire. La voir au moins, et, si Allah le veut, la connaître.

Le cinquième invité est un brahmane, inconsolé depuis quinze ans de ne pas avoir été choisi par le roi pour scribe et confident à la place de Krishna. Il aurait prévenu l'accumulation des nuages. Ce Dappula, tel est son nom, vient souvent à la Petite Maison. Shobita ne l'a jamais invité dans son lit.

C'est à Rhâda qu'Abraham et Thomas doivent ce soir la chance d'être à la Petite Maison. Elle les a convoqués tôt, avant l'heure de la cour d'amour, pour leur proposer l'achat en commun d'un tonnage de poivre très supérieur à ce que chacun d'eux pourrait acquérir, au prix de faveur de quatre cents *survana* le *maund*[1].

– J'ai pressé la cueillette et engagé douze cents cueilleurs de plus pour arriver la première sur le marché, avant que les cours ne baissent. Peut-être vous demandez-vous maintenant pourquoi je vous donne la préférence ?

– Oui, dit Abraham.

Elle leur demande le secret. Ils le promettent.

La préférence qu'elle leur donne ne tient pas à leur bonne mine, mais à la politique.

– La politique ? dit Abraham, jalousé par Thomas qui aurait voulu parler le premier.

– C'est ici que doit jouer le secret, répond Rhâda. La mort de ce Kassim a tout changé.

Ni Abraham ni Thomas ne jugent bon de relever.

– Les Arabes sont suspects, reprend Rhâda.

– A qui le sont-ils et pourquoi ? C'est l'un des leurs qui est mort, prononce Thomas très vite pour devancer Abraham.

– Au roi qui les soupçonne de vouloir livrer Cochin à Calicut. La préférence que je vous donne est un avertissement.

– Aux Arabes ? dit Abraham.

– Aux Arabes, à tous les Arabes, mappilas compris. Disons aux musulmans.

– Les musulmans, souligne Thomas, sont les maîtres de la mer.

– Justement. Tu as compris, Thomas. Les musulmans font sentir un peu trop cette maîtrise. Nous voulons les inquiéter.

Rhâda a dit « nous ».

– Nous ? demande Abraham, prenant Thomas de vitesse.

– Le roi et moi.

Thomas se lance alors :

– Tu nous vendrais ton poivre pour inquiéter les Arabes ?

– Exactement. Je vous vends mon poivre à ce prix cassé, à ce tarif paradoxal et même aberrant, et je vous demande en

---

1. 2,8 kg d'or pour 37 kg de poivre.

outre de le faire savoir. Je veux que l'on sache quelle faveur je vous fais. Vous l'ébruiterez. Savamment, comme si cela ne venait pas de vous. Au contraire, il serait bon que vous vous plaigniez d'avoir eu le couteau sous la gorge. Est-ce assez clair ?

— Non, répond Abraham, avant que Thomas ait pu dire oui.

— Je vous vends le meilleur poivre du Malabar à un prix dérisoire. Les Arabes voudront obtenir pour un poivre inférieur un prix encore inférieur.

— Assurément, dit Abraham, une lueur de gaieté dans l'œil.

— Alors, se hâte Thomas, ils ne trouveront pas de vendeurs.

— Un certain temps…, corrige Abraham.

— Oui, un certain temps, reconnaît Thomas. Tant que les producteurs ne craindront pas que leur production ne leur reste sur les bras…

— Je me suis déjà employée à rassurer mes confrères, dit Rhâda. A les rassurer d'avance. Je leur ai affirmé que leur poivre trouverait preneur. Que le roi y veillerait personnellement.

— Donc…, dit Abraham.

— Eh bien ! les Arabes s'inquiéteront. Ils se demanderont si l'assèchement du marché… assèchement imprévisible, ne pensez-vous pas ?

— Tout à fait ! dit Thomas, sincère, Abraham hochant la tête.

— Ils se demanderont donc si cet assèchement aberrant n'annonce pas la ruine de leur monopole.

— Maritime ? dit Abraham.

— Oui, dit Rhâda. Ils n'en ont pas d'autre puisque vous êtes là.

Elle reprend :

— Ils se mettront martel en tête, imaginant que se massent quelque part des flottes capables de les remplacer. Des navires et des marins plus forts que les leurs.

– Quelle puissance, demande Thomas, prenant enfin de la hauteur, pourrait les armer ?

– Les rois d'Europe, selon Krishna, entretiennent de puissantes marines.

– Mon beau-frère me l'a confirmé, dit Abraham.

– Ah ! Saül…, dit Rhâda, l'œil gourmand.

– Ces navires seraient plus gros que ceux des Arabes. Leurs cales seraient immenses. Ils porteraient de nombreux canons. Un seul d'entre eux en détruirait cent du sultan d'Égypte. Voilà ce que dit Saül.

– Très bien, dit Rhâda. En même temps que vous ébruiterez le prix que je vous vends mon poivre, vous relaierez ces informations… Informations ? Racontars serait peut-être plus juste ?

– Peut-être Saül exagère-t-il, réplique Abraham, vexé. Exagérer n'est pas mentir.

– L'important, c'est d'être cru et d'inquiéter les Arabes. De les amener à douter de leur solidité. Miner leur superbe. Tempérer leur sentiment de supériorité.

– Dans quel but ? dit Thomas, redevenu naïf.

– Ah ! dit Rhâda, c'est le secret du roi. Mais vous pouvez le deviner.

Puis elle ajoute :

Je vous laisse, car la cour d'amour va commencer.

La *devadasi* est assise en tailleur dans la position du lotus, la plante de ses pieds tournée vers le haut – merveilleuse souplesse des chevilles et des genoux –, exposant les dessins de laque rouge et dorée qui les ornent de même que la paume de ses mains. La joute commence, dont la danseuse est ensemble le juge et le prix.

Shobita s'adresse d'abord aux Persans, venus de si loin et plus âgés.

Elle les envie, dit-elle, d'habiter la plus belle ville du monde. La capitale des roses, de la poésie et de l'empire si raffiné des turcs Aq Qoyounlou… Et le temps approche, les devins le lui ont dit, où Ispahan connaîtra sous une nouvelle dynastie des agrandissements et des embellissements splendides, jusqu'à mériter le surnom de Moitié du Monde...

– Quel regret que de ne pas la connaître ! Peut-être dans une autre vie..., soupire Shobita – soupir d'une parfaite sincérité.

Rien n'est feint chez la danseuse, elle est toujours tout entière à ce qu'elle fait. C'est le secret le plus évident de son charme.

Firouz, le premier marchand, la remercie, lui souhaite de connaître un jour la ville qui serait de sa beauté le plus bel écrin et que sa beauté elle-même parachèverait. Sans elle, « Ispahan sera toujours imparfaite, devînt-elle la Moitié du Monde ».

Le second marchand renchérit. La présence de Shobita à Ispahan ferait à la ville le plus grand honneur, mais elle serait dangereuse : toutes les affaires s'arrêteraient, à peine y serait-elle entrée. Les marchands quitteraient leurs étals, les artisans leurs échoppes, les gardes leurs postes aux portes des palais, les nourrices leurs nourrissons et les jardiniers leurs roses pour courir la voir.

– L'empereur lui-même..., ajoute-t-il, s'arrêtant de justesse.

De justesse avant le lèse-majesté qui pourrait être rapporté au souverain qui a des oreilles dans le monde entier.

– Non, reprend-il, l'empereur lui-même ne bougera pas. L'empereur ne bouge pour personne, il ne bouge que pour faire la guerre et pour aller à la prière. Mais il ordonnera que l'on conduise aussitôt la *devadasi* devant lui, au risque de ne plus pouvoir s'en séparer...

– Pour qui serait le risque ? dit Shobita. Et en quoi cela en serait-il un ?

– Pour l'empereur, répond le marchand. Et le risque serait d'oublier l'empire.

Shobita remercie, se déclare indigne de ces compliments splendides.

– Voilà qui élève encore ma haute idée de la Perse, ajoute-t-elle en se tournant vers l'astrologue, dont elle n'ignore rien, comme si elle le découvrait.

– Les planètes, n'est-ce pas, brahmane, nous donnent en ce moment un peu de perplexité ?

Cela pour le faire briller devant les Persans, eux-mêmes, depuis Zoroastre, grands spécialistes du ciel.

Le brahmane confirme cette perplexité avec une satisfaction presque touchante. Huit planètes : le Soleil, la Lune, Mars, Mercure, Jupiter, Vénus, Râtu et Ketu – ces deux dernières, morceaux d'un génie coupé en deux par Vishnou lors de la Grande Guerre Céleste, sont invisibles, mais n'en influent pas moins sur le destin de l'univers –, huit planètes qui forment une conjonction inquiétante.

– Inédite plutôt qu'inquiétante, précise-t-il avec suffisance. On ne sait pas encore ce qui en sortira car on ne l'a jamais observée dans le ciel du Malabar.

Mais ses calculs sont très avancés, il ne désespère pas de parvenir à l'interpréter.

– Quelques nuits supplémentaires d'observation devraient me permettre d'y voir plus clair...

Sitôt éclairé, ajoute-t-il s'efforçant d'être gracieux, il partagera ses lumières avec Shobita dont « la perspicacité me permettra certainement de les perfectionner ».

A ce moment, Abraham comprend l'importance réelle de celle dont il a osé s'éprendre. La politesse des Persans ne l'a pas étonné, la déférence de Dappula est un signe irréfutable.

Après cela, Shobita interroge tour à tour Abraham et Thomas sur leurs affaires.

– Elles sont bonnes, dit Abraham, comme il se doit pour la prospérité du royaume.

Les Persans approuvent avec vigueur : le commerce – sa protection, son développement – est la vraie gloire des rois.

Thomas abonde dans le même sens, recueillant l'approbation de tous.

Abraham et Thomas n'ont ni l'un ni l'autre la facilité d'élocution des Persans, phraseurs surentraînés par leur métier. Ils ne sont pas rompus comme eux à l'art du compliment. Leurs réponses à la maîtresse de maison sont courtes et sèches face à l'éloquence de ces parfaits représentants d'une civilisation aussi avancée que celle de l'Inde. Auprès d'eux, ce juif et ce chrétien feraient presque figure de sauvages. Ils n'ont pas non plus l'assurance du brahmane, assez imbu de sa naissance pour ne point se trouver d'égaux parmi le reste des hommes.

La conversation commence sur le commerce : quatre des invités sur cinq sont commerçants et tout brahmane, si voué qu'il soit à la gratuité, n'oublie jamais qu'il en dépend. Pour Shobita enfin, grandie près de Rhâda, les affaires n'ont pas plus de secrets que l'amour.

– Vous êtes donc négociants, Seigneurs ? a-t-elle enchaîné lorsqu'ils se furent présentés. Vos affaires vous satisfont-elles ?

Oui, Dieu soit loué, les affaires vont bien. Les tapis, les vins, la vaisselle d'argent du bazar sont de plus en plus recherchés. (Firouz a apporté pour Shobita un somptueux tapis de soie semé de roses et de phénix et Shah Jahan une aiguière d'argent ciselé.) Les trois dernières récoltes de blé et d'orge ont été bonnes et les moutons se portent bien, Dieu soit loué. Et comment vont celles de Cochin ?

Les affaires de Cochin vont bien aussi, loués soient les dieux. La récolte de poivre s'annonce excellente. La meilleure depuis très longtemps, exactement depuis le passage de la comète Aruna voilà soixante-trois ans, selon le brahmane qui l'a lu avant-hier dans les astres. L'abondance pourrait-elle faire baisser les prix ? demande Firouz Abbas. Non, les prix seront tenus. La chose peut paraître étonnante, mais le brahmane a lu aussi dans les astres que la demande allait suivre l'offre et de nouveaux, d'immenses débouchés s'ouvrir. Dans quelle direction ? s'enquièrent les Persans avec une politesse désarmante. Vers l'est, répond Dappula, catégorique comme toujours, mentant catégoriquement, car s'il a bien lu quelque chose, c'est l'ouest qui était indiqué dans le message céleste.

Les Persans seront-ils trompés ? C'est douteux, ils ont trop la pratique du monde. D'ailleurs, peu importe l'est ou l'ouest, il sera toujours temps d'en être informé, l'important, c'est l'extension du marché. Les Persans demeurent pensifs un instant de trop, laissant hélas soupçonner que leur désir n'est pas unique. Il y a certes Shobita, il y a aussi la marchandise.

Mais les discours sur le commerce ne sont qu'entrée en matière, la compagnie est rassemblée pour parler d'amour.

Avant d'attaquer le plus grand, le plus difficile des sujets, Shobita demande si un peu de musique… Jusqu'en Chine et dans les déserts du Nord au-delà du Toit du Monde, on la sait musicienne autant que danseuse, amoureuse et philosophe. Les Persans s'épanouissent comme deux pivoines au troisième jour de la floraison. De la musique ? Jamais ils n'auraient osé en rêver. Shobita chante alors en s'accompagnant à la cithare un pot-pourri de ballades du Kerala et de chansons du Deccan, ces dernières en l'honneur de ses hôtes musulmans, plongeant ses auditeurs dans une extase qui est peut-être un peu jouée, par politesse, mais si elle l'est, si peu que ce soit, elle l'est supérieurement.

Quand elle s'arrête, que ses doigts fuselés chargés de pierreries abandonnent les cordes de la cithare et que ses mains se rejoignent paumes en l'air dans son giron, un silence d'éther s'établit, seul digne de succéder à des accents sublimes ; et se prolonge.

Puis les servantes proposent des rafraîchissements – lait de coco et lait d'amande parfumé à la rose. Et l'on entre enfin dans le grand sujet.

– Vous plairait-il maintenant, Seigneurs, que nous parlions d'amour ?

– De quel amour ? demande Thomas. L'humain ou le divin ?

Voilà bien une question de chrétien.

– De l'amour universel, répond le brahmane.

Les Persans hochent la tête, Abraham la secoue, Thomas la baisse, comme contrit, Shobita sourit. L'amour, c'est elle.

– Quels thèmes avez-vous en tête ? demande-t-elle, charmante, à la ronde.

Ces thèmes sont innombrables et inépuisables. En voici quelques exemples : peut-on aimer plusieurs fois sans se mentir à soi-même ? Peut-on n'aimer qu'une fois ? Comment, pourquoi l'amour naît-il ? Comment, pourquoi peut-il mourir ? Peut-il renaître une fois mort ? Dans toutes les cours de l'Inde, on débat de ces subtilités depuis des siècles.

Les marchands de Perse ne sont pas des assidus de cours d'amour. Ils l'avouent, s'en désolent, implorent le pardon : leurs affaires remplissent leur tête, ils ne sont que d'indignes marchands... Les marchands de Cochin, Abraham et Thomas, ne sont pas plus cultivés. Ils se sentent désarmés et nus dans ce lieu de raffinement et de volupté. L'amour, ils n'en ont pas d'idée ; ne viennent-ils pas l'apprendre ici ?

– Et comment, ô Lumineuse ! oserions-nous en parler devant vous ? dit enfin Firouz.

– Vous n'en parleriez que trop bien, vous ménageriez ma modestie, je vous en remercie. Et vous me faites un très grand honneur en me laissant la parole. Je ne la refuserai pas. Nous pourrions, si cela vous agrée, discuter des secrets des hommes pour se faire aimer des femmes et de ceux des femmes pour se faire aimer des hommes...

– Si vous parlez d'abord, peut-être pourrions-nous vous suivre, déclare Shah Jahan.

– De quels secrets voulez-vous que nous discutions en premier : de ceux des hommes ou de ceux des femmes ?

Alors, tous en même temps :

– De ceux des femmes.

– Je vois que vous ne souhaitez pas m'éclairer. Vous voulez me laisser dans l'ignorance des vôtres. Vous ne voulez rien m'apprendre de ce qui pourrait, Seigneurs, un peu réduire l'infériorité de votre servante. Soit, vous êtes les maîtres. Nous parlerons donc des secrets des femmes.

Les « maîtres », déjà subjugués, sont défaits d'un seul coup. Que la danseuse est redoutable ! Qu'elle est irrésistible ! Firouz est le premier à réagir :

112

— Les maîtres, ô Lumineuse et Merveilleuse! sont vos esclaves. Ils vous écoutent, jetés à vos pieds.

Abraham admire cette politesse persane si fleurie, qui ne laisse pas soupçonner un instant la vraie nature des relations entre les hommes et les femmes en terre d'islam. Le brahmane se renfrogne : ses pareils ne se mettent jamais aux pieds de quelque femme que ce soit ; ils ont assez de déesses à servir. Thomas, effaré, se tait.

— Si vous connaissez de ces secrets, enchaîne Shobita, de ces secrets de femme, et que vous daignez me les communiquer, je n'aurai jamais assez de reconnaissance envers vous…

Les quatre marchands restent muets. Ils ne connaissent aucun de ces secrets.

Shobita alors soupire, inclinant de côté la tête avec une grâce infinie, mélange déjà voluptueux d'indulgence et de résignation. Ses seins dorés presque découverts palpitent sous le corselet d'or. Les perspectives paradisiaques ouvertes à ses admirateurs s'allongent à l'infini.

— Eh bien! fait-elle de la voix sourde de quelqu'un qui se rend, que cette reddition ne désespère pas et qui peut-être en est secrètement heureux, eh bien! Seigneurs, je parlerai puisque vous m'y forcez.

« Il n'y a qu'un secret, c'est d'être aimable, commence-t-elle. Il faudrait l'être toujours – je ne dis pas que l'amabilité soit toujours facile. Pourtant, c'est le seul secret. Être aimable, pour les femmes comme pour les hommes qui ne sont pas si différents…

L'affirmation est scandaleuse. Personne ne songe à la relever.

Une heure encore, ils entendent la danseuse exalter l'alliance des deux principes féminin et masculin, fusion charnelle et fusion mystique, l'une et l'autre insupportables.

— Mystique ? lâche Thomas, sursautant à ce mot.

— Bien sûr, font ensemble les Persans, épanouis.

— Pourquoi pas ? ajoute Abraham.

— Que pourrait-elle être d'autre ? laisse tomber dédaigneusement le brahmane.

– Mystique, insiste Shobita.

Jamais elle n'a été aussi désirable. Les Persans colorés pâlissent, la pâleur d'Abraham s'avive, Thomas passe du mat au rouge et l'astrologue descend sur terre.

Elle parlera encore une heure, s'interrompant quatre fois pour chanter. Des chansons d'amour. Mais chanter, c'est encore parler. Et c'est là-dessus, sur un dernier accord de cithare et les derniers mots d'une plainte amoureuse, qu'elle s'inclina devant les cinq hommes sidérés et se leva d'un seul élan parti des reins, jaillissement ondoyant de ses charmes soudain déployés, et disparut.

Les cinq hommes sortirent ensemble de la maison, dans un état indescriptible de ravissement et de déception. Ravissement qui avait de si loin dépassé leur attente. Déception d'être frustrés de son accomplissement dans les bras de la *devadasi*.

Tous frustrés ? La question les frappa dans le crépuscule. Tous les quatre plantés là à la nuit tombante qui déjà estompait les visages et empêcherait bientôt de se reconnaître. Tous les quatre ? N'étaient-ils pas cinq ? Ils ne l'étaient plus.

Chose incroyable, chose impossible, Abraham manquait comme s'il s'était rendu invisible à l'instar d'un *parayan*, ces magiciens, plus craints que les démons.

– Abraham ! appela Thomas, imaginant qu'il avait pris de l'avance.

– Il ne viendra pas, dit le brahmane, sarcastique. Il a mieux à faire.

Dans la rue, Dappula prit à gauche vers le temple de Trippunittura, et les Persans à droite, vers le port et le navire qui les avait transportés. Thomas, une fois revenu sur terre – cela lui prit longtemps –, se retrouva seul.

Shobita avait choisi Abraham.

Il aurait juré que son choix se serait porté sur l'un de ces Persans venus de si loin, si éloquents sous leurs turbans en boule, derrière leurs bedaines renforcées de larges ceintures de soie assorties de poignards courbes aux fourreaux cloutés de rubis. Aux regards très sagaces, à la lèvre lourde, à la barbe soyeuse, aux paroles fleuries.

Il reste là, immobile, les pieds dans la boue sous la pluie tiède qui vient de reprendre et tambourine sur les tuiles rouges de la Petite Maison, crépitement qui doit s'entendre sous le toit où Abraham et Shobita sont seuls désormais, solitude qui le poignarde. Que lui a-t-elle trouvé ? Que lui trouve-t-elle à l'instant même ? Que lui trouvera-t-elle encore et combien de temps ?

La tentation ridicule l'assaille de guetter la sortie de l'injuste et détestable élu. Pour quoi faire ? L'attendre ne changerait rien, en vérité aggraverait sa frustration.

Les passants qui se hâtent de rentrer chez eux – la nuit est noire maintenant – le bousculent. Pour la première fois de sa vie, il lance un coup de pied à un chien qui l'a frôlé, le rate, et glisse dans la boue. Il s'ébroue avec fureur, lui, le nonchalant. Et se dirige vers sa maison où Cécile l'attend.

Sous la véranda de la chambre haute, Abraham hésite encore, les mains crispées à la balustrade de teck, suivant du regard sans les voir les fanaux des navires qui croisent devant la passe, tandis que Shobita l'attend sur son lit, plus belle que la reine de Saba devant Salomon.

Chapitre 6

Journal de Krishna

Entrant ce matin dans la salle des secrets, je fus frappé du changement du roi, malgré la faible lueur des lampes. Il avait vieilli, il s'était voûté, la voix était moins ferme et le regard flottant. Il avait longtemps dominé les choses, désormais elles le dominaient.

– Les taxes rentrent mal, dit-il d'un ton las.

En effet, cette sombre histoire commençait à avoir des répercussions financières. Les informations circulent très vite de port en port. Les marins s'ennuient en mer, sitôt à terre, ils se repaissent de tous les bruits et se régalent à colporter les mauvaises nouvelles. Dans le golfe Arabe, en mer Rouge, jusqu'aux confins de la mer de Chine, se répétait : « Cochin n'est pas sûr. » Sa rivale Calicut amplifiait ces ragots. Le trafic avait diminué de moitié.

Thomas m'avait informé que de ses deux activités – le commerce des épices et celui de la porcelaine de Chine –, si la première ne pâtissait pas trop des événements, la seconde était touchée de plein fouet.

– Je n'ai rien vendu de ce que j'ai importé l'année dernière, m'avait-il précisé, ni mes confrères non plus.

On allait acheter ailleurs les marchandises que nous importions – soies, cotonnades, porcelaines – aussi bien que les produits locaux. Les objets de cuivre, d'étain, de fer que fabriquent nos artisans, les émeraudes même que nos joailliers taillent et polissent à la perfection ne trouvaient plus preneurs. Leurs flux – surtout d'est en ouest, notre commerce avec l'Asie surpassant de loin nos échanges avec l'Arabie et l'Europe – sont la base des taxes qui forment les revenus du royaume. Nul ne paie d'impôts à Cochin. Ailleurs, au Vijayanagar ou dans le Deccan, les collecteurs sévissent et les populations sont accablées.

Je le savais par mes informateurs, dans les rizières et dans les Ghâts, l'évocation de l'établissement de l'impôt était de plus en plus fréquente et les esprits s'échauffaient.

– Comment vais-je payer l'armée ? dit le roi, après l'un de ces longs silences qui entrecoupaient désormais nos échanges.

– Les villages ne soldent-ils pas eux-mêmes leurs contingents ?

– Peut-être, mais c'est moi qui fournis l'armement, l'artillerie, les bateaux, les éléphants. Ma cassette s'est vidée de moitié cette année. Qu'est-ce qu'un royaume sans armée ? Mes alliés de Quilon et de Cranganore passeront demain au Samorin pour se partager les miettes de Cochin. Mes nayars me seront-ils fidèles ?

– Il y aurait un peu de flottement chez certains d'entre eux.

– Que dis-tu ?

– Des doutes toucheraient l'armée. D'après quelques brahmanes, les troubles actuels seraient le commencement de l'accomplissement de la prédiction. Ils prétendent aussi…

– Va plus vite !

– … que la prédiction ne concernerait que Cochin. Le reste du Malabar ne serait pas touché. Ton royaume seul le serait.

– En quoi ?

– Il disparaîtrait. Les dieux t'abandonneraient. Selon certains, ils t'auraient déjà abandonné.

– Ah ! dit le roi. Les fidèles vont se faire rares.

– Le peuple te reste attaché. Au moins par prudence. On sait ce qu'on perd, se dit-il, non pas ce qu'on trouve.

– Voilà une belle fidélité ! Ah ! la fidélité ! poursuivit-il, songeant sans doute à Shobita. Mais remue-toi, Krishna. Va visiter nos centres d'entraînement. Va à Pannayur.

A Pannayur se perpétuait l'élite des nayars.

— Tout de suite, Seigneur.

— De ton rapport dépend ma retraite ! me lança-t-il comme j'avais déjà gravi quatre marches de l'escalier.

*
* *

Pannayur est encore loin, mais ni Krishna ni Saül ne sont pressés. Ils n'ont pas hâte de dépasser les splendeurs des eaux intérieures. Les grands chemins liquides et scintillant sous le soleil du matin, bordés de cocotiers qui inclinent dessus leurs ombrelles comme autant de Narcisse, invitent à la rêverie ; les menaces de guerre sont loin et la lourde atmosphère de la ville de Cochin est inconcevable ici.

Les digues étroites qui, sous les arbres, séparent le réseau des avenues aquatiques et les rizières qui, au-delà, font la fortune des basses terres sont couvertes d'habitations ; mais, noyées dans les feuillages des bananiers, des hibiscus et des manguiers, ces constructions sont invisibles et les berges défilent devant les deux hommes sans qu'y apparaissent d'êtres humains. Tous deux imaginent avancer dans un paradis désert, somptueusement irrigué, dont les oiseaux — hérons gris et cormorans noirs — et les poissons qui sautent hors de l'eau seraient les seuls maîtres. Pourtant, de loin en loin, annoncées par des claquements de linge sur les pierres plates, des lavandières anéantissent cette impression de solitude. Elles lèvent la tête à leur passage et leur sourient. Krishna semble ne pas les voir, Saül leur sourit en retour.

Les eaux sont grises et les rizières vertes. Les premières se divisent en perspectives indéfinies, fuyantes, derrière leurs méandres. Les secondes déploient brusquement, dans les rares échancrures de la végétation des berges, d'immenses tapis couleur émeraude, çà et là semées de buttes minuscules où s'accrochent trois palmiers qui ombragent une cabane, dont les murs et le toit sont faits de leurs palmes.

– Si nous ne sommes pas au paradis, nous ne devons pas en être loin, dit Saül.

– C'est à peu près ce qui se fait de mieux, pour en donner l'idée. L'Inde entière nous l'envie, répond Krishna.

– Je comprends mieux le Samorin.

– Saül…, dit Krishna.

– Oui ?

– J'aimerais que tu m'éclaircisses un mystère.

– Si je le puis, je suis à tes ordres.

– Toi seul le peux. Toi, Saül le juif. Chaque fois que je te nomme devant un musulman, il me reprend : « Tu veux parler de notre frère Hussein ? »

– Je vais te parler de celui qui a marqué ma vie et qui est en partie responsable de ce que tu appelles un mystère, mystère qui n'est qu'une péripétie de mon existence. J'avais embarqué à Aden avec mes fourrures sur un boutre piloté par un Tunisien nommé Monsaïd, musulman madré et vif, à destination de Zanzibar. Il faisait beau, la mer était belle, nous sympathisâmes. J'avais erré dans toute l'Europe, lui, le Tunisien, avait bourlingué dans tous les ports d'Afrique. Le troisième jour, des pirates nous prirent en chasse. Ils vont nous rattraper, me dit Monsaïd, si tu ne veux pas finir esclave – à moins qu'un riche ami ne paye ta rançon… Je n'avais pas de riche ami, lui dis-je, ne connaissant que plus pauvre que moi. Alors, ami juif, dit-il, fais-toi musulman. Tu as une heure pour embrasser la foi du Prophète. Une heure ! Il me connaissait mal. Je l'embrassai immédiatement. En trois minutes, je fus capable d'ânonner la *fatiha*. Les pirates s'emparèrent de ma pauvre bourse, méprisèrent mes fourrures et me laissèrent libre, ravis de compter un nouveau croyant.

– Cette conversion ne t'a pas troublé ?

– Quelqu'un m'y avait préparé. Mon maître. Je l'ai rencontré dans une ville du sud de la France nommée Montpellier où je m'étais réfugié enfant, après avoir fui la Pologne,

119

chez un médecin juif, du nom de Ben Sirak, ami de l'un de mes oncles. Il m'a élevé et je lui ai servi d'assistant. La nuit, en cachette, il disséquait des cadavres pour mieux comprendre le mystère qu'est l'homme et pour mieux le soigner. Car il ne croyait qu'en l'homme et pensait que le progrès ne viendrait que de la connaissance. Dieu pour lui n'existait pas. La nuit, il dépeçait les morts ; le jour, il enseignait la médecine à l'université.

« J'avais quinze ans lorsqu'il invita à dîner le personnage le plus extraordinaire qu'il eût rencontré, un jeune homme de grande maison, fascinant par sa beauté, son intelligence et sa culture, qui savait le grec, l'hébreu, l'arabe et qui avait tout lu. "Peut-être, avec toute sa science, est-il un peu naïf, m'avait dit Ben Sirak. Il vient d'acquérir, d'un de nos coreligionnaires, un manuscrit que cet escroc lui a vendu pour un commentaire de la main même d'Esdras. Il l'a payé une fortune. Il s'appelle Pic de la Mirandole, son père est prince en Italie."

« Il était à peine plus âgé que moi, je m'y attachai immédiatement. Il était beau, j'étais laid, il était mince, j'étais gros, il était faible, j'étais fort. Je le protégeai contre les jaloux, il me protégea de mes ignorances. Sachant tout, il se passionnait pour la théologie et la place de l'homme dans l'univers.

« Pour m'éclairer, il citait Moïse, Platon, Aristote, Jésus, Mahomet, Zoroastre... Bien incapable de suivre les développements de sa pensée, des six mois que je passai avec lui, je ne retirai que des choses simples dont la première était que la société idéale n'est pas impossible et que tous les hommes y aspirent, quelles que soient leurs croyances. J'en déduis qu'en embrasser une, c'était les embrasser toutes. D'où mes conversions successives.

– Ce jeune homme était un bon maître, dit Krishna. Connaissait-il notre religion ?

– Je ne le crois pas.

– Qu'est-il devenu ?

– Je n'en sais rien. J'ai dû quitter Montpellier précipi-

tamment, une nuit que je charriais avec Ben Sirak une jeune
morte que nous venions de déterrer. Le guet nous a surpris.
Hélas, Ben Sirak courait moins vite que moi. Huit jours
plus tard, il était brûlé vif. J'étais déjà à Lyon, chez un pelletier.

*
* *

Journal de Krishna

Tant parler lui avait donné faim.
— Mangeons, dis-je fermement.
— Je vais commander mon repas, dit Saül.
— Non, va manger à l'arrière. Nous mangerons séparé-
ment. Je ne peux pas manger avec toi.
— Je te polluerais, ô mon maître ?
— Toi, non. Encore que… Si je lis bien nos textes sacrés…
Mais ce que tu mangeras, à coup sûr. Du poisson… De
la viande… Abominations ! Tu manges la vie, tu manges ta
vie.
— Ah ! manger ! Je me mangerais tout entier, si je m'écou-
tais. Peut-être est-ce ma gloutonnerie qui me rend incroyant ?
J'aime trop le porc pour être musulman. Trop mélanger, pour
être juif, le lait et la viande. Et comment devenir hindouiste
en raffolant du boudin ?
— Cesse de blasphémer, lui dis-je.
Il se transporta à l'arrière de notre *kettu valtam* – ces
bateaux d'une trentaine de pieds de long sont équipés de
deux cuisines, l'une à l'avant, l'autre à l'arrière, les cabines
en palmes tressées occupant le centre du pont.
Le cuisinier, musulman, avait préparé pour lui une sorte
d'épais brouet à base de riz, où il avait jeté des morceaux
de viande et de poisson, chacun cuit séparément, avec des
herbes et des épices. Leurs multiples parfums réjouirent les
narines de Saül qui s'empiffra une grande heure.

Ayant félicité le maître coq – il nourrissait pour les gens de bouche une vraie dévotion –, il rota et péta avec une vigueur surhumaine, effrayant les cormorans à des distances considérables.

« Si l'on ne barytonne pas du cul, c'est que la chère est maigre », avait-il coutume de dire. Il s'avança jusqu'à moi. Je tenais alors au-dessus de ma tête, la contemplant avec délices, la *papadam* qui était tout mon repas. De cette gaufrette délectable, une goutte de miel me tomba sur le nombril. Je l'engouffrai aussitôt pour n'en rien perdre de plus et, du bout de l'auriculaire, je nettoyai mon ombilic et le suçai proprement.

– Tu ne manges que ça ? me demanda Saül.

– On ne peut bien méditer que l'estomac à demi plein.

– Te sens-tu assez léger pour parler de ton maître ?

– Mon maître, dis-je, je l'ai trouvé où il devait être, à l'école. C'est un moine, un poète, un grand exégète, philosophe et théologien. Dans son *Advaïta Vedanta*, il a aussi bien éclairé le *dharma* que le *brahman*.

– Voilà des mots bien obscurs, dit Saül.

– *Vedanta*, c'est la fin des *Veda*, leur conclusion, si tu préfères. *Advaïta*, c'est le non-double, le monisme, un seul Dieu, l'unité de Dieu ; le *dharma*, c'est l'éthique ; le *brahman*, c'est Dieu.

– Où l'as-tu rencontré ?

– Dans ses œuvres. Il est mort il y a six siècles. Une légende, sans doute, en fait un avatar de Krishna. A cinq ans, il eut une illumination. Il jouait avec d'autres enfants non loin d'un melon. L'un d'eux proposa la devinette : « Combien contient-il de pépins ? – Autant que de dieux », dit Sankara. Il n'en contenait qu'un seul. Il a vécu en saint. Il a fondé quatre monastères et il est mort à trente-deux ans dans les Himalayas, laissant une œuvre considérable. Les *Mille Enseignements*, des *Commentaires*, dont un, lumineux, de la *Baghavad Gita*. C'était un poète aussi.

122

– Que prônait-il, pour que tu en parles avec cette chaleur ?

– Mes études, d'abord, puis mes méditations, m'ont fait entrevoir et la justesse et la beauté de ses leçons. Nous vivons tous dans l'ignorance et dans l'illusion. Notre moi profond est caché et se cache derrière d'autres moi, factices, qui lui sont surimposés par nos sentiments et par le monde. Il faut arracher tous ces voiles pour le découvrir.

– Je ne suis pas sûr de désirer découvrir mon moi profond.

Débarqués, nous nous enfonçâmes sur le sentier qui menait à Pannayur et enjambait plusieurs canaux. Le village s'étendait autour d'un temple, sanctuaire des terres occupées par les grands domaines nayars. Alerté, le *dejavazhi* – le maire – vint à notre rencontre.

– Que les dieux te soient propices, ô brahmane conseiller du roi, dit le petit bonhomme tout noir, s'avançant en boitillant.

– Je tenais à montrer ton village à mon ami avant de nous rendre au camp d'entraînement.

– C'est un grand honneur, répondit-il, écrasant délicatement un moustique qui s'était glissé dans son nez – les moustiques pullulaient.

« Mais nous allons d'abord vous offrir à boire, reprit-il, désignant une centaine de noix de coco entassées sur le sol.

Saül l'interrogea sans attendre sur le moral des villageois.

– Tout le monde est un peu excité, répondit-il, car demain, c'est le grand jour.

– Le grand jour ?

– Oui, demain se réunit l'assemblée du village pour l'élection du nouveau maire et, comme tu le sais, l'élection est suivie d'une fête où l'on boit et danse beaucoup.

– Tu sembles bien serein.

– C'est que j'espère être réélu.

– Mais qui vote ? demande Saül.

– Mais tout le monde. Les nayars, les artisans, les agriculteurs. Toutes les castes participent au vote. Mais reste, ami. L'assemblée se tiendra dans l'enceinte du temple. C'est un joyeux spectacle.

— Quels sont tes pouvoirs ?

— Mes pouvoirs ? Mes devoirs, veux-tu dire. Je m'occupe principalement de l'entretien des petits canaux et des chemins qui les bordent. L'irrigation fait notre richesse. Les grands canaux, c'est l'affaire du roi. Je rends aussi la justice et m'occupe de maintenir le temple en bon état. Cela se fait par corvée, je les distribue.

— Tu rends la justice ?

— Je ne règle que de petites disputes. Des affaires de barrage, ou de séparation de couples, ou de petits larcins. Les grandes affaires sont du ressort du roi.

— Tu es un nayar, n'est-ce pas ?

— Tu veux dire que je favoriserais les gens de ma caste ? Au conseil qui m'entoure, toutes les castes sont réunies. Si je n'agissais pas en conscience, il y aurait des plaintes contre moi auprès du roi et j'aurais peu de chances, en prison, d'être réélu.

— Et que penses-tu de ce meurtre à Cochin ?

— Ici, nous sommes loin de tout. Au camp, peut-être te dira-t-on autre chose. Les hommes d'armes côtoient la cour. Ici, nous nous occupons peu des grandes choses. Seul à la vérité nous importe notre troisième récolte de riz.

Saül aurait posé d'autres questions. Je l'arrêtai en lui rappelant le vrai objet de notre visite.

— Ce village ressemble à une société idéale, me dit-il quand nous eûmes repris notre marche vers le camp d'entraînement qui était situé à une quinzaine de minutes du village.

— Ce n'est pas comme ça en Europe ?

— Oh, non !

*
* *

Le camp s'annonçait par des cris longtemps avant de se découvrir. C'était un immense quadrilatère bordé d'une palissade de sept à huit pieds, percée de quatre portes qui se faisaient face, deux à deux, au milieu de chacun des côtés.

– On dirait un camp romain, dit Saül.

– Romain ? reprit Krishna.

– Les Romains de César et d'Auguste.

– J'ai entendu parler d'Auguste. César, je ne connais pas.

Comme ils se rapprochaient de la porte où menait leur chemin, un hurlement retentit de l'autre côté de la palissade, glaçant le sang dans les veines de Saül et faisant venir un sourire d'orgueil aux lèvres de Krishna. Ce devait être un commandement car soixante gaillards tout nus, l'épée entre les dents, à la main gauche un petit bouclier rond, jaillirent comme un seul homme par-dessus les pieux de part et d'autre de la porte, les survolant d'un pied au moins, pour retomber hors du camp et s'aligner sur deux rangs, le long du chemin, formant une double haie d'honneur et de leurs épées une voûte d'acier pour accueillir les visiteurs.

– Quel bond ! dit Saül, encore tout pâle. Ce sont des tigres, ces hommes-là !

– Ça, dit Krishna, ils sautent très haut. Mais tu n'as encore rien vu.

Un nouveau cri ébranla l'air, qui tenait du rugissement. Un homme seul surgit par-dessus la porte qu'il franchit comme s'il volait, atterrit devant les enquêteurs avec une légèreté inouïe, salua et dit :

– Bienvenue à vous, envoyés royaux, chez les hommes du roi.

Il était borgne. Krishna reconnut le vainqueur du concours de tir à la fête de Poram.

Saül ne put se retenir de dire :

– A quoi sert-il de sauter comme ça ?

Sans répondre, en un clin d'œil, de pied ferme, sans élan, le borgne s'enleva devant le géant, décrivit au-dessus de sa tête un saut périlleux qui le fit retomber derrière lui. Et Saül, resté cloué sur place, sentit entre ses omoplates la pointe d'une épée.

125

– A cela, dit enfin le borgne, que si tu étais un ennemi, tu devrais te rendre ou mourir.

– Je me rends, dit Saül retrouvant ses couleurs.

De dix ans à quarante, les nayars suivent un entraînement qui les rend inaccessibles à leurs adversaires. Développées par des exercices permanents, leurs capacités physiques sont multipliées par des potions dont les formules sont tenues secrètes depuis des siècles, à Pannayur. Seul, le commandant du camp en connaît les formules, avec les trois brahmanes les plus anciens du temple.

Mais ces combattants savent aussi la médecine car il faut savoir soigner les corps et les blessures. Leur éducation, qui dure plus de dix ans, comprend aussi l'étude des astres car il n'y a pas de guerre sans les astrologues qui donnent le lieu, le jour et l'heure des batailles.

– Un nayar digne de ce nom saute dix pieds en hauteur, commente Krishna pour informer Saül, trente pieds en longueur, surpasse le tigre à la course et rattrape les singes dans les arbres. Au corps à corps, les armes de leurs ennemis ne rencontrent que le vide. Et je ne dis rien de leur bravoure. La guerre est pour eux…

– Le divertissement suprême ?

– Tu m'as devancé. Comment le sais-tu ?

– Nous avons de ces fous en Europe, qui n'aiment que se battre, mais ils sautent moins haut et ne vont pas tout nus.

– Le climat, sans doute.

Le borgne, qui commandait la compagnie d'honneur, les conduisit à son chef qui les reçut avec l'affabilité de ceux qui ne craignent rien parce qu'ils sont au-delà de la vie, dont ils ont fait le sacrifice d'avance et sans regret. A la bataille de Trivandrum, contre Calicut déjà, vingt ans auparavant, il avait sauté d'un bond un canal de quarante pieds et tué vingt-deux arquebusiers en moins de cinq minutes.

– Que me vaut l'honneur ? dit-il.

– Le roi veut savoir, dit Krishna, s'il n'y aurait pas dans la troupe un certain flottement... Le bruit en court à Cochin.

– Flottement... Tu dis flottement ? Non, personne ne flotte ici. N'est-ce pas, Kamir ? demanda-t-il au borgne qui secoua la tête. Personne ne flotte, mais tout le monde s'ennuie.

– S'ennuie de quoi ? dit Krishna.

– Je sais, dit Saül.

– Alors, dis-le.

– De ne pas faire la guerre.

– Ton ami nous a devinés, dit le gouverneur de Pannayur.

Chapitre 7

Mar Matthieu II n'est pas content. Il est assis bien droit sur son siège épiscopal et sa croix pectorale pend sur sa poitrine creuse de saint homme frugal.

Il ne reçoit pas toujours dans cette salle dite du siège à cause de l'espèce de cathèdre qui en fait la solennité. Les sièges sont ici symboles de pouvoir et de domination. Symboles et instruments puisqu'ils élèvent concrètement au-dessus des mortels qui s'assoient par terre.

Mar Matthieu II, évêque du Malabar, représentant direct de Mar Siméon, patriarche et catholicos de l'Église catholique syrienne orientale, résidant à Djézireh, sur le Haut-Tigre, à des milliers de lieues de Cochin, est d'ordinaire un homme affable. Sa réelle autorité ne se départit jamais d'une courtoisie – non pas d'une onction – qui est chez lui la marque d'une vraie bienveillance. Ses relations avec Thomas Pakalamarram sont depuis toujours confiantes et même exceptionnellement chaleureuses pour un pasteur qui se doit à tous et ne peut donc laisser transparaître quelque préférence envers aucune de ses brebis.

D'habitude, Mar Matthieu II reçoit Thomas dans sa chambre, qui est une cellule, ou sur la véranda de l'évêché.

– Entre, Thomas. Je ne t'ai pas convoqué – l'évêque n'a jamais encore employé ce mot avec Thomas – pour te faire des compliments.

Thomas s'incline très bas devant lui, baise l'anneau d'améthyste qui lui est tendu et demande au prélat sa bénédiction. Elle ne lui est pas refusée.

– Père, dit-il ensuite, en quoi ai-je démérité…

– N'ajoute pas de demi-mensonge à ta faute principale.

– Père…, dit Thomas, rougissant presque.

– La danseuse la plus séduisante doit être la plus redoutée. On te voit trop dans les parages de sa Petite Maison. Tu passes devant tous les jours, deux fois par jour quelquefois. Or ce n'est pas ton quartier. On t'y voit entrer…

– M'en voit-on aussi sortir ? lâche Thomas hors de lui.

– Je ne plaisante pas, mon fils, et je te demande d'être sérieux.

– Faudrait-il que je me flatte de pareille surveillance ?

– Il n'y a pas de surveillance. Il y a que tu te donnes en spectacle. Tu as des devoirs, Thomas Pakalamarram.

– Je ne l'ignore pas.

– Ta position devrait t'interdire cette faiblesse. Responsable séculier de la communauté chrétienne et son principal négociant…

– Je ne suis pas le principal négociant…

– Qui est-il, s'il te plaît ?

– Paul Kokkiyam et Titus Kalli sont plus riches que moi.

L'évêque se fâche. Il n'a pas parlé de richesse. La richesse est une maladie : *Il est plus difficile à un riche d'entrer dans le royaume des cieux qu'à un chameau de passer par le trou d'une aiguille.*

Thomas corrige :

– Ils font plus d'affaires que moi.

– Je n'ai pas parlé d'affaires non plus, dit Mar Matthieu baissant le ton jusqu'à une étrange douceur, chez lui le paroxysme de la fureur. Les fortunes de Paul Kokkiyam et de Titus Kalli ne m'intéressent pas. J'ai dit « position ». Tu es beaucoup plus en vue que Paul et Titus. Ils ne sont pas *manigrammam*[1]. Ce n'est ni Paul ni Titus que le roi appelle pour discuter des intérêts de la guilde.

– La Petite Maison dont tu parles est ouverte à tous comme toutes les autres, dit Thomas, personne ne voit de

_____

1. Prévôt d'une société de marchands.

129

mal à la fréquenter. Quel mal y aurait-il pour moi ? D'autres *manigrammam* y vont aussi.

– Tu es plus atteint que je ne le pensais. Tu ne comprends pas ?

– Non, dit Thomas, étonné de se découvrir en rébellion contre Mar Matthieu, père pour lui bien au-delà du titre qu'il lui donne en lui parlant, depuis la mort du sien lorsqu'il avait dix ans – faut-il que son amour soit puissant !

– Tu n'es pas le seul touché, je le sais bien, reprend l'évêque. Moi-même…

– Toi-même… Père ?

– Moi-même, oui, je trouve à cette danseuse des séductions.

– Père ! s'exclame Thomas.

– Oui. Elle incarne toute la beauté de la création et la fait rayonner, si païenne qu'elle soit.

Thomas reste sans voix.

– Mais il faut choisir, reprend l'évêque. J'ai choisi il y a longtemps et si c'était à recommencer je ferais le même choix tous les jours avec plus de force que la veille. Toi aussi, tu as choisi.

– Oui, mais mon choix n'est pas le même.

– Il serait moins contraignant ? dit suavement Mar Matthieu II.

Thomas détourne et baisse la tête.

– Il ne l'est pas, tu le sais bien, reprend Mar Mathieu. Cinq raisons doivent te ramener à l'ordre. Je te les cite dans le désordre parce qu'elles se bousculent : la fierté, le roi, l'exemple, les musulmans, la loyauté.

Il explique. La fierté doit aller de pair avec l'état de chrétien. Elle doit garder Thomas de s'afficher dans la maison d'une courtisane. Le roi ? La considération du roi, qui fut l'amant de cette courtisane, n'aspirerait qu'à le redevenir et qui en très jaloux. L'exemple ? Celui qu'un chef de guilde doit donner aux siens. Les musulmans ? Ils entreprennent déjà de tirer profit contre les chrétiens de l'irritation du roi. La loyauté ? La loyauté envers Cécile : il lui a promis d'être fidèle.

– Je t'entends encore, quand je te mariais… C'est assez, n'est-ce pas ?

Thomas se tait.

– Regarde-moi, dit l'évêque.

Thomas relève la tête.

– Je ne blâme pas ton inclination. Personne ne pourrait la blâmer sinon Cécile. Je la connais assez pour deviner qu'elle ne te blâme pas, qu'elle se blâme plutôt elle-même, ce qui est trop de vertu. Elle ne te fait pas de reproches ?

– Non, dit Thomas.

– Elle n'en fait certainement qu'à elle-même. Elle doit se reprocher son incapacité à te retenir, sa négligence à te plaire. Est-ce que je sais ? Je ne suis pas une femme amoureuse.

– Père…, dit Thomas.

– Cécile, poursuit l'évêque, rêveur ou feignant de l'être, n'a pas été entraînée à captiver les hommes. Elle s'étonne encore que tu l'aies choisie – je ne trahis pas de secret. Ce n'est pas une machine à séduire comme le sont ces danseuses…

– Père ! proteste Thomas. Shobita n'a rien d'une machine.

– Vivantes machines, diaboliquement exercées à donner d'elles-mêmes l'idée la plus tentante de l'amour brut, poursuit l'évêque.

– L'amour brut ? dit Thomas.

– L'amour instinct, l'amour primaire, l'amour animal, reprend l'évêque avec cette même douceur inquiétante. L'élan qui entraîne aux accouplements. Élan certainement nécessaire à la génération, en cela voulu par Dieu, mais que nous autres chrétiens devons sublimer.

Mar Matthieu s'arrête, repart, songeur :

– Oh ! je ne doute pas que cette danseuse ne parvienne à associer sa personne à une sorte de sublimité. Fallacieuse autant que tangible. Je le sais, je l'ai vue danser à Poram. Salomé à côté ne fut sûrement qu'une gardeuse d'oies. Mais je m'égare. Tu vois, Thomas, même moi, cette femme m'égarerait.

– Où est le péril ?

Mar Matthieu constate avec un chagrin accru que l'état de Thomas est plus alarmant qu'il ne le croyait trente secondes plus tôt. Comment peut-il feindre d'ignorer la menace qu'une cabale auprès du roi ferait peser sur les chrétiens ? Le souverain est moins attentif que naguère au respect des privilèges de la communauté. Vingt ans demeuré sourd aux insinuations de la guilde musulmane contre les avantages accordés aux chrétiens, sa volonté de faire barrage aux ambitions du nouveau Samorin, protecteur reconnu des musulmans du Malabar, pourrait le pousser à le concurrencer sur ce terrain-là.

– Nos privilèges sont séculaires, rappelle Thomas.

– Mais révocables, ajoute l'évêque.

– Ils nous ont été consentis pour « autant de temps que le soleil et la lune dureront », réplique Thomas, citant la formule solennelle.

– Le roi peut quand il veut revenir là-dessus, dit l'évêque, la formule n'engage que ses prédécesseurs.

« Merveilleux privilèges, à y réfléchir, reprend Mar Matthieu II, et même miraculeux. Nulle part ailleurs dans le monde, étrangers n'ont été aussi bien accueillis.

– Les juifs l'ont été de même, dit Thomas, et nous ne sommes plus des étrangers depuis mille ans.

Alors l'évêque se fâche, la voix de plus en plus douce, descendue jusqu'au murmure, obligeant Thomas à se pencher pour l'entendre, et lui dit qu'il ne le reconnaît plus.

– Comme tu as changé… Serais-tu devenu inconséquent à ce point ?

Thomas ne s'est pas assez penché, il doit faire répéter l'évêque :

– Serais-tu devenu inconséquent à ce point ?

Thomas rougit, l'évêque reprend :

– Les Indiens ont la mémoire aussi longue que leurs éléphants. Nous sommes toujours des étrangers, les juifs aussi, les musulmans aussi, mais les musulmans tiennent la mer et sans leurs bateaux la fortune du Malabar se dissiperait comme un songe.

– La leur aussi, dit Thomas.

– Peut-être, accorde l'évêque, mais les rois du Malabar en ont davantage besoin que nous ne leur sommes nécessaires. Leur influence dans les cours est supérieure à la nôtre. Je considère comme un miracle que malgré leur hostilité nous nous soyons maintenus. De même les juifs. Il ne faut pas provoquer le roi.

Ne pas provoquer le roi, c'est, pour Thomas, cesser de fréquenter cette danseuse.

– Qu'y perdras-tu ? Cette femme ne serait pas aussi accueillante envers toi qu'envers certains autres, si j'en crois la rumeur.

Thomas pâlit.

L'évêque continue :

– On dit qu'Abraham Rabban serait plus heureux.

Thomas frissonne et parvient à dire :

– Père, tu sais tout.

– Je n'y ai aucun mérite, cette maison est tellement publique. Qui entre ? Qui sort ? A quelle heure ? Rien de plus facile, n'est-ce pas, de déduire ? Tout se sait à Cochin.

Voilà Thomas touché de plein fouet. On sait où il va, d'où il vient. L'évêque le sait, comme quiconque voudrait le savoir. Thomas se sent transparent. Cette transparence l'anéantit. Qui est-il, s'il n'a plus de secret ? Rien.

Cochin sait maintenant que Shobita n'a pour lui que les sourires qu'elle a pour tout le monde.

– Cette femme est certes exceptionnelle, reprend Mar Matthieu, je comprends que l'on s'en éprenne.

Et, remuant le couteau dans la plaie :

– Les Indiens font ce qu'ils veulent en matière de femmes, les musulmans aussi. Les juifs et nous, depuis toujours, avons pris un autre parti. Il faut s'y tenir. Tu dois t'y tenir. Pour nous, pour Cécile et pour toi-même.

L'évêque ne peut pas dire autre chose puisqu'il est évêque, se dit Thomas. D'évidence, il n'a jamais connu cette fascination. Et puis, il est trop vieux. Il dit comprendre, mais il ne comprend rien.

– Que dois-je faire ? s'entend-il dire, n'en croyant pas ses oreilles et se découvrant double : révolté et soumis.

– Que préfères-tu ? dit Mar Matthieu. Espacer progressivement tes visites ou les interrompre net ?

– Espacer, Père, dit Thomas.

– Espacer…, répète Mar Matthieu. Tu souffriras davantage.

– J'y suis prêt, dit Thomas, mais ce n'est pas lui qui parle : il n'y est pas prêt du tout.

– Cette femme est très sage, dit l'évêque d'un air absent.

– Très sage ?

– Très sage envers toi. A toi maintenant de l'être envers toi-même.

– Père, que me conseilles-tu ?

– De cesser tes visites.

Mar Matthieu II ne peut pas dire autre chose, se répète Thomas, soudain ulcéré. Pourquoi lui avoir posé la question ? Est-ce fini ? Le tourment est-il fini ?

– Ce n'est pas tout, repart l'évêque. Abraham… Que ressens-tu envers Abraham ? De la jalousie ? De la haine ? Un simple ressentiment ?

– De la fureur, répond Thomas.

– J'aime mieux ça, soupire l'évêque, la haine est un trop lourd péché. Tu aimerais qu'il lui arrive malheur ?

– J'aimerais parfois qu'il reçoive sur la tête un jaque de dix *sîr* ou qu'il soit piétiné par un éléphant.

– Tu souhaites sa mort, autrement dit.

– Quelquefois seulement.

– On n'y peut rien. Je sais ce que c'est. Il faut prier. Rien n'est impossible à Dieu. Mais tu ne peux pas prier. Les mots ne viennent pas. Et s'ils viennent, tu ne peux pas les prononcer ?

– C'est cela.

– Je sais ce que c'est. Je passe par là tous les jours ou presque. En attendant, je prierai pour toi.

– En attendant quoi ? fait Thomas, hébété.

– En attendant que la volonté de prononcer les mots te

revienne. Ce n'est pas que tu ne peux pas, c'est que tu ne veux pas. Un diable en toi ne veut pas que tu les dises et tu lui obéis avec plaisir. Je suis passé par là.

– Comment, Père ?

– Je n'ai pas toujours été évêque, ni prêtre. J'avais deux ans de plus que toi quand je fus ordonné. Auparavant j'avais vécu comme un jeune homme, mais je n'avais pas de Cécile…

Thomas juge bon de baisser la tête.

– … Je me suis pris de passion pour une *devadasi*.

– De passion, Père ?

– C'est le mot, mais je ne sais pas si ma passion était comparable à la tienne. Je n'engageais que moi, je n'étais pas marié, je n'étais pas *manigrammam*, les musulmans étaient moins agressifs parce qu'ils étaient plus sûrs d'eux-mêmes. Ne trouves-tu pas qu'ils sont inquiets aujourd'hui ? Et c'était un autre roi. Je n'ai pas été plus heureux que toi.

– Vraiment, Père ?

– Non. Dieu l'a voulu ainsi. Je me suis obstiné un an. Je lui ai rendu visite plus de cinquante fois. Je l'ai toujours trouvée souriante, et inaccessible. D'autres y accédaient.

– Qu'as-tu fait ?

– Je me suis rendu à la raison. Puis Dieu m'a appelé. Toi, Thomas, tu es déjà appelé.

– Moi, appelé ?

– Bien sûr, Thomas. Au mariage.

Thomas baisse la tête pour de bon.

– Il ne faut pas en vouloir à Abraham d'avoir été choisi.

– Je ne parviens pas à m'empêcher de croire que, s'il ne l'avait pas été, j'aurais pu l'être, moi.

– Ces femmes ne peuvent aimer personne puisqu'elles doivent aimer tout le monde et sont dévouées à leurs dieux. Elle ne t'aurait pas aimée et elle n'aime pas Abraham.

– Peut-être, mais elle l'a choisi, et Abraham l'a connue et moi, je ne la connaîtrai pas, ce n'est pas juste.

– Pas juste ! Tu es fou. Tu risques de briser l'entente séculaire entre les juifs et les chrétiens.

135

– Séculaire ? dit Thomas.

– Il y a six siècles, à Cranganore, nous avons combattu ensemble les musulmans. Nous nous sommes battus plusieurs fois avec les juifs, jamais contre eux. Nous avons besoin d'eux, ils ont besoin de nous. Abraham ne t'a rien enlevé. Nos relations ne doivent pas souffrir de tes souffrances imaginaires.

– Elles ne sont pas imaginaires, s'insurge Thomas.

– Elles ne sont rien de plus, dit l'évêque froidement.

C'est lui, maintenant, que Thomas aimerait voir écrasé par un éléphant, ou la tête fracassée par un jaque de dix *sîr*.

– Tu sais peut-être aussi qu'une enquête est en cours, reprend Mar Matthieu, sur le meurtre de ce Kassim ?

– Comment l'ignorerais-je ?

– Tu sais peut-être qu'elle piétine.

– Oui.

– Le roi veut conclure.

– Conclure comment ?

– Si le coupable est introuvable, en trouvant quelqu'un d'autre. Il est pressé par le Samorin.

– Trouver quelqu'un d'autre ? Quel autre ?

– Quelqu'un de choisi.

– N'importe qui ?

– Pas du tout. Il pourrait très bien tomber sur l'un de nous. Rien ne conviendrait mieux au roi qu'une tête de chrétien, et la tienne, Thomas, mettrait le comble à son bonheur.

– Tu plaisantes, Père, dit Thomas, pâlissant.

– Non.

– Le roi jetterait un innocent en pâture au Samorin ?

– Il paraît. Le roi n'est plus le même.

– On songerait à nous ?

– Plausible. Je ne sais rien de précis, sinon que nous sommes soupçonnés. Spécialement soupçonnés, car c'est à nous que les musulmans en veulent le plus.

– Les juifs sont aussi riches que nous.

– Certainement, mais les musulmans sont en paix avec les juifs.

– Ils le sont aussi avec nous.

– Ici peut-être, mais en Europe, entre eux et nous, la guerre est permanente.

– L'Europe est loin.

– Les distances ne comptent pas en la matière.

– Le roi livrerait un innocent au Samorin ? insiste Thomas.

– Il y songerait. Se résoudrait à faire le mal pour un plus grand bien. Quand l'intérêt personnel peut se confondre avec la raison d'État, l'élan est irrésistible. La jalousie qui s'est changée en haine et qu'il vous porte à toi et à Abraham fait de vous des suppliciés en puissance. Votre condamnation et votre exécution obligeront le Samorin à faire la paix. Goda Varma peut-il rêver mieux ?

Pourquoi Shobita est-elle soudain si loin ? Et Abraham ? Et le monde entier ? Thomas à présent ne pense plus qu'à lui. Oubliés l'amour et la jalousie. Thomas compte seul pour Thomas.

Il arrive. Cécile reconnaît son pas. A son rythme ralenti elle le devine soucieux. Ou furieux. Elle ne l'a connu furieux que tout récemment, il y a moins d'un mois. Les trois premières années et les sept premiers mois de leur mariage, il n'était qu'attention et aménité. La naissance de leur premier fils y avait ajouté.

De la naissance de Pierre, ce bijou, à la fête maudite de Poram, Thomas avait été rayonnant. Il s'assombrit après, et ne fut plus que de très loin le brillant courtier en porcelaine de Chine qui avait été le meilleur parti de la communauté chrétienne de Cochin puisque les Pakalamarram n'en sont pas seulement les membres les plus anciens mais encore les plus riches.

L'assombrissement de son mari a couvert de terribles nuages le bonheur de Cécile. Elle ne veut pas encore s'avouer malheureuse, repousse avec horreur cette notion de malheur. L'admettre serait sombrer, puis il y a tant de vrais malheureux... Alors, elle essaie de maintenir une sorte de détachement blanc qui, pour l'instant, la préserve du désespoir. Elle est enceinte pour la seconde fois. Elle ne se croit pas trompée. Elle se demande si elle ne préférerait pas l'être. Si Thomas était heureux avec cette femme, il le serait auprès d'elle-même, se dit Cécile naïvement, puisqu'il n'aurait aucun sujet de mécontentement. Elle ne lui en donne pas. Son fils non plus. Ses affaires vont bien. Il ne lui manquerait rien si cette femme s'ouvrait à lui.

Le voilà. Il approche de ce pas traînant qui n'était pas le sien avant cette fête sinistre de Poram où ce désir l'a pris. Ce jour-là, elle était restée chez elle, détestant la foule, indifférente à cette cérémonie qui ne concernait pas les siens.

La mousson pouvait tarder, leurs affaires n'en souffraient pas. Les cargaisons de vaisselle de Chine arrivaient au port comme avant et repartaient de même vers l'ouest. La porcelaine certes est cassable, mais elle est insensible à l'humidité comme à la chaleur. Elle ne pourrit pas, ne s'évente pas comme le poivre et le gingembre, ne craint pas les insectes, ni les rats, ni la moisissure. Elle se casse, il est vrai, mais la casse est infime dans les entrepôts de Thomas Pakalamarram – « Grâce à moi », se dit Cécile, qui surveille leur manipulation avec conscience.

Le pas languissant s'approche. Elle sourit comme toujours à Thomas et Thomas lui sourit en retour. Sourire pauvre, oui, mais qu'il s'y astreigne prouve que tout n'est pas perdu. Rien n'est perdu. Thomas, peu ou prou, n'a pas cessé d'être à elle. Jamais il ne pourrait appartenir à une *devadasi*. Appartenir, c'est posséder. Les danseuses sacrées ne se soucient ni de possession ni d'appartenance terrestre. Leurs dieux seuls les intéressent, les hommes au mieux ne sont pour elles que des patients à soulager.

Non, Cécile ne se croit pas trompée. Si elle l'était, le sourire de Thomas serait beaucoup plus large. Il faut attendre, prier, attendre, prier encore et tout rentrera dans l'ordre.

Thomas se tient devant elle à présent, la dominant de toute la tête, baissant les yeux sur elle de très haut. Son large torse nu – au modèle, dirait-on, de ces cuirasses d'empereurs romains qui déguisaient les plus chétifs en Apollons triomphants – masque à Cécile le reste du monde. Les cheveux d'un noir éclatant noués en une longue tresse lui descendent jusqu'à la taille. A chacun de ses bras musclés sont passés deux bracelets d'or et le pagne de coton blanc qui le couvre de la taille aux genoux est brodé de trois bandes qui le divisent en diagonale. Il est chaussé de sandales qui sont l'un des privilèges accordés voici plus de mille ans par le roi de Cranganore, Vira Raghava Chakravashi, au *manigrammam* Iravi Korttan, chef des marchands chrétiens.

Thomas considère Cécile sans rien dire. Un long moment. La tête levée vers lui, elle l'interroge du regard, se gardant bien de rompre ce silence. Enfin il soupire et, levant la main droite, lui effleure de l'index le bout du sein droit qui durcit aussitôt, sans qu'il ait pu s'en apercevoir tellement l'effleurement fut rapide, au ravissement de Cécile et sans doute à la surprise de l'enfant qui tressaille dans son sein.

Il ne la regarde plus, comme s'il ne l'osait plus, pense-t-elle. Il s'est détourné et s'éloigne déjà. Son large dos d'empereur romain lui masque le monde et, à mesure qu'il s'éloigne, le monde routinier des étagères en teck chargées de porcelaines bariolées reparaît. Les vases, les coupes, les brûle-parfums, les plats ornés de grues dansantes, de carpes impavides et de jeunes femmes impénétrables sous leurs ombrelles translucides.

Thomas est presque parvenu à la porte de l'entrepôt lorsqu'il s'arrête.

– J'ai vu Mar Mathieu.

– Tu avais demandé à le voir ? enchaîne Cécile.

– Non, c'est lui qui m'a fait appeler.

Cécile ne pose pas de questions. La suite va suivre, elle le sait.

– C'était pour me faire des reproches. Veux-tu que je te les dise ?

– Non, dit Cécile, c'est assez de savoir qu'il les a faits.

– J'aimerais être assez maître de moi pour lui en enlever le motif.

Un immense soulagement envahit Cécile. Un allégement inexprimable. Malgré son gros ventre, elle ne s'est jamais sentie aussi légère.

Thomas le remarque. Lui sourit pour la seconde fois. Sourire clair, cette fois. Sourire d'avant Poram.

– Le Samorin veut un coupable pour l'assassinat de Koya Kassim, dit Thomas.

– Un coupable ? relève Cécile dont le ton révèle qu'elle craint d'avoir compris.

– C'est bien ça, dit Thomas.

– N'importe qui ?

– Oui.

– Un innocent ?

– Oui.

– Et le roi accepterait ?

– Il n'a pas le choix. Plutôt il n'a que ce seul choix : la guerre tout de suite ou la désignation de n'importe qui.

– Le Samorin accepterait n'importe qui ?

– De bon cœur, semble-t-il.

– Dans quel monde…, gémit Cécile, la tête dans les mains.

Thomas lui prend les poignets. Elle relève la tête, plante ses yeux dans les siens.

– Alors ? dit-elle.

– Alors le roi et son conseil passent en revue les victimes possibles avant d'en choisir une. L'examen se concentre sur les juifs et sur les chrétiens. Les intouchables, en dernier ressort, pourraient fournir un assassin, mais la ficelle serait trop grosse, le sacrifice si mince que ce serait provocation.

– C'est vrai, dit Cécile, ayant failli dire : « C'est juste. »

– Les musulmans sont hors de cause : le sacrifice d'un musulman ne peut pas venger le meurtre d'un musulman.

– Pourtant, dit Cécile, ils ne s'entendent pas entre eux. Ne se détestent-ils pas les uns les autres ? Ne peut-on pas jouer là-dessus ?

– Tu préférerais un musulman à un juif ou à un chrétien ?

Cécile, honteuse, baisse la tête.

– Moi aussi, je préférerais, dit Thomas tendrement.

– Ah ! nous ne sommes pas meilleurs l'un que l'autre !
s'exclame Cécile, consternée.

Elle ajoute :

– Ce que je préférerais, c'est que l'on trouve le vrai coupable.

– On le trouvera peut-être un jour, mais le temps presse.
Bref, les chrétiens et les juifs sont les premiers suspects, pour
ne pas dire les seuls. Et le coupable, m'a dit l'évêque, ne
devra pas être trop anonyme. Il faut quelqu'un de connu.

– Mais pourquoi ? lâche Cécile.

– Il faut quelqu'un d'assez important pour satisfaire le
Samorin, sinon celui-ci pourrait soutenir qu'on se moque de lui.

– Dieu merci, ce ne peut pas être toi.

– Pourquoi ?

– Tu n'es pas assez bon archer.

Thomas se vexe.

– Je ne tire pas si mal.

– Je ne dis pas, mais tu n'es pas un tireur d'élite, insiste
Cécile.

Thomas garde un silence boudeur.

On hésite au palais entre les juifs et les chrétiens. On aurait
établi des listes. Le conseil royal pèserait les avantages et les
inconvénients attachés à la désignation de chacun des noms.

– Je me demande si Abraham est sur la liste des juifs,
dit Thomas, pensif.

– Je crois que, décemment, on n'a pas pu l'y inscrire, dit
Cécile. Pour les mêmes raisons que toi, il est trop en vue…

– Ce n'est pas la raison que tu m'as donnée. Tu m'as dit
que je tirais trop mal.

– Tu ne m'as pas laissée finir. Je suis certaine que tu
l'aurais tué, toi aussi, ce Koya Kassim. La raison, selon moi,
n'est pas là, elle est que tu es *manigrammam* ; tu es trop
important.

– Moi ? Important ! proteste Thomas.

Cécile persiste. Elle voit mal le roi s'aliéner les chrétiens
dont il a également besoin. Le choix du *manigrammam* serait
une faute.

141

Thomas se demande si Abraham est trop important pour figurer sur la liste des juifs, honteux de souhaiter presque le contraire : les faveurs de Shobita ne doivent pas condamner à mort.

Ils en reviennent aux dissensions et détestations qui divisent toutes les communautés entre elles, à Cochin comme partout. Eux-mêmes, chrétiens, ne se partagent-ils pas entre nordistes et sudistes[1] ? Le roi pourrait jouer là-dessus : choisir un nordiste plutôt qu'un sudiste, un juif noir plutôt qu'un blanc, un mappila plutôt qu'un Arabe soi-disant d'Arabie.

Si le roi et son conseil choisissaient un chrétien nordiste ou un juif noir, le mal serait limité quand bien même la faute n'en serait pas moins grande ni le cynisme moins absolu.

Dans quelle horreur ce crime nous a-t-il plongés ? songe Thomas. Nos pensées en sont perverties.

Cécile s'approche et l'embrasse.

---

1. Ces termes désignaient deux partis rivaux de chrétiens. Les sudistes se prétendaient les plus distingués : ils avaient le teint plus clair et descendaient, prétendaient-ils, de la femme légitime de Thomas de Cana, syrienne comme lui. Les nordistes, eux, descendaient de sa concubine indigène. La femme de Thomas habitait avec lui dans la rue du Sud à Cranganore, sa concubine dans celle du Nord.

Chapitre 8

Krishna et Saül sont assis en tailleur face à face dans le pavillon des Brahmanes sur des tapis semés de fleurettes où l'on peut reconnaître la plupart des espèces qui égaient et parfument la côte.

Les deux meilleures têtes pensantes du royaume, l'indigène et l'importée, sont loin de la botanique et de ses enchantements. Loin? Pas si loin, c'est une affaire de poivre qui les occupe. De poivre et de sang.

– Reprenons, dit Saül. Trichur, Cranganore, Éli, Mullacherri, Chalisherri, Kunnamkulam, Mattam et Palipuram sont avec lui. Mais ce n'est pas tout, n'est-ce pas?

– Il manque au moins à ta liste une bonne douzaine de noms, répond Krishna sombrement.

– Combien d'hommes en tout?

– Le chiffre exact est inconnu. Entre cent mille et cent vingt mille.

C'est l'armée que le Samorin, le très jeune et énergique Tevassukara, a commencé de rassembler pour marcher sur Cochin.

– Mettons cent vingt, dit Saül, pour ne rien sous-estimer. Et la flotte?

Krishna s'assombrit encore.

– La flotte, c'est pire. Cent gros vaisseaux et cinq cents moyens équipés de canons, mille petits qui chacun transportent de trente à quatre-vingts soldats... Quatre-vingts par temps calme, ils sont bas sur l'eau.

Insurmontable disproportion, songe Saül.

143

– Tout cela manque de modestie, finit-il par dire avec un long soupir, le temps de vider ses poumons de géant.

Krishna s'éclaire d'un bref sourire.

– D'intelligence aussi, dit-il.

Que faire maintenant ? Quoi qu'ils fassent, il faut agir vite.

Saül a pu se tromper lorsqu'il a lié le meurtre de Mansour au poivre avarié, pense Krishna. Rhâda a parlé d'amour. L'amour serait le mobile du crime. Krishna n'y croit pas plus que Saül. En attendant, le Samorin mobilise...

Les genoux ramenés sous le menton, encerclés dans ses mains énormes, Saül fixe devant lui de ses yeux de porcelaine bleue un point invisible, le front plissé. Enfin, il profère d'une voix caverneuse :

– Il semblerait que je me sois trompé. J'ai sous-estimé votre vertu. J'ai appliqué mes critères d'Europe, où l'honnêteté est un mythe, à la côte du Malabar. C'est impardonnable, poursuit-il, de plus en plus absent, les yeux toujours perdus quelque part au-delà du mur.

– L'impardonnable n'existe pas, dit Krishna.

– Je ne peux pas me pardonner d'avoir lié les deux affaires, la capitale et la dérisoire. La mort d'un homme et une tromperie sur la marchandise qui n'en est peut-être même pas une d'après Nathan et d'après Abbas. J'ai péché par cynisme.

– Qu'est-ce que pécher ? dit Krishna.

Il connaît la réponse : il a posé la question à des chrétiens et à des juifs. Mais jamais leurs réponses ne l'ont satisfait.

– C'est se décevoir, dit Saül. J'ai ignoré l'invraisemblable, enchaîne-t-il.

– L'invraisemblable ?

– Oui ; la qualité de vos relations. L'honnêteté inimaginable de vos rapports commerciaux.

– Cette honnêteté est obligatoire puisque nous nous tenons tous.

– Tout se tient partout mais hors d'ici tout se passe comme si rien ne se tenait.

– Tu nous flattes trop. Nous ne sommes pas des saints non

144

plus. Mansour est mort et le poivre où il est tombé était pourri.

Saül tourne brusquement la tête. Son regard bleu fusille Krishna, mais ses yeux pétillent, ses sourcils sont défroncés, ses grandes oreilles sont collées à son crâne, il sourit.

– Oublions le poivre pourri, revenons au meurtre, concentrons-nous sur l'assassinat.

Il interpelle l'arc et la flèche posés dans un coin :

– Allez-vous enfin parler !

Krishna se lève avec effort – il y a deux heures qu'ils se tiennent immobiles sur leurs tapis et l'ankylose l'a gagné –, s'avance vers les pièces à conviction, se saisit de la flèche toujours souillée jusqu'à l'empennage – Mansour avait été percé de part en part – de sang séché. La croûte s'effrite sous ses doigts et tombe en fragments sur le sol.

Il revient vers Saül. Achève machinalement de décoller le dépôt de sang en faisant tourner la flèche entre ses doigts. Pourquoi ne pas l'avoir nettoyée tout de suite après l'avoir arrachée au torse de Mansour ?

Il revoit la difficile extirpation, la résistance du fer. Le vieil Abbas avait voulu la retirer lui-même du corps de son fils, mais les forces lui avaient manqué. Le capitaine avait pris le relais. Krishna n'oubliera pas la vision de son triceps droit gonflé par la tension, de sa main gauche musculeuse plaquée sur le dos du mort, la hampe de la flèche encadrée par son médius et son annulaire, tandis que le vieil Abbas lui commandait d'une voix glacée – pour quelles paternelles raisons ? – « Surtout ne la casse pas ! ».

Abbas le vieil irascible avait d'abord refusé de lui remettre le dard mortel. Il ne s'en séparerait jamais, disait-il. On promit de le lui rendre. Le roi dut intervenir. Le vieux s'était exécuté, exigeant toutefois que l'objet lui fût rendu intact. Par « intact », il entendait que le sang de son fils entourât toujours la hampe d'une gangue éternelle.

A l'instant de se rasseoir devant Saül, Krishna se rappelle l'injonction du vieillard et la promesse qu'il lui a faite. La flèche est maintenant nette de sang. Il en fait la remarque à Saül qui lui répond, indifférent :

— Nous la tremperons dans du sang de bœuf avant de la lui rendre.

— Pas du sang de bœuf, c'est sacrilège, proteste Krishna.

— Alors dans le sang du prochain condamné à mort.

— Le prochain condamné à mort sera l'assassin, dit Krishna. Le vieil Abbas se recueillera sur une relique paradoxale...

— Il sera mort depuis longtemps quand nous l'aurons trouvé, réplique Saül en éclatant d'un rire qui choque Krishna.

— On dirait parfois qu'un démon t'habite, lui dit-il.

— Je n'en doute pas, répond l'habité, peut-être même sont-ils plusieurs.

Krishna s'assied devant son diable, lui tend la flèche.

— Dis à tes diables de la faire parler.

Saül la prend, l'examine.

— Elle parle toute seule, dit-il.

— Comment ?

— Je lis ici, dit Saül, suivant de l'ongle de l'index une inscription invisible pour Krishna : *Vent de mousson, emporte-moi en son cœur...*

— En quelle langue ?

— En malayalam, mais le graphisme est arabe. Regarde...

— Je ne vois rien, dit Krishna, maudissant sa presbytie. Je ne distingue qu'un griffonnage. Il me faudrait ma loupe.

— C'est un poème, selon toi ?

— On dirait un début de poème.

— L'auteur serait-il le tireur ? dit Krishna.

— S'il l'était, je serais doublement jaloux. La poésie et le tir à l'arc sont deux de mes passions.

Jamais, poursuit-il, il n'a pu aimer un poème sans souffrir de ne pas l'avoir écrit. Jamais il n'a vu filer une flèche vers le but qu'il n'ait envié à la fois l'archer, la flèche et la cible ; le geste du premier, la trajectoire de la deuxième, l'attente de la troisième et sa transfixion.

— Quelle que soit la cible ?

— Quelle qu'elle soit, biche ou planche de bois.

– C'est très indien, ce que tu dis là, remarque Krishna.

– Ce n'est pas moi qui l'aurais dit, répond Saül.

– Reste à déchiffrer ce rébus, reprend Krishna, si rébus il y a, comme le poème paraît le sous-entendre. *Vent de mousson*, la fête de Poram n'est pas si lointaine, où la mousson se fit tant attendre. *Emporte-moi en son cœur*, c'est le cœur de Mansour. Cette flèche lui était destinée.

– Mais pourquoi écrire un poème sur une flèche ?

– Coquetterie d'auteur ? Ce qui importe, c'est le rapprochement d'un archer et d'un poète…

– Pléonasme, dit Saül.

– Pardon ?

– Les archers sont tous poètes et les poètes archers.

– Je ne sais pas s'ils le sont tous, mais j'en connais un, dit Krishna.

– Qui ?

– Ils ne font qu'un, mais ils sont deux, des jumeaux, poursuit Krishna. L'un tire à l'arc, l'autre écrit et ils sont inséparables.

– Les Marakkar !

– En personne, approuve Krishna, et cela n'arrange rien et même complique tout : ils ne peuvent pas être coupables. On ne peut pas les inculper. Ibrahim a gagné le concours à la fête de Poram. Pour lui, à cinquante pas, le cœur de Mansour était immanquable : il a fendu toutes les flèches de ses rivaux. Il n'a même pas dû attendre l'arrivée…, murmure Krishna pour lui-même. Je le vois tirer, poser son arc et tourner les talons avant que Mansour ne tombe dans le poivre…

– Pourquoi cette désinvolture ? dit Saül, effaré.

– Par élégance, par respect de soi. Vérifier ce dont on est sûr est une vulgarité. Ou c'est douter des dieux. Ce ne l'est peut-être pas pour tout le monde, mais ça l'est pour les Marakkar.

Krishna reprend, pensif :

– Ibrahim et Ali sont la fierté de Cochin.

– Alors ? dit Saül.

– Ce ne peut pas être Ibrahim, même si les flèches sont les

147

siennes et le poème d'Ali. Je pressens là une manœuvre atroce, dit le scribe.

Saül ne relève pas. Sa large figure blanche et rousse s'affaisse comme un fruit trop mûr. Krishna, resté impassible, le remarque :

— A quoi penses-tu ?

— Je ne pense pas, dit Saül. Je vois la destruction d'un rêve.

— De quel rêve ?

— D'un rêve d'harmonie. Je pressens que je vais retrouver ce que je fuis depuis trente ans.

— Allons chez les Marakkar.

Chapitre 9

Les Marakkar habitent dans Mattancheri, faubourg du vieux Cochin, une grande maison que les musulmans appellent avec fierté palais, dont les trois cours sont trois jardins. Ils y élèvent des autruches et des gazelles en souvenir de l'Afrique d'où vinrent leurs ancêtres, lesquels, sortis d'Arabie, prospérèrent trois cents ans à Zanzibar.

Dispendieuse fantaisie que la conservation de ces deux espèces sur la côte du Malabar. Gazelles et autruches s'enrhument à la saison des pluies. Les rhumes tournent en bronchites, les bronchites en pneumonies, et les serviteurs navrés ramassent les cadavres à l'aube – la plupart mourant la nuit – avant que les maîtres ne puissent les voir et se désoler avec eux.

Un compte spécial est affecté aux soins de ces bêtes et à leur remplacement à prix d'or. Les capturer est aisé dans leur savane natale. Les Africains sont des maîtres piégeurs. Leur transport est une autre affaire. Les unes comme les autres sont sujettes au mal de mer et se laissent souvent mourir plutôt que d'en subir la torture, imaginent les marins consternés de les voir dépérir, s'éloigner littéralement du monde à chaque coup de tangage ou de roulis – les autruches craignent plutôt celui-ci, les gazelles celui-là. La désolation des hommes ne tient pas seulement à la perte de la prime majestueuse que leur octroie l'intendant des Marakkar pour chaque spécimen débarqué vivant à Cochin, une affliction gratuite accable aussi ces êtres farouches ; ils se prennent d'une espèce d'affection pour les énormes volatiles – volatiles est impropre, l'autruche ne vole pas – et pour les graciles mammifères qu'on leur apporte dans des cages à Dar es-Salam, affolés et résignés, quoique ignorants de leurs destin.

A Cochin, les survivants prospèrent toujours pendant la saison sèche. Les plumes des autruches, après l'ordalie maritime, prennent un bouffant et une souplesse admirables, le poil des gazelles un lustre enchanteur. Les unes et les autres retrouvent le goût de vivre et jamais l'on ne pourrait croire qu'elles peuvent regretter sous leur apparence de prospérité les espaces sans limites où elles ont vu le jour, leurs acacias, leurs baobabs, leurs lions et leurs vautours.

Quelques semaines de pluie suffisent à anéantir l'illusion que les autruches sont heureuses ; puis à les anéantir elles-mêmes. Qui n'a vu ces lourds oiseaux lancés dans la savane filer comme des flèches, dévorer d'immenses distances à géantes foulées et disparaître à l'horizon, laissant flotter derrière elles des sillages interminables de poussière, écharpes grises, jaunasses ou rouges, longtemps suspendues sur l'Afrique après qu'elles se sont évanouies hors du monde, a manqué l'une des preuves les plus éclatantes de l'existence de Dieu. Qui d'autre que Lui pourrait susciter aux yeux des hommes un paradoxe aussi insolent que celui de ces pseudo-oiseaux, incapables de décoller, courant cependant beaucoup plus vite que ne volent la plupart des oiseaux volants ?

Les Marakkar auraient fait cesser ce qui n'était qu'un affreux trafic et pour eux une pieuse nostalgie, si le mélange d'avidité et de tact de leur personnel ne conspirait à leur en cacher la réalité. Le tact étant celui de ne pas faire de peine à d'aussi bons maîtres.

Krishna et Saül se font annoncer.

– Ali Marakkar pourrait-il nous recevoir ?

On revient aussitôt les informer :

– Mon maître vous recevra avec le plus grand plaisir. Il pensait justement à vous. Regrettait de ne pas vous avoir vus depuis plusieurs jours, s'inquiétait d'un éventuel refroidissement de votre amitié. Rassuré, il se réjouit de votre venue et pour abréger l'attente de la joie supérieure que lui vaudra votre présence, il arrive à votre rencontre.

— Je croyais avoir beaucoup appris en matière de courtoisie, dit Saül à Krishna, j'étais loin du compte. Ali pense-t-il ce qu'il a fait dire ?

— Ali ne pense pas ce qu'il dit, mais tout ce qu'il dit, il le pense, répond Krishna.

Voici le poète. Le premier poète de son temps est un jeune homme très mince, presque gracile, à l'image de ces gazelles qu'il chérit. La peau cuivrée, des chevilles et des poignets de jeune fille ou d'adolescent très délié, le nez en bec d'aigle, les lèvres pleines, les oreilles petites et finement ourlées, une peau de fille, de soie ou de satin, de très belles mains, des pieds admirables de finesse et de cambrure – la cambrure des races nobles accentuée par l'usage des étriers chez les peuples à cheval, les conquérants mangeurs d'espace, terreur des sédentaires. Le long cou souligne encore la distinction d'Ali. Enfin, les yeux sont bleus, couleur presque extraordinaire sur la côte du Malabar.

— Quel bonheur ! dit-il à Krishna. Que me vaut la visite du plus savant et du plus sage des brahmanes ?

— Le bonheur de visiter le premier des poètes dépasse de loin l'importance de l'affaire qui m'amène, qui n'est pourtant pas mince, dit Krishna, avant de présenter Saül :

« Je suis venu avec Saül, dont la réputation t'est peut-être parvenue. Saül est le beau-frère d'Abraham Rabban.

— Et le séducteur du feu Samorin, complète Ali souriant. Ici, nous l'appelons Hussein… Hussein est célèbre sur la côte. J'ai suivi ses exploits et c'est une grande joie pour moi de le rencontrer pour de bon. Loué sois-tu, Krishna, de l'avoir amené ici !

Dans la salle où il les conduit, ils s'assoient sur des tapis de soie où des phénix semblent danser avec des éléphants, étonnante alliance de la pesanteur et de la légèreté. Un serviteur apporte des sorbets au jasmin sur un plateau d'argent.

— De qui est ce début de poème que je vais te réciter ? commence Krishna.

– Je ne connais malheureusement pas tous les poèmes du monde.

– Celui-ci, tu pourrais le connaître : *Vent de mousson, emporte-moi en son cœur...*

– Arrête, dit Ali.

Krishna s'arrête.

– *Briser le bois, le fer et l'infidèle*, murmure Ali.

– De qui est ce poème ? demande, angoissé, Krishna.

– Tu te moques, il est de moi. Mais comment le connais-tu ?

– Je te retourne la question. Quand et où l'as-tu composé ?

– Je l'ai composé pour mon frère, la veille du concours de tir de Poram. Je l'ai gravé sur ses flèches, espérant lui porter bonheur. Allah m'a exaucé, loué soit Son nom !

Tout est dit. La boucle est bouclée. L'enquête est achevée. Cet achèvement obsédait Krishna, pourtant il n'en ressent aucun soulagement.

Sa vie en dépendait. Il avait chaque fois plus de mal à se présenter devant le roi pour l'entretien quotidien dans la salle des secrets, faute de résultat. Il appelait tous les jours un miracle. Une distraction du roi. Un empêchement. Un oubli.

Maintenant l'enquête est close. Le souci qui lui gâchait l'existence depuis des semaines devrait déjà n'être plus que souvenir. L'oppression aurait dû se dissiper sur-le-champ. Les mots si simples d'Ali devaient l'anéantir. Elle redouble. Il éprouve à présent une sensation horrible de décomposition.

Instrument involontaire d'une infamie, Krishna se sent pourrir. « Je l'ai gravé sur ses flèches, espérant lui porter bonheur », a dit Ali. C'est malheur qu'il lui a porté. Pourtant, il faut aller jusqu'au bout.

– Quand je vous ai rencontrés, toi et ton frère, sur le port le matin du meurtre, vous m'avez paru vous quereller.

– Jamais nous ne nous sommes querellés, mais il est vrai que ce matin nous n'en étions pas loin.

– Me dirais-tu le motif de cette dispute exceptionnelle ?

– Il n'y a rien de mystérieux. Ibrahim voulait défier Mansour et je m'efforçais de le retenir. Lorsque tu es arrivé près de nous, j'étais sur le point d'y parvenir. J'ai craint que ta diversion ne ruine mes efforts. J'ai maudit cette arrivée, je t'en demande pardon. Heureusement, tu n'as fait que passer et surtout la suite a réglé la question.

Cet « heureusement » fait frémir Krishna.

– Que lui as-tu dit pour le dissuader ?

– Des arguments très ordinaires. Qu'il s'attaquerait à plus faible que lui, qu'il n'avait aucun honneur à y gagner, au contraire, que Mansour ne méritait pas que l'on s'intéressât à lui, d'autres en ont jugé autrement.

– Vraiment, Ibrahim ne se contenait plus...

– Je ne l'avais jamais vu ainsi.

– Peut-être y avait-il autre chose entre eux que cette insulte à la fête de Poram ?

– Il y avait chez Ibrahim une rumination inhabituelle, comme s'il ne s'était plus appartenu, car il n'est pas rancunier. Cependant, il m'a dit depuis qu'il n'arrivait pas à regretter ce qui s'est passé. J'en suis resté stupéfait, dit Ali, car Ibrahim est meilleur que moi. Il se demande aussi s'il n'a pas une part de responsabilité dans cette mort.

– Comment ? intervient Saül.

– L'inimitié est contagieuse, dit Ali. Aussi Ibrahim se demande si son inimitié publique envers Mansour n'aurait pas fortifié la décision de son meurtrier.

– Ali, n'ajoute rien. La vie de ton frère est en danger.

Le chef de la police est un imposant nayar, imposant par le volume, sans prestige – la fonction n'en demande pas – ni imagination. Cette lacune le réduit à un rôle d'exécutant pas sif. Il attend que ses agents lui amènent les coupables, sans leur donner aucune autre instruction que de trouver ce qu'ils doivent chercher. Ses hommes ont les coudées franches.

Leur situation et celle de leur chef sont sinécures depuis longtemps. Voici vingt ans que les délits, après une phase de diminution vertigineuse entamée à l'avènement du roi, avaient, sinon disparu, décru au point de réduire la fonction policière au symbole. Ne restait plus à réprimer que des larcins mineurs, ressortissant davantage à la kleptomanie qu'à la malice pure, et des rixes sur le port, bagarres entre matelots étrangers ivres ou d'alcool ou de désir inepte pour une prostituée qui n'en demandait pas tant. Pas de quoi remonter au roi, l'inquiéter encore moins.

Le chef de la police était jusqu'au meurtre un soliveau grassement payé qui engraissait sereinement. Il n'apparaissait au palais que dans les occasions officielles, les cérémonies et fêtes réglementaires où doivent figurer les corps constitués. L'assassinat de Mansour Koya Kassim a détruit cette quiétude, éclairant une insignifiance soudain aveuglante même à ses propres yeux. Sans avoir jamais eu le moindre mérite, il craint de démériter.

Le roi l'a convoqué plusieurs fois et chaque fois il est sorti plus accablé de ces convocations, écrasé d'un sentiment plus aigu de faillite. L'ombre de la destitution s'épaissit sur son adipeuse personne.

Soudain, la situation s'éclaircit. Le vide se comble. D'abord, celui de la pensée. Quelque chose s'offre au raisonnement. Il n'est jamais trop tard pour commencer de s'y exercer, ressent confusément le policier en chef.

Le roi a souhaité assister au premier interrogatoire d'Ibrahim Marakkar. Était-ce le départ de Shobita ? La solitude où il s'était trouvé précipité ? Il était saisi depuis d'une frénésie d'action personnelle. Supprimer les intermédiaires est devenu une hantise. Jusqu'à se voir, dans ses rêves, bourreau par exemple, extraordinaire dégradation de la majesté royale, qui le laissait à son réveil écœuré de dégoût, suant et frissonnant.

La majesté royale interdisait sa présence à cette comparution. La pratique, vieille comme le monde, de la dissimulation derrière une porte lui apparut un expédient parfait. Comment aurait-il manqué les propos qui seraient le prélude aux événements les plus importants de sa vie et de l'histoire du royaume ?

Donc, le roi est invisible. Il ne voit qu'Ibrahim parmi les autres participants – Krishna, le chef de la police et les deux scribes, convoqués pour ne rien perdre de ce qui sera dit.

Le chef de la police ne s'est jamais trouvé en situation aussi délicate. Avant de prendre la parole, il se racle plusieurs fois la gorge. Cette grave impolitesse – il sait que le roi écoute – trahit un trouble incoercible. La flèche d'Ibrahim est posée devant lui. Ibrahim lui fait face, à deux pas.

– C'est à l'archer que je m'adresse, réussit-il à commencer. Reconnais-tu cette flèche pour tienne ?

– Elle est à moi, dit Ibrahim avec simplicité.

– Comment se fait-il qu'elle ne soit pas en ta possession ?

– Je l'avais perdue, ou peut-être me l'avait-on volée, mais je n'accuse personne.

– Quand l'aurais-tu perdue ?

– Le jour du concours de Poram. Toutes mes flèches sont tombées de mon carquois lorsque des exaltés m'ont porté sur leurs épaules. Mais où l'as-tu trouvée ?

– On nous l'a apportée lors de l'enquête sur Mansour. On nous en a apporté beaucoup d'autres, invente le chef de la police à sa propre surprise. Nous pourrions armer un régiment.

– Un régiment, dit Ibrahim, l'esprit ailleurs. Nous en aurons peut-être bientôt besoin, d'après ce que nous savons tous.

– A quoi songes-tu ?

– A la mobilisation de l'armée de Calicut, qui n'est pas un songe.

Le roi, derrière la porte, appuie la tête contre le panneau et ferme les yeux.

– Tu aurais des nouvelles récentes de cette mobilisation ? demande le chef de la police.

– L'un de nos correspondants a débarqué ce matin. Il a fait le tour des campements aux portes de la ville. Il a compté quarante mille hommes et quatre-vingt-dix éléphants.

« Quarante mille », murmure le roi derrière la porte fermée sans ouvrir les yeux.

– Leur armement ? demande Krishna.

– Ordinaire, dit Ibrahim. Un peu plus d'armes à feu, peut-être, que d'habitude. La dotation d'arquebuses serait d'une pour sept ou huit hommes, estime notre correspondant. Est-ce un progrès ?

– Cela correspond à ce que nous savions déjà, dit Krishna, hormis le premier chiffre, celui des hommes. Ton correspondant a bien dit quarante mille ?

– Oui, dit Ibrahim.

– Le Samorin va vite, reprend Krishna. Quarante mille en moins d'un mois ! Son oncle était moins vif.

Le roi, derrière la porte, a ouvert les yeux.

– Revenons à ta flèche, dit le chef de la police. Elle a tué Mansour.

– Comment ? s'exclame Ibrahim.

– En lui entrant dans le dos et en ressortant par la poitrine, dit le chef de la police.

– C'est impossible, dit Ibrahim.

– Que veux-tu dire par impossible ? dit le chef. Krishna était là. Il a tout vu.

– Par impossible, je veux dire que je ne peux pas croire que l'on m'a volé mes flèches pour accomplir ce crime.

– Nous non plus nous ne le croyons pas, dit le chef.

– Que veux-tu dire ? dit Ibrahim.

– Ce que je veux dire, je l'ai dit, dit le chef.

– Et l'arc ? demande Ibrahim.

– Nous l'avons aussi, dit le chef. L'archer qui s'en est servi est un tireur d'élite.

– En quoi ? dit Ibrahim.

– En cela que la flèche a été décochée de plus de cinquante pas et que Krishna, ici présent, montait à bord du *Léopard*.

– Je ne vois pas le rapport, dit Ibrahim.

– Il était, Krishna, sur la passerelle. Il montait à bord. Mansour se dressait devant lui sur le pont au bord de la cale, avec son père et le capitaine, tous trois lui tournant le dos. Mansour à gauche de son père, le capitaine à droite. Mais c'est lui que Krishna masquait car il montait vers lui.

Un coup de doigt, la moindre crispation, un souffle, et Krishna recevait la flèche à sa place.

– C'est juste, dit Ibrahim.

Krishna entend la vibration et le choc de la flèche dans le dos.

– Du grand art, commente le chef.

– Je l'avoue, dit Ibrahim.

– Tu avoues quoi ?

– Que c'est du grand art.

– Les bons archers abondent à Cochin, mais les champions de cette classe sont rares. Tu en vois beaucoup, toi, en dehors de toi ?

– Non, dit Ibrahim d'une voix blanche, mais il se reprend. Et alors ? achève-t-il toute sa fermeté retrouvée.

– Tu es l'un d'eux, ce sont tes flèches et tu voulais défier Mansour, Ali l'a dit à Krishna.

– Je voulais défier Mansour, mais Ali m'en a dissuadé. Ali l'a dit aussi à Krishna.

– Ali est ton frère.

– Ali est mon frère et mon frère n'est pas un menteur. Je n'en suis pas un non plus. Si tu ne le sais pas, Krishna le sait et d'autres aussi.

– Soit, dit le chef, mais alors ?

– Alors ce n'est pas moi qui ai tiré cette flèche.

Le roi a refermé les yeux derrière la porte.

– Je ne demande qu'à te croire, dit le chef, sincère, mais il en faut la preuve. Quand Ali te dissuadait de défier Mansour, vous étiez tous les deux sur le port, à cent pas du *Léopard*, ou cent cinquante peu importe.

– Alors tu me crois coupable ? dit Ibrahim avec étonnement.

– Je ne te crois pas coupable, dit le chef. Suspect, oui.

– Suspect ? (L'étonnement d'Ibrahim semble redoubler.) Suspect, c'est assez. Tu pourrais donc me croire coupable d'une telle vilenie ?

– Je suis le chef de la police, dit le nayar avec un air d'excuse.

– Le royaume est en danger, ajoute Krishna.

– Il le serait davantage dans l'injustice, fait Ibrahim.

A ce mot, derrière la porte, le roi ouvre les yeux.

– Quelle injustice ? Où est-elle ? dit le chef.

Le roi referme les yeux.

– Il n'y a pas encore d'injustice, dit Krishna, avec un sourire angélique, un sourire proprement bouddhique, incongru chez un brahmane dans cette Inde du Sud où le bouddhisme s'est éteint depuis des siècles.

– Je n'ai jamais tiré dans le dos de personne, dit Ibrahim avec calme. Et les dos, par Allah ! ne m'ont jamais manqué. A Trinquebar, à Masulipatam, à Bijapur, à Cranganore…

Quatre combats des dernières années où Ibrahim avait épargné des fuyards, au grand reproche de certains nayars ivres de sang.

– Tu sais ce que tu as fait, dit le chef de la police, moi, je ne sais pas. Ce n'est pas à moi de l'inventer. J'ai une opinion, mais mon opinion n'engage que moi.

– Je n'ai pas tué Mansour. Je m'y serais pris autrement. Il y a d'autres instruments que l'arc dont je sais me servir aussi.

– Je n'en doute pas, dit le chef de la police, mais je ne doute pas non plus de la qualité des frères Marakkar.

– Quelles qualités ? Elles sont nombreuses. La méchanceté est une qualité.

– Je ne pensais qu'à la noblesse, dit le chef.

– La noblesse qu'est-ce que c'est ? dit Ibrahim sérieusement.

Le chef de la police hésite, s'adresse à Krishna :

– Dis-lui, toi.

– Je n'y ai jamais pensé, dit Krishna. De but en blanc, je dirais naïveté.

– Naïveté…, répète le chef, pour une fois pensif. Oui. Il y a de la naïveté à signer son crime.

– Je n'ai pas signé de crime, n'en ayant pas commis, dit Ibrahim.

– Alors, faut-il imaginer, reprend le chef, que le criminel t'aurait suivi pas à pas, au moins ce matin-là, te sachant monté contre Mansour, aurait assisté, invisible, à cette dispute avec ton frère, en présence de Krishna, que tout Cochin sait être l'enquêteur du roi, t'aurait assez bien connu pour savoir que tu ne daignerais rien nier, ni ta hargne contre Mansour, ni la dispute avec ton frère, ni la propriété de la flèche...

— Je nie le principal, le meurtre, dit Ibrahim.

— Tu le nies n'ayant rien nié de tout ce qui t'accuse, jusqu'au tir de la flèche.

— Je ne peux nier l'indéniable, dit Ibrahim.

— La voilà, la naïveté, dit Krishna.

— Ah ! Krishna, dit Ibrahim. Tu me dépasses, mais ce n'est pas la première fois.

— Finissons-en, dit Krishna, sinon le roi va m'attendre.

Il se lève. Le chef de la police l'imite avec un soulagement visible.

— Les dieux, le roi et le tribunal décideront de tout cela, dit-il.

Ibrahim se lève en dernier. Se retournant pour avancer vers la sortie de la salle, il voit quatre gardes et un officier. L'officier, respectueusement, lui demande de le suivre.

— Alors ? dit le roi dans la salle des secrets.

— Il a tout reconnu, dit Krishna, sauf le principal.

— Sa culpabilité ?

— Il nie.

— Les Marakkar ne mentent jamais, dit le roi.

— Ils n'ont jamais menti jusqu'ici, dit Krishna.

— Serais-tu devenu méchant ?

Krishna proteste. On ne se connaît jamais soi-même, mais il ne se voit pas changé à ce point.

— C'est méchanceté que refuser jusqu'au bénéfice du doute, dans une circonstance aussi grave, à un être qui le mérite plus que d'autres...

« Nous croyons, toi et moi, poursuit le roi, que nos actions parlent pour nous et si haut que nos vies successives en dépendent. Les dieux seuls savent comment renaîtront les frères Marakkar, mais les frères d'aujourd'hui sont ce qu'il y a de plus noble à Cochin.

– Toi aussi…, dit Krishna.

– Comment, moi aussi ?

– Toi aussi à leur propos tu évoques la noblesse.

– Je l'évoque parce qu'ils l'incarnent.

Krishna ne doit pas savoir qu'il était derrière la porte et qu'il n'a rien perdu de la conversation.

Il lui semble tout à fait plausible que la vertu même des Marakkar et leur bonheur surtout – cette gloire, ce succès général, trivial en affaires, inestimable en poésie et au tir à l'arc – aient levé contre eux des jalousies faciles à exploiter.

Le roi entame le panégyrique des Marakkar, âmes d'élite, sujets d'élite, dont l'existence fait honneur aux dieux et à l'humanité. Le roi comprend très bien le vol de la flèche et la conduite de l'assassin qui a dû observer passionnément les deux frères – il en est peut-être amoureux –, les suivre – qui sait ? –, s'étant rendu invisible par magie, et attendre l'occasion de leur nuire.

L'évocation d'une invisibilité malveillante dissipe les doutes de Krishna : le roi a écouté la conversation avec le chef de la police.

– C'est à peine, poursuit le roi, si les Marakkar appartiennent à la terre. Leurs âmes, comme leurs flèches et leurs vers, ne demandent qu'à s'envoler. Leurs vertus sont incomparables.

Ibrahim est condamné, devine Krishna d'abord incertain, puis avec une assurance croissante. Le roi qu'il connaît par cœur l'a déjà condamné.

L'éloge qu'il vient de faire est trop entier pour ne pas être funèbre. Il est brut encore, mais il va le perfectionner : toute la trame en est déroulée. Le roi subtil et tortueux va offrir au Samorin, protecteur autoproclamé des musulmans de la côte, le cadeau empoisonné de la tête d'Ibrahim, musulman, mais mappila, non pas arabe : arabe, la provocation serait trop forte.

Le Samorin aura son coupable et celui-ci sera un ressortissant de la communauté qu'il choie le plus, ressortissant secondaire puisque mappila, non pas issu de ces familles qui se prétendent alliées au Prophète ou ses descendantes directes. Ressortissant illustre malgré cela, par ce don qui en fait l'égal des archers divins dont le Coran est dépourvu mais qui foisonnent dans la religion hindoue. Et puis Ibrahim est riche : ainsi le roi démontrera que la fortune ne l'arrête pas et qu'il traite les puissants comme les misérables. Enfin, Ibrahim a rendu de grands services au royaume ; il est la terreur de ses ennemis ; son amitié avec le fils du roi, chef des armées, est publique. Ainsi sera prouvé que rien n'arrête la justice du roi.

Voilà les raisons pour lesquelles un roi subtil peut condamner ce Marakkar. Leur somme est éloquente : il ne peut pas être innocent. Krishna qui est subtil aussi pourrait en trouver d'autres. Il n'en voit pas l'intérêt pour l'instant. Le goût lui manque. Si Ibrahim est coupable, il est le coupable idéal. S'il ne l'est pas, il l'est aussi.

Le roi n'a pas perdu la main. Le seul inconvénient à la condamnation d'Ibrahim est son frère Ali. Le poète n'admettra pas la condamnation de l'archer. Les jumeaux sont beaucoup trop proches pour que le survivant ne se détache du roi et le détachement serait le moindre mal. Ali se prendra pour le roi d'une hostilité définitive.

La vindicte d'un poète peut être plus dangereuse que celle d'un homme de guerre, estime Krishna qui n'est pas lettré pour rien. Le scribe voit déjà l'Inde inondée de philippiques d'autant plus sanglantes que le talent déjà supérieur de leur auteur sera survolté par une fureur inflexible et juste. Abaissement assuré du roi.

Comment n'y a-t-il pas pensé ? Il y pense peut-être et peut-être s'arrêtera-t-il à la conclusion inévitable de ces pensées : condamner les deux frères. Ce n'est pas si atroce. Ils ne voudront pas se séparer. Vivre à part l'événement le plus grave de leur vie. L'un acteur, l'autre témoin. L'un actif, l'autre passif. Ali aussi est coupable si Ibrahim l'est… Le poème

Vent de mousson le dénonce mieux que les flèches ne désignent son frère. Ils sont liés par les mots gravés sur les hampes.

– Et Ali ? dit Krishna.

– Ali ? répond le roi, tiré d'un songe.

– Si Ibrahim est coupable, Ali ne peut pas être innocent.

– Je ne me trompais pas tout à l'heure en te disant méchant. Tu voudrais que je condamne les deux ?

– Condamner l'un, c'est condamner l'autre. Ils ne font qu'un.

– La chose se tient, dit le roi. Krishna, ô Krishna, comment ai-je pu te méconnaître à ce point ?

– Tu ne m'en as jamais donné le sentiment, Seigneur. Quand je suis arrivé près d'eux, sur le port, quelques instants avant le meurtre, ils se sont tus. Je n'ai rien entendu du discours d'Ali pour dissuader Ibrahim de défier Mansour. Défier ou tuer. De loin, ils m'ont paru, chose extraordinaire, s'opposer véhémentement. Mais je me suis peut-être mépris, ma vue n'est pas excellente. Ali a pu inventer tout ce qu'il nous a dit.

– Donc, il faudrait condamner les deux ? recommence le roi.

– La vraie justice et le bien du royaume le recommanderaient, dit Krishna.

Le roi reste longtemps pensif. Il réfléchira. Quelle que soit l'issue de ses réflexions, il remercie Krishna de lui avoir ouvert les yeux sur la complicité, la fatale complicité des deux frères.

– Krishna, que ferais-je sans toi ?

– Tu fais, Seigneur, ce que tu dois faire, avec ou sans moi.

Le roi réfléchit deux jours. Examine les conséquences d'une inculpation d'Ibrahim seul, les avantages et les inconvénients d'un jugement des deux frères plutôt que d'un seul. A la fin, il se décide pour le statu quo. Le procès du poète lui porterait malheur, s'est-il persuadé. Ali est le plus grand chantre de l'amour en Inde. Le roi ne peut pas faire mourir le héraut incontestable de la seule passion qui emporte l'humanité au-dessus d'elle-même. Il ne veut pas être celui qui aura fait taire la plus belle voix qui se soit élevée en Inde depuis des siècles pour donner à la vie son vrai sens, exalter les amants, consoler les mal-aimés, comme lui depuis le départ de Shobita.

Le roi sait par cœur les poèmes de l'exaltation et ceux du désespoir dompté composés par Ali. Il s'en récite tous les jours des fragments à l'heure où Shobita venait le rejoindre – les poèmes ne la remplacent pas, ils en avivent le souvenir et parfois en apaisent l'absence.

– Je ne peux pas faire juger Ali, dit-il à Krishna. Que ferais-je sans toi ? t'ai-je dit avant-hier. Que ferais-je aussi sans lui ? Tu le sais, une seule absence me suffit. Pourtant, tu as raison : il va me haïr et ne me craindra pas. Te rappelles-tu cette réflexion de Kanishka quand il était à la tête de l'empire des Indes : « Qu'ils me haïssent pourvu qu'ils me craignent » ? Ali ne me craindra pas. Il rejoindra certainement l'armée qui se forme à Calicut pour revenir en vengeur de son frère. Mais s'il continue d'écrire, il peut bien faire ce qu'il voudra.

Le procès se tient le surlendemain, en plein air, devant le palais. Le jugement sera prononcé le même jour, exécutoire dans les trois jours.

Au centre, le tribunal, composé de trois brahmanes et du roi. Ces trois brahmanes sont les plus savants du royaume. Ils connaissent par cœur le code de Manu qui comporte huit mille lois. Ils ne sont dérangés de leurs méditations, de leurs enseignements et de leurs sacrifices que pour les occasions très solennelles. Depuis vingt ans que le roi occupe le trône, depuis trente-deux ans que son oncle qui le précéda y accéda, depuis cinquante-sept ans que l'oncle de son oncle y fut intronisé, jamais l'occasion ne s'est présentée d'appeler ces trois juges brahmanes, les Juges du Sud. Le roi est juge de droit divin, ne connût-il à peu près rien des lois de Manu. Et, si ignorant qu'il soit, c'est lui qui fait la décision.

La cour est là, entière, avec les chefs des guildes et tous leurs adjoints, les ministres, les administrateurs, les dignitaires, superbement bariolée. Une masse compacte de spectateurs de toutes conditions pour assister à ce spectacle inconnu de mémoire d'homme remplit l'espace disponible. Les Juges du Sud font face à l'Archer.

Trois vieux brahmanes solennels et la tête farcie de prescriptions redoutables, un jeune homme resplendissant de gloire, incarnation de la vertu militaire et de la séduction, traînant après lui la moitié des cœurs du royaume, l'autre étant acquise à son frère le Poète, ces deux moitiés se mélangeant et se recoupant sans cesse, si bien que chacun des deux frères en vérité recueille non pas la moitié mais la totalité des suffrages de Cochin, féminins et masculins.

Il y a trois cents ans, songe le roi, un roi gracia un nayar coupable.

Il est assis derrière les brahmanes légistes sur un siège surélevé d'où il domine leurs tonsures. Que se passe-t-il sous ces crânes-là ?

Les prévenus se défendent seuls ou sollicitent l'intervention de témoins à décharge. Ibrahim n'a pas voulu de témoins. Tout Cochin se serait présentée. Les juges auraient dû entendre la ville entière et le roi avec eux.

Ibrahim se défend, sans varier de ce qu'il a dit au chef de la police. Oui, c'est l'une de ses flèches qui a tué Mansour. La flèche n'est pas l'homme, ni l'homme la flèche. L'assistance approuve : la remarque est irréfutable ; les Juges du Sud sont impassibles.

– Et l'arc ? demande l'un d'eux.

On produit l'arc.

– Cet arc n'est pas à moi, déclare Ibrahim.

Affirmation incontestable : l'arc d'Ibrahim est fameux à Cochin. L'arme présentée n'a rien de commun avec le sien.

– L'arc et l'homme ne font pas qu'un, déclare le brahmane qui a demandé à le voir. Pas plus que l'homme et la flèche.

– Brahmane, que veux-tu dire ? dit Ibrahim.

– Que tu as pu t'en servir comme tu te serais servi du tien.

164

– Je l'aurais pu, je ne l'ai pas fait.

« Il ne l'a pas fait », entend-on dans la foule.

On en vient au morceau de poème gravé sur la flèche mortelle. On insiste sur le mot *cœur*. C'est le cœur de Mansour qui a été transpercé.

– Une autre flèche porte la fin du poème, dit Ibrahim, et elle n'a tué personne.

Ali demande la parole. Le roi la lui accorde.

– Poram, dit Ali, est la fête de la mousson. Ce poème est intitulé *Vent de la mousson*. Je l'ai composé pour Ibrahim à l'occasion de cette fête. Quant au mot *fer*, écoutez-moi. Il faut bien qu'une flèche ait un fer, sans quoi elle ne serait qu'un roseau inutile. Quant au mot *cœur*, écoutez-moi, toute chose a un cœur. Mansour n'était pas le seul à en posséder. Mon poème ne désignait pas le sien.

– On a vu Ibrahim sur les lieux du meurtre, à l'heure du meurtre, dit un Juge du Sud.

– J'y étais aussi, dit Ali. Il y avait beaucoup de monde. Même Krishna était là.

– Pourquoi s'intéresse-t-on à ma seule présence ? demande Ibrahim.

« Pourquoi ? » reprennent de nombreuses voix dans la foule.

Les Juges du Sud se concertent.

Il y aura ainsi deux heures et demie de discussion sous un ciel bleu. Les ambassadeurs étrangers invités du roi, dont Talappana, représentant du Samorin, sont fascinés par ce débat entre une justice formelle et le sentiment de tout un peuple. Ils savent tous, ces diplomates, que l'héritier Mansour était détesté, lorsqu'il n'était pas haï. Pour eux, fonctionnaires froids et tenus de l'être, la détestation générale ne signifie rien. Mansour angélique, son destin ne les attendrirait pas davantage. C'est le sentiment populaire qui les intéresse, qui s'exprime pour une fois. Aucun d'eux n'a jamais eu l'occasion de connaître l'opinion d'une masse. Les moins blasés remercient le roi de la leur avoir fournie.

La justice... Les moins cyniques s'interrogent sur la justice ; à l'ouverture du procès ils ont entendu le fils du roi, beau jeune homme, chef des armées, proclamer la sentence rituelle de Manu : « Le roi poursuit le mal comme le chasseur d'un cerf blessé suit la piste de son sang. » La proclamation rituelle ne les a pas convaincus que le roi, malgré tout le bon vouloir dont il faut le créditer puisqu'il doit l'habiter, sache toujours où est le mal. Dès lors, comment le poursuivre ?

Si l'arc avait été celui d'Ibrahim, le doute aurait été levé. L'arc, la flèche, la présence authentique sur les lieux du crime, la volonté avouée de se venger de Mansour auraient été assez accablants. Or l'arc étranger retient la certitude.

A qui appartient l'arc ? N'a-t-il pas été volé ? Par qui ? Il y a doute. Les brahmanes se concertent à nouveau après deux heures et demie de débats. Leurs trois crânes luisant sous la mèche consacrée se rapprochent et le roi, derrière eux, se demande quel est le mouvement de leurs pensées. Il n'entend pas ce qu'ils disent, mais ils se parlent longuement. La longueur de l'aparté à la fois l'irrite et le satisfait. Le satisfait car elle prouve assez, au peuple et aux étrangers, que la justice à Cochin n'est pas rendue d'avance, que le droit y est respecté. Elle l'irrite car il faudrait en finir.

Un lourd silence accompagne la délibération des Juges du Sud. Mais délibération n'est plus le mot, l'expression « crêpage de chignon » conviendrait mieux.

Les Juges répriment mal les mouvements brusques qui, tour à tour, les agitent. Leurs tressaillements et soubresauts ne sont que trop visibles et les dépouillent de leur dignité. Le silence, écrasant certes, mais respectueux, observé jusque-là par la foule, est crevé d'exclamations. Mais aucune exclamation ne peut presser un brahmane. Un vrai brahmane ne se hâte jamais et il ne s'en trouverait pas de plus vrai que ces trois-là dans l'Inde entière, de l'Himalaya au cap Comorin.

Les trois têtes se séparent. Celle de droite et celle de gauche reprennent leur position initiale. Le silence se refait. Le jugement va tomber. Non pas sans appel, le roi décide en dernier ressort puisqu'il est la justice et que les brahmanes ne sont que juges. Mais le prince va rarement contre son tribunal.

La délibération est achevée. Les brahmanes se tournent vers le roi qui se penche vers eux, déférence envers la fonction sacerdotale. Il les interroge tour à tour et, leurs opinions recueillies, entre en méditation. Personne d'autre que lui n'a pu entendre les avis des juges.

Quand il sort de ses pensées, les spectateurs retiennent leur souffle.

Il fait signe au chef de ses gardes et lui demande de faire venir Ali. La démarche est insolite. La règle voudrait qu'il n'y ait pas d'intermède entre les réponses des juges et la décision du roi – mais le roi *est* la justice.

La règle est faite pour la justice, non la justice pour la règle.

Ali s'avance pour la seconde fois devant les juges et le roi. Ce dernier seul l'interroge :

– Mentirais-tu pour sauver ton frère ?

– Oui, dit Ali.

– Je te remercie, dit le roi.

Ali se retire.

Le roi retourne à sa méditation. Elle est courte.

– Il y a doute, lance-t-il d'une voix puissante, celle qui tombe de son éléphant de guerre lorsqu'il engage le combat. Deux de nos juges croient coupable Ibrahim Marakkar. Le troisième le croit innocent.

Le doute impose l'ordalie, ou consultation des dieux.

Ibrahim ne se trouble pas. Le suspect peut être soumis à l'épreuve du feu, ou de l'eau, ou du poison, ou de la balance. Dans la première, il y est exposé par contact de la langue avec un soc porté au rouge – l'exécuteur souvent peine à la lui faire tirer ; dans la deuxième, il y est plongé jusqu'à suffocation presque complète ; quant au poison, il est dosé pour ne causer que d'affreux malaises – sueurs vertes, tétanies prononcées, expansions phénoménales de l'intestin génératrices d'atroces douleurs.

L'ordalie la plus clémente est celle de la balance. Le

suspect est pesé deux fois à une heure d'intervalle. Si la balance, la seconde fois, le trouve plus léger, il est innocent ; plus lourd, il est coupable.

Le roi entre une troisième fois en méditation. Il se recueille longtemps. Lorsqu'il relève la tête, il dit :

– La balance.

Un grand soupir de soulagement s'exhale de la foule, monte au-dessus de Cochin, jusqu'aux rares pêcheurs sortis ce matin-là, pauvres diables débiteurs de créanciers intraitables, obligés de jeter sans trêve leurs filets pour espérer se libérer de leurs dettes.

La balance est apportée sur le parvis après un long délai indispensable à la nettoyer de la rouille qui attaquait son fléau de fer et du vert-de-gris qui rongeait ses plateaux de cuivre. Sa dernière utilisation se perdait dans la nuit des temps et personne ne se souciait de l'entretenir. Cette balance avait servi pour la dernière fois au jugement d'une femme enceinte – aux femmes grosses, en effet, les rigueurs du feu ou de l'eau étaient épargnées, de même les poisons qui auraient pu tuer l'enfant qu'elles portaient.

L'instrument se dresse, étincelant, au centre de l'esplanade. Ibrahim est invité à prendre place sur l'un des plateaux que deux aides, par considération, maintiennent contre le sol afin de lui éviter la disgrâce de l'abaisser lui-même avant de s'y installer. Pour l'abaisser, il faut se courber ; le roi ne voulait pas que le modèle de ses guerriers s'abaissât le moins du monde.

Ibrahim assis en tailleur sur son plateau, les aides royaux commencent à charger l'autre de poids royaux – appelés *sîr* – de neuf cent trente-trois grammes, estampillés à la marque du palais – un gavial couronné –, qui étincellent eux aussi au soleil.

Les aides agissent avec solennité, déposant les *sîr* l'un après l'autre, avec une gravité religieuse, passionnément observés par la cour, le peuple et les étrangers. Les plus impies des spectateurs engagent des paris.

Ibrahim décolle du sol à soixante-douze *sîr*. L'équilibre est obtenu avec un *rutti* de douze grammes virgule un. Ibrahim et ses habits pèsent donc à cet instant soixante-treize kilos quatre cent soixante-quinze. Si, dans une heure, il pèse moins lourd, ne serait-ce que d'un seul gramme, l'acquittement sera prononcé.

Commencent les soixante minutes qui décideront de son destin. La foule se disperse pour mieux se rassembler tout à l'heure, mais la cour et les invités du roi restent sur place et se mélangent comme dans une réception. Deux sujets, deux seulement, font les conversations : le temps qu'il fait et la mobilisation de Calicut.

De nombreux invités se disputent l'honneur de parler à Ibrahim. Il devient le centre d'un attroupement passionné.

Il répond à chacun avec une affabilité parfaite et même avec gaieté. Il déploie pour ses invités les grâces d'un maître de maison. Sa parfaite maîtrise de soi fait oublier sa situation et l'on vient à l'entretenir de tout et de rien, sans aucun tact – notamment de la mobilisation de Calicut dont il dépend de sa prochaine pesée qu'elle soit dissoute ou finisse par la guerre.

– Je ne crois pas à la guerre, dit-il avec un enjouement stupéfiant pour qui sait – tous le savent – que la paix dépend de sa mort.

Le roi n'a pas quitté son trône. Il est séparé du reste des hommes par une haie de ses gardes qui barre le parvis. Les Juges du Sud sont partis. N'ayant plus rien à faire sur place, ils sont retournés à leur piété. Le roi est seul. Lui seul est la justice.

Les courtisans font comme s'il n'existait pas, que le trône était vide. La justice est immatérielle. L'être humain qui l'incarne doit être frappé d'invisibilité. Le roi, invisible par convention pour une demi-heure encore, songe qu'en une heure la terreur peut certainement faire maigrir un homme ordinaire d'au moins un *pao*. Douze grammes – un *rutti* – suffiraient ; la balance est insensible en dessous. Ibrahim serait sauvé, comme le roi le souhaite de toute son âme, s'il était un homme ordinaire.

Il ne l'est pas. Le roi le sait mieux que personne. Il le revoit à l'attaque de Bhûbaneshvar. En premier à l'assaut de Jamrud, son plastron hérissé de flèches comme un porc-épic, abattant les archers adverses comme des quilles sur les remparts de brique. Sitôt dressés, sitôt effacés. Et s'il s'en dressait sept ou huit ensemble pour l'accabler, impavide parmi les salves et leur bruit de faux, il choisissait le premier à gauche ou le premier à droite dans la rangée de créneaux qui lui faisaient face, l'abattait, puis le deuxième, puis le troisième... Les coups de faux des salves perdaient en vigueur après chacune de ses flèches. Le roi le revoit à l'assaut de la grande redoute en terre de Nautanki sur l'éléphant Matanga, les dix javelines qu'il avait lancées avaient tué dix guerriers, tous frappés au cœur. A la retraite de Travancore, il avait été sublime, arrêtant seul douze fois de suite l'avant-garde du sultan sur les douze ponts qui franchissaient les marais couverts de lotus et remplis de crocodiles. A la prise de Calicut...

Le roi rêve. Il s'est laissé entraîner. Il n'y a jamais eu de prise de Calicut. La conquête de Calicut n'est pour l'instant qu'un rêve du roi. En vérité, Calicut mobilise. Soixante mille hommes campent devant ses murs. C'est beaucoup, soixante mille, mais le roi pense encore pouvoir les arrêter et les mettre même en déroute, avec l'aide d'Ibrahim. C'est le rêve qui se prolonge : il n'y aura plus d'Ibrahim. Il faudra se passer de lui.

L'heure n'est pas encore écoulée mais quelque chose le lui dit : la pesée sera mortelle. La mort prochaine d'Ibrahim Marakkar fait monter dans la bouche du roi un goût de suicide.

Arrive l'instant de la pesée finale. Ses admirateurs s'écartent du suspect. Il reprend place sur la balance, cette fois s'installant sur le plateau opposé à celui où il s'est assis la première fois – pour plus de sécurité, les pesées sont croisées.

L'empilement solennel des poids, plus solennel encore que la première fois, commence. Ibrahim décolle de nouveau à soixante-douze kilos. On ajoute un, puis deux, puis trois *pao*. Il redescend sur terre. On ajoute un *rutti* de douze grammes et dix centigrammes. Ibrahim décolle encore et son plateau s'arrête à la hauteur exacte de l'autre, sans le dépasser d'une ligne, ce qui l'aurait sauvé. On vérifie cette exactitude. « Elle est parfaite », vient dire au roi le conservateur des poids et mesures.

– Parfaite, oses-tu dire ! répond le roi avec rage.

Le roi, chose inouïe, jamais vue depuis l'arrivée des Aryens en Inde il y a des milliers d'années, se lève, s'avance jusqu'à la balance, prend le niveau – niveau à bulle d'une précision absolue – des mains du conservateur, vérifie lui-même l'égalité fatale. Ibrahim, déjà ailleurs, le regarde faire avec un sourire de boddhisatva. Puis le roi se redresse et regagne son trône lentement, voûté soudain, comme vieilli de vingt ans.

– Coupable ! parvient-il enfin à lancer d'une voix enrouée, assez claire cependant pour qu'un silence surnaturel recouvre le silence angoissé qui régnait sur la place, sur la ville entière de Cochin.

Après ce silence total, une explosion de chagrin.

La sentence est exécutoire dans les trois jours.

L'explosion est brève mais elle retentit jusqu'au ciel, d'un seul coup le vidant d'oiseaux. Les frégates-aigles elles-mêmes, les pillards les plus hardis de l'hémisphère Sud, se sont jetées à l'horizon avec des cris stridents, hérissées de toutes leurs plumes noires, volantes allégories d'une épouvante sacrée.

Le lendemain, en fin d'après-midi, le roi et Krishna se font face dans la salle des secrets. Ni l'un ni l'autre n'ont dormi, viennent-ils de se confier.

– Nous ne devons pas être les seuls, dit Krishna.

Le roi soupire, qui ne le fait jamais. Soupir de doute et de désarroi.

– Si tu pouvais m'ôter d'un doute…, soupire-t-il encore.

– Tu doutes des dieux, n'est-ce pas, Seigneur ?

– Voici maintenant que tu lis en moi ? Oui, je doute que les dieux veuillent cette exécution. J'en doute depuis le commencement. J'ai failli contredire le conservateur, déclarer plus léger que l'autre le plateau d'Ibrahim. J'aurais pu le faire, ne suis-je pas la justice ?

– Non, dit Krishna, tu n'aurais pas pu, puisque tu es la justice. Ibrahim Marakkar ne tient pas à la vie. Il l'a montré assez.

– Il l'a divinement montré, dit le roi.

– Oui, dit Krishna. Sa place n'est plus ici.

Le roi soupire encore. Se redresse. Bombe inconsciemment le torse. Les pectoraux flapis retrouvent le renflement athlétique. Le voici rajeuni de toutes les années dont il a vieilli la veille.

– Krishna, Krishna, tu es le maître de mes tourments. Ne me quitte pas, ils m'écraseraient.

– Te quitter m'écraserait moi, tu le sais bien, Seigneur.

Le roi s'éclaire, le roi rayonne, ferme les yeux. Une clarté d'apaisement sous la flamme de la lampe qui le sépare de Krishna semble le caresser.

Le visage royal devient l'image même de la sérénité. Krishna n'a jamais vu d'ascète qui l'exprime pareillement. Quelques statues de Bouddha seulement, parmi les centaines de mille répandues dans l'Inde, égalent la douceur de cette paix. En outre contagieuse. A son tour, le scribe ferme les yeux. Des années d'entraînement l'amènent aussitôt à ce même état qui l'étonnait chez le roi – le détachement libérateur –, d'autant plus facilement qu'il n'a rien à se reprocher. S'il ne croit pas à l'ordalie, il croit Ibrahim coupable.

Le silence est retombé dans la salle des secrets. La flamme de la lampe monte toute droite sous la voûte, insensible au souffle des deux hommes qu'elle éclaire et embellit.

Brève suspension : des pas précipités dévalent l'escalier. L'intrus, maintenant parvenu à la porte derrière laquelle se fait entendre sa respiration hachée, n'a pas enlevé les deux hommes à leur absence. On frappe. Le roi sursaute le premier.

172

– Qui est là ? demande-t-il d'une voix de somnambule.

– Sastra, Seigneur. Pardonne-moi, je dois te parler.

La consigne est inviolable. Le roi ne peut pas être dérangé. La règle n'avait jamais été rompue en dix-sept ans de règne.

Sastra est le plus ancien serviteur du palais. C'est lui qui tous les jours vient chercher Krishna pour le conduire auprès du roi.

– Entre, dit le roi.

Sastra, malgré son âge, pousse si fort la porte qu'il manque s'effondrer sur Krishna qui lui tourne le dos. Se prosternant devant le roi, il débite d'un trait :

– Seigneur, la danseuse Shobita et le seigneur Saül demandent à te voir.

La lampe n'éclaire plus soudain que la pâleur subite du roi.

– Amène-les, dit-il d'une voix blanche.

Le vieillard se redresse comme un ressort et s'élance, volant dans l'escalier.

– Que veulent-ils ? demande le roi.

Le pas léger de fée dansante que le roi n'a plus entendu depuis un an se fait bientôt entendre. A ses oreilles, un bruit de tonnerre.

La voici à la porte. Elle n'a pas changé. Elle salue. La grâce du monde.

– Pardonne-moi, Seigneur, mais nous ne pouvions pas attendre.

C'est seulement à ce « nous » que le roi vit vraiment Saül, découvrant le favori du feu Samorin, l'homme inexplicable, l'étranger, songe le roi, souriant presque à cette pensée qui lui rappelle ses longues disputes avec Krishna.

C'est bien le géant qu'on m'a décrit, reconnaît-il, à cheveux rouges et peau de lait.

Saül, qui a déjà salué sans être vu, s'incline une seconde fois.

– Pourquoi l'as-tu amené ? demande le roi à Shobita.

– Pour qu'il te parle.

– Parle alors, dit le roi à Saül.

– Seigneur, ce matin, une amie de Shobita, maîtresse de ce

nayar borgne, vainqueur du concours de Poram, est venue la voir, affolée. Elle vit depuis deux ans avec cet archer. Les six premiers mois, il était généreux et tendre, elle était heureuse. Des accès de brutalité entamèrent ce bonheur. Ces accès se rapprochèrent. Elle l'aurait quitté si l'archer ne lui avait fait peur. Puis il se calma. Le bonheur revint avec sa victoire à Poram. Peu après, il lui apparut survolté comme sous l'emprise de substances euphorisantes et excitantes qui multipliaient sa passion. La fatigue remplaça la félicité...

Saül reprit son souffle.

– J'en viens à ce qui s'est passé hier, car hier il lui a demandé de l'accompagner à Calicut. « Pour longtemps ? demanda-t-elle. – Pour toujours. Je veux t'épouser, dit-il. – Mais je suis inépousable, je suis courtisane. – Le Samorin, si tu veux, m'autorise à t'épouser. – En quel honneur ? – Il a besoin de moi. – Pour quoi faire ? – Pour diriger ses arsenaux, avec des appointements splendides de vingt-quatre mille *panar* [1]. Nous vivrons comme des princes. – Et si je ne te suivais pas ? – Je te tuerais. J'ai l'habitude. – Comment ça ? – Pourquoi crois-tu que le Samorin m'offre une telle somme ? – Je ne sais pas. – D'une seule flèche, j'ai tué un homme et fait chanceler un royaume. »

– Qui a-t-il tué, sinon Mansour ? interrompit Shobita.

Le roi bondit sur ses pieds plus vite qu'un tigre.

– Krishna, jette-t-il, va trouver le chef de ma police et dis-lui d'arrêter cet homme, mort ou vif.

« Mort ou vif », formule sacrilège : anticipant le jugement, elle exclut la justice.

Le monde de Krishna s'écroule. Shobita enveloppe le roi d'un regard de désespoir. Saül ne cille pas. Il a entendu cent fois la formule en Europe. Il n'y a rien pour lui de sacrilège là-dedans.

Le roi serait-il devenu fou ?

– Plutôt vif, concède-t-il, avant que Krishna ne disparaisse, et vite !

---

1. Salaire équivalent au troisième salaire – énorme – de la cour de Calicut.

Le roi se rassoit, impavide.

– Attendons, dit-il, déchiré entre deux sentiments – celui que l'attente soit la plus longue possible et celui qu'elle soit la plus courte possible.

La plus longue pour rester avec Shobita, la plus courte pour connaître la vérité.

Le parfum de la *devadasi* emplit la salle des secrets tandis que l'attente se prolonge et que le roi se pétrifie dans un silence minéral que ni la danseuse ni l'étranger ne peuvent rompre : on ne parle pas devant le roi s'il ne vous interroge pas.

Dans le caveau, le temps s'abolit. La lampe se consume, sans que son reflet, dansant dans les yeux du roi, y éveille la moindre vie. Le roi est parfaitement inerte.

– Il va faire noir, s'entend prononcer Saül, sans l'avoir voulu.

– Que le noir se fasse, dit le roi.

La lampe meurt d'un seul coup dans un dernier éclat du collier de Shobita, le collier d'or, l'*arangetral*, insigne de son métier, son seul bijou. Elle ne porte plus jamais aucun de ceux que lui a donnés le roi. Le roi le savait avant de la revoir.

Le parfum qui sature l'atmosphère du caveau des secrets n'est pas le même qu'elle portait au temps de ses amours avec le roi. Aujourd'hui, c'est celui du frangipanier.

Les voilà tous les trois immobiles et muets dans la parfaite obscurité d'une tombe qui embaume la frangipane. Ils ne sauront jamais combien de temps dura cet ensevelissement, le temps sous terre s'abolit.

Soudain des pas, plusieurs, retentissent en haut de l'escalier d'accès. Des pas seuls, point de voix. Des muets frappent à la porte.

– Entrez ! crie le roi d'une voix forte d'homme parfaitement réveillé.

La porte s'ouvre. Le groupe s'arrête au seuil, saisi par la noirceur du lieu. Krishna s'avance le premier, une lampe allumée à la main qu'il pose devant le roi, retirant la lampe éteinte.

– Vous avez l'homme ? dit le roi.

– Seigneur, le voici, dit le chef de la police, poussant devant lui le nayar borgne dont les mains sont liées dans le dos.

Son œil unique semble réfléchir toute la lumière de la lampe, comme ceux des animaux sauvages la nuit.

– Alors, c'est toi ? dit le roi.

Le champion de tir reste muet.

– Pourquoi as-tu commis ce crime ? reprend le roi.

– Quel crime ? fait le borgne.

– Mansour.

– Je ne suis pour rien dans la mort de Mansour, proteste le borgne.

– Assez perdu de temps, dit le roi, faisant signe au chef de la police.

Le chef s'avance devant le borgne, une dague à la main.

– Je te crève l'autre œil, dit-il.

– Non ! dit le borgne, reculant d'un pas et heurtant Saül de son dos.

– Tu avoues ? dit le chef.

– Quoi ? dit le borgne.

– Que c'est toi qui as tué Mansour.

– Non.

– Alors, je te crève l'œil, dit le chef levant sa dague.

– Non ! crie le borgne.

– Alors ? dit le chef.

– J'avoue.

Et on ne peut plus l'arrêter. Un flot de mots tombe de sa bouche, précipités et entrechoqués comme si un autre étouffait en lui. L'ensemble incompréhensible.

– Doucement, dit le roi.

L'homme s'arrête, inspire à fond : toutes ses côtes apparaissent sous la peau. Il expire si fort que son souffle éteint la lampe. Bruit de lutte dans l'obscurité. Puis le halètement forcé d'un individu qui étouffe.

La lampe rallumée, l'assassin apparaît enserré entre les bras de Saül qui lui compriment la poitrine et le maintiennent contre la sienne, les pieds battant l'air et l'œil exorbité.

– Pose-le, dit le roi.

– A tes ordres, Seigneur, dit Saül s'exécutant.

Le borgne asphyxié ne peut tenir sur ses pieds. Il s'écroule avec un gémissement rauque.

– Qui le relèvera? demande le roi avec une étrange douceur.

Le chef de la police se penche, passe les mains sous les aisselles de son prisonnier et le soulève à grand effort car son gros ventre le gêne – le contraste avec l'aisance de Saül accentue son ridicule –, parvient enfin à remettre l'assassin sur ses pieds.

– Tiendras-tu debout maintenant? lui dit-il d'un ton mauvais, prétendant sans doute par là effacer sa maladresse et la faiblesse de ses muscles.

– Inutile de le rudoyer, dit le roi. L'avenir s'en chargera.

Puis, s'adressant au misérable qui n'a pas encore retrouvé son souffle :

– Raconte.

– J'ai une cousine à Calicut, commence le félon, qui était *devadasi* et m'a élevé après la mort de ma mère. Le Samorin actuel la connaissait bien, l'ayant quelquefois approchée. Elle lui parla de moi, du talent dont les dieux m'ont doté pour l'art suprême du tir à l'arc. Les rois ont toujours besoin d'agents chez l'ennemi. Le Samorin m'a fait toucher, m'a proposé de m'attacher à lui.

– Quand?

– Avant Poram, Seigneur. Je l'ai écouté. Sans penser te manquer. N'est-il pas ton suzerain?

Le roi demeure impassible.

– Le Samorin est généreux, reprend le borgne. Il m'a proposé la place de surintendant de ses arsenaux à vingt-quatre mille *panar* d'appointements annuels...

Le tressaillement mal contenu de son chef de la police n'échappe pas au roi.

– Vingt-quatre mille, reprend le borgne, rêveur. L'œil que j'ai perdu pour toi contre les bandits de la forêt de Travancore ne m'en a pas rapporté un. Tu connais la contrepartie :

tuer Mansour. Un plaisir. Ce détestable Mansour, haï de tous, qui tous les jours te calomniait, entre cent autres, Seigneur. Krishna, certainement, t'en a averti.

— Je n'ai jamais rien su de pareil, lâche vivement Krishna. Tu fais très bien parler les morts.

— La chose est pourtant publique, insiste l'assassin.

— Achève, dit le roi.

— Jamais une flèche ne me fut aussi agréable à tirer.

— Pourquoi une flèche d'Ibrahim ? demande Krishna.

— Pour brouiller la piste. Je voulais bien tuer, mais je voulais vivre aussi.

Le roi demande si le Samorin n'a aucune part dans ce choix d'une flèche d'Ibrahim Marakkar. Aucune, confirme le borgne.

— Pourquoi avoir choisi Ibrahim ?

— Parce qu'il est adroit, dit le borgne avec simplicité. Presque aussi adroit que moi. Le coup n'était pas facile…·

Son œil brille de fierté.

— Un vent de travers, une trajectoire intermédiaire, entre plongeante et tendue, Krishna qui met le pied sur la passerelle et qui va masquer la cible très vite… Cette dernière flèche couronne ma carrière.

— Quel bougre ! dit Saül avec admiration.

— Qu'est-ce qu'un bougre ? demande le roi.

— Seigneur, c'est un homme sans vergogne en Europe, mais non pas sans courage.

Le roi ferme les yeux.

— Il faut libérer Ibrahim, dit Shobita.

Le roi rouvre les yeux, les pose sur la danseuse. Son expression passe aussitôt de la plus sombre gravité à l'émerveillement.

— Seigneur, libère Ibrahim, répète Shobita avec des inflexions si douces que la supplique en est musique.

— Oui, dit le roi embarrassé, hésitant.

Drôle de oui, se dit Saül.

— Seigneur, libère-le tout de suite, insiste Shobita.

— Il y a encore certaines questions à considérer, répond le roi.

— Quelles questions, Seigneur? reprend Shobita, avec un accent de surprise et d'angoisse mêlées.

— Des questions qui me tracassent car elles demeurent obscures, répond-il.

— L'innocence d'Ibrahim n'est pas en question?

La libération d'Ibrahim apparaît douteuse à Saül.

Shobita ne veut pas douter. Elle connaît le roi mieux qu'il ne se connaît lui-même. Elle ne veut pas douter, non pas de son pouvoir, la notion de pouvoir lui est étrangère; ce qu'elle ne veut pas mettre en doute, c'est sa faculté à éveiller, à réveiller le roi, à l'enlever à cette pesanteur qui tire toujours vers le bas les princes, les princes surtout. Douter de cette capacité serait renoncer à elle-même, tomber dans l'imposture — charmante sans doute très souvent, et par là pardonnable, des *devadasi* banales, danseuses dites sacrées, qui ne font qu'affecter la foi.

Le roi fait diversion. Il commande à son chef de la police d'emmener le borgne.

— Tout de suite, Seigneur, **fait** en s'inclinant le gros homme.

Il quitte la pièce avec son captif. Les quatre écoutent décroître dans l'escalier les pas du borgne et du policier qui montent vers la nuit, car il fait nuit depuis longtemps maintenant. Le silence revient.

— Sortons, dit bientôt le roi. On étouffe ici.

Ils débouchent sous le ciel nocturne dans une cour où frémit un jet d'eau sous la lune qui l'éclaire et le laisse dans l'ombre selon que les nuages poussés très haut de l'ouest la couvrent et la découvrent, en alternance de clartés et d'obscurités indécises.

Le roi est-il indécis aussi? s'inquiète Krishna.

Le vent d'ouest avec les nuages emporte un parfum de jasmin qui était celui de Shobita du temps qu'elle venait voir le roi pour de plus suaves raisons que celles de ce soir.

— Le jasmin m'entête, dit le roi. Allons plus haut.

Ils gagnent une terrasse qui domine tout le palais, le roi ouvrant la marche et Krishna la fermant. Montant derrière Shobita, Saül est frappé par la grâce de ses hanches enveloppées de soie pourpre dont le balancement d'une marche à l'autre exprime à ses yeux l'harmonie du monde. Les courbes qui s'opposent et se répondent en sinuant devant lui de marche en marche lui paraissent tout à coup l'expression même du mouvement imprimé à la création par Dieu dans la Genèse. Cette flexibilité est le triomphe de la vie.

Il m'a fallu venir ici pour en prendre conscience, se dit-il, ébloui encore à la dernière marche.

La fontaine, de là-haut, est rendue au silence et le jasmin à l'absence. Sur la terrasse balayée par le vent, les pans du sari pourpre palpitent autour du corps de la danseuse et le roi frissonne.

— Marchons, dit-il, il fait frais.

Les voilà tous les quatre déambulant au sommet du palais, non loin du vide de la mer et de la présence massive des Ghâts, l'une et les autres plus sensibles qu'au grand jour, dans cette nuit ambiguë de clarté et d'ombres fuyantes, la première par une odeur fugitive de sel et la rumeur lointaine du ressac, les seconds par une vague noirceur à l'est, traversée de cris lointains, d'agonie certainement, mais si diffus à cette distance que personne ne songerait à les associer à la mort.

L'idée de la mort est assez présente à ces trois hommes et à cette femme qui déambulent côte à côte, comme les disciples de Sankara auprès de leur maître dans son temple. Le roi se tait, les autres se taisent. Saül sait cela aussi : on se tait aussi en Occident devant les rois.

— Il semble qu'il fait meilleur, murmure le roi.

Puis :

— Je vous ai gardés avec moi pour vous interroger. Je ne vous poserai qu'une seule question. Vous y répondrez chacun à votre tour. Shobita d'abord ; puis Saül, puis Krishna. Faut-il libérer Ibrahim ?

— Il devrait déjà l'être, déclare Shobita, tout entière jetée dans ces quelques mots et de cette voix rauque qui lui vient pendant l'amour.

180

– Immédiatement, répète le roi, l'esprit ailleurs. Et toi, que dis-tu ? dit-il à Saül.

– Qu'il faut le libérer, dit Saül.

– Le libérer..., répète le roi, encore songeur. Le libérer immédiatement, n'est-ce pas ? Krishna ?

– Je ne sais pas, dit Krishna.

– Krishna ! s'écrie Shobita.

– La justice a été rendue, poursuit Krishna.

– Quelle justice ?

– Il n'y en a qu'une, dit Krishna. Elle a été rendue.

– Et l'innocence ? dit Shobita.

– L'innocence, c'est autre chose. Le code de Manu est formel : même si celui qui a été jugé coupable se révèle innocent, il doit accomplir sa peine. Tel est le code.

– Le code n'est pas la justice.

– La justice est ici, dit Krishna montrant le roi d'un geste à peine esquissé.

Le roi se crispe.

Le nuage qui masquait la lune la dépasse. Le visage blême du roi – mais tous le sont dans la nuit livide – est celui d'une vieille statue.

– Le jugement a été public, le roi ne peut pas se désavouer, dit Krishna tristement.

« Que pouvais-je, que devais-je dire d'autre ? écrira-t-il, beaucoup plus tard. Devoir et pouvoir se confondaient pour moi. »

Si le roi n'est pas la justice, l'innocent condamné n'est pas condamné et il trouvera la justice ailleurs, dans une autre vie. Elle lui est garantie à proportion de l'injustice qu'il aurait subie. Aura subie, aurait subie, la grammaire est implacable... Ainsi Krishna médite-t-il tandis que le silence retombe, souligné par le bruissement du vent dans les pans du sari de Shobita et par les claquements mats des sandales sur les dalles de la terrasse.

Le passage d'un rapace nocturne projette une ombre furtive sur les carreaux de pierre et les silhouettes mouvantes de ces quatre victimes : le roi, la danseuse, le scribe, l'aventurier. Le premier, victime de sa fonction et d'une force devenue faiblesse ; la deuxième, de sa pureté ; le troisième de sa culture ; le dernier, de sa naissance.

L'oiseau plonge au-delà de la terrasse dans la cour qui la borde. Le cri d'un rat percé par des serres mortelles monte de son puits noir.

Les lois de Manu sont formelles : l'innocent condamné doit accomplir sa peine. Les innocents ne sont pas moins immortels que les coupables. Ibrahim Marakkar sera plus heureux dans sa prochaine vie. Puis, il est le coupable parfait : musulman comme la victime. Les musulmans du Malabar sont les protégés privilégiés du Samorin et ici, à Cochin, les sujets les plus turbulents du roi. Le meurtre d'un musulman par un autre musulman en circonscrit les conséquences à cette communauté, raisonne lourdement Krishna. Le Samorin ne pourra rien dire. Ses protégés de prédilection n'ont pas été agressés, ils se sont agressés entre eux.

— On ne peut nier que le borgne soit coupable, dit enfin Krishna.

— Les lois de Manu prévoient-elles aussi le châtiment du coupable ? ne peut se retenir de lâcher Saül, acide.

Le roi, Krishna et Shobita tournent ensemble la tête vers lui.

— Pardon ? risque le scribe.

Saül devrait, sinon se taire, au moins éluder. Il n'élude rien.

— Les lois de Manu règlent-elles aussi le châtiment des vrais coupables ? insiste-t-il.

— Les lois de Manu règlent tout, répond Krishna. Il y en a huit mille. Le borgne aura son tour.

— Il faut prévenir le bourreau.

— Pour qui ? demande Shobita.

Le roi est au pied du mur.

— Pour qui ? demandes-tu : pour les deux…

Et, prenant son élan :

— Je ne peux pas gracier Ibrahim.

— Il ne s'agit pas de grâce, mais de libération ! s'écrie Shobita.

– La libération paraîtrait grâce, répond le roi. Le peuple ne comprendrait pas. La balance a parlé. Les dieux ont parlé. Qui serais-je, pour m'opposer aux dieux ? Ils savent ce que j'ai souhaité, et combien.

Shobita baisse la tête.

– Les dieux eux-mêmes le délivreraient que le peuple aurait du mal à y croire, dit Krishna. Ce qu'ils ont tranché est tranché.

Shobita pleure en silence, mais ses larmes brillent sous la lune. Le roi les voit. Change de couleur. Il se détourne avec la violence de quelqu'un qui se sait haï, se hait et voudrait se fuir ; il se dirige vers l'escalier.

Krishna lui laisse faire seul quelques pas avant de le suivre. Ses petites jambes, son torse rond, son crâne qui luit disparaissent sans hâte. Il ne court pas après son maître.

Saül est resté avec Shobita. Il n'a jamais rien vu d'aussi émouvant que cette jeune femme ravissante et désespérée.

Elle se tient là, toute droite, les bras le long du corps, sans se cacher de pleurer, telle une statue de pierre dans un temple.

– Viens, dit Saül. Tu es trop belle pour pleurer, même si les larmes t'embellissent.

Shobita regarde Saül comme jamais il ne fut regardé. C'est un regard de petite fille triste devant un bonhomme de neige ou l'un de ces ours inoffensifs, massifs, gloutons et noirs qui s'installent dans les manguiers quand les mangues sont mûres, se goinfrant de leur chair fondante et de leur peau molle, aux couleurs de coucher de soleil.

Les larmes de Shobita glissent devant l'ours Saül, immense et livide sous la lune.

Elle cesse de pleurer et dit :

– Pardonne-moi. Mes dieux ont une autre idée de la justice.

Ils quittent la terrasse à leur tour, le géant exotique devant la danseuse triste, dans l'escalier qui conduit à cette cour où un jet d'eau sempiternel éclabousse le bassin rond de la fontaine. Lorsqu'ils quittent le palais, les nayars de garde, à tout hasard, saluent le couple hétéroclite.

Saül accompagne Shobita jusqu'à sa Petite Maison qu'il ne connaissait pas et trouve très belle dans la nuit claire et l'encerclement muet d'une dizaine de gigantesques chauves-souris qui entrecroisent autour du toit les figures d'un ballet mortel pour des milliers d'insectes.

— Je ne te propose pas d'entrer, dit Shobita devant le porche chinois où se balance un cobra gris.

Elle frôle du bout des doigts le capuchon déployé qui se replie aussitôt.

— C'est mon serpent préféré, dit-elle. Il me connaît depuis toujours et m'attend quand je sors le soir.

Saül le savait déjà : l'Inde n'est pas un pays comme les autres.

Il rentre par les rues silencieuses où cheminent des rats énormes, sortis des cales des navires amarrés dans le port. Les cobras font un carnage de ces rats voyageurs. Rats d'Europe, rats d'Arabie et de Perse, songe Saül, rêveur.

Rats de Koenigsberg, de Lisbonne, de Venise…, imagine-t-il, compagnons jusqu'ici invisibles de ses pérégrinations. Avant l'aube, les survivants échappés aux mâchoires des cobras qui ne ratent jamais leurs proies regagneront les cales d'où certains ne ressortiront qu'en Chine, d'autres en Suède. Saül ne connaît pas encore la Chine, mais il revoit Stockholm, la cathédrale des Allemands, l'île de la Noblesse… Les trois rabbins qui buvaient de l'aquavit à l'enseigne de l'Ours d'Or, taverne en forme de cave ouverte comme un gouffre sur un quai de Gamla Stan le long duquel oscillaient peut-être certaines des mâtures qui, en ce moment même, à Cochin, barrent la nuit devant la maison d'Abraham. Mais non, les nefs arabes ne s'avancent jamais jusqu'en mer du Nord. Leurs cargaisons déchargées à Venise ou Marseille traversent l'Europe dans de grinçantes charrettes, le claquement des fouets des rouliers et le martèlement des gros sabots des chevaux de trait sur la terre des chemins qu'il parcourait lui-même il n'y a pas si longtemps, l'inquiétude, la peur souvent au ventre, désespérant de ne pouvoir se faire moins voyant ; plus petit, moins roux… Partout repéré, remarqué par sa taille, ses cheveux rouges, cette peau de lait. Cette taille, ce rouge, cette peau, d'autant plus visibles qu'il est juif. Un juif géant qui fascinait les servantes d'auberge et les aubergistes et donnait aux soldats des jalousies dangereuses. Dans les villes traversées, les hommes du guet le suivaient toujours des yeux plus longtemps que quiconque. Il sentait longtemps ces yeux dans son dos.

Krishna l'a chargé de prévenir le bourreau.

— Je ne peux pas avoir de contact avec lui. Je suis brahmane, il est paria. Je ne dois même pas en souffrir la vue.

Saül n'ignorait pas cette division de la société, mais cette connaissance était restée abstraite. Pour la première fois, elle éclate : le bourreau est un intouchable. Comme lui-même en Europe, se dit-il pour chasser la gêne de cette découverte.

En Europe, les bourreaux habitent à la limite extérieure des faubourgs, dans des maisons isolées, à l'écart des chemins. Ainsi disposent-ils souvent de vastes jardins. Mais les enfants qui passent au large les montrent du doigt et leurs propres enfants subissent comme eux la quarantaine perpétuelle. Pourquoi l'Inde n'éprouverait-elle pas la même répulsion envers ses tueurs et tortionnaires officiels ? se dit Saül qui croit avoir découvert ici l'harmonie poursuivie depuis sa jeunesse et ne veut rien décrier.

— Comment trouverai-je ton bourreau ?

— Je vais te donner un guide qui t'y conduira.

Le guide est un nègre d'Afrique échappé d'un boutre dont le capitaine en avait fait son souffre-douleur.

L'exécuteur habite une île des eaux intérieures.

— Est-ce loin ? demande Saül.

Les voilà qui fendent en silence le liquide noir sous le ciel gris, assombri par des passages d'aigrettes en route vers les plages, dont la blancheur absolue fait paraître ce gris presque noir.

Un sillage précède leur barque, aussi large que celui qu'elle inscrit derrière elle. Deux autres l'encadrent à la même allure Le nègre rit en les montrant.

– Crocodiles, dit-il, épanoui.

Il a dit crocodiles, c'est faux. Les crocodiles sont africains, ici ce sont des gavials, au museau effilé, surtout mangeurs de poissons, très timides.

– Pousse bien droit, dit Saül.

– Il n'y a pas de danger de tomber à l'eau, assure l'Africain, levant son immense perche à la verticale au-dessus de la surface et l'y replongeant d'un mouvement coulé avec la grâce d'un danseur ployé pour bondir.

La poussée qu'il exerce sur le fond de la lagune fait saillir les muscles de ses épaules. L'embarcation rattrape la pointe du sillage qui la précédait et l'efface.

– Ils ont peur, les crocodiles ! s'esclaffe le Noir, triomphant. Il n'y a plus de danger, tu vois, prend-il Saül à témoin.

Saül, qui mesure de la main la distance séparant le bordage de la surface, la trouve infime, inférieure à trois doigts. Il suffirait d'un éternuement pour qu'ils chavirent parmi les monstres.

– C'est encore loin ? demande-t-il, faussement jovial.

– C'est là-bas, répond le nègre, pointant un bras interminable vers la ligne de palmiers dont tremblotent à l'horizon les bouquets de palmes. Nous y serons pour déjeuner.

– Pour déjeuner ?

Saül n'a pas faim et l'appétit n'est pas près de lui revenir, filant sur cette eau noire, le cœur au bord des lèvres. Mal de mer ? Non. La mer est proche de cette lagune à la noire immobilité divisée entre une multitude de bras et d'îlots. Pour Saül, ce piège liquide et végétal est un lieu idéal pour d'imparables embuscades.

Deux heures plus tard, son malaise ne s'est pas dissipé. La terre approche. Est-ce la terre, ce magma brun presque à fleur d'eau ? Quelques dizaines de cases misérables s'élèvent entre les arbres. Maisons de bourreaux, maisons de maudits, maisons de damnés. Un schéol, pense Saül, une géhenne mouillée, grouillante de batraciens et de reptiles.

Des formes indistinctes se faufilent entre ces cabanes.

Hommes ou femmes ? Hommes et femmes sans doute, mais jamais le doute ne fut mieux permis. Leurs mouvements semblent accompagnés d'un bruit de castagnettes.

Le fond remonte. La barque racle la terre. La proue s'encastre dans la boue.

– Saute ! dit le nègre.

Saül s'exécute, rate son appel, s'enfonce des deux pieds dans une vase puante. Une nuée d'enfants surgit, accourt et s'esclaffe. Le géant rouge arrache ses pieds à la masse collante, mais ses sandales ne suivent pas. Il plonge le bras jusqu'à l'épaule dans les cavités où elles gisent et qui se referment déjà comme une bouillie. Il lui faut longtemps fouiller dans cette pâte infecte pour récupérer son bien.

Les enfants sont plus de cinquante maintenant. Drôles de gamins couleur de terre qui dégagent une odeur fétide d'excréments desséchés et de chair pourrissante.

Saül se hisse péniblement sur la berge spongieuse vers les enfants dont les plus grands ne lui arrivent guère au-delà de la taille.

– Je t'attends ici, lui lance son batelier, qui s'est assis dans la barque après l'avoir écartée de la rive d'une vingtaine de coudées, certainement pour respirer un air plus frais.

– Je voudrais voir le bourreau, dit Saül.

Un éclat de rire lui répond, jailli des derniers rangs. Le rieur – pour quelle raison ? – prononce quelques mots qui sont sans doute la traduction du discours de Saül. Une explosion d'hilarité les salue. L'orateur s'avance.

C'est un garçon plus grand que les autres et assez bien découplé qui ne manquerait pas d'allure s'il n'était unijambiste et si une espèce de lèpre ne lui mangeait le côté gauche de la figure.

Se projetant sur ses béquilles, il se campe devant Saül.

– Tu veux voir le bourreau ? Sa fille est ici. Elle va te conduire à lui.

Il se retourne à demi, lance le nom de Kâlî, la déesse de la mort. Une fille très jeune se faufile entre les rangs, surgit devant Saül et le toise avec un naturel absolu.

Elle est moins sale que les autres. Le haillon qui lui sert de jupe est relativement propre. Elle est là, droite devant Saül, les yeux plantés dans les siens.

– Elle ne parle pas le malayalam, précise l'unijambiste.

Il se tourne vers elle, lâche quelques syllabes. Elle prend alors la main de Saül et l'entraîne vers les cabanes.

Les enfants s'écartent. Le chemin qui mène aux cahutes est une sorte de cloaque. Rien ici n'a d'identité : le chemin est à peine un chemin, les cases à peine des cases, comment les hommes seraient-ils des hommes ?

Le long de la première cabane, un cadavre est posé sur une litière de palmes. Les pieds dépassent du linge troué qui le recouvre mal et ne sera pas son linceul ; il a déjà beaucoup servi et devra servir encore souvent.

La fille qui n'a peur de rien, pas même des géants blancs, s'arrête devant la cinquième hutte, lâche la main de Saül et lance un son guttural. Un singe apparaît.

Elle se retourne alors vers Saül et profère, l'air enjôleur, une série d'onomatopées qui ne peuvent signifier que : « Voici mon père, le bourreau. »

La créature simiesque, jusque-là fortement voûtée, se redresse et cela suffit à lui donner quelque peu figure humaine. Le bourreau est musculeux, massif, étonnamment velu pour le Malabar. Les yeux très rapprochés et enfoncés dans leurs orbites, de puissantes arcades sourcilières. Du regard filtrent le désenchantement et l'étrange sagacité des familiers de la mort que Saül reconnaît sur-le-champ.

Le bourreau parle malayalam, lui a assuré Krishna. Pourtant, il doute un instant que celui qui lui fait face puisse émettre autre chose que des grognements. Il le peut :

– Que veux-tu ? dit la créature.

– Tes services, dit Saül.

– Pour qui ?

– Le roi, bien sûr. Qui d'autre...

– Le roi est condamné à mort ?

L'homme ne parle pas seulement, il plaisante aussi.

Saül n'a pas envie de plaisanter.

– Le roi a prononcé une condamnation à mort, répond-il sans entrer dans le jeu.

– La mort se paie d'avance.

– Elle va l'être, dit Saül.

Il sort une bourse de dessous sa robe. L'autre la prend, la soupèse. Un effarement presque comique lui déforme les traits. Il fait demi-tour avec une prestesse inconcevable et disparaît dans son antre.

Tintement de pièces.

Il en ressort plus effaré qu'il n'y est entré.

– Pourquoi tant d'or ? lâche-t-il malgré lui.

De toutes les huttes ont surgi d'autres intouchables qui se sont approchés des deux hommes et font cercle autour d'eux. Le bourreau leur fait signe des deux bras de s'écarter. Ils obéissent en automates.

– Il y a deux condamnés, dit Saül.

– Deux condamnés ? fait le bourreau. Le roi rattrape le temps perdu…

« Je serai honnête, reprend-il avec tout le dépit que lui inspire son honnêteté. Même pour deux têtes, c'est beaucoup.

– C'est qu'il y a condition, dit Saül.

Le bourreau fronce les sourcils.

– Quelle condition ?

– Un secret que tu devras garder.

– Quel secret ?

– Celui de la seconde exécution. Six personnes seulement sauront : toi, moi, le roi, le brahmane, le chef de la police et le condamné.

– Je vois, dit le bourreau.

– Tu le garderas ?

– Quoi ? dit le bourreau serrant convulsivement la bourse des deux mains.

– Le secret.

– Le secret ! répéta l'homme, éclatant de rire.

– Pourquoi ris-tu ?

– Le secret, dit-il, brandissant la bourse, allégorie de

l'avidité éclairant le monde, est payé pour l'éternité. Quel remède ? reprend-il, s'étant refroidi.

— Remède ? dit Saül.

— Quel supplice ? Je dis remède, car la mort guérit tout.

— Provisoirement, selon vos croyances, réplique Saül.

— Ah ! c'est toujours ça de gagné, soupire le bourreau.

Dans ce soupir, pour la première fois, apparaît de l'humanité.

— Le remède sera le pal, dit Saül.

— C'est le plus coûteux. Mais je suis payé. Le pal pour les deux ?

— Non. Pour un seul. Pour le premier, Ibrahim Marakkar.

— Le roi le regrettera, dit le bourreau. Un archer pareil...

— Je le regretterai aussi, approuve Saül.

— Est-on bien sûr que ce soit lui ? continue le bourreau, de plus en plus humain.

— Il faut le croire, répond Saül. La balance a parlé.

— La balance ! crache le bourreau.

Il ne croit pas à ce verdict mais se retient de le dire.

Saül le trouve moins laid.

— Il faudra aussi tirer à l'arc, reprend-il.

— Je sais tirer à l'arc aussi. Mais pourquoi ?

— Pour abréger...

— Je comprends, coupe le bourreau. Le roi est compatissant.

— Et l'épée ? demande Saül. Tu sais aussi manier l'épée ? Le second sera décapité.

— L'épée, répète pensivement le bourreau, et puis quoi encore ? Bien sûr que je sais manier l'épée. L'épée n'a pas de secret pour moi. Ils le savent là-bas. Je suis un bourreau à tout faire.

— Vraiment ? fait Saül poliment.

— Rien de ce qui est mortel ne m'est étranger. Dans tous les éléments, je suis à l'aise. L'air, j'étrangle ; la terre, j'enterre ; l'eau, je noie ; le feu, je brûle. Je connais tous les poisons et tous les contre-poisons. Quant à l'épée...

Il disparaît dans sa bauge, en ressort aussitôt, armé d'une lame plus haute que lui, qu'il tient à deux mains, du modèle préféré des mercenaires allemands. Il lève au-dessus de sa tête cet espadon insolite et se place à quatre pas d'un poteau isolé qui sert peut-être à attacher les buffles.

– Gare ! dit-il.

Saül recule de trois pas. La lame tenue à bras tendus s'abaisse, doucement d'abord. Le buste un instant se bloque. Saül le voit de profil, les hanches de face, les bras et la lame effacés derrière lui. Puis les bras se détendent. Le buste pivote deux fois, à droite, à gauche, si vite que l'œil ne peut le suivre. Deux tranches du piquet sautent en l'air presque ensemble, coupées net, et tombent l'une sur l'autre dans la boue.

– Voilà pour l'épée, dit le bourreau.

Pendant cet échange, la fille s'est rapprochée. Elle est tout près de Saül maintenant et lui pose une main sur l'épaule, le bras tendu tant il la dépasse. La paire qu'ils forment ainsi rapprochés rappelle ces images de couples divins qui foisonnent dans les temples.

Une petite main glisse de l'épaule au flanc de Saül, très douce, très experte, s'insinuant dans les plis, légère et insistante, cherchant la peau.

Il baisse la tête. Les yeux de la fille brillent, sinon de désir, d'une contrefaçon admirable de désir.

Elle ouvre la bouche et prononce le seul mot peut-être de malayalam qu'elle sache. Cela donne « agent » entre ses lèvres. « Agent, agent », répète-t-elle avec insistance.

Saül hésite à comprendre.

– Argent ? demande-t-il, corrigeant la prononciation tronquée.

– Agent ! reprend-elle, s'illuminant, la main descendant dans les plis de la robe, sous la taille et plus bas encore.

Saül l'écarte.

– Je ne suis pas là pour ça, dit-il fermement.

Affecte-t-elle de ne pas comprendre ? Elle repose la main sur Saül, à plat ; très chastement, au milieu de la poitrine, et fait des yeux implorants, aussi éloquents que saurait le faire la meilleure danseuse de *kathakali*, d'une éloquence en vérité à faire fondre des pierres. Et peu s'en faut que Saül ne fonde.

Il retire doucement la petite main de sa poitrine et détourne le regard.

Le père ne s'est pas ému une seconde.

– Qui est l'autre condamné ? demande-t-il brusquement.

– Quel autre ? réplique Saül.

– Celui qui n'est pas Ibrahim Marakkar.

– Cela fait partie du secret.

– J'ai compris, dit le bourreau avec une soudaine humilité.

– A demain, dit Saül. A demain, dix heures, où tu sais.

Il tourne les talons pour regagner la barque. La masse de parias s'ouvre devant lui. La pestilence s'est dissipée, s'étonne-t-il.

Plusieurs fois il a éprouvé cet étonnement. Dans un charnier de Galicie qui fut son premier contact avec la méchanceté humaine. Dans les décombres d'un bourg de Bohème après un passage de lansquenets. Dans une plaine d'Italie, au nord des Appenins, au bord d'un fleuve où les Français rentrant en France venaient de s'ouvrir un chemin. Rien n'est plus sensible que l'odorat ni plus oublieux, constate Saül une fois de plus ne sentant plus rien, évitant de plonger trop profond les pieds dans la pâte immonde qui nappe le sentier.

Il avance, resonge au bourreau : quelle disgrâce de périr de pareilles mains ! Saül n'a jamais bien su à quoi il croyait. L'au-delà ? Une belle idée, une maigre consolation. Que des juifs y croient, les chrétiens, les musulmans et les hindous aussi, ne l'impressionne ni ne l'influence. Quand il y pense, il aimerait pouvoir y croire. Il ne peut pas. D'ailleurs, il n'y pense guère. Il y pense maintenant, devant cette lagune impassible qu'il va falloir retraverser pour retrouver ce sur quoi il se reproche à présent de s'être fait une illusion impardonnable : la société indienne qu'il a crue juste, presque idéale.

Me faudra-t-il encore aller ailleurs ? songe-t-il, amer.

Quelques pas et la rive est atteinte. Le Noir l'a vu, se lève, empoigne sa perche, la plonge dans l'eau, pousse dessus, accoste d'un seul élan. Que ce nègre est beau, après toute cette laideur ! constate Saül.

Il va tenter l'enjambée dangereuse pour prendre pied dans la barque, lorsqu'il se sent tiré par sa robe. Il se retourne. La fille du bourreau l'a suivi et répète sa demande : « Agent, agent... » Le premier mouvement de Saül serait de la repousser, de la projeter d'un revers de la main dans la fange du chemin. Il se retient et lui sourit.

— Je penserai à toi, dit-il, enjambant vivement le bordage.

— Filons ! lance-t-il au nègre, sitôt assis sur ses talons.

La fille abandonnée sur le bord le considère en silence, de ses yeux sans enfance. Il lui fait un petit signe. Elle n'y répond pas.

Les condamnés ne reçoivent pas de visites. C'est la règle, mais le roi qui est la règle est passé là-dessus : Ibrahim Marakkar n'est pas un condamné comme les autres, il a autorisé une dernière visite.

La prison d'Ibrahim n'est pas non plus une prison ordinaire. C'est une chambre du palais, dans une cour à l'écart, avec des coussins, des tapis, un lit luxueux. Il n'y a pas de barreaux à la fenêtre et un seul garde à la porte.

Ibrahim Marakkar pourrait aisément s'enfuir. Le roi le souhaite, mais sait qu'il n'en fera rien.

— Ah ! fait Ibrahim quand Ali s'encadre dans la porte.

Les deux frères volent l'un vers l'autre et s'embrassent, puis s'écartent et se tiennent à bout de bras, les mains sur les épaules, longuement, sans un mot, les yeux dans les yeux.

Quand Ali ouvre la bouche, après un long moment, Ibrahim lui pose un doigt sur les lèvres :

— Ne dis rien.

Et Ibrahim un instant encore dévore son frère des yeux qui le dévore aussi des siens. Ils se séparent enfin.

— Assieds-toi.

Ils s'asseyent côte à côte, non pas face à face, comme ils ont toujours fait depuis leur enfance, tournés vers la fenêtre devant laquelle passent, nonchalants, des oiseaux de mer aux longues ailes étroites, aux cris grinçants de charnières rouillées.

La lumière les frappe de face. Leur ressemblance est saisissante.

— Tu pourrais facilement t'enfuir, dit Ali.

— Je ne veux pas, dit Ibrahim. J'en ai assez. C'est un péché, je le sais. Allah est bon.

— Allah est bon, répète Ali. Je prends ta place, poursuit-il, on ne s'apercevra de rien. Moi aussi, j'en ai assez.

— Je te remercie, mais je la garde. Que vas-tu faire ?

— Partir, dit Ali. Partir pour Calicut.

— Pars tout de suite. Avant demain. Je ne veux pas que tu sois là demain. Je ne veux pas te savoir là. Imaginer que tu puisses y être. Sois loin, demain.

Ils se taisent.

Ils demeurent longtemps encore silencieux, côte à côte, assis en tailleur sur les riches coussins dont le roi a demandé que la chambre soit garnie.

Les oiseaux passent et repassent devant la fenêtre. Leurs ombres lointaines projettent des voiles presque imperceptibles sur leurs visages sereins, identiques et complémentaires, dont il semble, ainsi rapprochés, que l'un ne puisse aller sans l'autre, sentiment parfaitement juste.

— Je te vengerai, dit enfin Ali.

— Je le sais, et te remercie, dit Ibrahim. J'ai une requête à te présenter.

— Laquelle ?

— Je ne sais pas ce qu'ils feront du corps. Construis-moi un tombeau. C'est idiot, mais je n'aimerais pas qu'ils le jettent n'importe où. Les vautours et les chiens sont assez nourris.

— Je le construirai pour nous deux, dit Ali.

— Où le construiras-tu ?

— Où aimerais-tu ?

— Où tu voudras devant la mer. Mais tu y pensais sans doute déjà ?

– Oui, dit Ali.

– Ne reste pas trop, dit Ibrahim.

– Je te laisse.

Ils se lèvent. D'autres oiseaux que les précédents, silencieux et décidés, filent de la mer vers la terre en direction de leurs dortoirs. Les jumeaux s'embrassent très vite. Ali tourne les talons, ouvre la porte, la referme sans se retourner. Ibrahim se rassoit sur son coussin.

Le mouvement de ses lèvres indique qu'il parle. Mais que pourrait-il se dire qu'il ne se soit dit cent fois depuis deux jours ? Il est plus plausible qu'il prie.

Quelle fête que l'empalement d'un homme ! Ils sont cinquante, quatre-vingt, cent mille, peut-être plus, à se presser autour du palais dans les rues étroites qui mènent à l'esplanade. Ils se poussent et se bousculent autour des fakirs, des jongleurs et des charmeurs de serpents qui tiennent les carrefours. Les flûtes concurrencent les tambours. Les cobras jaillis de leurs paniers se dandinent avec des grâces mécaniques et les fakirs se passent d'énormes aiguilles au travers du corps avec un détachement parfait.

On n'a plus vu depuis longtemps pareille concentration de vendeurs d'eau et de noix de coco, la mort donne soif. Au-dessus des têtes, des funambules se promènent sur des fils avec des balancements lents dont chacun annonce leur chute et chacun la dément. La mort est basculement, ces acrobates la nient. Mourir n'est rien.

Des magiciens multiplient les tours. La mort est escamotage. Ils en illustrent la notion pour en affaiblir le sens. La mort est peu de chose. Elle n'est pas définitive. La vie n'est jamais vaincue. Les objets escamotés qui resurgissent entre leurs mains en sont autant de preuves.

Le condamné de ce matin ne va mourir que pour mieux revivre. La mort est un commencement. Une fête. On envie ce condamné.

Les fakirs sont fascinants, les funambules donnent le

vertige, les magiciens font des prodiges. On ne les voit pas. On ne les regarde pas. On passe. On se bat pour passer. On voudrait se dépasser. Dépasser ces illusionnistes, aller au fait, à la vraie mort. Les fakirs et les autres sont visibles tous les jours. Depuis combien de temps n'y a-t-il pas eu d'exécution capitale à Cochin ? Des années, disent les jeunes, et les vieux, des dizaines d'années.

Il y a vingt-trois ans exactement que les habitants de Cochin sont sevrés de peine capitale. Ils n'en peuvent plus.

Il fait beau. Le soleil luit. On sent pourtant de la déception. Il s'est dit que le condamné mourrait par le pal. Par le pal, on ne voit rien. Rien ne vaut la tête qui vole ou la corde qui tend soudain le pendu. L'indécence en outre est bannie à Cochin : le pal est invisible. Le bourreau seul le voit.

Les mieux disposés se consolent : on ne voit pas voler de tête, mais il y a les cris et les soubresauts. Le supplicié se retenant de bouger pour ne pas aviver la douleur. C'est un spectacle exceptionnel, l'événement de toute une vie.

Les passionnés ont commencé d'affluer au milieu de la nuit. L'esplanade devant le palais en déborde bien avant le lever du jour. A l'aube, il a fallu déployer la garde entière du roi.

Bloqués dans les rues, les voyeurs s'efforcent de gagner les toits, ou plutôt leurs corniches – puisque les toits sont pentus à Cochin –, les balcons, les vérandas et les arbres. Les premières sont bientôt garnies, les autres sont louées par leurs propriétaires et les prix fusent. Au vingtième *ghâti* du jour, soit sept heures du matin – l'exécution étant fixée au trentième *ghâti*, soit environ midi –, l'une de ces corniches, surchargée, s'effondre en écrasant soixante-dix-sept personnes dont trois charmeurs de serpents avec leurs cobras et un fakir, et blessant moins grièvement les cent quarante-trois curieux qui s'y étaient entassés.

La nouvelle aussitôt répandue avec d'énormes exagérations ne décourage pas les candidats sinon à la vue – la plupart de ces balcons sont masqués du parvis par d'autres bâtiments – au moins à l'audition car les hurlements sont plus distincts en altitude, croient-ils dur comme fer.

196

Une heure avant le trentième *ghâti*, un barbier est conduit dans la chambre d'Ibrahim. Il lui rase la barbe et la tête, lui passe autour du cou un collier de fleurs rouges et lui enduit le crâne d'une pâte de même couleur, mélange de brique pulvérisée et d'huile de palme ; tout ce rouge pour rappeler le sang qu'il aurait versé.

Les formes sont respectées.

Respecter les formes implique d'aller au supplice sur un âne, l'animal le plus impur. L'âne attend à la porte du palais. Pour éviter à Ibrahim un trop long contact avec la bête immonde, le parcours a été réduit autant que possible sans toutefois contrarier l'attente populaire.

Quatre gardes et un officier arrivent devant la chambre.

– C'est le moment, dit l'officier.

Pourvu qu'Ali m'ait obéi, songe alors Ibrahim, qu'il ait quitté la ville et soit loin.

L'âne refuse d'avancer. S'installant sur son dos, Ibrahim l'a senti se raidir et se bloquer de tous ses membres, ses grandes oreilles couchées en arrière et le regard fixe de la bête décidée à n'en faire qu'à sa tête.

– Je ne lui plais pas, dit Ibrahim à ses gardes. Il ne veut pas me transporter.

Ce persiflage de la part d'un homme qui va tout de même mourir impressionne les nayars. Certes, ils savent sa bravoure, mais ils le croient coupable et conçoivent mal que la conscience de sa faute ne le retienne pas de plaisanter, puisqu'ils croient aussi que les assassins sont bien plus sûrement punis par leur réincarnation dans une créature très inférieure – un âne par exemple – que par leur exécution.

Les coups, les tractions sur sa longe, les poussées ne font pas bouger l'obstiné. Le milieu du jour approche, un long circuit reste à faire avant le supplice. Le condamné doit être vu par le maximum de monde.

Un deuxième âne est avancé en remplacement du récalcitrant, pour le même résultat. Les nayars superstitieux – ils le sont presque tous, fils d'une terre de magie et de prodiges permanents – commencent à se demander si les dieux ne seraient pas opposés à l'exécution. Certains regardent déjà Ibrahim Marakkar d'un autre œil. Mais les démons aussi bien que les dieux pourraient vouloir le soustraire à son châtiment. L'hésitation est perceptible autour du bourricot, impavide sous les horions.

Un troisième âne est amené, celui-là de bonne volonté. Une clameur immense jaillit de la foule lorsqu'il apparaît sur la grande place au milieu de son escorte, avec son cavalier. La promenade rituelle commence dans les rues dégagées à grands coups de plat de sabre par la cohorte constituant l'avant-garde du défilé.

Le passage ainsi ouvert est néanmoins étroit et les gardes qui le flanquent ne protègent pas le condamné d'une averse de crachats. Des coups même l'atteignent sur son âne et le feront plusieurs fois vaciller.

Il y a toujours des vautours dans le ciel de Cochin. Le plus souvent dispersés pour se partager la surveillance des différents quartiers de la ville. Or le condamné et sa monture n'ont pas encore débouché là où se font face le pilori et l'estrade encore vide, où s'installeront le roi, la cour, les dignitaires étrangers, que les hideux rapaces tournoient par centaines en un cercle immense dont le centre exact est à la verticale du poteau où Ibrahim sera attaché.

Leur silence appesantit davantage l'atmosphère que les cris des Cochinois. Par quel canal ces oiseaux stupides ont-ils su qu'une proie exceptionnelle allait leur être offerte là? Les hindous ne s'en étonnent pas, pour qui tout se tient dans le cosmos en communication permanente, du fond des abîmes marins aux extrémités du ciel.

« Le défilé ne doit pas durer plus d'une heure », a prescrit le roi à Krishna qui a transmis.

Quand le cortège revient sur la place, il est midi moins dix, et dans les quartiers excentriques, le port, le fort, le front de mer, montent de longues plaintes de frustration. On n'y a pas vu le condamné. Le roi, la cour et les étrangers de marque occupent l'estrade officielle depuis cinq minutes. Le pilori seul est vide.

Il se compose d'un échafaud de cinq pieds de haut recouvert d'une étoffe épaisse qui tombe jusqu'à terre, formant jupe à la plate-forme où est disposée une caisse qui va faire office de siège. Derrière cette caisse, le poteau sert d'axe aux orbes des vautours.

Le silence sur l'estrade du roi contraste avec les clameurs qui s'élèvent en ville, à qui réclamera la mort le plus fort. L'âne docile est arrêté par son conducteur au pied du pilori. Le bourreau surgit de dessous l'échafaud, s'approche de son client, l'aide à descendre de sa monture avec une déférence étrange, visible de loin, qui soulève dans le peuple plusieurs cris de protestation. Le condamné gravit les marches conduisant à la plate-forme d'où il va prendre son élan pour une autre vie.

Le bourreau le suit et l'on devine qu'il l'invite à s'asseoir en soulevant son pagne et qu'il lui demande aussi d'écarter les jambes. Puis il passe derrière lui, lui prend les bras, les ramène en arrière autour du poteau et les lie ensemble étroitement. Il assujettit de même, avec une corde doublée, la taille du condamné, puis, revenant devant lui, il fixe encore de la même façon ses cuisses à son siège. Ainsi le supplicié ne peut plus bouger. Les contorsions lui sont interdites.

Il faut maintenant lui relever la tête et la maintenir en arrière afin qu'il regarde le ciel. L'exécuteur descend sous l'échafaud, reparaît avec une coupe et la tend à son homme.

– Bois vite, lui dit-il, tu ne sentiras rien.

Quand elle est vide, il la pose près de lui, passe derrière le poteau et ramène doucement en arrière la tête d'Ibrahim – la plus belle tête d'homme du Malabar avec celle d'Ali son jumeau –, de façon que, les yeux ouverts, il ne puisse voir que le ciel, noir à présent de charognards. Ces derniers décrivent au-dessus de lui une spirale immense qui va s'évasant dans le firmament où elle se perd.

Là-bas, en ville, vers le port, le fort, la mer, les clameurs se calment. L'exécution est imminente, et si l'on ne voit le supplicié, au moins qu'on l'entende.

Le bourreau, une fois de plus, disparaît sous l'échafaud.

L'attente finale commence, elle devrait être brève. Cependant le temps passe, et rien ne se passe. Sur l'estrade officielle, les dignitaires s'interrogent. Le roi lui-même fait signe à Krishna de s'approcher et, l'air soucieux, lui chuchote quelque chose à l'oreille. Krishna hoche la tête. Soudain, le condamné sursaute dans ses liens et s'arque à se casser. Cette tension se maintient dans un silence effrayant : un hurlement terrible devrait le rompre et rien ne le rompt. Le supplicié, le pal dans le ventre, au-delà de l'estomac, qui monte entre les poumons, glissant le long du cœur pour ne pas le tuer net, reste muet.

– Que se passe-t-il ? demande le roi, qui le sait fort bien.

Lorsque le corps s'affaisse dans ses cordes comme un cadavre, aucun son n'en sort non plus. Incrédule, le peuple retient son souffle. Les spectateurs les plus proches distinguent les premiers la lente apparition d'une pointe sombre à la saignée droite du cou d'Ibrahim Marakkar. Le pal en est là et l'empalé n'a pas crié.

Le peuple ne comprend pas. Trop éloigné du pilori, il ne perçoit qu'une forme humaine, apprêtée il est vrai dans les règles de l'art, mais dont rien ne lui a prouvé qu'il ne s'agit pas d'un mannequin dont le silence s'expliquerait trop bien. La populace maintenue à distance par un quintuple cordon de nayars, l'épée nue, ne peut croire à ce mutisme. Attroupée pour entendre un horrible cri, elle ne peut admettre d'en être privée.

Comment se rallierait-elle à une justice silencieuse ? On la persuade depuis toujours que le châtiment d'un crime justiciable du pal n'est vraiment assuré que par la protestation éperdue de l'âme qui cherche à se détacher de son incarnation coupable. Et ce déchirement doit provoquer une douleur insoutenable.

De proche en proche, des murmures s'élèvent. On n'a rien entendu et ce qui devait être une longue agonie ponctuée de cris perçants, puis de râles inaudibles mais non pas imperceptibles, n'a pas duré davantage que le temps de souffler une chandelle. Trucage !

Le peuple, qui craint d'avoir été trompé, gronde. Ils sont

cent mille et les nayars qui les contiennent ne sont que quelques milliers. Leurs cordons apparaissent bien minces tout à coup. Un malaise plane.

Les charognards hésitent au-dessus du supplicié, certains quittent la spirale centrée sur l'échafaud et s'en vont tournoyer çà et là, n'importe où, semble-t-il, au-dessus de la ville, comme s'ils attendaient autre chose. Comme prévenus que le corps pantelant attaché à ce poteau ne serait pas seul à les nourrir.

Le roi appelle Krishna près de lui une seconde fois.

A cet instant, un tressaillement incontestable secoue le condamné, visible des premiers rangs de la foule. Ce bienheureux soubresaut se prolonge et s'exaspère. Il n'y a pas eu tromperie. C'est bien une chair martyrisée qui s'affronte à ses liens, au pieu qui la traverse, et refuse son sort. Il n'y a pas eu tromperie.

Un lent soupir de soulagement s'exhale des premiers rangs, gagne comme une risée l'étendue entière des spectateurs. Le long du port où mourut Koya Kassim, au pied du fort sous les canons qui allongent leurs tubes de bronze armoriés et gravés de sentences sacrées, le long de la mer où, lui tournant le dos, des milliers de pères et de mères élèvent à bout de bras leurs petits enfants au-dessus de leurs têtes et leur commandent avec une jubilation sauvage, et contagieuse, de regarder et de raconter.

– Remue-t-il ? demandent ces parents exemplaires.

– Il remue, s'extasient les voix enfantines.

– Souffre-t-il ?

– Certainement !

La fête est sauvée, la justice exaltée, le roi justifié.

– Ce sursaut est venu à temps, dit le brahmane Talappana, chapelain du Samorin dont à cette heure les troupes vont se disperser, désarmées par cette parodie.

Dans les Ghâts, loin de cette horreur, Shobita a perçu la clameur et pleure.

La foule s'apaise. Justice est faite, croit-on. Mais le bourreau soudain ressort de sous l'échafaud, un arc à la main, se place devant le condamné et lui décoche une flèche dans le cœur, lui arrachant un dernier spasme.

Le roi dit à Krishna, revenu près de lui :

– Je ne voulais pas qu'il souffrît.

– Tu vas décevoir le peuple, dit le scribe d'un air chagrin. Il ne demande que cela pour s'enflammer. Nous venons de le sentir.

Krishna se trompe. La surprise du public devant ce supplément au programme laisse place à l'enthousiasme : l'homme a été tué comme il a tué. Comme la fureur antérieure, la jubilation se répand jusqu'au port, jusqu'à la mer et à la passe qui les relie. La popularité du roi est remontée.

– Tu vois, Krishna, tu te trompais, dit le roi, bienveillant. Tu n'y peux rien, tu n'es pas roi. Si tu l'étais, tu aurais compris.

Le chapelain du Samorin se penche alors vers Krishna et lui dit :

– Le roi est à la fois cœur et tête du peuple.

Krishna avale la remarque. Les familiers du Samorin sont aussi puants que leur maître.

La coutume veut que les cadavres demeurent exposés jusqu'au soir et que le peuple soit admis à défiler devant. Après quoi, le pilori est entouré de gardes qui s'en tiennent assez éloignés pour ne pas inquiéter les vautours auxquels ils font place.

Les mages ont déterminé que le défilé pouvait durer cinq *ghâti*. Quinze mille personnes en profiteront, cent vingt mille autres se feront décrire par ces privilégiés la posture exacte du mort, sa couleur, son expression et quelle longueur du pal sortait de la base de son cou. Ainsi sera confirmée l'honnêteté de la justice.

Les vautours n'auront rien. A peine écoulé le dernier quart d'heure du défilé, le bourreau se glisse sous l'échafaud, dégage le pal à grand renfort d'ahanements indécents, tandis qu'un aide maintient le cadavre assis, l'empêchant de s'affaler sur la plate-forme. Puis le bourreau remonte, détache le mort, étend un drap devant lui sur le plancher et les deux hommes le saisissent, l'un sous les bras, l'autre par les pieds, le déposent avec précaution sur le linceul et l'y enveloppent. Ils le soulèvent enfin, le déposent sur une civière et disparaissent dans le palais.

Les témoins, éberlués de cet escamotage sans précédent, s'interrogent : pourquoi ce traitement ? Chacun y va de son hypothèse. La légende d'Ibrahim Marakkar commence à courir. Simultanément, le prestige du roi continue d'enfler : justice est faite, la guerre est conjurée, la prospérité va revenir.

Les charognards, déçus et obstinés, noircissent jusqu'au crépuscule le ciel au-dessus de la place en cercles inlassables.

La nuit venue, dans une arrière-cour du palais, déserte ordinairement, dont ce soir-là les entrées sont gardées par une section de nayars postés à l'extérieur de façon à ne rien voir de ce qui va s'y dérouler, l'archer borgne, véritable assassin de Mansour Koya Kassim, est décapité devant Saül.

Sa tête n'a pas touché le sol que les cloches des églises commencent à sonner, les tambours des temples à battre et les muezzins à déclamer depuis les mosquées. Les premières appellent aux vêpres, les deuxièmes au sacrifice, les troisièmes à la prière.

La tête roule avec un bruit sourd sur les pavés rougis jusqu'à la base d'un mur. Le bourreau va la ramasser et s'approche de Saül. La tête bloquée sous le bras droit, l'intouchable s'incline devant le géant.

– Lave bien le sol, lui dit Saül, lave bien cette tête, et tais-toi.

Chapitre 10

La mer est belle, une brise de terre soutenue descend des Ghâts vers le nord-ouest. La nef file tribord amures vers Calicut sous ses voiles blanches, voiles neuves pour la circonstance. La coque, le gréement, les œuvres vives et les mortes semblent prendre la mer pour la première fois.

C'est un navire d'apparat qui cingle vers le nord. Il emporte vingt canons, cent hommes d'équipage, trois passagers de marque et une boîte.

Le nom du navire est *Mattancheri*. Les marins sont anonymes, les passagers ambassadeurs ; deux d'entre eux, Krishna et Saül, partent en ambassade, le troisième en revient, c'est le chapelain du Samorin. Quant à la boîte, elle n'est pas vide. De Cochin à Calicut, par une brise si régulière, il y a quatre heures de voile.

Autour du navire, des exocets s'élancent sans cesse au-dessus de l'eau. Krishna n'a jamais vu de poissons volants et s'en émerveille, à la grande joie de Saül.

– Ces poissons sont ravissants mais ils sont immangeables, observe-t-il, enchanté de la fraîcheur d'esprit de son compagnon et supérieur.

Supérieur, il l'admet volontiers. A Cochin, sans Krishna, il ne serait qu'un excentrique et le beau-frère d'Abraham – position très respectable –, mais l'excentrique l'emporterait toujours. Son apparence y prédispose, sa franchise aussi, sa truculence fait le reste. Il ne s'en plaint pas : cette opinion lui rend service, lui épargnant beaucoup de soupçons et de sévérités.

– Le mouvement de ce bateau me coupe l'appétit, répond Krishna.

– Alors n'en parlons plus, répond Saül. Parlons plutôt de notre ambassade.

« Notre ambassade », il peut le dire. Jamais il n'est monté si haut, se réjouit-il naïvement. Quel juif errant, colporteur occasionnel de fourrures mitées, a jamais vogué vers un grand roi, envoyé d'un autre monarque, pour une mission capitale ? Ambassadeur provisoire, certes, mais ce n'est que la première fois. Une intuition toute nouvelle le convainc qu'il n'en restera pas là, qu'en Inde il a rencontré son destin.

De noirs cormorans cruciformes accompagnent le navire, se posent et plongent dans son sillage pour avaler les poissons qui montent dans le remous, et s'arrachent à la mer pour recommencer. Plus haut, croisent des frégates noires et des pélicans gris. La côte verte frangée de blanc défile avec grâce. Krishna, accoudé au bordage, regarde passer son pays tel qu'il ne l'a jamais vu. Le spectacle le ravit et il ne s'en détacherait pas si Talappana, qui a déjà fait le parcours, ne lui demandait de jouer aux échecs.

Les échecs, ou *chaturanga*, sont l'une des grandes trouvailles de l'Inde et peut-être la plus heureuse. On y joue à quatre. Des millions d'Indiens tous les jours y oublient le mal de vivre. Le confident du Samorin se pique d'y exceller.

– Nous ne sommes que deux, répond Krishna. Qui seront les deux autres ?

– Chacun de nous peut jouer pour deux, propose Talappana.

– Soit, dit Krishna diplomate.

– On m'a dit que tu jouais très bien.

– Qui te l'a dit ? J'ai beaucoup joué, mais je ne joue plus guère. Quelquefois avec le roi.

– Et que fais-tu face à ton roi ? Le laisses-tu toujours gagner ?

– Jamais je n'ai joué contre lui, je suis toujours son partenaire.

– Je le suis aussi du Samorin, dit Talappana.

Mais comment jouer sur cette mer mouvante ? Les pièces glisseront sur l'échiquier. Qu'à cela ne tienne, les brahmanes sont géomètres et mathématiciens : ils se tiendront au milieu du pont, en son centre de gravité, où le roulis et le tangage sont les moins sensibles. Ils déposent devant le grand mât l'échiquier de huit cases sur huit et les seize pièces militaires – le roi, l'éléphant, le cheval, le char, et les quatre soldats – inspirées des armées indiennes composées de quatre corps – éléphants, cavalerie, chars et infanterie. *Le Traité du Jeu des armées à quatre corps (Chaturangadîpikâ)* du juriste bengali Shulapani a atteint le Malabar il y a deux ans. Talappana demande à Krishna s'il l'a lu.

— Non, dit Krishna, qui le sait par cœur.

Les dés sont lancés. En quatre coups, Krishna est mat.

Talappana rayonne. La deuxième partie est plus disputée. « Ne pas laisser partir en loques l'honneur de Cochin », s'est exhorté Krishna. Il balaie l'éléphant adverse au troisième coup de dés – l'éléphant, pièce maîtresse, dont la perte laisse le roi nu. Au septième coup, il lui chipe son char, n'ayant perdu que deux soldats. Talappana a mauvaise mine. Mais peut-être est-ce le mal de mer.

— Comment te sens-tu ? demande Krishna.

— Très bien.

Au huitième coup, adieu cheval, et Krishna dispose toujours de ses arguments principaux. Le chapelain du Samorin ne peut plus gagner. Un coup de tangage inespéré renverse les pièces.

— On les replace ? demande-t-il à Krishna, les yeux débordant d'anxiété.

— On annule, dit Krishna, suprêmement diplomate.

Talappana retrouve ses couleurs.

Les pièces replacées, une nouvelle partie commence. Krishna, de nouveau, est écrasé en quatre coups. Le vainqueur, exultant, s'inquiète à son tour : Krishna se sent-il bien ? Le mal de mer n'aurait-il pas déréglé son jeu ?

— Non, répond Krishna. Je me suis rarement senti aussi à l'aise que sur cette mer magnifique, à voir passer notre pays

superbe, en compagnie d'un grand esprit, champion de surcroît de *chaturanga*.

Krishna souhaite-t-il continuer à jouer ? demande suavement Talappana. Non, ils en resteront là.

Saül, assis à l'écart, n'a pas un regard pour le rivage. Il
semble bercer entre ses genoux la boîte ouvragée en teck
incrustée d'or et fermée par un cadenas d'or. S'il ne la berce,
il la caresse au moins d'un regard rêveur.

Calicut approche. Les remparts rouges où le Samorin
médite des conquêtes, à commencer par Cochin, montent et
se précisent au-dessus des vagues à présent paresseuses. Une
heure encore, deux almadies[1] pavoisées se détachent de la
côte à la rencontre de la nef, singulier hommage aux ambassadeurs d'une cité vassale et rebelle plus qu'à demi.

Le jeune Samorin est très avisé, songe Krishna.

— Ton maître sait vivre, dit-il à Talappana.

— Il sait vivre et il sait tuer, précise le brahmane, confident
de ce tueur savant, puis, désignant du bras une vaste plaine
devant les fortifications, il ajoute :

« Cent mille hommes, il y a trois jours, étaient campés là,
dit-il.

— Pour aller à Cochin ?

— Nulle part ailleurs, tu le sais bien.

— Et où sont-ils ? demande Saül.

— Ils se sont dispersés hier, sitôt que justice fut faite. A
cette heure, ils rentrent chez eux. Aussi vite ils sont venus,
aussi vite ils sont partis. Mon maître aime la vitesse. Les
mouvements qu'il ordonne sont toujours rapides.

Et voici Calicut, capitale du Malabar, ou qui se voudrait
telle.

— Je n'avais jamais vu une aussi belle armée, poursuit
Talappana. Si imposante.

— J'en ai vu de très imposantes dispersées comme tas de
feuilles sèches par un grand vent, intervient Saül.

— Où as-tu vu ça ?

---

1. Grande barque.

– En Europe.

– L'Europe n'est pas le Malabar, répond Talappana avec fatuité.

La puissante ville de Calicut est invisible du large. Elle se tapit le long du fleuve Élattur, en amont de l'embouchure qui est dominée par les falaises de Kappatt. Tout ce qui dépasse de la ligne de ses remparts est religieux, hormis le belvédère du palais, d'où le roi – Seigneur de la Mer – surveille les mouvements des vaisseaux sur Sa Seigneurie.

Le palais citadin du Samorin n'est pas aussi vaste ni splendide que son palais principal hors les murs au pied des montagnes. Sa maison de ville lui sert surtout à encaisser les règlements des négociants qui achètent le poivre dont il a le monopole et qu'ils paient en or. Le Samorin n'admet pas d'autres espèces. Ces commerçants, comme à Cochin, se divisent en quatre catégories : les hindous, les musulmans, les chrétiens et les juifs. Ils sont reçus dans quatre salles distinctes pour ne jamais se mélanger. La confusion des croyances et des versements est ainsi évitée. Le Samorin s'interdit de mêler des religions différentes à la remise d'un métal qui, pour elles toutes, est le premier facteur ici-bas de leur mépris et de leur oubli.

Trente nayars en armes attendent les ambassadeurs au débarcadère. A quelques pas, une foule observe leur atterrissage. Les badauds louchent sur la boîte de Saül tandis que le chef de l'escorte d'honneur le reconnaît et lui dit sa joie « de te revoir, noble Peau d'Ours, dans d'aussi heureuses circonstances ».

– Ta joie est aussi la mienne, répond Saül avec une dignité inconnue de Krishna, une solennité de plénipotentiaire, un maintien de très haut dignitaire.

Le jeune Samorin les attend dans la salle du trône. Est-ce la pénombre ? Krishna le trouve plus jeune encore qu'à cette fête funeste de Poram où tout a commencé : la haine ouverte, la violence, la volonté de guerre et les intentions de meurtre.

S'avançant vers le monarque sur le sol si bien poli qu'il lui renverra son image lorsqu'il s'inclinera devant le Seigneur de la Mer, il ne parvient pas à croire que tout cela est vraiment fini. Son maître n'en pense toujours pas moins, il le sait mieux que personne, et celui devant qui il s'apprête à se courber ne peut pas être en reste.

Les trente ou quarante premiers personnages de Calicut encadrent le trône en deux groupes à peu près égaux. Le chapelain champion d'échecs a été introduit auprès de son maître une demi-heure plus tôt. Il se tient à sa droite, figé dans une expression d'impassible bienveillance qui se retrouve sur tous les visages qui toisent la délégation de Cochin.

Un brahmane ne se prosterne devant personne. L'inclination du buste à quarante-cinq degrés est l'ultime politesse qu'il puisse se permettre. Le ventre bien rond de Krishna ne lui rend plus depuis longtemps l'exercice facile. Il l'a répété plusieurs dizaines de fois sur le pont du *Mattancheri* après la partie d'échecs pour s'assouplir les reins. Lorsqu'il s'exécute, les amateurs d'étiquette le scrutent sans faiblesse. Descendra-t-il trop bas ? Le scandale serait énorme chez les brahmanes et le déshonorerait à jamais ; s'il s'arrêtait à quarante-quatre degrés, les autres courtisans le rapporteraient aussitôt au Seigneur de la Mer.

Krishna satisfait les brahmanes et désarme les délateurs. Son corps replet se plie sans faute. Quand il se redresse, un vrai sourire éclaire son hôte royal. Il n'a pas vu Saül se courber derrière lui jusqu'à terre, balayant presque de sa toque d'invisibles poussières. La bonne humeur du monarque est trop marquée pour être feinte. La suite le confirme. Il décerne à Krishna le titre éblouissant de Lumière du Kerala :

– Calicut est heureuse d'accueillir en ta personne la Lumière du Kerala.

Quant à Saül, il lui donne lui aussi le surnom de Peau d'Ours qui le rendit si populaire à la cour de son oncle. Les salles où il présenta ses fourrures sont contiguës à celle-ci, se souvient-il.

– L'un et l'autre, vous ramenez l'amitié et la paix. Le

Malabar un instant menacé retrouve sa quiétude, condition du bonheur. Les nuages sont dissipés, la tempête est conjurée, le ciel dégagé. Les dieux redeviennent propices. Nous allons prier ensemble pour qu'ils le restent. Je retrouve un père dans le roi de Cochin, avec le tribut dont Peau d'Ours s'est chargé.

– Oui, Seigneur, répond Krishna d'un ton presque normal. C'est un tribut particulier. Non sans rapport avec le drame qui nous a inquiétés et que les dieux, comme tu l'as dit si éloquemment, ont daigné étouffer avant qu'il ne provoque de bien plus grands malheurs. Mon maître souhaiterait infiniment que tu le découvres seul.

– Nous ouvrirons cette boîte ensemble. Et sans attendre.

Il se lève, commande à Krishna, à Saül et à son chapelain de le suivre, aux autres de l'attendre, et passe dans la salle attenante dont il ferme lui-même la porte. Se retournant vers Krishna et Saül, il leur jette un regard aigu.

– La taille de cette boîte, dit-il d'une voix tendue, très éloignée de ses suavités antérieures, m'intrigue. Ouvrons-la. Ouvre-la, Peau d'Ours.

Saül tire de sa robe la clé du cadenas, l'ouvre, le dégage des anneaux, soulève le couvercle, présente la boîte. Le Samorin y plonge les yeux, ne cille pas ; s'attarde.

– Voilà bien une tête d'imbécile, finit-il par dire en relevant les yeux.

« Telle fut l'oraison funèbre de l'agent spécialement recruté pour saper l'autorité de mon maître », écrira Krishna bien plus tard.

– On pouvait imaginer qu'un archer de cette classe, de surcroît borgne, reprend le Samorin, était assez avisé pour réussir... n'est-ce pas, Krishna ?

– Sans doute, Seigneur. Mais réussir quoi ?

– Tu le sais, mais tu veux me l'entendre dire, fait le Samorin tout sourire. Soit. Je voulais hâter la retraite de ton maître.

– Euphémisme, si je puis me permettre..., intervient Saül.

Le Samorin sourit encore.

« Je n'avais jamais vu si maître de soi que ce Samorin qui n'avait pas trente ans », écrira Krishna.

– Tu sais aussi, Krishna, que je suis juste, puisque tu sais tout – méfie-toi, Peau d'Ours, il sait tout –, poursuivit en riant le Seigneur de la Mer.

Krishna s'essayait à rire aussi, sans y parvenir trop mal, et lui servit la réplique classique :

– Si tout savoir, Seigneur, est savoir que l'on ne sait rien, alors en effet, je sais tout.

« Pendant ce temps, lit-on dans le journal de Krishna, la tête du borgne posée devant lui le toisait de son œil unique du fond de sa boîte. Fut-ce ce regard qui l'interrompit ? Il cessa net de rire et moi aussi. »

– Lors du concours de Poram, reprit le Samorin, ce jour sinistre où ton maître crut pouvoir m'insulter impunément, je me suis dit : voilà mon homme. Pourquoi ? Parce qu'il y a toujours de la frustration chez le borgne. Si sourde et refoulée soit-elle, une incoercible envie de revanche sur la nature ou l'accident qui l'a mutilé. Ton maître est aimé, Krishna. En quel honneur ? Mystère pour moi. Il l'est pourtant. Aussi quelle joie ne fut pas la mienne lorsque cet homme – il désigna la boîte d'un geste vague – s'avança devant lui pour recevoir son prix.

– Quelle joie ? dit Krishna.

– De voir un traître s'avancer. Hélas ! un traître imbécile – la bêtise, qui m'échappe rarement, m'a complètement échappé, confessa le Samorin. Le bonheur m'a rendu stupide comme tout le monde, ajouta-t-il.

– Le bonheur ? dit Krishna.

– Le bonheur de trouver un maître à l'instant où j'en doutais.

Là-dessus, il referma la boîte avec un claquement du couvercle définitif, puis dit :

– Tout est bien qui finit bien. L'imbécile est mort comme il devait. Les imbéciles se trahissent toujours. Tout le monde se trahit toujours, n'est-ce pas, Peau d'Ours, mon ami ?

Saül hoche sa tête énorme.

– Certes, Seigneur. Ne se révèle que celui qui se trahit.

– Que veux-tu dire ? fait le Samorin, s'oubliant peut-être pour la première fois.

– Se découvrir et se trahir ne sont-ils pas synonymes ?

– Saül est subtil, méfie-toi, Krishna, dit le Samorin avec admiration.

Il se tait un instant, puis :

– Comment ce borgne s'est-il trahi ? se résout-il à demander.

– Pour une femme, Seigneur, lui dis-je.

– Une femme ! s'exclame-t-il. Alors mon erreur est impardonnable.

Le bruit circulait depuis quelques années que le futur Samorin ne dédaignait pas les hommes.

– C'est une femme qui l'a dénoncé ? reprend-il, incrédule.

– Croyant bien faire, Seigneur.

– Elle a bien fait. Cet imbécile – allons, que je le regarde pour la dernière fois, ce sera mon châtiment, dit-il, rouvrant la boîte –, sans cette femme, aurait pu continuer de m'abuser. Se trahissant, il m'a rendu le seul service qu'il pouvait me rendre encore après celui de liquider le Koya Kassim. Qu'en aurais-je fait ?

– Il prétendait que tu lui aurais proposé la direction de tes arsenaux, dit Krishna.

– Je ne la lui ai pas proposée personnellement. Un intermédiaire trop zélé est allé jusque-là. Je l'aurais désavoué en temps voulu, mais il est mort.

*
*　*

Journal de Krishna

Là-dessus, il a refermé la boîte et déclaré vouloir faire embaumer cette tête afin de l'accrocher dans sa chambre où elle lui rappellerait sa présomption.

– Ma présomption, ajouta-t-il, de croire à l'infaillibilité de mon coup d'œil pour choisir un exécutant.

Je n'ai pas su s'il a donné suite à cette idée d'embaume-
ment. Il eut très vite d'autres soucis. Quoi qu'il en fût, il me
chargea de porter à mon maître le témoignage de son admiration.

– J'admire l'intelligence de ton maître, prononça-t-il, avec
une sincérité que nul acteur n'aurait pu aussi bien mimer.

« Le choix d'Ibrahim Marakkar était excellent, reprit-il
sans transition. Il ne pouvait pas être meilleur. Ici, tout le
monde y a cru, sauf moi, mais je me suis gardé de rien
démentir. J'ai gagné en outre Ali, il ajoute à ma gloire.

« Oui, poursuivit-il, convaincu, le roi de Cochin est un
adversaire redoutable, dont la défaite apportera beaucoup de
gloire à son vainqueur. J'ai dit "adversaire", il l'était pour
moi. Il ne l'est plus.

« Vous avez vu ? J'ai congédié mes troupes. Les guerriers
qui se faisaient une joie de piller bientôt Cochin sont rentrés
chez eux sans murmure. C'est la paix. Nous allons fêter la
paix aussi bien que nous aurions fêté la prise de Cochin. Que
dis-je, aussi bien ? Encore mieux. Vous la fêterez avec nous.

C'était un ordre. Il fallut rester.

Nous sommes donc restés, Saül et moi, à Calicut, hôtes
d'honneur – il nous le prouvera – du personnage le plus
cynique que j'ai rencontré dans ma vie.

– Je décrète dix jours de fête, annonça-t-il.

Ce fut somptueux. Saül, qui avait couru le monde et
aperçu des cours magnifiques en Europe et bien au-delà, me
le confirma : les splendeurs de Calicut surpassaient celles de
Venise, de Damas et même celles de Constantinople. Pour
fêter la paix, il y eut des combats de tigres et des combats
d'éléphants qui portèrent au paroxysme l'enthousiasme
d'une population qui se croyait avant tout passionnée de
commerce et d'enrichissement pacifique. Elle l'était, mais
couvaient aussi sous cette dévotion aux affaires des ardeurs
guerrières surprenantes, dont les femmes même n'étaient pas
indemnes. Cette violence, je dois le dire, les parait d'un
rayonnement qui acheva de me convaincre de l'identité pro-

fonde de l'amour et de la guerre. Je la soupçonnais depuis longtemps, mais ce fut là-bas, à Calicut, dans les jours qui précédèrent l'accomplissement fatal de la prédiction, que le soupçon devint certitude.

Une énergie extraordinaire animait les danseuses des ballets qui nous furent offerts – offerts, oui, selon le Samorin qui déploya pour nous une panoplie d'amabilités dont certainement jamais ambassadeurs et très peu de rois en visite furent gratifiés : mais je m'avance peut-être, je n'ai pas connu la cour du Grand Moghol.

L'élan des *devadasi* de Calicut sublimait les légendes qu'elles représentaient. J'étais frappé de stupeur devant ces épisodes du *Râmâyana* et du *Mahâbhârata* transformées en explosions continues de bravoure amoureuse, guerrière et religieuse.

Nous regagnions tous les soirs nos lits, Saül et moi, dans un ahurissement complet, saoulés de musique, de danse, de couleurs, hébétés par une profusion de divertissements qui ne pouvaient avoir pour but notre seule stupeur, mais de nous faire rapporter à Cochin une opinion décisive quant à la disproportion des moyens de l'une et de l'autre cités, Calicut étant de si loin supérieure à Cochin qu'il ne fallait pas songer à s'y opposer. Banquets, ballets, séductions : saturation.

Je restai quant à moi fidèle à moi-même. Les danseuses qui se proposèrent les trois premiers jours se contentèrent au quatrième de courtoisies plus distantes, qui me donnèrent plus de plaisir que des assiduités de commande. De commande, évidemment, en ce qui me concerne.

Dix jours. Dix jours de fêtes dont le tourbillon allait crescendo. Saül fut mon étalon, ma mesure. Peau d'Ours – je lui donne ici pour la première fois son surnom de Calicut, que j'ai toujours détesté, parce qu'il le diminuait –, Peau d'Ours, donc, se laissa griser par le maëlstrom. Le septième jour, il me dit qu'il fallait rentrer car il ne répondait plus de rien, à commencer de lui-même.

– Il faut revenir à Cochin. Le charme de Calicut est trop fort. Trois jours encore, c'est trop. Je ne les supporterai pas.

– Comment rentrer sans fâcher le Seigneur de la Mer ?

– Il faut inventer quelque chose. Un prétexte…

– Tu as tenu sept jours, tu en tiendras bien trois de plus.

Saül alors m'avoua, lui, jeune marié amoureux de sa femme, craindre de tomber amoureux non pas d'une, mais de deux des danseuses qui s'étaient jetées à sa tête. « Jetées », le mot est bien trop brutal pour rendre compte des façons exquises de ces filles et de leur finesse. Bref, il n'avait pas cru devoir leur refuser sa personne.

– Jamais on ne m'a réclamé avec autant d'autorité, dit-il, mi-figue, mi-raisin.

Il avait la mine défaite. Son large et puissant visage était comme brouillé par les exploits que ces jeunes personnes avaient su tirer de lui. Il semblait même avoir diminué de volume, rétréci.

La fuite était impossible. Nous étions l'un et l'autre en service commandé et qui sait si le Samorin n'aurait pas fait de l'avancement de notre départ un *casus belli* ? L'abstinence, en revanche, était possible, sans blesser personne. Il devrait dire à ses danseuses, n'ayant plus rien à prouver, qu'un présage le contraignait à s'en écarter.

– J'essaierai, dit-il avec un abattement profond.

Nous ne savions pas comment quitter le Samorin, lorsque vers midi de ce mois de mai 1498 de l'ère chrétienne, un brouhaha emplit la salle où nous dégustions des fruits frais : un groupe de nayars s'avançait, au milieu duquel se dissimulait timidement Monsaïd. Le Tunisien, qui avait contribué à la conversion de Saül à l'islam, était visiblement impressionné de se trouver ici. Cette délégation venait annoncer au Samorin que trois bateaux de forme inconnue et battant des pavillons surprenants avaient jeté l'ancre au large d'Éli, mais Monsaïd savait qui ils étaient.

Le Samorin l'interrogea. Il décrivit les coques et les pavillons et conclut, plein d'importance, toute son assurance retrouvée :

– Ce sont des Portugais.

– Par quelle mer ont-ils passé pour venir jusqu'ici ? lui demanda Saül.

– Il est impossible qu'ils soient passés par l'Égypte. Le sultan est leur ennemi mortel. Je ne vois qu'une seule possibilité : ils ont contourné l'Afrique.

Saül se tourna vers moi et me murmura à l'oreille :

– Voilà un événement qui va causer d'immenses fortunes et d'immenses ruines.

– Comment cela ?

– Si nos épices parviennent en Europe par cette voie, à condition que ces bateaux retrouvent leur chemin, non seulement elles y parviendront dix fois plus vite, mais elles éviteront toutes les taxes perçues le long des routes actuelles. Elles arriveront à Lisbonne à des prix incroyables. Un grain de poivre en Europe vaut presque un grain d'or. Ce qui, ici, est vendu un, par le Samorin ou le roi de Cochin, revient à cent à celui qui, à Rome ou à Madrid, actionne son poivrier au-dessus d'un rôti goûteux.

Il se voyait déjà sur l'un de ces bateaux avec un sac de poivre et le revendre cinquante fois le prix qu'il l'aurait payé. Faire ainsi fortune et ruiner au passage, pour ne citer qu'eux, sultan d'Égypte et doge de Venise.

Le Samorin me demanda ce que Saül venait de me dire. Je le lui répétai. Sa réflexion ne fut pas longue.

– Encore faudrait-il savoir si ces hommes sont des marchands ou des guerriers. Saül, toi qui connais leur langue, tu iras les accueillir et sonderas leurs intentions. Ainsi, nous saurons quel accueil leur réserver. Si ce sont des guerriers et qu'ils nous sont hostiles, mon armée se réjouira du combat dont je l'ai privée à Cochin. Si ce sont des marchands, j'entends être un hôte admirable, car il ne me déplairait pas de trouver pour nos richesses d'autres débouchés que ceux que m'offrent les Maures d'Afrique, qui me tiennent un peu à la gorge.

Je me tournai vers le Samorin :

– Puis-je te faire une suggestion, Seigneur ? Si tu envoies Saül, ils se méfieront. Il est blanc ; il ressemble à un chrétien.

Qui sait s'ils ne le prendront pas pour un espion de Gênes ou de Venise. Envoie-leur plutôt Monsaïd. Lui aussi parle leur langue. Il sait prendre l'air benêt. Avec sa tête de Maure honnête, il est plus roué qu'un renard. Garde Saül et fais en sorte qu'il entende et voie tout sans être vu. Il te traduira leurs pensées, car ces hommes viennent d'un monde où rien ne correspond au nôtre. Il sera toujours temps que tu le leur présentes.

— Je reconnais là ton intelligence, conseiller du roi de Cochin. Ce n'est pas toi, Talappana, qui aurais eu cette idée.

Talappana soupira.

Je quittai la salle d'audience avec Saül.

— Saül, lui dis-je, tu m'écriras chaque jour un compte rendu de ce qui se sera passé. Un bateau attendra ton rapport chaque matin. Je l'aurai à midi à Cochin et te ferai parvenir à Calicut par la même voie les instructions du roi.

— Je serai, brahmane, tes oreilles et tes yeux.

— Puissent celles-là être fines et ceux-ci perçants... Ces hommes, je l'ai lu dans les astres, sont messagers de la prédiction. Pour le meilleur ou pour le pire, notre monde va changer.

*
* *

DEUXIÈME PARTIE

Chapitre 1

Journal de Krishna

Ils avaient mouillé au hasard, en rade foraine[1]. Ils avaient jeté l'ancre à plusieurs portées de canon de la terre, disposant à l'évidence d'ancres plus puissantes que celles dont nos vaisseaux, ceux des Maures et des Chinois, ont l'usage.

Trois vaisseaux à trois mâts, porteurs d'immenses voiles carrées ornées de grandes croix rouges potencées qui les affichaient pour chrétiens. Ces voiles débordaient de loin les coques des deux côtés – bâbord et tribord, disent-ils. Lorsque le vent les gonflait, on ne pouvait s'empêcher de craindre – de craindre, non, c'est d'espérer que j'aurais dû écrire – que ces ballons monstrueux ne soulèvent les navires hors de l'eau, ne les enlèvent, gigantesques cerfs-volants, et ne les emportent. Vers les Ghâts, par exemple, où ils se seraient écrasés en forêt dans un fracas d'arbres rompus, dans l'explosion de leurs œuvres mortes et l'écrasement de leurs équipages, et l'on n'en aurait plus parlé.

Comment les manœuvraient-ils ? Par quels artifices ? Ces deux questions, tous les marins en relâche sur la côte se les posèrent. Leurs gabiers ne pouvaient pas être tous des surhommes. Pourtant, il y avait quelque chose de fantastique dans ces énormes surfaces de toile. Les coques étaient si hautes sur l'eau qu'elles auraient dépassé le toit de nos maisons.

---

1. Rade ouverte au large.

221

Plusieurs chaloupes de Calicut s'en furent aussitôt les reconnaître. Entre leurs équipages et ceux de ces colosses – les premiers se dévissant le cou pour lever plus haut la tête, les seconds accoudés à leurs bastingages et les regardant de haut – s'engagèrent et tournèrent court de ces entretiens burlesques où les bras s'agitent et les mains se posent sur le cœur, démonstrations appliquées de bonne volonté, soutenues de hochements de tête. De part et d'autre se proférèrent des discours mutuellement incompréhensibles. Les chuintements du portugais et les roulades précipitées du malayalam ne produisant qu'une pénible cacophonie. On se sépara sur ce bruit inutile.

Après ça, les nouveaux venus hésitèrent deux jours. Puis une chaloupe se détacha et vint à la côte. Monsaïd se trouvait là, palabrant parmi les pêcheurs. Il assista donc au débarquement du seul homme que cet esquif avait mission de mettre à terre, dans l'une des rares criques du rivage, dominée par une colline abrupte, couronnée d'une mosquée entourée d'un cimetière, à six heures de Calicut à marche forcée.

Le personnage, paraît-il, était de mauvaise mine ; à fréquenter les ports de la Méditerranée et même la côte du Malabar, Monsaïd s'y connaissait. Aussi résolut-il, nous dit-il plus tard, de l'impressionner. L'homme n'avait pas posé les deux pieds sur le sable qu'il l'apostrophait en castillan, dans le style théâtral auquel cette langue se prête si bien :

– Que le diable t'emporte ! Qui donc t'envoie ici ?
– Mon capitaine. Mon capitaine major.
– Quel est son nom ?
– Gama. Vasco de Gama. Il est l'envoyé du roi de Portugal.
– Que vient-il chercher ?
– Des chrétiens et des épices.

Réponse lapidaire, dont il ne m'étonnerait pas qu'elle traversât les siècles. Ces deux mots innocents contenaient en germe tous les malheurs qui allaient s'abattre sur le Malabar. Pourtant, ils étaient innocents : épices, chrétiens... Ne produisons-nous pas les unes et n'hébergeons-nous pas les autres depuis toujours ?

– Pourquoi est-ce vous qui êtes venus ? s'étonna Monsaïd. Pourquoi le roi de Castille, le roi de France ou celui d'Angleterre n'ont-ils envoyé personne ?

Cet étonnement classait déjà le fameux Portugal derrière ces trois puissances.

– Parce que le roi de Portugal ne l'a pas voulu, déclara le premier Portugais à poser les pieds en Inde.

– Le Portugal est devenu bien puissant pour se faire obéir de la Castille, de la France et de Londres, persifla le Tunisien.

Le délégué se rengorgea ; la puissance de son maître était immense en effet. Elle était telle qu'elle l'avait exilé, lui qui leur parlait : l'embarquement ou la pendaison, on lui avait donné le choix. De surcroît, son maître bénéficiait de l'appui du pape, lequel, partageant le monde entre le roi d'Espagne et le roi du Portugal, lui avait attribué toutes les terres qui se découvriraient à l'est d'un certain méridien – savaient-ils ce qu'était un méridien ? – qui traversait l'Atlantique...

– A découvrir par qui ? demanda Monsaïd, éberlué. Ces terres ne sont-elles pas déjà découvertes par ceux qui les habitent et attribuées aux mêmes ?

– Par les chrétiens, répondit l'autre avec une ingénuité inouïe.

– A attribuer à qui ? insista Monsaïd.

– Aux chrétiens.

Monsaïd se tut, dédaignant d'ironiser sur ce pape partageur d'inconnu et sur ces deux rois qui se croyaient distingués par lui. Il fit nourrir de pain et de miel l'étrange émissaire, puis le raccompagna à bord du *São Gabriel* où le capitaine major Vasco de Gama, que j'appellerai désormais Vasco, avait mis sa marque.

Là, Monsaïd en fit sans doute trop. Il l'a nié depuis, mais il demeure certain qu'il félicita les Portugais de leur croisière en termes exaltés, qu'il leur affirma que le Malabar débordait de rubis et d'émeraudes, que jamais ils ne sauraient assez remercier Dieu de les avoir conduits en si riche contrée. Vasco manifesta aussitôt son désir de voir le roi et demanda s'il était chrétien. « Je crois bien que oui », assura Monsaïd. Le monarque n'était pas dans sa capitale. Il était à Ponnani, à deux jours de marche dans le Sud et il convenait de demander officiellement audience.

Vasco lui envoya deux émissaires. Saül les vit. Ils ne l'impressionnèrent pas, mais personne n'impressionne Saül. Il leur trouva une allure misérable et une contenance médiocre.

Le Samorin offrit à ces deux hommes des étoffes magnifiques avec le message que le capitaine major serait le bienvenu à Calicut, où lui-même allait revenir. Il conseilla aux Portugais de déplacer leurs vaisseaux vers un meilleur mouillage, plus au nord. Vasco suivit ce premier conseil jusqu'à un certain point, car il refusa net de s'engager où le pilote voulait le conduire, assez avant dans les terres pour n'avoir rien à craindre des plus forts coups de vent. Que craignait-il davantage que le vent ?

Le lendemain, le Samorin le fit informer de son arrivée en ville et lui envoya une garde d'honneur du gouverneur de la citadelle, composée de deux cents nayars. Vasco et douze des siens gagnèrent le rivage en plusieurs chaloupes munies de bombardes et d'étendards pour faire impression. Mais la pluie qui tombait à verse détrempa les étendards et assourdit le fracas des bombardes, et, sans doute, l'impression qu'ils ressentirent dépassa celle qu'ils provoquèrent. Car avant de débarquer, on les vit hésiter et se concerter comme s'ils craignaient quelque chose. Les épées nues des nayars qui les attendaient à terre pour leur rendre honneur leur firent craindre peut-être d'être taillés en pièces. Première alarme d'une longue série.

Un palanquin fut avancé pour le capitaine major. C'était un grand honneur, l'informa Monsaïd. Vasco s'y installa avec une gaucherie qui déclencha des sourires. Il s'efforçait d'imprimer à sa physionomie la noblesse et la sérénité convenant à l'ambassadeur d'un très grand monarque. Mais, pénétré déjà de la méfiance incoercible qui devait dicter toute sa conduite, il y réussissait mal.

A mi-parcours, une halte avait été prévue, chez l'un des principaux nayars de l'entourage du Samorin. On servit là aux Portugais du riz et du poisson. Les compagnons de Vasco s'en régalèrent mais lui-même n'y toucha pas. De crainte, sûrement, d'on ne sait quel poison.

C'est un homme épais à grosse tête et regard morne qui ne quitte jamais une expression sérieuse, souvent maussade, qu'il doit juger indispensable à inspirer le respect. (Saül y voit plutôt la traduction d'une morosité profonde et congénitale.) La suite de son comportement l'a montré dépourvu de la moindre capacité de distance, de détachement, appliqué, tenace et besogneux.

Pour atteindre Calicut en venant de Pantalaniyi, il faut passer par Kappatt et franchir le fleuve Élattur. Pour ce faire, Vasco prit place avec sa suite à bord d'une *jangada* – deux almadies liées bord à bord et recouvertes d'un seul pont. Là encore, il ne put cacher une étrange inquiétude au moment d'y poser le pied, comme s'il craignait un mauvais coup ou qu'on le jetât à l'eau. Mais les rapports que l'on m'a faits sont peut-être mensongers ; un homme assez courageux pour avoir traversé des océans ne peut craindre le passage d'une aussi petite rivière.

À Kappatt, ils débarquèrent au milieu d'une foule. Hommes et femmes abandonnaient leurs maisons pour suivre le palanquin. Les porteurs s'arrêtèrent une seconde fois devant le temple de Kâlî, près de Kappatt. Voulait-on les éprouver ?

L'épreuve fut comique. La méprise des Portugais fut complète : ils prirent Kâlî pour leur Sainte Vierge et le lingam de Shiva pour on ne sait trop quoi car ils se signèrent, s'agenouillèrent et entrèrent en prière, Vasco en tête, avec la plus grande dévotion. Les chrétiens que nous connaissons se détournent de toutes nos statues et de toutes nos images, comme nous-mêmes des leurs. Y auraient-ils chrétiens et chrétiens ?

Les brahmanes de service leur offrirent la pâte de cendre, de bouse de vache et de santal que les pénitents s'appliquent sur le front et les bras. Le capitaine major en prit mais laissa entendre qu'il s'en oindrait plus tard.

Le Samorin les fit accueillir à l'entrée de la ville par un orchestre de tambours et de trompettes dont la performance les laissa perplexes. Leur venue avait excité une curiosité incompréhensible dans une ville aussi cosmopolite que l'était Calicut. Je ne peux toujours pas croire que leurs extraordinaires bateaux et leurs curieux costumes l'aient seuls provoquée. Les toits étaient chargés de spectateurs et la foule était compacte dans les rues. A croire que le mot s'était répandu d'un événement prodigieux, mais prodigieux en quoi ? Hormis la taille et le gréement de leurs vaisseaux, leurs culottes et leurs grands chapeaux, ces quelques Occidentaux n'avaient rien d'exceptionnel. Tous les jours, il débarquait à Calicut des inconnus du monde entier. Comment le peuple aurait-il su que les arrivants n'étaient pas des inconnus comme les autres ?

Quoi qu'il en fût, la foule se conduisit comme si elle avait reconnu dans les nouveaux venus les étrangers fatals de la prédiction que les mages et les astrologues ressassaient depuis longtemps.

Il y avait tant de monde aux abords du palais que les gardes durent cogner pour ouvrir au cortège un chemin jusqu'à la première porte. Vasco arriva devant l'entrée principale. Les dix portiers à bâtons garnis d'argent qui la gardaient étaient hors d'haleine d'avoir assommé cinquante ou soixante badauds. Le pugilat se prolongea à l'intérieur du palais. Au centre du tohu-bohu, Vasco restait impassible parmi ses compagnons effarés. Enfin, le cortège déboucha dans la salle d'audience, tendue de velours vert.

Le Samorin inspira vite leur admiration. Il était assis sur un canapé recouvert de soie blanche, sous un dais de couleur dorée. Sur sa tête, une couronne sertie de pierres précieuses et d'énormes perles. D'autres perles pendaient à ses oreilles. D'autres encore fermaient les boutons de sa blouse de coton blanc dont les boutonnières étaient en fil d'or. Une pièce d'étoffe lui descendait de la taille aux genoux. Ses bras, ses jambes, tous ses doigts – des pieds comme des mains – étaient chargés d'anneaux d'or, garnis de gemmes étincelantes. Les yeux des Portugais leur sortaient de la tête : Monsaïd n'avait pas menti, les joyaux dans ce pays devaient se ramasser à la pelle. Son chapelain lui préparait comme il se doit son bétel à mastiquer.

Instruit par Monsaïd, Vasco salua à notre mode, les deux mains jointes levées en l'air et se courbant bas. Le Samorin lui fit signe de s'approcher et le fit asseoir devant lui, tandis que ses compatriotes étaient invités à prendre place sur les bancs de pierre autour de la salle et qu'on leur apportait de l'eau, des bananes et des jaques. Le Samorin demeura un instant à les regarder manger, souriant, puis riant de leurs manières, surtout quand ils voulurent boire à la régalade, ainsi que nous faisons pour des raisons de pureté, et s'aspergèrent d'eau. Enfin, il demanda à Vasco la raison de sa venue. Ce dernier lui répondit avoir à lui transmettre un message du roi son maître. Le Samorin acquiesça, le lui demanda.

— Je ne dois le transmettre que seul à seul, dit Vasco, sans témoin. Les ambassadeurs de mon maître ne peuvent pas procéder autrement.

Le Samorin accepta ce protocole. Vasco fut conduit dans une pièce attenante où le souverain le rejoignit. Monsaïd servirait d'interprète. Le soleil se couchait au-delà de la pluie. Il y avait là un autre lit de repos couvert comme le premier d'étoffes brodées d'or où le Samorin s'étendit. Vasco entra alors dans le vif du sujet. Monsaïd m'a rapporté le dialogue qui suit :

— Seigneur, je représente dom Manuel, roi de Portugal, l'un des rois les plus riches et les plus puissants du monde et peut-être le plus chrétien. Te sachant chrétien toi-même, il est avide de te connaître.

Le Samorin ne réagit pas à ce baptême inattendu.

— Mon maître depuis toujours se languissait de te connaître.

Le Samorin hocha la tête avec bienveillance.

— Il te propose son amitié.

— Je l'accepte, dit le Samorin, et lui offre la mienne. Mais comment es-tu parvenu ici ?

— Tous les ans, depuis un siècle, les rois du Portugal

envoient des navires à la découverte de l'Inde, de leurs frères de l'Inde, car nos rois bons chrétiens savent que ceux de l'Inde le sont aussi.

– Comment le savent-ils ? demanda le Samorin, amusé.

– Par la grâce de Notre Seigneur, des bribes de récits et plusieurs textes très anciens.

– Ton maître n'aurait d'autre dessein que d'établir notre amitié ?

– Nul autre, Seigneur. L'ardent désir de te connaître est l'unique raison de ses armements. Mon maître sait que ton pays regorge d'or et de pierres précieuses, mais ses coffres à lui en débordent. Il ne lui est donc pas nécessaire d'en chercher ailleurs.

– Notre amitié n'en sera que plus pure, dit le Samorin.

Vasco hocha la tête à son tour.

– Tes vaisseaux doivent être excellents, pour avoir accompli si longue traversée...

– Le Portugal, Seigneur, construit les meilleurs vaisseaux d'Europe. De partout, on vient les copier.

– Ton maître doit posséder une très grande flotte..., reprit le Samorin.

– Très nombreuse, Seigneur. Il a fait construire pour moi les trois vaisseaux que tu connais, mais il aurait pu aussi bien m'en confier trois cents... si tel déploiement n'eût été déplacé, s'empressa-t-il de se rattraper.

Le Samorin sourit avec indulgence.

– J'ai reçu l'ordre, ajouta Vasco, de ne pas revenir sans t'avoir trouvé, sous peine d'avoir la tête coupée. Je suis le plus heureux du monde – mais non pas pour cette seule raison, se rattrapa-t-il encore – de me présenter devant toi et j'en rends grâce à Notre Seigneur. J'ai deux lettres pour toi de mon maître. Je les ai laissées à mon bord, mais je te les remettrai quand tu voudras.

Le Samorin regretta de devoir attendre pour les lire, et déclara tenir dom Manuel pour son ami.

– Je lui enverrai moi aussi des ambassadeurs, poursuivit-il. Peut-être pourrais-je te les confier ?

– L'honneur sera très grand pour moi, répondit Vasco, je ferai tout pour m'en rendre digne. Leur présence auprès de moi sera le couronnement de ma mission.

L'entretien dura encore longtemps, il est vrai ralenti par les traductions hésitantes de Monsaïd. La nuit était déjà avancée lorsqu'on n'eut plus rien à se dire.

Où le capitaine major voulait-il résider ? fit demander le Samorin. Chez des chrétiens ou chez des Maures ? Le Samorin mit-il malice dans cette question ? La malice fut perdue, car Vasco répondit : « Ni chez les uns ni chez les autres. » Il souhaitait être seul, dans un logement à part. « J'y pourvoirai », dit le Samorin.

Vasco retrouva ses compagnons sous une véranda où ils étaient installés autour d'un chandelier d'airain à écouter tomber la pluie. Il était dix heures du soir.

Il monta dans son palanquin. Commença une très longue marche dans la nuit, ses compagnons suivant à pied. La promenade dura tant qu'il finit par se plaindre : « Où nous menez-vous ? » Le Maure, facteur du Samorin, qui l'avait en charge, le conduisit alors chez lui pour lui faire prendre patience. On vint bientôt informer Vasco qu'un cheval l'attendait pour le transporter chez lui.

Le cheval était magnifique à la lueur des flambeaux, gris pommelé, le poil luisant de pluie, l'expression sensible et la crinière luxuriante. C'est grand honneur à Calicut que se voir fournir un cheval. Vasco refusa de le monter car il n'avait pas de selle – peut-être n'était-il pas sûr de pouvoir rester dessus... Il gagna son logis à pied.

S'y trouvaient déjà plusieurs membres de l'expédition, le « lit du capitaine » et les cadeaux qu'il avait l'intention d'offrir au Samorin. Ce bric-à-brac comprenait douze pièces de tissu rayé que nos paysannes eussent regardées de travers, quatre ridicules capuchons d'écarlate, six chapeaux de feutre noir sous lesquels, dans nos climats, le cuir chevelu pourrait bouillir, quatre colliers de méchant corail, six banals bassins en cuivre comme il s'en trouve partout, une caisse de sucre, un baril d'huile d'olive et deux de miel de lavande. Le sucre grouillait de fourmis, l'huile était rance, le miel à demi fondu.

Le lendemain, cette collection de rebuts fut inspectée par le gouverneur et le facteur du Samorin. Les deux hommes s'esclaffèrent devant le coffre ouvert.

– Pourquoi rient-ils ? demanda Vasco.

Monsaïd dut lui avouer que ses présents en étaient la cause.

– Le moindre des marchands de La Mecque, de la Perse ou du Gujarat, disent-ils, offre bien davantage. Qui est ce roi de Portugal, si puissant et si riche, dont les présents n'égalent même pas ceux d'un marchand ordinaire ?

Vasco blêmit. Sa vaste barbe en parut plus sombre.

Le gouverneur, compatissant, lui conseilla « la prochaine fois d'apporter des objets en or, l'argent lui-même est déconseillé ».

Le facteur, qui était Maure, fut moins diplomate :

– Ces misères sont imprésentables.

Déconfit et courroucé, Vasco s'écria :

– Je ne suis pas un marchand ! Je suis ambassadeur.

– Montre-le, dit le facteur.

Vasco lui jeta un regard noir et menaçant.

Il se tourna vers le gouverneur :

– L'or, je l'ai dit, n'est rien pour nous. Les toits de Lisbonne en sont recouverts. Chez nous, ce serait se moquer que d'offrir de l'or.

Le gouverneur se rembrunit, mais le facteur haussa les épaules.

– Les objets que vous dédaignez ne sont pas des présents du roi, reprit Vasco. Ils m'appartiennent. Chez nous, ces bassins de cuivre, ces grands chapeaux sont plus précieux que l'or. L'or est mou, on ne peut rien faire cuire dedans. Il est lourd, des chapeaux d'or briseraient le cou à la longue. Et quoi de plus utile qu'un chapeau lorsqu'il pleut ? Il pleut beaucoup chez vous, me semble-t-il. Le feutre du Portugal est le plus léger et imperméable du monde. Mais tant pis. Je vais rembarquer mes cadeaux personnels. Quand je revien-

drai, j'en apporterai qui seront du roi. Alors, vous verrez,
conclut-il avec superbe.

Ces prémices n'étaient pas bonnes, sans toutefois être alar-
mantes : les Portugais n'étaient qu'une centaine et c'étaient
de pauvres hères. La susceptibilité de leur amiral n'était pas
de nature à rendre crédibles leurs vantardises. Ils venaient
de loin. A beau mentir qui vient de loin.

Puisqu'on l'empêchait, dit Vasco, d'offrir ces objets, tirés
non pas de son superflu, mais de son strict nécessaire, il se
contenterait de parler au roi.

Il dira toujours roi, jamais Samorin, car Samorin signifie
Seigneur de la Mer et qui d'autre que lui, Gama, Vasco de
Gama, pouvait prétendre l'être, Seigneur de la Mer ?

– Parler au roi ? Certainement, répondirent le gouverneur
et le facteur. Il faudra seulement attendre un peu.

– Un peu, c'est combien ? fit-il demander par Monsaïd.

Il fut répondu que ce n'était pas beaucoup. Il lui fallut se
contenter de cette imprécision.

Une nouvelle journée passa, pendant laquelle il ne fit
que s'impatienter. L'impatience et la méfiance sont les deux
qualités principales de ce capitaine major, avec l'ignorance,
pourrais-je ajouter, car il a tiré un parti remarquable de
sa méconnaissance de l'Inde. Égale à la mienne, je dois
le reconnaître, quant au Portugal. Pendant qu'il s'énervait,
broyant des idées noires, ses compagnons chantaient et dansaient au son de la trompette – chansons lugubres et, surtout,
danses ridicules, comparées aux nôtres.

Le gouverneur et le facteur réapparurent le lendemain
matin – jamais le capitaine major ne saurait combien il avait
peu attendu, compte tenu de notre pratique du temps. Ils
l'emmenèrent au palais avec ses compagnons. Là, ils attendi-
rent à la porte la valeur d'une demi-journée, ce qui est encore
peu de chose, mais il trouva cela très long. Le Samorin l'appela avec deux des siens seulement. Il prit avec lui un
nommé Fernão Martins qui savait l'arabe, et une sorte de
scribe, qu'ils appellent pompeusement écrivain, Diogo Dias.

231

Le Samorin lui reprocha de l'avoir fait attendre la veille. Pourquoi n'était-il pas venu ?

Très étrangement, Vasco ne répondit pas avoir ignoré être attendu.

— J'ai préféré, répondit-il, me reposer des fatigues d'hier.

Il ne s'était pas reposé une minute, ayant trépigné tout le jour dans l'attente d'une convocation au palais.

— Quelles fatigues ? demanda le Samorin.

— De cette longue course nocturne sous la pluie.

— Tu m'as dit que tu venais d'un royaume très riche et tu ne m'as rien apporté. Tu m'as dit aussi que tu avais deux lettres pour moi et tu ne me les as pas données. Est-ce la coutume dans ton pays de ne rien donner à ses hôtes et de retenir leurs lettres ?

De verdâtre, la figure de Vasco devint livide.

— Je n'ai rien apporté, dit-il, car je venais à la découverte.

— Ne devais-tu pas t'attendre à rencontrer de grands princes à qui il aurait importé de plaire ?

— Je reviendrai, Seigneur, et ces grands princes seront comblés. Quant aux lettres, je les ai prises avec moi.

— Alors rien ne presse, dit le Samorin. Autre chose… On m'a dit que tu avais avec toi une Vierge Marie en or et que tu comptais me l'apporter…

— Elle n'est pas en or, dit Vasco, et même si elle l'était, je ne la donnerais pas, car c'est elle qui m'a protégé sur la mer et mené jusqu'à toi.

— Alors donne-moi mes lettres, dit le Samorin, montrant beaucoup de patience envers un ambassadeur aussi peu diplomate.

Sans répondre sur les lettres, il récusa Monsaïd au motif qu'il était maure, qu'un Maure ne pouvait songer qu'à lui nuire et qu'il était trop facile de travestir les paroles du roi. Il demanda un chrétien qui sût l'arabe. Le Samorin acquiesça. On alla chercher une espèce de nain qui s'appelait Quarram et satisferait à ces deux conditions. Par son truchement, Vasco précisa :

— La première lettre est en portugais et elle est parfaite.

La seconde est en arabe et je ne sais pas ce qu'elle contient.

Or si Quarram parlait l'arabe, il ne savait pas le lire, ne sachant pas lire du tout.

Quatre Maures, pas un de moins, dont Ali Marakkar, s'emparèrent de la lettre avec une avidité qui n'eût pas été inférieure si elle avait contenu leur vie ou leur mort. Ils la déchiffrèrent d'abord tous ensemble, pressés les uns contre les autres, jusqu'à ressembler à une image de l'un de nos dieux quadricéphales. Ils remuaient les lèvres tout en lisant, intensément concentrés. Puis ils la lurent séparément. Toutes ces lectures prirent longtemps, même pour l'Inde. Tandis que s'allongeait la mine de Vasco certainement persuadé que si ces infidèles s'étaient mis à quatre, c'était pour mieux inventer un texte qui le ruinerait dans l'esprit de leur seigneur.

Il n'en fut rien : la traduction se trouva plus raffinée que l'original, le Samorin la trouva parfaite, et c'est affable et souriant qu'il interrogea Vasco sur les productions de son pays, ce Portugal dont personne ne connaissait même le nom. Vasco se montra bien plus modeste que trois jours auparavant, où le Portugal était pavé d'or et incrusté de diamants. Son pays, dit-il, produisait du blé, des étoffes, du fer et de l'airain. Rien que d'estimable ; rien aussi que de banal.

Le monarque lui demanda sans rire s'il en avait apporté. Oui, de certains d'entre eux, répondit gravement Vasco. Il les avait laissés à bord, les estimant indignes de Sa Majesté. Si elle le laissait les débarquer, il se ferait un devoir de les lui montrer. Le Samorin déclara les attendre avec impatience.

Jamais je ne m'émerveillerai assez de l'aptitude d'un si jeune homme à faire bonne figure à tout le monde ; il poussait l'aménité commerciale à des extrêmes étonnants, de la part d'un prince aussi belliqueux.

– Débarquez ce que vous voulez et vendez au mieux, déclara-t-il à la fin de l'entretien.

Tout allait bien, mais le lendemain, les choses se gâtèrent. On présenta d'abord à Vasco un second cheval sans selle. Il avait refusé le premier sans esclandre, cette fois il manifesta une violente irritation : on savait bien qu'il ne montait pas sans selle, on se moquait de lui, on l'offensait, on offensait son maître.

– Je croyais pourtant m'être fait comprendre, jeta-t-il.

Puis il voulut des excuses. Il les obtint.

Il demanda ce qu'il appela un « cheval du pays », autrement dit un palanquin. On lui donna satisfaction et ce fut en cet équipage qu'il démarra vers son mouillage de Pantalaniyi-Kollam, emporté par ses porteurs à si vive allure que sa suite, vite essoufflée à patauger et glisser dans la boue, le perdit de vue et ne tarda pas à se perdre elle-même. Qui sait où ils se seraient égarés si une estafette, dépêchée par le gouverneur, ne l'avait remise dans le bon chemin. La nuit tombait lorsqu'ils se retrouvèrent tous à Pandarane en compagnie du gouverneur et d'une foule considérable.

Vasco réclama alors de coucher à son bord et une almadie pour l'y transporter.

– Il est trop tard, dit le gouverneur, las de ces caprices, le soleil se couche déjà. Nous t'y amènerons demain.

– Alors, je retourne chez le roi, dit-il aussitôt. Le roi nous a dit de regagner nos navires et vous voulez nous retenir, ce qui est une mauvaise action. Le roi, qui est chrétien comme nous, vous punira.

Cette déclaration extravagante – mélange inepte de fausse morale, d'ignorance et d'amour-propre – était insultante, mais nous, Indiens, sommes sans doute hermétiques aux modes de pensée des Portugais.

Le gouverneur, excédé, lui promit « trente chaloupes s'il les lui fallait ». Vasco, maugréant, se laissa conduire sur la plage de l'anse où les vaisseaux étaient ancrés, invisibles sur l'eau à cette heure. Il maugréait sans perdre le nord, son nord à lui dont la méfiance était la boussole. Il avait envoyé trois hommes en avant avec mission d'avertir son frère, Paulo de Gama, commandant le *São Rafael*, de rester sur ses gardes.

Avec le temps, ces réticences et précautions semblent absurdes. Elles tenaient à ce qu'il avait échappé à plusieurs pièges ourdis par des Maures le long de la côte d'Afrique. Sa méfiance congénitale en avait été exacerbée.

Je ne compris que bien plus tard la raison de cette méfiance. Il allait vers l'inconnu le cœur serré par la peur. Il lui fallait la justifier par de grands dangers qui multiplieraient ses mérites aux yeux de son maître. Si nous l'accueillions avec grâce, ils en seraient diminués et de même les récompenses associées.

Lorsque le gouverneur le conduisit enfin à son logement de notable, la nuit était avancée. Elle s'écoula sans alarme. Vasco expliqua à ses gens que les Indiens qui les entouraient, et dont la plupart étaient rentrés dormir chez eux, étaient certainement honnêtes et dignes de confiance. S'ils les avaient empêchés la veille au soir de regagner leurs vaisseaux, ils avaient cru bien faire…

Au retour de ces honnêtes gens, il réclama derechef des barques pour regagner son navire.

– Bien sûr, tu les auras, lui répondit le gouverneur, rapproche seulement tes nefs du rivage, le transbordement sera plus facile.

La méfiance le reprit d'un coup. Il répondit stupidement que, s'il donnait cet ordre, son frère le croirait prisonnier et mettrait à la voile pour le Portugal.

– Il ne peut pas mettre à la voile puisqu'il n'y a pas de vent, répliqua le gouverneur.

– Tu n'es pas marin, répondit Vasco. Tu ne sais pas ce que tu dis.

Le gouverneur insista :

– Si les vaisseaux ne se rapprochent pas, nous ne pourrons pas vous y conduire.

– Alors je vais retourner chez le roi, qui est chrétien comme moi, répondit Vasco. S'il veut me garder près de lui, j'en serai le plus heureux des hommes.

L'incohérence de cette conversation est prodigieuse. Pourtant, elle eut bien lieu en ces termes, toutes les informations concordent – je ne me suis pas contenté du récit de Saül.

– C'est bien, dit le gouverneur, allez chez le roi.

Cela dit, il fit fermer toutes les portes de la maison. Les Portugais se virent entourés d'hommes en armes.

– Pourquoi cette violence ? s'insurgea Vasco.

– Il n'y a pas de violence, je ne vous retiens pas, répondit le gouverneur. Partez chez le roi.

– Mais ces portes fermées, ces hommes armés ?

– Elles sont fermées et ils sont armés pour vous protéger.

– Contre qui ?

– Vous n'avez pas que des amis.

– Je ne laisserai pas mes compagnons ici.

– Qui parle de les laisser ? Emmène-les avec toi.

– Sans conditions ? fit Vasco.

– Sans autre condition que la remise des voiles et des gouvernails de tes nefs.

Vasco devint tout pâle :

– Comment oses-tu ? finit-il par prononcer.

– Je n'ose rien, c'est la coutume. Les navires qui font relâche déposent entre nos mains leurs voiles et leurs gouvernails, jusqu'à l'acquittement des taxes de port.

– Vous pouvez faire de moi ce que vous voudrez, déclara le capitaine major, je ne vous donnerai rien.

Cela, selon Monsaïd, avec une fermeté de martyr à l'instant d'être coupé en morceaux. Il demanda enfin de combien étaient ces taxes.

– Six cents *xerafim*.

Vasco cria qu'on l'écorchait et s'enferma dans le silence.

Arriva l'un des trois hommes qu'il avait envoyés la veille à la recherche de son frère et qu'il croyait déjà disparus. Le capitaine de sa troisième nef, Nicolau Coelho, l'attendait avec des chaloupes, lui apprit ce messager. Vasco le renvoya aussitôt pour enjoindre à Coelho de regagner les navires et de se tenir sur ses gardes.

Là-dessus, on lui demanda d'écrire à son frère l'ordre de faire entrer les vaisseaux dans le port. Il explosa :

– Je n'écrirai pas !

– Pourquoi ?

– Écrire ne servirait à rien. Mon frère ne me croira pas.

– Pourquoi ?

– Je vous l'ai déjà dit : il croira l'ordre extorqué. Il me croira prisonnier. Et si, par extraordinaire, il consentait à obéir, ses hommes refuseraient de le suivre, « ne voulant pas mourir ».

Je me suis fait confirmer plusieurs fois, par Monsaïd et par d'autres, qu'il employa vraiment le mot. Quel homme était-ce donc, pour se croire sans cesse à l'instant d'être assassiné ?

– Qui parle de mourir ? s'étonnèrent les hommes du Samorin.

Cependant, la méfiance de Vasco éveilla la leur. Ils renforcèrent la garde des Portugais et leurs mouvements furent plus étroitement contrôlés. Sans qu'ils eussent à se plaindre autrement : on les laissa se procurer des aliments dont ils firent un dîner qui les satisfit, car, le mangeant, ils manifestèrent, paraît-il, beaucoup de bonne humeur, d'assez grossière façon – leurs rires et leurs éclats de voix choquèrent les nayars de service. A croire que leur chef prenait sur lui tout le souci de leur position.

Le lendemain matin, on signifia à Vasco de Gama de ne plus tergiverser, qu'il fallait en finir et qu'il devait faire avancer ses vaisseaux dans le port pour y débarquer ses marchandises selon ce qui avait été convenu entre le roi et lui-même.

La nuit lui avait sans doute porté conseil : il écrivit à son frère. Les marchandises arrivèrent. Quand elles furent débarquées, le capitaine major fut autorisé à regagner son bord. Il ne se le fit pas dire deux fois, et jusqu'à son départ, il ne remit plus le pied à terre.

Les relations avec le Samorin ne furent pas rompues pour autant. Une correspondance copieuse ne cessa d'être échangée entre les vaisseaux et le palais. Plaintes d'un côté, apaisements de l'autre. Les unes et les autres concernant surtout les Maures.

On ne sait ce que lui rapportèrent les deux hommes laissés à la garde des marchandises ; quoi qu'il en fût, Vasco se plaignit que les négociants qui venaient les voir fussent tous maures et qu'en tant que tels ils les dépréciassent systématiquement. Le Samorin répondit qu'il y mettrait bon ordre. De fait, d'autres marchands, la plupart gujaratis[1], se présentèrent, au nombre de sept ou huit. Ils séjournèrent une semaine à Pantalaniyi-Kollam, sans rien acheter. Vasco déplaça contre eux les accusations qu'il avait lancées contre les Maures : ils dépréciaient eux aussi ses marchandises. D'ailleurs, ils n'avaient même pas pris la peine d'aller les voir dans leur entrepôt et ils insultaient les Portugais qu'ils croisaient, crachant par terre à leur passage et disant « Portugal » sur un ton d'insulte. Vasco demanda à transférer sa cargaison à Calicut même. Le Samorin donna son accord. Le gouverneur en personne organisa le transport et le contrôla. Une fois les denrées portugaises en montre à Calicut, Vasco poussa ses hommes à se rendre à terre par roulement afin d'y faire des affaires, s'ils le désiraient. Ils le désiraient tellement qu'ils vendaient à peu près tout ce qu'ils possédaient, leurs chemises comprises, les uns pour rapporter dans leurs pays des preuves de leur découverte, achetant surtout des épices et des pierres précieuses, les autres achetant de l'amour aux femmes qui en vendaient.

Toutefois, leurs marchandises ne trouvaient guère preneurs, ne se débitant qu'au compte-gouttes. Fut-ce la raison qui décida Vasco de Gama à les laisser derrière lui ? A son départ, il les abandonna dans leur entrepôt avec plusieurs de ses compatriotes, dont un facteur et un scribe. Il s'agissait d'entretenir au Malabar une présence permanente – un commencement d'occupation.

Le Samorin finit par se fatiguer des récriminations de ce Portugais qui ne lui était rien, dont ses négociants maures lui disaient tous les jours le plus grand mal, lui assurant que les Portugais n'avaient ni foi ni loi, et que s'il les laissait prendre pied chez lui, ils en chasseraient toutes les compagnies qui

---

1. Négociants de l'Inde du Nord.

assuraient depuis toujours la prospérité de son État, sans rien lui apporter en échange.

Les Portugais prétendront que les Maures couvrirent d'or le Samorin pour lui arracher la décision de se débarrasser d'eux, voire de les faire mourir. Les Maures, il est vrai, voyaient d'un mauvais œil ces futurs concurrents, ennemis de leur religion. Sans doute avaient-ils jugé mieux que nous la performance formidable de Vasco de Gama et de la centaine d'hommes valides qui se présentèrent devant Calicut à bord de leurs trois navires.

Ces marins connaissaient l'étrange obstination des Lusitaniens. Si trois navires avaient pu venir de Lisbonne, trente ou trois cents pouvaient suivre. Ainsi les Maures reconnurent avant nous les étrangers fatals de la prédiction, où nous ne vîmes d'abord que des hâbleurs et des naïfs, incomparables aux fastueux Chinois qui nous visitaient jadis.

*
* *

Les trois vaisseaux étaient à l'ancre sous la pluie, comme autant de balises ou de corps morts. Leurs immenses voiles ferlées et carguées en faisaient des squelettes puisqu'elles seules leur donnent la vie – grandes masses noires inertes et puantes étirant vers le ciel leurs mâts dénudés. L'odeur parvenait au rivage. Comment pouvait-on vivre dans cette pestilence ? Sous voile, ce remugle devait être emporté par le vent ; à l'ancre, sous la pluie tiède qui fixe les odeurs, l'atmosphère à bord devait être irrespirable. Ils la respiraient sans gêne apparente.

Ces fantômes de vaisseaux étaient silencieux, hormis le soir où le vent de mer portait parfois jusqu'à la côte des lambeaux de musique. Concerts donnés au crépuscule pour divertir les survivants de leurs équipages, surtout composés, savait-on, de malades pourrissant dans les entreponts, que leurs camarades ingambes portaient sur le tillac à la fraîche pour leur faire prendre l'air et prolonger leur agonie. De poivre, ils n'en chargeaient pas.

Les premiers jours, une foule constamment renouvelée occupait le rivage à Pantalaniyi-Kollam, observant les étranges vaisseaux avec une avidité muette. Puis, cette foule s'éclaircit, les navires d'Europe peu à peu se fondant dans le paysage jusqu'à s'y intégrer ; les allées et venues incessantes de leurs équipages contribuant aussi à cette banalisation. Encore un peu de temps, on les aurait crus ancrés pour toujours derrière la pluie qui brouillait leurs lignes.

Cette inertie obsédait Goda Varma.

*
* *

Journal de Krishna

– Que font-ils ?
– Ils ne bougent pas.
– Ils ne sont tout de même pas venus jusqu'ici pour ne pas bouger ?
– Ils attendent de charger du poivre, répondis-je au roi de Cochin.

Qui aurait imaginé qu'après des mois sur mer, d'immenses distances parcourues, tant de périls traversés, le chef de cette expédition serait resté enfermé à son bord ? Lui de qui tout dépendait.

Ce silence et cette immobilité planaient en vague menace.

Le Samorin n'éprouvait rien de tel. Comment se serait-il senti menacé par quelques dizaines d'hommes exténués ?

– C'est le moment, disait mon roi tous les jours, chaque fois avec plus de conviction.
– Quel moment ?

240

– Celui d'agir, de prendre contact. De leur apprendre que Calicut n'est pas le seul port du Malabar, et qu'il n'est même pas le meilleur, que Cochin le surpasse de loin.

– Tu voudrais les faire venir ?

– Que pourrais-je vouloir d'autre ?

Il imaginait déjà une alliance avec ces étrangers.

– Tu ne les connais pas encore. Tu ne sais même pas qui ils sont.

– Justement, il faut que je le sache. Les rapports de Saül sont excellents. Ils m'inspirent la volonté d'aller plus loin. L'espionne-t-il toujours ?

– Il ne voit pas Vasco de Gama.

– Personne ne le voit, je le sais, mais il voit tous les jours ses hommes. Il pourrait faire passer des propositions. Leur faire savoir, par exemple, qu'ils trouveraient facilement ici le poivre que les Maures leur refusent à Calicut...

« Je n'attendrai pas que les Arabes changent d'avis, je vais inviter ce Vasco, reprit le roi.

Il fit une lettre – je lui fis une lettre – qu'il me chargea de porter, où il disait à Vasco son désir de le voir, sa volonté de s'entendre avec lui, son pouvoir de faire charger ses navires de tout ce qu'il souhaitait.

« Je pourrais t'en charger cent, charger mille... », écrivait-il, « car moi, je suis obéi », avait-il tenu à dicter, malgré mon objection que si le Samorin apprenait les termes de cette lettre, il pourrait le prendre mal.

– Il prend tout mal, répliqua-t-il, et cela ne changera rien.

Il me dicta donc cette lettre où il se présentait en vieil ami du Portugal avec une effronterie étonnante, prétendant avoir entendu parler depuis toujours de ce royaume qui était la perle de l'Occident en même temps que sa fin, puisque avec le Portugal, l'Occident finissait dans la mer, « le Malabar aussi », insistait-il, étendant implicitement cette similitude à beaucoup d'autres domaines.

Trois semaines plus tôt, il ne connaissait pas le nom de ce pays si proche et si cher...

Je partis chargé de cette lettre pour Calicut et l'escadre

étrangère, et revins trois jours plus tard avec la réponse : Vasco n'irait pas à Cochin. S'il venait, s'excusait-il, il risquerait de manquer la mousson du retour vers l'Europe. A ce risque s'ajoutait l'empêchement des pourparlers en cours avec le Samorin « que j'espère conclure heureusement, car ils sont bien avancés ».

– Avancés ! jeta le roi, furieux, et grinçant presque des dents. Il ne connaît pas le Samorin !

Vasco lui promettait toutefois de lui rendre visite lorsqu'il reviendrait en Inde.

– La prochaine fois ! explosa le roi.

Passer après le Samorin ! Ce Portugais qui n'était descendu qu'une seule fois à terre, n'y avait passé qu'une nuit, ne connaissait rien de l'Inde, accordait le premier rang au rajah de Calicut et le traitait, lui, en quantité négligeable. Il lui ouvrirait les yeux, s'il revenait jamais.

– Je ferai son instruction, répétait-il furieusement.

Et encore :

– Il me traite en vassal de l'autre ! (L'autre, c'était le Samorin.)

Je tentai – c'était mon devoir – de lui rappeler qu'officiellement ce n'était pas le contraire. Je crus qu'il allait se jeter sur moi.

Il se reprit, serra les mâchoires, ferma les yeux, inspira et expira plusieurs fois profondément, finit par dire, et ce fut peut-être la dernière fois que je le retrouvai tel que je l'avais connu et aimé :

– Krishna, Krishna... Si ce n'était toi. Tu as failli à ta mission. Tu t'es laissé évincer. Un ambassadeur évincé n'est pas un bon ambassadeur...

– Je suis brahmane, dis-je, peut-être aurait-il mieux valu envoyer un chrétien ?

– Pourquoi ?

Je rappelai la réponse du repris de justice à Monsaïd lui demandant ce qu'ils venaient chercher : « Des chrétiens et des épices. »

– Les épices se font attendre, quant aux chrétiens, Vasco

s'obstine à tenir pour tels le Samorin et les siens. Ne pourrions-nous pas l'éclairer ? Il pourrait t'en savoir gré.

– Peut-être.

Peut-être signifiait non. Goda Varma ne croyait pas à la reconnaissance du capitaine major.

J'insistai, il n'y avait rien à perdre :

– Si tu lui envoies un vrai chrétien, il pourrait peut-être changer de point de vue envers le Samorin.

– Tu crois ? Qui envoyer ?

– Thomas, dis-je.

– Le *manigrammam* ?

– Lui-même.

Il sourit, reprit :

– L'amoureux transi de Shobita ?

– Lui-même.

– Il est toujours transi ?

– Toujours.

Une ombre lui traversa le visage. Cet état lui rappelait le sien.

– Fais-le appeler.

Voilà Thomas devant le roi, à qui je m'avise qu'il ressemble étrangement. Même stature, même port de tête, même profil, mais aucun doute n'est permis : ils n'ont pas la moindre goutte de sang en commun.

Goda Varma demande à Thomas d'aller à Calicut remettre aux Portugais une lettre de sa part, sans rien dire de mon échec.

– Ces Portugais sont chrétiens, n'est-ce pas ?

– Oui, Seigneur.

– Tu l'es aussi ?

– Oui, Seigneur, bien indigne.

– C'est difficile d'être chrétien ?

– Oui, Seigneur. Ce devrait pourtant être facile, mais ça ne l'est pas ; au moins pour moi. Et je ne crois pas être le seul.

– Nous nous égarons, dit le roi. Tu es le chef de la communauté chrétienne de Cochin...

243

– Chef temporel, Seigneur, temporel seulement.

– Je l'entends comme tel. Les Portugais, tu le sais sans doute, sont venus chercher ici des épices et des chrétiens. Musulmans et juifs à part, ils croient que nous le sommes presque tous...

– Comment peuvent-ils ? relève Thomas.

– N'est-ce pas ? D'autant plus qu'à Calicut il y a si peu de chrétiens ; les musulmans y font la loi. Je me demanderai toujours pourquoi les chrétiens et les musulmans s'entendent si mal... Quelle perte de temps ! Comment expliques-tu cela, Thomas ?

– Les musulmans sont prosélytes, Seigneur. Ils aiment convertir. Considère ce qu'ils font dans le Nord. Les hindous non plus ne s'entendent pas avec eux. Depuis combien de temps se font-ils la guerre ?

– Dans le Deccan ? Depuis cinq siècles, estima le roi. Mais ici, c'est différent. Tout est différent. Revenons à toi. Éclairer ses frères d'Europe n'est-il pas le premier devoir d'un chrétien du Malabar ?

La lettre était prête et scellée.

– Tu vas aller à Calicut, reprit le roi pour Thomas, tu vas donner toi-même cette lettre au Portugais le plus important que tu pourras rencontrer, après leur capitaine major, qui ne descend jamais à terre, et tu attendras la réponse.

– Oui, Seigneur, dit Thomas.

Le roi, disait cette seconde lettre, connaissait le souhait le plus cher du souverain du Portugal : rencontrer les chrétiens de l'Inde. Il annonçait à Vasco de Gama la présence dans son pays, depuis l'apôtre saint Thomas, de très nombreux chrétiens. Bien plus nombreux qu'à Calicut où les Maures les briment.

Mes ancêtres et moi les protégeons depuis toujours. Ils sont très bien installés et se consacrent au commerce du poivre. Je les ai informés de ton désir de les connaître et ils m'ont aussitôt demandé de te faire savoir leur grand désir de te rencontrer et de nouer amitié avec toi...

– Si, après ça, Vasco de Gama ne vient pas à la nage…, soupira Goda Varma, regardant Thomas s'éloigner avec une nuance d'attendrissement causée par leur même infortune amoureuse.

*

* *

Thomas détestait la mer qui lui donnait mal au cœur. Il partit à cheval.

Un respect considérable enveloppe en Inde le cavalier dans toutes les classes du peuple. L'homme qui monte un éléphant peut très bien n'être qu'un cornac. L'homme à cheval n'est pas que le maître de sa monture, il en est aussi le seigneur, et le seigneur d'un cheval ici n'est jamais un petit prince.

Le trajet lui prit douze heures, sans compter deux heures d'arrêt pour ménager sa monture. Il déboucha au soleil couchant sur une longue plage rectiligne au-delà de laquelle s'étendait, sous les cocotiers, la confusion de Calicut. Ses temples, ses bassins, ses palais, ses mosquées. Des singes batifolaient dans les cimes des palmiers et couraient sur les faîtes des plus hauts monuments.

Derrière Thomas, la puissante ville du Samorin, éparse sous ses palmes, retentissait des bruits du soir.

Devant Thomas, il n'y avait que la mer monotone et le soleil rouge qu'il avait toujours connus, mais aussi trois vaisseaux qui changeaient tout, avant que leurs occupants eussent rien fait, leur étrangeté inconcevable ayant déjà troublé les esprits.

Ils étaient loin, mais la distance ne les diminuait pas. La houle molle d'un soir languissant les balançait doucement. L'océan berçait ses précaires vainqueurs dans leurs bateaux pourrissants et la brise paresseuse du large portait des odeurs inconnues qui inquiétaient le cheval.

Frémissant, les naseaux dilatés, les yeux pleins d'ombres, l'animal surveillait les masses noires à l'ancre au loin, cernées d'escadres tournoyantes de ces oiseaux insatiables qui suivent les navires le long de toutes les côtes du monde et dévorent tout ce qui en tombe avec la même voracité : détritus, excréments, carcasses de bêtes, cadavres humains, marins vivants.

Les fous qui habitaient ces coques étaient chrétiens, songeait Thomas, se demandant, hors le vêtement, le langage, la nourriture et cette folie navigatrice, en quoi d'autre ils pouvaient être différents. Il savait déjà qu'ils portaient de grands chapeaux et se couvraient entièrement le corps d'habits compliqués – chemises, gilets, vestes, culottes bouffantes, bas –, si bien qu'on n'en voyait que la figure et les mains.

Une chaloupe se détacha de la plus grosse des coques, qui devait être le *São Gabriel*, navire du capitaine major, et commença de nager vers la côte. Thomas eut une brève pensée pour l'archange de la Bible, des Évangiles et du Coran.

Les douze rameurs catholiques et leurs quatre passagers grossissaient à vue d'œil, se dirigeant droit vers lui. Il demanda aux enfants si les étrangers venaient souvent à terre. Ils répondirent en s'esclaffant que les Francs venaient tous les jours se livrer au commerce. A quel commerce ? Et pourquoi ces rires ?

Le commerce était celui de n'importe quoi, précisa l'un des enfants. Ils achetaient tout – réclamant sans cesse du poivre que personne ne leur cédait, et prenant le reste, y compris des choses invendables – et vendaient de tout, ce tout se réduisant presque à leurs chemises.

Les enfants de Calicut ne prenaient pas les Portugais au sérieux, s'aperçut Thomas, mais c'étaient de jeunes musulmans dont les parents ne devaient pas porter dans leur cœur les pires ennemis de leur religion. La chaloupe allant toucher terre, plusieurs d'entre eux, en conclusion, détalèrent en crachant par terre et disant : « Portugal ! »

La chaloupe racla le sable. Les rameurs en descendirent et la tirèrent hors de l'eau. Les passagers s'avancèrent. Monsaïd était parmi eux.

– Qui es-tu ? demanda le Tunisien à Thomas.

Thomas se présenta.

– Ah, Cochin ! s'exclama Monsaïd. Tu es de ces diables de Cochin.

A Calicut, ceux de Cochin étaient tous des diables.

Comme ils parlaient en malayalam, les Portugais s'éloignèrent avec des mines renfrognées, pour attendre à quelques pas.

– Je suis venu porter à leur capitaine une lettre du roi de Cochin, dit Thomas. Il m'a commandé de la remettre au Portugais le plus important que je rencontrerai.

– Tu as ici le porteur idéal, le frère affectionné du capitaine major, dom Paulo de Gama. Viens, je vais te présenter.

Au contraire des Portugais, si souvent mélancoliques, Paulo avait un air gai. Quel contraste avec son frère !

Son avenante physionomie s'éclaira encore quand Thomas l'eut informé du contenu de la lettre, par le truchement de Monsaïd. A Cochin, précisa Thomas, des milliers de vrais chrétiens – il insista sur l'adjectif – plaçaient de grands espoirs en eux…

Monsaïd s'entretint un bref instant avec Paulo de Gama puis se tourna vers Thomas.

– Le seigneur va retourner tout de suite porter ta lettre à son frère. Il pense qu'il répondra très vite.

La chaloupe fut remise à flot.

– Je serai ici demain au jour, cria-t-il à Thomas, comme l'embarcation s'éloignait rapidement dans le rougeoiement final d'un soleil déjà plus qu'à demi effacé par l'horizon marin.

Il ferait nuit dans un instant. L'obscurité montante inquiétait les perroquets. Ils vociféraient dans les cocotiers du front de mer pour conjurer d'absurdes angoisses. Thomas s'informa d'un endroit où dormir avec son cheval qu'il fallait aussi nourrir.

– Ne t'inquiète pas, je m'occupe de tout, dit Monsaïd.

Il n'eut guère à se donner du mal. La maison que le Samorin avait prêtée aux Portugais pour déposer leurs marchandises était toute proche.

Dans cette maison devenue factorerie, Monsaïd lui montre les ballots de tissu, les chaînes, les outils en fer – pelles et pioches –, la verrerie, un lot important de ces chapeaux noirs qui dénonceraient bientôt les Lusitaniens jusqu'au Japon et, avec leurs gros nez et leurs grandes culottes, peupleraient invariablement les estampes et les paravents des artistes de Kyoto pendant plus d'un siècle. Était-ce avec cette pacotille qu'ils espéraient s'ouvrir l'Inde ? se demande Thomas.

Monsaïd, matois, commente les couvre-chefs :

– La séduction irrésistible qu'ils trouvent à leurs chapeaux leur en fait surestimer la valeur commerciale. Ils n'en ont pas vendu un seul. D'ailleurs, ils n'ont rien vendu d'autre et ils en sont très irrités.

Apprenant qu'il était chrétien, les Portugais présents considèrent Thomas avec un intérêt passionné.

Comment peut-on être chrétien, semblent-ils s'étonner, en dehors d'eux-mêmes ?

– Prouve-le-nous ! lui enjoint enfin le plus méfiant.

Thomas commença de bonne grâce le *Symbole des Apôtres* :

Je crois en Dieu le Père Tout-Puissant, Créateur du ciel et de la terre. Et en Jésus-Christ Son Fils unique, Notre Seigneur...

A peine Monsaïd reprend-il les versets en castillan que ses auditeurs ôtent de leurs têtes leurs grands chapeaux et ploient le genou jusqu'à la fin de la profession de foi. Se relevant comme un seul homme au dernier mot, ils embrassent tour à tour Thomas sidéré, avec des airs extasiés et de grandes claques dans le dos, l'appelant « Frère » avec exaltation.

Tandis qu'ils le pressent dans leurs bras, Thomas reconnaît, porté au centuple, le remugle que le vent lui avait apporté sur la plage une heure auparavant lorsqu'il contemplait leurs vaisseaux. C'est donc l'odeur portugaise, mélange de tout ce qui peut le plus offusquer le nez.

Ces embrassements sont un supplice. Avec chacun lui semble grandir la puanteur, compliquée de relents musqués,

248

les plus coquets de ses nouveaux amis s'arrosant d'essences inconnues pour masquer leur pestilence.

« Ce fut peut-être le tournant de l'expédition, devait écrire Krishna un jour. L'incertitude majeure était levée : ils avaient vu un vrai chrétien, comme ils avaient vu le poivre. Les chrétiens et les épices étaient au rendez-vous. »

Thomas fut assailli de questions jusqu'à l'aube.
– Combien êtes-vous à Cochin ?
– Sept mille, mais nous sommes bien plus nombreux en dehors.
– Dans la campagne ?
– Oui, dans la campagne.
Ils venaient de s'endormir quand le jour se leva sur Paulo de Gama. Plus gai encore que la veille. Son frère voulait voir Thomas.
– Je te conduis à son bord, lui dit-il.

Vasco de Gama surgit sur le pont. Il s'éclaira devant Thomas comme un enfant devant un jouet longtemps espéré et, s'approchant bras ouverts, il le pressa sur son cœur en l'appelant lui aussi son frère.
Thomas s'était préparé à ne pas défaillir, or le capitaine major embaumait le romarin, s'étant d'évidence aspergé d'eau de la reine de Hongrie. L'ayant comprimé contre sa poitrine, il l'embrassa plusieurs fois sur les deux joues, répétant entre chaque baiser : « Un chrétien ! Un vrai chrétien ! » Il n'eut pas été plus extasié si Thomas avait été saint Thomas en personne, ou, qui sait, plus grand saint encore – mais qui est plus saint que les apôtres ?
Les baisers distribués, il se recula, tenant toujours Thomas à bout de bras par les épaules, l'œil brillant et la mine réjouie.
– Nous ne sommes donc pas venus pour rien. Loué soit le Seigneur !

– Il dit qu'il n'est pas venu pour rien, puisqu'il t'a rencontré, traduisit Monsaïd.

Lâchant Thomas, Vasco de Gama lui proposa du vin parfumé au clou de girofle. Thomas en avala coup sur coup deux grands verres. Le premier à la santé du roi de Portugal ; le second, à celle du roi de Cochin ; les deux toasts ayant été portés par Vasco. La tête lui tourna tout de suite.

Derrière Vasco se tenait un personnage en longue robe brune serrée à la taille par une corde, et dont le crâne, à l'inverse de celui de Thomas, qui arborait à son sommet une seule touffe de cheveux très longs et tressés, était rasé en son centre, ne portant plus à son pourtour qu'une couronne de cheveux courts. C'était un moine franciscain, chapelain du capitaine major.

Il était très jeune, il avait le regard clair et très doux, de longues mains pâles de gentilhomme qu'il enfouissait dans les manches opposées de son froc à intervalles si réguliers que cette brusque dissimulation avait quelque chose de mécanique et d'assez inquiétant. Il regardait souvent aussi le bout de ses pieds chaussés de sandales de cuir qui laissaient à l'air de très longs orteils, fort poilus, curieusement tordus.

Lui aussi salua Thomas d'une brève inclinaison de la tête, éclairée d'un sourire séraphique.

Le vin bu, le sourire passé, l'interrogatoire commença. Interrogatoire ambulant, les trois hommes – qui étaient quatre, Monsaïd marchant derrière eux – allant et venant sur le tillac, du château de poupe au château de proue – Thomas, au centre, le religieux à sa droite, Vasco à sa gauche –, sur les planches encore humides de leur lavage matinal.

Le franciscain demanda lui aussi à entendre le *Symbole des Apôtres*. Satisfait, il en vint sans transition à l'organisation de l'église du Malabar.

– Comment êtes-vous organisés ? Avez-vous des évêques ? Avez-vous des prêtres ?

– Nous avons des uns et des autres.

– Combien de prêtres ? Combien d'évêques ?

– Trois cents des premiers. Quatre des autres.

– Sont-ils mariés ?

– Les prêtres peuvent l'être, mais non pas les évêques.

– Qui sont vos évêques ? Comment s'appellent-ils ?

– Mar Jaballaha, Mar Denha, Mar Jacob et Mar Matthieu.

– Qui les a nommés ?

– Le catholicos.

– Lequel ?

– Je n'en connais qu'un, Mar Élias, le patriarche de Babylone, qui habite la Mésopotamie.

Le franciscain fit la moue au mot de Babylone, puis demanda :

– Frère Thomas, as-tu entendu parler de notre saint-père le pape, qui est à Rome ?

– Non, dit Thomas.

Se penchant pour dépasser Thomas qui faisait écran entre eux, le moine glissa un long regard à Vasco de Gama, se redressa avec une parfaite souplesse, soupira, reprit :

– Le pape est le successeur direct de saint Pierre et le chef de toute l'Église catholique.

– Le patriarche de Babylone le connaît sûrement, dit Thomas.

– Je ne pense pas qu'ils se soient rencontrés, dit le franciscain.

– Le pape aimerait peut-être se rendre à Babylone ? risqua Thomas.

Un sourire exceptionnel fit frémir la barbe de Vasco de Gama, tandis que le religieux répliquait, avec une douceur définitive :

– Le pape ne se déplace pas.

Après quelques autres questions sur la liturgie, auxquelles Thomas répondit de son mieux, on le reconduisit à terre. Non sans que Vasco de Gama l'eût tenu, pour la seconde fois, longuement embrassé.

Le parfum de l'eau de la reine de Hongrie s'était dissipé. Le capitaine major ne sentait plus le romarin, et la rose pas davantage. Si les Portugais s'installaient jamais, il leur faudrait adopter la coutume la plus aimable du pays qui était de prendre plusieurs bains par jour et de s'enduire le corps de pâte de santal, dont l'exquise et discrète odeur facilite tous les rapprochements.

Observant la chaloupe qui reconduisait Thomas à son cheval, le franciscain déclara :

– Même les chrétiens ici vont presque nus. Leurs femmes aussi, je suppose. Il faudra commencer par leur apprendre à se vêtir...

– Au moins pour le repos de nos hommes, approuva Vasco de Gama.

La question des femmes était l'un des grands soucis du capitaine major. La frustration de six mois de mer avait porté les survivants de ses équipages de Lisbonne à un inquiétant degré de lubricité.

Passé la première surprise, le choc de l'inconnu et l'ahurissement où les avait jetés la violence de la nouveauté, les Portugais, sitôt revenus de l'épuisement du voyage, s'étaient répandus dans la capitale du Samorin dont les populations à demi nues leur parurent d'autant mieux disposées à l'amour que l'obscénité de leurs dieux, étalée triomphalement aux portes de leurs temples, leur en donnait l'exemple. La volupté divinisée transcendait les accouplements les plus vertigineux. Aux murs des sanctuaires, les amants de pierre indiens n'affichent-ils pas les positions les plus acrobatiques ?

Les marins, affamés, lorgnaient avec des avidités douloureuses les seins des femmes qui luisaient sous la pluie dont le ruissellement, la fraîcheur perpétuels sur la peau érigeaient de surcroît les pointes. Sous le tissu mouillé qui en dénonçait les bombements, ils scrutaient leurs croupes avec des fixités hagardes. Les filles les plus distraites remarquaient ces manèges et ne s'en offusquaient pas plus que les moins chastes. Toutefois, les étrangers furent très vite comparés à ces singes ou ces chiens que la présence d'une seule guenon ou chienne en chaleur à des heures de marche surexcite jusqu'à l'épuisement. Trois jours à peine après leur premier contact avec le

Malabar, une épidémie de désertions frappa les survivants de la traversée. Les matelots touchés commençaient par ne pas rentrer le soir. On ne les revoyait qu'au jour, la mine défaite et la démarche cotonneuse, impropres à la manœuvre. Puis non contents de manquer la nuit, ils disparaissaient le jour, plus d'une semaine parfois pour les plus ardents.

Vasco de Gama en fit suivre plusieurs pour confirmer ses craintes. On lui rapporta que ses hommes rejoignaient des femmes.

– Des femmes noires ! explosa le capitaine major, scandalisé de cette perversion.

– Elles le sont toutes, commandant, remarqua respectueusement l'un de ses hommes de confiance.

– C'est pire !

Certains de ses marins allaient chez plusieurs femmes de suite, finit-on par l'informer. Sa colère redoubla. Il traita les malheureux de chiens et de boucs, et rumina des châtiments exemplaires.

– C'est que ces femmes les attirent, commandant. Elles sont très habiles.

Vasco, soupçonneux, toisa son informateur :

– Comment le sais-tu ? Tu y as goûté ?

L'homme se troubla. C'était un berger de l'Algarve, arraché à ses moutons par l'appât de l'aventure et l'ignorance de la mer. Comme d'autres, il avait cru pouvoir faire fortune et imaginé que le vent faisait tout le travail, que les hommes se reposaient à l'ombre des voiles. En six mois, il avait vieilli de plusieurs années.

– Pacheco, réponds-moi, as-tu goûté à ces femmes ?

– Oui, commandant.

– Tu recevras dix coups de fouet demain matin au rapport.

– Oui, commandant, approuva stoïquement l'ancien berger.

Fut-ce la loyauté de ce oui qui adoucit le capitaine major, lui si rigide, si féru de discipline, peut-être songea-t-il que ce n'étaient pas ses hommes, qui avaient bravé et vaincu la mer avec lui, qu'il fallait fouetter, mais ces femmes qui les corrompaient.

253

Lui-même, Vasco de Gama – « Moi, Vasco de Gama »,
prononça-t-il pour soi à voix presque haute –, aucune femme
n'aurait pu le corrompre, *a fortiori* aucune femme noire. La
preuve, il n'était pas encore marié, bien qu'il n'en repoussât
point l'idée.

– Comment pouvez-vous aller avec ces femmes noires ?
demanda-t-il à Pacheco.

– C'est la femme, commandant, ce n'est pas la couleur. Si
elles étaient blanches, nous irions aussi, répondit Pacheco,
simple comme un berger.

Vasco s'étonna d'avoir envie de rire. Il n'avait pas ri depuis
des années. La mollesse tropicale l'attaquait-elle déjà ?

Il s'autorisa à sourire, éprouvant au même instant un sentiment extraordinaire de dédoublement : ce n'était pas lui qui
souriait, c'était l'autre en lui-même. D'où sortait-il, cet
inconnu ?

– Va, dit-il à Pacheco, tu ne seras pas fouetté.

– Merci, commandant.

Pacheco tourna les talons pour aller dormir car il n'avait
pas fermé l'œil de la nuit, surveillant d'abord ses camarades
Paulo Coelho et Nicolau Gonçalves, qui eux non plus n'avaient
pas dormi, chacun occupé dans la cabane de palmes où ils
s'étaient engouffrés avec deux jeunes femmes bien noires
dont ils tiraient des harmonies extraordinaires, exclamations
et soupirs que Pacheco n'avait encore entendus dans aucune
langue et qui portaient loin.

Il était resté accroupi à côté de la porte, sentinelle irréprochable, mal abrité de la pluie par l'inégal débordement des
palmes du toit, jusqu'à ce qu'apparût une troisième beauté –
à moins que ce ne fût l'une des deux qui s'étaient déjà consa-
crées à ses amis – et l'attirât à l'intérieur avec cette phrase
apitoyée : « Viens te sécher, gros singe mouillé. »

La femme n'est pourtant pas la seule tentation. Il y a aussi
l'argent… le pouvoir… la gloire…

Moi-même suis un exemple de leur puissance, soliloquait

Vasco de Gama. La femme vient loin derrière pour moi. Si j'avais à choisir, je préférerais la gloire à l'amour, le pouvoir à la gloire et l'argent sans doute au pouvoir... mais l'un ne va pas sans l'autre.

Il se parlait pour oublier la chaleur, se refroidir illusoirement, dans la grand-chambre de son vaisseau, dont les fenêtres ouvertes sur la nuit moite ne donnaient aucune fraîcheur, entretenaient au contraire une touffeur épuisante. Il fallait la souffrir ; pour le roi, oui ; pour Dieu, certainement ; pour soi, hélas.

Étendu nu sur sa couche trempée de sueur et se tâtant machinalement le sexe – il s'interdisait de le faire autrement –, il comprenait ses hommes qui s'égaillaient dans les bas quartiers de Calicut. Bas quartiers ? Tout est bas ici. La côte est plate, la ville aussi, la mer... n'en parlons pas.

Il excusait ces pauvres marins qu'il avait entraînés au bout du monde pour sa gloire et sa fortune. Tout le bonheur qu'ils pouvaient imaginer se bornait à la satisfaction des besoins les plus simples : manger, forniquer...

Forniquer n'est pas un besoin, se gourmanda à haute voix le capitaine major, ce n'est qu'un plaisir et pas pour tout le monde.

Comment, à son âge, pouvait-il encore confondre copulation et nécessité ? Pour s'en punir, il s'arracha plusieurs poils de barbe, comprima dans sa main gauche, le plus fort qu'il put, son sexe qui avait pris une indécente consistance, pour le rappeler à la discrétion, et nota mentalement de confesser dès le matin à son chapelain sa lubricité.

A Cochin, pendant ce temps, le roi enrageait dans son palais.

La réponse de Vasco portée par Thomas était inadmissible.
– Lis, Krishna ! avait-il jeté, débordant d'impatience, sitôt le scribe apparu devant lui, le message à la main. Lis !
Krishna avait commencé :

Seigneur, la lettre que vous m'avez fait porter...

– Qu'est-ce que ce « vous » ? Pourquoi ne dit-il pas « tu » ?
– C'est une forme occidentale de respect, Seigneur.
– Continue.

La lettre que vous m'avez fait porter par le chrétien Thomas
m'a infiniment touché. Votre délicatesse est infinie de m'avoir
dépêché un messager de ma religion. Mais, au-delà des sentiments, la venue de Thomas avec votre lettre m'a causé la
plus grande satisfaction que je pouvais éprouver. Cette lettre
est pour moi la récompense suprême : je n'ai pas traversé en
vain l'océan. Les deux objets d'une expédition périlleuse –
rencontrer les chrétiens de l'Inde, trouver des épices – sont,
grâce à vous, atteints. Sans vous, Seigneur, je serais rentré
bredouille en Europe.
Car hélas je dois rentrer, sans pouvoir répondre maintenant à
votre invitation si honorable et si précieuse. Le temps presse,
malheureusement. Si je manque la mousson, je manquerais
au roi mon maître, dom Manuel, qui m'attend à Lisbonne, et
à tout le Portugal qui, depuis mon départ, vit suspendu au
résultat de ma mission...

– Le chien ! gronda Goda Varma.
– Pardon, Seigneur ? fit Krishna.
– C'est un chien, il ne vient pas.
– Dois-je continuer ?
– Continue.

Je dois rentrer pour toi autant que pour lui...

– Il dit « tu » à présent ?
– C'est moi, Seigneur, qui corrige...
– Tu as raison, continue.

Désormais, grâce à toi, les deux royaumes de Cochin et du
Portugal sont liés. Un destin commun les attend. Je ne peux
pas attendre. Je ne dois pas me laisser surprendre par les
flottes impies...

256

– Des flottes impies ?

– Des flottes maures, Seigneur. Les Maures n'adorent pas comme eux le Dieu unique auquel ils croient les uns et les autres, alors ils sont impies.

– Étranges mœurs…, murmura le roi.

– N'est-ce pas, Seigneur ? Je reprends :

> Je ne dois pas me laisser surprendre par les flottes impies que le changement de vent va pousser de la mer Rouge. Mes trois vaisseaux seraient écrasés, je les dois à mon roi…

– Ce dom Manuel a trouvé un bon serviteur.

> Dom Manuel attend les nouvelles qui changeront les destins de l'Inde et de l'Europe. Je ne peux pas surseoir à les lui porter, sous peine de tout compromettre. J'ose espérer que tu pardonneras ce retard à venir te voir, car, si tu le veux, ce n'est que partie remise. Je reviendrai…

– Il ne doute de rien, dit le roi.

> Je reviendrai si Dieu le veut…

A ce point, la réponse devenait emphatique.
Vasco finissait ainsi :

> Je pars content, plus heureux que je n'ai jamais imaginé pouvoir l'être. Et je peux déjà t'assurer que mon maître, dom Manuel, roi de Portugal, fin et commencement de l'Europe – fin par la terre, commencement par la mer –, n'a pas de plus grand ami que toi, protecteur de ces chrétiens de saint Thomas qui a sondé les plaies du Christ, dont la présence en Inde est inestimable.

– Cet homme est fou, dit le roi.

– Il l'est peut-être, mais cette lettre est intéressante, dit Krishna.

– En quoi ?

– Lorsque ces Portugais reviendront, c'est vers toi qu'ils se tourneront. Calicut, où les Maures leur mettent dans les roues toutes sortes de bâtons, ne pèsera plus lourd.

– Reviendront-ils ? dit le roi.

– S'ils ne reviennent pas, qu'importe ! Nous ne serons pas plus malheureux…

– Comment, qu'importe ? Tu veux ma ruine ? Tu ne comprends donc rien ? J'ai soulevé le couvercle de la vassalité, mais le couvercle n'est pas suspendu. Il retombera faute d'alliés pour défaire le Samorin. Sans eux, je devrai me soumettre. Ces Portugais qui viennent du bout du monde seraient des alliés idéals. Tout dépend de leur retour. Comment savoir s'ils reviendront ? On ne peut pas gouverner sans savoir. Toi, tu prévois qu'ils reviendront, prévoir n'est pas savoir.

– Comment savoir ? Mets auprès d'eux quelqu'un à toi.

– Qui vois-tu qu'on puisse y mettre ? Quel oiseau rare ?

– Un gros oiseau.

– Saül ?

– Lui-même.

– Tu te réveilles enfin, Krishna ! Je commençais à désespérer.

– Saül, en effet…, reprit Krishna, s'animant. Il parle leur langue. Il aime bouger. Il les connaît et nous connaît. Je les imagine aussi curieux de nous que nous pouvons l'être d'eux. Il leur dira ce qu'ils veulent savoir et nous dira ce que nous voulons. Il est blanc, il vient de chez eux, ils auront confiance. Il sera le témoin le plus précieux de leur découverte.

– Mais il est à Calicut.

– Il sera ici demain. Ce matin, Abraham m'a demandé de lui faire porter une lettre.

– Une convocation irrésistible ?

– Je le crois.

– Sera-t-il fidèle ?

– Je n'ai aucune crainte. L'argument le plus classique nous en assurera.

– L'or ? Ne s'en moque-t-il pas ? Il aurait pu vingt fois faire fortune.

– Saül ne le sait pas encore, mais il en aura grand besoin.

– Amène-le dès son retour.

Ce jour-là, à Calicut, Saül apprend d'un messager d'Abraham que Sarah est enceinte. Aussitôt, il s'en veut affreusement de s'être attardé à la cour du Samorin. Il n'avait pas oublié sa femme, mais les griseries de la politique l'avaient un peu estompée dans son cœur. Les cajoleries du Samorin, l'ambassade que le roi lui avait confiée, ses espionneries, tout cela avait assez fermenté dans son énorme tête pour le distraire de Sarah. Courtisé de tous les côtés, il lui paraissait moins pressant d'aimer sa femme.

– Ta femme est grosse, lui dit le messager tout à trac.

C'était un Tamoul de Ceylan, mal sorti de sa forêt natale.

La nouvelle lui fit l'effet d'un coup de bâton sur la tête. Il avait souvent réfléchi à la paternité et toujours l'avait refusée, d'autant plus facilement qu'il se croyait stérile.

Ainsi, il pouvait se reproduire… Car il ne douta point de Sarah. Sarah était une perle fine, un diamant pur, la droiture même, puis il s'y connaissait assez en amour pour distinguer le vrai de ses parodies. Sarah l'aimait comme il l'aimait.

L'univers changea d'âme. La création ne finirait pas avec lui. Le monde se prolongerait en lui d'une génération au moins, si Dieu – Dieu ? Qu'est-ce que Dieu ? Un mot très commode. Mais encore ?… – voulait que son fils vive, le temps, qui sait ? d'engendrer à son tour. Et le fils de son fils se prolongerait peut-être de même et ainsi de suite, jusqu'à la fin des temps.

La perspective d'assister à la fin du monde par descendance interposée l'enchanta.

– Moi, Saül, immortel ! lança-t-il d'une voix exaltée sur la plage de Calicut où il était allé respirer l'air du large, car la nouvelle, reçue en ville, l'avait fait suffoquer.

L'enfant de Sarah serait, était, un fils et il vivrait.

En Allemagne, autrefois, une demoiselle de Nuremberg avait failli le persuader qu'il l'avait engrossée.

– Je suis grosse, lui avait annoncé cette fille de merciers prospères et pieux, le soir qu'il était venu en prendre congé pour aller à Strasbourg.

On y avait besoin d'hommes comme lui, l'avait convaincu un marchand de fourrures de Lvov, qui tirait d'un hiver glacial une autorité irrécusable.

Le profil de la demoiselle, à la lueur de la bougie dans son bougeoir d'argent niellé, soudain lui était apparu plus pur.

– Tu es grosse ? Alors je reste, avait-il répondu sur-le-champ.

Il était resté trois mois et la convexité du ventre de son amie, naturellement bombé ne s'était pas du tout prononcée. Il était donc parti pour Strasbourg, mais le printemps était dans son plein, les fourrures ne se vendaient plus et le pelletier ne l'avait pas attendu, lui laissant ce mot à l'auberge du Brochet d'argent : « Tu n'es pas venu. Je pars pour Moscou. J'y serai jusque fin juillet, jusque-là tu seras le bienvenu. » Ce nom de Moscou l'avait fait rêver, mais il n'y était pas allé, ayant préféré l'Italie pour y rejoindre Pic de la Mirandole, qui ne s'y trouvait pas, car il avait été emprisonné à Paris sur ordre du pape.

Le Samorin affectant de ne pas pouvoir se passer de lui, Saül lui demanda huit jours pour aller à Cochin où des affaires plus impérieuses « de vie et de mort en vérité » exigeaient sa présence.

– Huit jours, pas plus, dit le Samorin, je ne voudrais pas que tu manques le départ des Portugais qui ne peut plus tarder puisqu'il dépend du vent. Je te réserve une mission.

– Dans huit jours je serai revenu.

Débarqué à Mattancheri, il franchit sans courir – mais si rapidement que tous ceux qui le virent furent frappés par son élan – les deux cents pas qui le séparaient de chez Abraham où le jeune couple était toujours logé.

Abraham, à son comptoir, le vit surgir hors d'haleine. Saül prit le temps de l'embrasser et jeta :

— Où est Sarah ?

— Mais dans sa chambre, je suppose. Elle ne doit pas se fatiguer.

Saül se ruant vers l'escalier, son beau-frère lui lança :

— Es-tu content ?

— Comment ? cria-t-il, se retournant et levant ses bras immenses, c'est ne rien dire ! Je te croyais plus éloquent.

Les degrés de bois craquèrent à se rompre sous son poids extravagant.

— Te voilà, dit doucement Sarah lui ouvrant les bras.

Il défaillit quand il s'y jeta, le monde était devenu splendide.

Quand il fut remis, il lui palpa le ventre.

— Je ne sens rien, dit-il, inquiet.

— Moi, je sens, dit Sarah, je sens pour toi.

— J'ai peu de temps, il faut faire une fête.

— N'est-ce pas trop tôt ? dit Sarah. Il n'a que trois mois.

— Où serai-je dans six mois ? L'enfant dépend de toi, moi, je ne dépends pas de moi.

— Où seras-tu ? s'inquiéta-t-elle.

— En mer, ou peut-être en Afrique.

Il songea que l'expression « en mer » était bien commode, on pouvait y être aussi bien dessus que dessous.

— Ne t'inquiète pas, reprit-il. Où que je sois, je serai avec toi. Avec toi et avec lui.

— Avec lui ? Comment le sais-tu ?

— Ah ! Je le sais. Je l'ai lu dans un vol de poissons volants.

— Alors…, dit Sarah, inclinant la tête pour masquer un sourire.

Tambours, trompettes, cithares, flûtes et rebecs. Un orchestre imposant fait retentir Mattancheri d'un tapage irrésistible qui franchit la lagune pour émouvoir dans les forêts les éléphants musiciens, les singes il va sans dire, les tigres même et les oiseaux.

Dans la cour d'Abraham, sablée pour la circonstance, et dans l'entrepôt principal, débarrassé de ses sacs d'épices qui l'embaument encore, des centaines d'hommes et de femmes trépignent face à face en rythme, les yeux dans les yeux, selon les cadences séculaires importées de la Terre promise, promise sans être à jamais donnée. La musique juive – indianisée – envoûte les danseurs.

Saül et Sarah dansent ensemble – les matrones consultées ayant autorisé la jeune femme à le faire. Abraham affronte une succession de cousines.

Ravissantes, les cousines, dans leurs robes brodées d'or qui se déploient en vagues tournoyantes, semblant les soulever de terre, découvrant parfois une cheville, leurs cheveux noirs à reflets de cuivre pris dans les résilles de perles, de grands anneaux d'or aux oreilles, de larges bracelets d'or aux bras et la taille encerclée d'or en filigrane.

Il y a là tous les juifs blancs de Cochin et toutes leurs relations d'affaires ; aucun juif noir, bien entendu.

Les cousines ravissantes défilent tour à tour devant Abraham, l'une escamotant l'autre, le temps d'une danse, le temps de se faire valoir aux yeux du jeune veuf riche et brillant qui est le plus beau parti de la communauté et ne peut pas rester veuf indéfiniment. La Loi, à son âge, le lui défend. *Il n'est pas bon pour l'homme de vivre seul*, a dit l'Éternel.

Abraham voit bien que ses cousines sont très belles et que celles qui le sont moins ont encore du charme et que leurs regards débordent de promesses qui seraient toutes tenues. Ah ! La grâce des jeunes corps souples et fermes sous la soie, l'harmonie des pas, l'élégance des épaules très droites, la fierté des jeunes seins, les tailles flexibles, la sveltesse soulignée par les ceintures dorées ! Abraham voit tout cela et se dit que ces filles sont belles et font honneur à leur clan, mais rien de plus. Les sourires qu'il leur adresse sont de politesse et pas d'abandon.

Sept ou huit cousines charmantes se sont déjà relayées devant lui. Il avance un pied, puis l'autre, les recule de même et saute quand il le faut, les mains aux hanches, le dos bien droit, le regard aussi, la tête haute, l'air grave, aux lèvres un sourire rapide quand se présente une nouvelle cousine ; un sourire où le cœur n'est pas. Si Abraham est bon danseur, c'est par obligation sociale plutôt que par goût personnel – « Mon fils, lui disait souvent sa mère, tu dois savoir danser ».

Qui touchera le cœur du veuf ?

Touchera ? Il l'est depuis longtemps. Pire que touché, il est pris.

Une huitième ou neuvième cousine s'avance, habillée à la mode des autres, mais les autres ne la connaissent pas. Lorsque Shobita s'incline devant lui, il oublie de lui répondre selon l'étiquette. Frappé de pâleur, son visage se décompose. Serait-elle venue le narguer ? Mais la musique repart, Shobita commence à danser, les yeux dans ceux d'Abraham ; son visage se recompose, différent de tout à l'heure. Il porte plus haut la tête et, dans le regard droit, les yeux brillent. Quand il fait face à sa danseuse, au terme de chacun des tours sur eux-mêmes que la danse leur commande, son visage s'illumine, cela n'échappe à personne.

Shobita, maintenant reconnue et dont on se répète le nom jusque dans la rue, n'est pas insensible à ce témoignage.

Informé de sa présence, l'orchestre survolté joue maintenant à ébranler le ciel et la terre, emportant les danseurs hors d'eux-mêmes dans une transe magique qui paraît ne pas devoir finir – pareille communion ne le devrait jamais – et pourtant se brise net, à l'instant même, dirait-on, de toucher au mouvement perpétuel, à une lévitation éternelle.

Le roi passait-il là par hasard ? La musique l'avait assailli dans son palais. Il aime la musique, d'autres concerts lui sont pourtant parvenus aux oreilles sans le faire bouger. Et le voilà à l'entrée de la cour, seul ou presque, suivi des quatre nayars qui constituent son escorte minimale, sans que personne ne le remarque.

Dans la cour, cent cinquante couples éphémères et éternels paradent en cadence, hésitantes vagues bariolées – tous ces reculs, toutes ces avancées – où l'œil se perd.

Le regard du roi ne se perd pas. Il trouve son rival avec sa maîtresse et ne les quitte plus.

Il reste immobile un bref instant, les yeux rivés sur le couple et disparaît à la seconde même où l'orchestre s'arrête. Personne ne l'a remarqué.

Dans le silence qui régna le temps que les assistants redescendent sur terre, on aurait pu entendre le clapotement décroissant des pieds nus des nayars et le claquement des sandales du roi sur la terre battue de la rue, mais personne n'avait l'oreille à des bruits aussi triviaux. Les uns écoutaient les anges, les autres leur cœur, tous la musique qui venait de finir, mais qui les tenait encore suspendus au-dessus de la vie ordinaire.

– Décidément, je ne suis rien, murmure le roi plein de rage entre ses gardes du corps.

« Comment redevenir quelqu'un ? prononce-t-il plus haut, si bien que ses gardes n'en perdent rien.

*
*　*

Journal de Krishna

Le roi me donna sa version le lendemain :

– Je réfléchissais aux mesures à prendre envers ces Portugais, si jamais ils revenaient, quand un vacarme affreux m'a cassé les oreilles, interdisant toute réflexion. Ça venait du quartier juif et de chez Abraham. Je décidai d'aller voir de près la raison de ce tapage. On me renseigna en chemin : Saül donnait une fête chez son beau-frère. J'aurais dû rentrer au palais. Pourquoi ai-je continué ? J'ai continué, c'était le destin.

« A l'entrée de la cour, le bruit était effrayant. Ah, ces cistres stridents !... Je me suis arrêté, je n'aurais pas pu entrer. Des centaines de personnes occupaient toute la place en dansant, oscillant d'un mur à l'autre, prises par la danse qui fait tout oublier si l'on s'y abandonne. J'aime la danse, mais je suis roi, je ne peux pas m'abandonner et je ne dois rien oublier. Je n'ai vu que deux danseurs dans cette foule mouvante...

« Voilà le mystère de la danse. Ce rapprochement miraculeux des hommes et des femmes, qui ont si peu à se dire et si peu à faire ensemble. Je n'ai donc vu que deux danseurs.

Je n'avais rien dit jusque-là, pouvais-je plus longtemps rester muet ?

– Lesquels, Seigneur ?

– Shobita et Abraham.

– Ils dansaient ?

– Que crois-tu ?

– Ensemble ?

– Devine. Tu ne danses pas, toi, Krishna, et tu fais bien. Mais tu sais bien ce que c'est que la danse.

– Je n'en suis pas sûr.

– Le plus sûr moyen de s'oublier.

– Alors je regrette de ne pas danser.

– Moi, je danse et le regrette aussi.

– S'oublier ? repris-je. Comment ? On ne peut pas s'oublier tout entier.

En d'autres circonstances, le roi aurait souri.

– Ah, Krishna ! Je te reconnais, approuva-t-il quand même. Il s'agit de l'oubli le plus vulgaire et le plus bas.

– Je vois, dis-je, quoique voyant mal.

– Elle dansait très à l'aise.

– Elle l'est toujours, même sans danser.

– C'est vrai. Quant à l'autre, il le paraissait aussi. Un épanouissement affreux ; un contentement insupportable ; une satisfaction inadmissible. Comment s'épanouir à ce point ? Se montrer à ce point content et satisfait ? J'ai tourné les talons sans que personne m'ait vu.

J'hésitai, puis lançai :

– Alors, Seigneur ?

– Alors l'un de nous est de trop.

– L'un de nous ?

– De moi ou d'Abraham.

La raison d'État lui avait déjà fait empaler Ibrahim Marak-kar. Abraham ne relevait pas de la raison d'État. Il perdait la tête.

Il m'envoya chercher Saül.

Je trouvai Saül en compagnie de Sarah et d'Abraham, faisant bombance.

– Je prenais en t'attendant mon dernier grand dîner, me dit le goinfre.

– Le dernier ?

– Tu vas me dire de partir, d'aller à Calicut, d'embarquer avec les Portugais.

– Comment le sais-tu ?

– Je l'ai deviné. Je crois en la folie des hommes. Même vous, hindous, qui recherchez si fort l'harmonie, je subodore qu'à la longue cette recherche vous fatigue, pour ne rien dire de l'harmonie. Vois. Ces trois bateaux sont arrivés porteurs d'une centaine de pauvres bougres, commandés par une brute bornée et courageuse. Et parce que vos mages, pour se rendre intéressants, ont inventé voilà longtemps qu'une catastrophe vous menaçait, vous liez cette menace à l'arrivée de ces marins.

« En Europe, où les mages sont appelés sorciers, on les aurait écoutés et on aurait brûlé ces Portugais et leurs bateaux pour solde de tout compte. Ici, vous vous jetez dans le destin comme dans un brasier, avec délices. Le feu va vous dévorer.

– Tu ne crois pas au destin ? Tu es bien comme tous ces juifs, ces chrétiens, ces musulmans… Tu penses occuper le centre du monde. Vous croyez que votre Dieu ne s'intéresse qu'à vous.

Ma réplique était sommaire, celle de Saül le fut aussi :

– Je ne sais si Dieu s'intéresse à moi, j'en doute, mais je pressens qu'il suffirait que vous vous attaquiez à ces Portu-gais pour les voir disparaître du Malabar et laisser les choses en l'état. État qui n'est pas si mauvais…

– Peut-être, mais je ne vois pas le roi le faire.

– Notre roi, pardonne-moi cette irrévérence et ne la lui répète pas, ô fidèle brahmane ! se trompe. Nous avons tous des ennemis, mais certains sont plus insupportables que d'autres.

– Il n'empêche, cette affaire va faire ta fortune.

– Sans doute, pourtant j'eusse préféré la devoir à l'intelligence des hommes plutôt qu'à leur bêtise. Mais ce que je viens de dire est sot, si les hommes étaient lucides, je serais resté marchand de peaux de bêtes.

L'attitude et les propos de Saül furent tout autres devant le roi. Il loua d'abord la grandeur de Goda Varma, « son maître, son sauveur, son père », dont il se voulait « le plus fidèle des sujets », puis il exalta les dangers de sa mission, soulignant que les bateaux atteignaient rarement leur port à l'autre bout du monde, qu'il était d'ailleurs certain que celui sur lequel il allait s'embarquer sombrerait… Aussi suppliait-il le roi de protéger sa jeune veuve et d'assurer – il pleura – l'avenir de son fils – la promesse d'un poste au palais, élevé et rémunérateur (contrôleur des douanes par exemple), lui semblait convenir… Enfin, il discuta son salaire. Le roi ayant avancé l'énorme somme de cinq mille ashrafis, il eut un regard désespéré qui bientôt s'embua de larmes.

– Non, non, Seigneur, finit-il par dire, après s'être essuyé les yeux, je partirai plutôt pour rien. Ne suis-je pas ton serviteur ?

– Combien veux-tu ?

– Le quadruple.

Le roi tripla les cinq mille ashrafis.

– Comment aurai-je de tes nouvelles ? lui demanda-t-il avant de le congédier.

– Monsaïd se postera à Alexandrie, où il attendra mes rapports. Ils lui parviendront en un mois. Et d'Alexandrie à Cochin, ils mettront encore moins de temps. Ainsi sauras-tu presque immédiatement ce qui se décide à Lisbonne.

– Puisses-tu m'annoncer le retour de ce Vasco… Si tu parviens à le ramener, je doublerai ta récompense.

– Nous reviendrons ensemble, répondit Saül se pliant jusqu'au sol.

– Je sais, dit Saül à Sarah, que je reviendrai. Dieu veut que j'assume ton avenir et celui de notre fils, qui s'appellera Abraham, ajouta-t-il, se tournant vers le futur oncle.

Celui-ci le prit à part et lui tendit une bourse. La communauté s'était réunie à la synagogue. Saül l'ayant prévenue des avanies infligées aux juifs en Espagne et au Portugal, elle voulait être informée. Il était doux d'être juif en Inde, le serait-il toujours si ces Portugais revenaient ? Saül, d'après le rabbin, risquait sa vie en allant chez eux. Chacun voulut récompenser le frère en danger. Le héros laissa à Sarah l'or des juifs et celui du roi.

– Dépense tout, lui ordonna-t-il, cela nous portera bonheur.

Une troisième bourse vint bientôt s'ajouter aux deux premières dans le coffret de Sarah, apportée par Thomas. Les chrétiens aussi voulaient savoir si les Portugais reviendraient.

– Pourquoi cette précipitation ? avait demandé Saül, quadruplant mentalement les honoraires proposés.

– Nous achèterons une récolte de poivre en avance et la leur revendrons le double de ce que nous paient les Arabes.

Saül alors sextupla la somme avancée.

*
*　*

Sur le bateau qui le ramène à Calicut, Saül prie Dieu de l'assister dans sa mission. Non pas pour lui-même, précise-t-il, pour son fils. Il le supplie par l'entremise de Moïse. Puis, en aparté personnel, espérant que Moïse l'ignore, il demande à Mahomet son intervention, car on ne sait jamais.

Ses prières faites, il rit. Venant de parier avec lui-même, il a gagné son pari : Ali Marakkar l'attend au débarcadère en compagnie de Monsaïd. La communauté musulmane veut savoir. Les marchands arabes sont inquiets, les mappilas plus partagés. Les uns redoutent une concurrence déloyale, les autres espèrent des débouchés supplémentaires.

268

Saül calcule le prix qu'il faudra payer un scribe pour copier ses rapports en quatre exemplaires, sans oublier la commission de Monsaïd.

Quatre ? Non, cinq exemplaires ! Car le Samorin – Saül lui ayant rappelé la générosité de son oncle et prédécesseur, notamment l'achat somptueux de la peau d'ours mitée – lui confie, presque attendri, une mission secrète : partir avec Vasco de Gama et le renseigner sur Lisbonne.

Cette fois, la figure de Saül se crispe d'effroi. Il évoque la noirceur des océans, les épidémies, les cannibales aux escales, la cruauté des Portugais, l'éloignement de sa femme, enfin la séparation d'avec le Samorin lui-même, dont il a été toujours le plus fidèle sujet... Néanmoins, il accepte avec gratitude la mission-suicide que lui propose son seigneur. Le Samorin sera plus généreux que le roi de Cochin.

– Fasse, lui dit-il, au moment de le payer, que l'événement que tu m'apprendras, à moi seul, soit qu'ils ne reviendront jamais. Si Vasco reste dans son pays, je quadruplerai tes émoluments.

Saül jure sur-le-champ : il reviendra sans Vasco.

De tous ces commanditaires, c'est Ali, le poète, qui a discuté le plus fermement son salaire.

Tout l'équipage du *São Gabriel* est au bastingage. Sur le château arrière, Paulo et Vasco de Gama n'en croient pas leurs yeux. Le bateau qui cingle vers eux arbore le pavillon de Venise. Le lion d'or bat dans le vent d'Oman. A l'avant, un personnage énorme, accoutré comme un oignon d'oripeaux multiples, insensés par cette chaleur, les salue à la turque, bras en avant.

Bras en avant, tiré par plusieurs marins – son poids n'est pas léger –, le Turc est hissé à bord. Dans un castillan farci d'italien, Saül-Hussein se présente : il est facteur, en charge du comptoir vénitien de Giovanni Affaitadi. Il contrôle la qualité des marchandises – gemmes, soies, épices – que la Sérénissime achète ici à des courtiers maures. Saül-Hussein fait pêle-mêle comprendre qu'il aimerait bien changer de mandataire et retourner en Europe, qu'il a parcourue autrefois et dont il a gardé la nostalgie.

Assez étrangement, c'est Paulo de Gama qui se méfie de lui.

– C'est un espion, dit-il à son frère. Les traits de ce gros homme n'ont rien de turc ni de maure.

Mais Vasco est séduit. Il questionne Saül.

– As-tu voyagé en Inde ?

– Si j'ai voyagé en Inde ! J'en parle toutes les langues, le Prophète m'en a fait don.

Et Saül, torrentiel, décrit le pays entier. Tous ses royaumes, tous ses princes, et plus loin Malacca et Mandalay, laissant entendre enfin qu'il a frôlé la Chine. Il mentionne des chrétiens partout, énumère des armées immenses et des richesses inouïes. Vasco, et même Paulo sont fascinés.

Vasco, conquis, lui offre le voyage. Il tient enfin un témoin irréfutable de leur découverte. Irréfutable et irremplaçable. Certes, il prendra des otages, mais ce gros homme mieux que personne témoignera de son épopée.

Paulo, qui se méfie encore, se promet d'interroger plus avant le colosse.

En attendant, le personnage fait passer à bord plusieurs sacs d'épices avec un coffre plein de fruits et de légumes.

– Des fruits et des légumes ? s'étonnent les Portugais.

– En mer, je suis végétarien, répond le passager, soudain laconique.

*
* *

Journal de Krishna

Les cales de Vasco étaient loin d'être pleines mais les sacs de poivre et de cannelle qui tapissaient les fonds du *São Gabriel* allaient couvrir quarante fois les frais de l'expédition.

Plusieurs jours de manœuvres obscures devant Calicut précédèrent son départ à la fin d'août. Il s'éloignait jusqu'à disparaître, puis se rapprochait de la côte, mouillant un jour hors de vue, le lendemain jetant l'ancre à la limite des hauts-fonds devant la ville. Démontrant, selon les experts, une supériorité décisive sur tous les navires que nous connaissions jusque-là, qui ne naviguent que vent arrière, incapables, comme ils disent, de « tirer des bords », encore moins de remonter au vent. Les Maures en particulier, seuls marins du Malabar, considéraient pensivement cette capacité. Les Portugais en possédaient une autre, en matière d'artillerie, qui nous demeura inconnue lors de ce premier séjour.

Outre Saül, volontaire comblé, Vasco emmenait des otages. Une dizaine d'habitants de Calicut qu'il croyait notables étant venus à son bord, il les retint sous prétexte que les hommes qu'il avait laissés à terre n'étaient pas libres de leurs mouvements. Ces derniers étaient son facteur, son écrivain, et les gardiens de son entrepôt. Il avait lui-même sollicité leur détachement auprès du Samorin comme un privilège.

Se posant en victime d'une félonie d'autant plus inadmissible que le Samorin était chrétien comme lui (cette risible erreur décidément obsessionnelle), il proclama :

— Rendez-moi mes hommes, je vous rendrai les vôtres.

Il mentait et le prouva. Ses hommes n'étaient prisonniers de personne. Ils le démontrèrent en venant le voir. Ayant dû constater la liberté des prétendus captifs, il réclama ses marchandises invendables, pour les renvoyer à terre lorsqu'elles lui furent rapportées. Incohérences.

Son dernier souci avant de lever l'ancre avait été de confier à l'équipage de l'une des dernières chaloupes qui étaient venues l'aborder un pilier en pierre où étaient sculptées les armes du Portugal, leur demandant de le dresser sur le rivage devant Calicut. Ces hommes lui avaient promis de le faire après en avoir informé le Samorin. Celui-ci avait interrogé son chapelain :

— Pourquoi ériger ce pilier ? N'est-ce pas de leur part une revendication territoriale ?

– C'est une manie, Seigneur, de navigateur occidental, avait répondu Talappana. Ils déposent partout des marques de leur passage, quand ils se croient les premiers quelque part.

– Les premiers d'Europe ?

– Sans doute, Seigneur.

– Crois-tu que nous n'existions pas pour eux ?

– Je ne pense pas qu'ils en soient là. Je croirais plutôt que ces piliers ont quelque chose de magique, analogue aux stèles dressées à nos dieux. N'offense pas le leur. Laisse-les l'ériger.

Ayant fait porter ses adieux au Samorin, il en reçut en retour, par son facteur Diogo Dias, frère de ce Bartolomeu qui doubla le premier la pointe de l'Afrique et fut ainsi à l'origine de nombreux malheurs, la lettre suivante pour dom Manuel dont Saül m'a communiqué le texte :

> Vasco de Gama, gentilhomme de ta maison, est venu dans mon pays, et j'en ai été très heureux. Il y a dans mon pays beaucoup de cannelle, beaucoup de clous de girofle, de gingembre et de poivre et beaucoup de pierres précieuses, et ce que je veux du tien, c'est de l'or, de l'argent, du corail et de l'écarlate.

On ne pouvait faire plus commercial, ni plus bref.

Les chaloupes qui avaient accompagné le facteur réclamèrent les otages une dernière fois. Du haut de son château de poupe, Vasco laissa tomber qu'il les emmenait au Portugal, « ce qui leur ferait le plus grand bien », et qu'il les ramènerait lorsqu'il reviendrait.

– Quand reviendras-tu ? lança le patron d'une chaloupe.

– L'an prochain, si Dieu le veut, et alors vous verrez si nous sommes des voleurs, comme le disent les Maures.

Cette protestation d'honnêteté est la seule phrase un peu sensible qu'on lui ait entendu prononcer en trois mois de séjour.

Vasco était donc demeuré quatre semaines, tout leur mois d'août, à ruminer sans bouger de son *São Gabriel*. Le Samorin avait fait preuve envers lui d'une mansuétude que les lectures de ses astrologues pouvaient seules expliquer. Son chapelain en tête, ils avaient dû le persuader que ce Portugais ombrageux jusqu'à l'imbécillité lui vaudrait ou beaucoup de mal ou beaucoup de bien.

Je me suis longtemps demandé ce qui passa par la tête de Vasco pendant cette réclusion volontaire, qu'il s'imposa sur la rumeur d'un attentat possible. S'estimait-il à ce point précieux ?

Je crois qu'il resta assis des heures dans la chambre des cartes, le menton sur le poing et son regard morne fixé droit devant lui, sur un nœud du bois ou une araignée dans sa toile – y a-t-il des araignées sur ces bateaux ? Car il suffisait de l'aborder pour reconnaître un homme d'idée fixe. D'une seule idée à la fois.

Son départ, pour moi, fut surtout celui de Saül. Je m'étais attaché à ce hâbleur avide, mirobolant, rusé, et loyal, qui comprenait tout.

Touché au-delà de ce que j'aurais cru, je lui demandai avant qu'il n'embarque s'il n'était pas bien ici. Il était très bien, répondit-il, jamais il ne s'était senti aussi bien. Il aimait Sarah, il m'aimait, il aimait le roi qui avait eu pour lui tant de bontés, et s'il partait pour Lisbonne, ce n'était que pour mieux revenir et servir. Il ne doutait pas de séduire le roi de Portugal comme il avait séduit le Samorin et le roi de Cochin.

– Je ne plais pas toujours aux hommes ordinaires, mais je plais toujours aux rois, me dit-il avec un clin d'œil.

Il se tut un instant avant d'avouer – ou de le feindre :

– Au fond, je me suis jamais senti vraiment bien nulle part. A Lisbonne, il en sera de même.

Bref, il promit de revenir. Comment ne le pourrait-il pas ? Sarah était enceinte. Comment pourrait-il abandonner son fils ? Car ce serait un fils, son horoscope était déjà dressé. J'admirai sa sûreté de soi car enfin il y avait la mer, les eaux noires qui avalaient tant de vaisseaux. La mer le protégerait, dit-il, superbe. Il l'avait lu dans les astres. Il avait toujours réponse à tout.

273

Il partit donc et j'allai seul comme naguère devant le roi, doutant quand même de le revoir, malgré toutes ses assurances.

*
* *

Chapitre 2

Journal de Krishna

Le roi retrouvait le goût de vivre. Les Portugais en étaient la cause, ayant fait diversion à son chagrin d'amour.

Il y revenait sans cesse et surtout sur leurs relations avec le Samorin. La retraite de Vasco sur son *São Gabriel*, expression, selon lui, d'une défiance « anormale » envers Calicut, le satisfaisait particulièrement. Son départ les mains vides, ou presque, hormis ce que le roi appelait « quelques échantillons d'épices », treize otages et Saül, l'enchantait.

— En Europe, treize est un nombre néfaste, m'avait appris le géant, peu avant d'embarquer. Je ne suis pas superstitieux, mais je respecte les superstitions des autres.

Il avait songé à se transporter sur le *São Rafael* de Paulo de Gama. Mais, ayant perçu sa méfiance envers lui, il avait engagé *in extremis* un serviteur pour faire quatorze et rompre le mauvais sort.

— Je prévois de grandes tensions entre ces Portugais et le Samorin, disait le roi, jubilant. Des tensions qui nous serviront.

— Encore faut-il qu'ils reviennent...

— Ils reviendront. Saül est avec eux ; il m'a dit qu'il reviendrait. Donc ils reviendront.

Le roi fit toujours preuve envers Saül d'une confiance très

275

étonnante de la part d'un prince aussi avisé. Ce fut peut-être parce qu'il l'était qu'il la lui accorda.

Je lui représentais que les courses de Saül et celles des Portugais pourraient très bien se dissocier et Saül revenir seul, comme il était venu.

— Non, non, disait le roi. Ils reviendront ensemble. Saül a lié son sort au leur.

Je ne sais pas si le pouvoir donne des lumières particulières, je dois toutefois reconnaître que le roi vit plus clair que moi. A mes yeux, c'était le commerce qui intéressait les Portugais, les épices et rien d'autre. J'ignorais tout du prosélytisme occidental ou chrétien qui dépasse de loin le musulman. Le roi n'en savait rien non plus mais il le pressentit.

— Ils ne se borneront pas, disait-il, à commercer comme tout le monde. Que répondit ce malfaiteur débarqué en premier à la question de Monsaïd ?

— Qu'ils venaient chercher des chrétiens et des épices.

— Ils n'ont pas trouvé leur compte, mais ils savent que le compte y est.

A propos de chrétiens, un échange avec Saül me revenait en mémoire :

— A part les Maures, qu'ils connaissent, qu'ils détestent et qui le leur rendent bien, ils vous croient tous chrétiens, précisait Saül, une étincelle dans l'œil.

— Et toi ? répondait le roi. Qui crois-tu être ?

— Juif, Seigneur. Ils connaissent les juifs aussi.

— Le monde est petit, soupirait le roi.

Il reprenait :

— Es-tu vraiment juif et non musulman ?

— Seigneur, si je le savais, j'aurais tout résolu, répondait Saül.

Le roi se tournait alors vers moi et me disait :

— Ne mériterait-il pas d'être hindou ?

Un an passa. On s'attendait tous les jours à l'apparition d'une nouvelle escadre. La frustration fiévreuse que le départ des Portugais avait laissée au Malabar empirait tous les matins devant la mer vide et retombait dans la journée où le quotidien reprenait le dessus, pour remonter le soir.

Quoi ? Les mages, les sorciers, les astrologues avaient annoncé que la prédiction fatale commencerait avec eux, que ces marins irascibles étaient les envoyés des dieux et ils étaient repartis sans que rien n'ait changé. Comme s'ils n'étaient jamais venus.

A Cochin même, où ils n'avaient pas mis les pieds, la déception était patente. Nous étions comme des enfants devant la promesse ayant tourné court d'un jouet dont nous n'aurions jamais rêvé. Une dangereuse vacuité s'établit dans les cœurs et mina les esprits, source de pensées médiocres et d'agissements misérables.

Le roi retomba dans l'hypocondrie.

– Je ne parviens pas à m'endormir, me disait-il tous les jours. Je les vois danser. Parfois, c'est pire : c'est moi qui danse avec Shobita, soudain tu apparais, poussant un miroir à roulettes ; je me tourne et l'image qui m'est renvoyée est celle de mon corps coiffé de la tête de ce juif, arborant le sourire idiot des amants satisfaits : non seulement il me l'a volée mais avec elle mes attributs. C'est lui le roi.

Ses obsessions s'aggravaient de semaine en semaine. Il lui arrivait de me convoquer plusieurs fois dans une journée pour m'envoyer près d'elle et lui rapporter aussitôt ce qu'elle faisait. Il lui adressait des messages incohérents auxquels elle ne répondait jamais. Il l'accusa même de s'être laissé corrompre par le Samorin ; ce dernier l'aurait soudoyée pour l'empêcher de revenir à lui afin de le rendre fou.

– Rappelle-toi, cette crapule est capable de tout.

En représailles, il refusa de payer le tribut à Calicut. Les tensions se ravivèrent à la frontière.

Abraham était l'autre cible de ses délires. Il l'accusait de pratiques magiques.

– Ce juif m'ensorcelle. Les juifs sont très forts, je me suis renseigné.

Ou bien :

– Il l'a ensorcelée. Il lui fait avaler des drogues qui la lui rendent fidèle.

Il avait oublié qu'elle était *devadasi* et l'épisode du brahmane. Shobita fidèle ! Elle l'était certes, mais sur un tout autre plan que celui des hommes.

La tragédie devait survenir. Elle survint.

*
* *

Cette nuit-là, dans son palais de Cochin, le roi est seul à sa fenêtre. C'est pourtant la fête de Pongal, fête de la moisson où l'on promène en musique dans les rues le bétail paré de peintures et de guirlandes. Il ne l'avait jamais manquée depuis son accession au trône. Shobita n'y était pas non plus. On l'avait pourtant suppliée d'y venir danser, mais elle avait craint de rencontrer le roi. Cependant, pour célébrer Pongal, elle donnait un dîner de trente convives, dignitaires de la cour, étrangers de marque, éminents négociants, Abraham...

Ses espions autour de la Petite Maison ont prévenu le roi. A sa fenêtre, penché sur la ville, il écoute les musiques qui montent dans la nuit et se confondent en un vacarme exaspérant, comme s'il pouvait y distinguer l'orchestre de Shobita et deviner d'après ce qu'il joue ce qui se passe chez elle.

Le vent agite les feuilles des banians. Shobita danse pour ses invités. Danse devant ses invités, mais pour Abraham seul, s'est persuadé Goda Varma. Il a perdu la raison, il le sait, n'en a cure, se laisse glisser dans sa démence et même s'en repaît. Soudain, il se redresse, convoque deux de ses nayars, leur donne un ordre.

Comme toujours, la soirée est étincelante chez Shobita. Shobita danse, les hommes sont gris, l'esprit fuse, tous s'imaginent jeunes et beaux, pareille beauté dansant pour eux comme aucune autre danseuse au monde n'oserait rêver de pouvoir danser. Seul, Abraham résiste à l'enchantement. Il hait ces hommes que sa maîtresse fascine. Chacun de ses gestes et de leurs regards lui déchire le cœur. Il a cru la voir sourire, autrement que la danse le veut, au Maître des Éléphants, le Grand Cornac du royaume, dont la fonction surpasse toutes les autres, comme l'éléphant les autres bêtes.

Il voudrait Shobita moins belle et moins talentueuse, plus vieille et pleine d'ennui – ou quelconque, simplement quelconque –, personne d'autre que lui-même ne pourrait l'admirer. Ah ! la tête lui tourne et son cœur est en miettes.

Il ignore qu'au même instant, à un soupir de distance, le roi caresse le même désir : que Shobita ne puisse plaire qu'à lui.

Est-ce la moite tiédeur de l'air ? Le passage haut dans le ciel de nuages qui masquent les étoiles ? La perception divinatoire que Shobita elle-même aimerait être moins aimée ? Seraient-ce les dieux, jaloux des hommes, qui inspirent à ces deux hommes ce désir malsain ? Shobita laide, le Malabar serait tout entier enlaidi.

La fête est finie. Abraham a passé le perron avec les autres convives. Il traverse le jardin. C'est ici que la servante vient toujours le retenir, lui faisant contourner un énorme ficus, dont les racines gigantesques dissimulent son retour. Mais il arrive au porche et on ne l'a pas retenu. Éperdu, il compte les sortants. Manque le Maître des Éléphants, à qui, tout à l'heure, il a vu Shobita sourire.

Il ne franchit pas le porche avec les autres, il se cache derrière le ficus, d'où il peut voir la fenêtre et, au-delà, un peu de la chambre de sa mal-aimée. Pourquoi a-t-elle retenu le cornac ? Une pensée folle le traverse. C'est parce qu'il lui ressemble. Car ils se ressemblent, la chose l'a frappé. Lui, négociant juif en poivre et le Maître des Éléphants qui sont l'orgueil du roi, se ressemblent comme des frères. Même stature, même façon de pencher la tête – lui vers l'épaule gauche, l'autre vers la droite, mais qu'importe –, mêmes cheveux noirs. Et ce soir, même vêtement. Une atroce impression de dédoublement l'anéantit un instant. Revenu à lui, la rage le submerge.

279

Pourquoi coucher avec mon double ? s'interroge-t-il, plein de colère, en se pinçant jusqu'au sang. L'idée grotesque d'une confusion augmente sa déroute et lui arrache un ricanement.

— S'il avait été différent, j'aurais pu comprendre, lâche-t-il à voix basse et vibrante de fureur.

Mais il n'aurait pas mieux compris. La haine l'emporte. Il hait Shobita. Il la rejettera quand elle lui reviendra. Il lui broiera le cou.

Reviendra-t-elle seulement ? Le Grand Cornac ne serait-il pas un amant fabuleux ? D'après les hindous, le contact des éléphants est un merveilleux stimulant.

Un vertige le prend. Si elle revient, il la reprendra.

Un oiseau lance dans la nuit un cri guttural – c'est Shobita qui l'a poussé dans les bras de son sosie. Le vent froisse les feuilles du ficus – c'est le crissement de la soie des draps sous les corps des amants. Un barrissement retentit soudain dans les écuries royales. Le même, en un peu plus rauque, lui répond de la Petite Maison. C'en est trop, Abraham se bouche les oreilles.

Là-bas, au palais, les espions ont informé le roi que la fête a pris fin.

— Seigneur, un convive n'est pas sorti.

Le roi défaille. « Abraham…, se dit-il. Je le savais. » Il retourne à sa fenêtre. Dans ses larmes, il voit deux corps s'étreindre dans une tempête qu'il aurait lui-même soulevée.

Le roi à sa fenêtre, Abraham derrière son arbre, tétanisés, ne bougent plus. La crainte de perdre le moindre bruit des scènes où leurs esprits se vautrent les absorbe tout entiers. Et c'est ainsi que la nuit passe.

Les cris des perruches qui s'éveillent et commencent à voler d'arbre en arbre prennent possession de l'aube. S'ouvre la porte de la Petite Maison. Un homme sort, traverse le jardin d'une démarche flottante, euphorique et épuisée. Il arrive au porche qui donne sur la rue, hésite, à demi retourné, enfin le franchit. Abraham lui emboîte le pas, sans être sûr de ne pas être celui qu'il suit.

Croit-il mieux comprendre ainsi ce qui a séduit Shobita, imaginer si peu que ce soit ce qu'elle a ressenti dans ses bras ? Il ne quitte pas son rival des yeux, laissant vingt pas les séparer, s'obligeant à ne pas ramasser la pierre qu'il a heurtée du pied, à ne pas courir, à ne pas frapper son double à la tête pour le tuer, s'en délivrer à jamais et se délivrer pour toujours de soi.

« *Tu ne tueras point* », lui semble-t-il entendre en esprit, sans savoir si cette voix raisonne pour l'empêcher de le faire ou l'y exhorter.

Il ne voit pas les deux hommes gris qui se sont détachés d'un mur et s'avancent vers son rival. Il ne les voit qu'à sa hauteur. Ils s'écartent tels deux danseurs dans une figure de ballet. De longues lueurs blanches prolongent leurs poings. Le Seigneur des Éléphants ne paraît pas les remarquer. Une lame plonge dans son cœur et l'autre dans son dos, sous les côtes à droite, en ce point connu de tous les tueurs du monde. Les deux fers sont entrés ensemble et ressortis de même. Le Grand Cornac plie les genoux, s'affaisse sur le sol et meurt, dans une posture de musulman sur son tapis de prière. Les assassins ont disparu.

Une femme qui lavait son linge dans le ruisseau n'a rien perdu de la scène et pousse le premier hurlement. D'autres, qui n'ont rien vu, la relaient aussitôt. Abraham se penche sur son double, l'envie de toute son âme, et s'enfuit en riant.

Les cris ont alerté les habitants de la Petite Maison. Shobita vient à son tour se pencher sur le mort. Elle croit reconnaître Abraham. Non, c'est l'autre. C'est alors qu'elle s'aperçoit de leur ressemblance. Un bref vertige la fait chanceler, puis le même épuisement l'accable que celui qu'elle éprouve après avoir dansé.

*
* *

Journal de Krishna

Cochin fut frappée de stupeur. Je ne fus pas le dernier à l'être ni, je crois, le moins touché. On n'avait jamais vu de nayars assassins... Leur disparition les dénonça dès le lendemain.

Ce crime inimaginable fut imputé à la vengeance. Les tueurs, eux-mêmes cornacs, avaient été chassés des écuries royales pour avoir déversé dans l'abreuvoir des pachydermes l'alcool qu'ils n'avaient pas pu boire lors d'une saoulerie faramineuse – l'éléphant ivre devient fou et détruit tout sur son passage.

Shobita vint au palais. Elle avait exigé ma présence auprès du roi. Celui-ci, inconscient, la dévorait des yeux. Elle se tenait droite comme un jeune bambou, resplendissante et triste. Vieillie peut-être ? Je pouvais le percevoir.

– Comment le roi a-t-il pu ?

Ce n'était pas à moi de répondre.

Le roi garda le silence.

Elle murmura, pour moi :

– J'ai connu d'autres aubes. Il me lisait des poèmes. Nos corps et nos pensées étaient en harmonie...

Et, haussant le ton, à son adresse :

– Faire tuer cet homme – car je sais que tu as donné à ces deux nayars l'ordre de commettre ce crime –, c'est faire de moi ta complice dans le sang versé. Pire ! Je m'en sens responsable. Au temple, ce matin, les dieux me l'ont dit. Comment, ô brahmane, pourrais-je jamais en être purifiée ? Combien d'années, quels sacrifices me vaudront leur pardon... J'ai mal, je suis sale, je brûle. Ô roi, je te hais...

Le roi sourit – sans doute devenait-il fou. Elle vit le sourire et blêmit. Comment avait-elle pu l'aimer ? Crier dans ses bras ?

Elle s'avança vers lui et cette fois-ci, d'une voix froide, lui lança :

– Ce n'est pas au cornac que tu en voulais, c'est à Abraham, mon amant. Entends-tu ? Mon amant. Touche à un seul de ses cheveux et je quitterai Cochin. Le Samorin sera ravi de me protéger de ta folie.

*
* *

Abraham serre Shobita dans ses bras. La courbure de son nez, aussi nette que celle du bec d'un jeune oiseau de proie, l'émerveille ; il caresse ce nez puis ses doigts glissent sur les joues où ils s'attardent comme s'ils allaient farder le visage ; ce mouvement qui n'en finit pas surprend Shobita, l'émeut, puis l'inquiète.

– Que cherches-tu ?

– Je cherche à te deviner, à mieux te connaître pour mieux t'aimer.

– Qu'est-ce que l'amour ?

– C'est te regarder, t'écouter vivre.

– Souvent ?

– Sans cesse.

Elle l'embrasse. Il s'écarte. Elle se jette sur lui et lui griffe le dos. Il s'écarte de nouveau.

– Tu me fais peur.

– Viens.

– M'appartiens-tu ?

– Non. Je ne m'appartiens pas non plus. J'appartiens aux dieux. Je ne danse que pour eux et quand ils veulent bien m'inspirer, je brûle d'un feu incomparable à aucun plaisir. Je me consume, m'anéantis.

– Tu divagues. Dieu a créé l'amour pour tous les hommes et toutes les femmes, puisqu'ils multiplient son image.

– Non, Abraham. L'amour, c'est Dieu. L'absolu qui réside en nous-mêmes. Aux hommes, je donne l'élan, le désir, le plaisir. Je les amène à la porte qu'il faut franchir pour aller

283

vers l'amour, pour aller vers Lui. Lui seul est l'amour. Il est le seul Amant. Mon seul Amant.

Abraham la regarde, effaré. Shobita le voit perdu. S'en veut de ce désarroi, déteste ce chagrin. Elle hait faire du mal. Quel mal est pire que détourner un homme de son accomplissement ? Mais où elle cherche la liberté et lui l'esclavage, que peut-elle lui donner au-delà du plaisir ? Un songe, se dit-elle. Un songe qui la fait sourire. Ce qu'elle va lui offrir l'habitera pour toujours, lui, le prisonnier des apparences.

– Reviens demain. Tu verras ce qu'aucun homme n'a jamais vu.

Le lendemain après-midi, la chaleur et l'humidité ensevelissent dans la torpeur la Petite Maison. Toutes les portes et tous les volets sont fermés. L'eau qui jaillit des fontaines des patios pousse l'air qu'elle rafraîchit à l'intérieur de la demeure.

Abraham est assis devant Shobita, allongée sur son lit. A côté, sur de petites tables, les servantes ont posé des lampes, car il faut beaucoup de lumière pour le travail de précision qui va commencer.

La barbière – ainsi les appelle-t-on là-bas – se nomme Kalappana – en sanskrit, Imagination, c'est l'un des très vieux noms de l'Inde qui revient souvent dans les *Veda*. Elle a le même âge que Shobita et l'épile depuis ses premiers duvets. Une complicité ambiguë lie les deux jeunes femmes, effaçant la différence de caste.

Kalappana s'active avec des gestes précis. Elle brûle de l'encens dans une soucoupe ; fait chauffer de la cire dans une coupe où bientôt elle clapote avec des bruits d'insecte – succions de la mante religieuse qui mange son mâle pendant l'amour –, touille des pommades roses – dont l'odeur incommode Abraham – dans des gobelets d'or, nettoie longuement un rasoir et de petits ciseaux d'or avec de l'alcool de riz.

Kalappana est cependant moins assurée que d'habitude. Entre ses seins noirs et lourds, une sueur perle qu'elle essuie du revers de la main, les faisant ainsi tressaillir. C'est la première fois qu'elle officie devant un homme, un bel homme de surcroît, et cela la trouble. Mais au nom de quoi, admet-elle vite, se priver de spectateurs ?

Car c'est un art que je pratique, se dit-elle, s'épanouissant, un rituel millénaire que je sers avec amour, je n'ai pas à en rougir. Il n'y a pas de métiers plus nobles que les métiers de la beauté et le plus noble est certainement le mien : les poils, chez une femme, sont une insulte à la beauté et donnent en outre aux parasites de trop faciles asiles...

Maintenant, Kalappana est assise au bord du lit. Shobita a jeté son bras gauche au-delà de sa tête, la paume de la main tournée vers le plafond, les doigts – danseuse oblige – à angle droit. Kalappana lui caresse l'aisselle pour évaluer la résistance de la toison qui la recouvre. Elle ramène un pinceau de poils, le tord et l'humecte avec du lait de coco. Enduit d'un baume l'aisselle de sa patiente. L'onguent rosé éclaire la peau brune. Kalappana laisse sécher et quand les poils se coagulent, elle prend son rasoir ; dans un crissement de soie déchirée, la touffe glisse sur la couche, comme une feuille tombée d'un arbre. Abraham se retient de les ramasser. L'officiante en est à la seconde aisselle.

– J'ai besoin de plus de lumière, dit-elle en se tournant vers lui.

– Allume les lampes, aide Kalappana, dit Shobita en souriant.

Trop heureux de cette diversion, Abraham se précipite, s'affaire, se brûle les doigts, frôle les seins de Kalappana, en rougit. Shobita, malicieuse, lui dit :

– Ma barbière te plaît, je vois.

Abraham bégaie et se rassoit.

Kalappana a sorti d'un sac des mouchoirs de soie et de coton ; la soie pour Shobita, le coton pour ses instruments. Elle s'est isolée dans un coin de la pièce pour mélanger dans un bol d'argent des liquides, des pâtes et des huiles qui ont chauffé à part dans de petites soucoupes. Abraham reconnaît à l'odeur le lait de coco et l'eau de rose ; le baume qui vient d'Arabie dégage de l'amertume, il cicatrise toutes les bles-

285

sures. L'huile de jasmin assouplit le poil. Quant à cette herbe en décoction, sa cueillette dans les Ghâts est un secret de famille, depuis trente générations. Dans le bol, elle malaxe aussi une huître, symbole à la fois de la mer et de la femme, qui facilitera le passage des ciseaux sur la peau si délicate.

Kalappana revient vers Shobita, lui écarte les cuisses, y glisse le mouchoir de soie jusqu'au sommet des lèvres. Elle trempe alors ses doigts dans la mixture si longuement préparée et masse la toison de Shobita, lui arrachant de petites plaintes devant Abraham, subjugué. Elle saisit le rasoir d'or et très vite, par quatre fois, elle en fait glisser la lame vers l'ourlet de l'étoffe, s'arrêtant net à cette frontière pour remonter aussi vivement vers le nombril.

Le haut du pubis est désormais nu. Kalappana l'enduit d'une crème de mangue. La brûlure du rasoir s'évanouit.

– Seigneur, dit alors Kalappana à Abraham, viens près de moi car, pour ce qu'il me reste à faire, j'ai besoin que tu tiennes une lampe au-dessus de notre maîtresse.

Le seigneur, un peu blême, s'est assis au bord du lit à la hauteur des hanches de sa belle. La barbière lui prend le bras et le pousse un peu plus haut. Abraham, qui tient la lampe au-dessus de sa tête, remarque avec quelle grâce ses cheveux noirs sont tressés et le contraste avec la peau nue de son aimée.

Kalappana a retiré le mouchoir de soie. Avec deux doigts, elle saisit délicatement l'une des lèvres, la repousse vers l'extérieur et glisse le mouchoir dans la fente. La lèvre semble posée sur un écrin. Elle la masse longuement, alternant les baumes. Puis s'empare de ses petits ciseaux qu'elle trempe régulièrement dans l'alcool de riz et dont elle sèche ensuite les lames avec son mouchoir de coton. De l'intérieur vers l'extérieur, Kalappana coupe minutieusement la petite toison. Shobita tremble. De plaisir ou de crainte ? se demande Abraham, éperdu. A chaque tremblement, la barbière s'arrête, sourit et, d'une voix douce, apaise sa patiente.

Il faut un grand effort à Abraham pour se relever et changer de côté lorsque Kalappana s'attaque à la seconde lèvre. Mais à aucun instant il ne quitte des yeux les doigts et l'avancée des ciseaux dénudant le pubis. L'opération terminée, Kalappana retire le mouchoir de soie et montre fièrement son œuvre à Abraham.

Son cœur ne battait plus depuis une heure. Ébloui, comme dans un rêve, il voit maintenant une conque rosée au bord de la mer. Une nacre éblouissante ourlée de l'écume d'une vague. Il découvre la naissance de l'univers. Une illumination le traverse : la femme sur terre a précédé l'homme. L'hindou chez lui a pris le pas sur le juif.

L'étreinte qui suivit, jamais Abraham ne l'oubliera.

Un an morose s'écoula. Sans Portugais, non sans nouvelles du Portugal, Saül écrivit à Sarah. La lettre arriva quatorze mois après son départ.

> Très chère Sarah,
> Le roi m'adore, je t'adore et je crois que tu m'adores aussi. Ainsi sommes-nous tous deux comblés. Ah ! je serais le plus heureux des hommes si je n'étais aussi loin de toi ! Le roi m'adore ; il n'est pas le premier. Le premier roi, veux-je dire. Je plais aux rois, ce n'est pas ma faute, le Seigneur sans doute le veut. Mais je laisserais tous les rois du monde pour ne plaire qu'à toi, mon aimée, ma resplendissante, ma suavité, mon amour. Dom Manuel, roi de Portugal, surnommé le Roi Fortuné, veut faire ma fortune. Notre fortune, Sarah aimée, et celle de Balthazar avec la nôtre.
> Qui est Balthazar ? te demandes-tu peut-être. Tu le connais mieux que personne. Il ne peut pas être loin de toi. Peut-être est-il dans tes bras... Oui, il y est ! Balthazar est notre fils. Il a déjà onze mois, n'est-ce pas ? A qui ressemble-t-il ? A toi ? A moi ? Je voudrais qu'il soit ton portrait. Toi, ma ravissante, mon amour inextinguible, ma tourterelle. Dieu veuille qu'il te ressemble ! Moi, je suis peut-être grand, mais je suis gros. Et je suis laid, ne proteste pas, je le sais. Gros, c'est mesurable. Laid, ce l'est moins. Pourtant, je sais que je le suis.

Peu importe ! Je le suis pour moi, certainement pour d'autres, peut-être pas pour toi.

Balthazar est un beau nom. Dans la Torah, c'est un nom de roi ; dans la légende postérieure, c'est un nom de mage, de Roi mage. Le patron de notre fils, c'est le Balthazar de l'Évangile, qui est allé s'incliner avec ses pairs Gaspard et Melchior devant l'Enfant-Jésus.

Il gardera Abraham comme second prénom. Abondance de biens ne nuit jamais. Moi-même, qui suis Saül pour toi, j'ai été Hussein pour d'autres et, à Lisbonne, je suis Gaspard. Je te dirai bientôt pourquoi. Mais Hussein, Saül ou Gaspard ne vivent que pour toi, ma colombe.

Le roi Manuel me fait venir tous les jours dans son palais. Il me montre à tous ses sujets importants, les convoquant souvent de très loin. Princes, ducs, marquis, ambassadeurs, financiers, administrateurs. « Voici Gaspard, leur dit-il, Gaspard des Indes. » Ils s'inclinent tous devant la splendeur de ce nom. Vasco de Gama en est presque jaloux. Pour le roi, l'Inde, c'est moi.

Je ne me suis, tu le sais, jamais soucié de gloire. La voilà qui m'est tombée dessus. Il y a pire écrasement. Mais il faut que je te raconte.

Lisbonne est une grande ville bâtie sur sept collines dominant la rive droite du Tage et qui regarde vers le sud. A cet endroit, le fleuve s'évase pour former une vraie mer où tiendraient tous les navires du monde. On l'appelle la mer de Paille en raison de la couleur jaune que tire du soleil le miroitement perpétuel de ses eaux. Le roi réside dans un château nommé Saint-Georges qui coiffe l'une des collines, au-dessus de l'ancienne ville maure étagée le long du fleuve. Les Portugais, jadis, durent reprendre leur pays aux Maures. Cette reconquête fut achevée il y a deux siècles et demi, mais ils en parlent comme d'hier.

Vasco de Gama m'a présenté comme son principal informateur, son guide, en quelque sorte. L'homme qui lui a ouvert la porte de l'Inde. L'effet de cette présentation, je dois le reconnaître, a été magique. Tous les officiers à qui je suis présenté, tous les étrangers de marque qui se pressent à Lisbonne où défile aujourd'hui l'élite de l'Europe me considèrent avec une curiosité respectueuse.

« Racontez, Seigneur Gaspard », me disent-ils, unanimes. Tu sais combien j'aime parler, avec un succès qui m'étonne moi-même. Je ne leur raconte que des choses agréables. Je leur décris d'immenses richesses et des marchés gigantesques. Je leur dis qu'on les espère, que les souverains du Malabar et de bien d'autres régions les attendent. Je leur affirme que la venue de Vasco de Gama avec ses trois vaisseaux a produit l'effet d'un coup de tonnerre, en vérité l'accomplissement d'une prophétie qui devait leur donner tout le pays. Ils me croient, ne demandant qu'à me croire. A tel point, mon amour, que je dois me surveiller pour ne pas me contredire.

Car le roi n'est pas seul. Son rêve a des ennemis – je t'en parlerai. Ils l'accusent d'irréalisme. En un mot de voir trop grand. Mais, pour l'instant, les ennemis de son rêve sont confondus. C'est l'une des raisons – il y en a cent autres – qui font que le roi m'adore. La première étant certainement que ma conversion augmente sa gloire.

Avant même que je ne débarque avec Vasco de Gama, il avait écrit au pape. Tu ne sais pas encore qui est le pape, je ne te l'avais pas dit, la chose n'avait pas d'intérêt. Aujourd'hui, les choses ont changé. Bref, le pape, qui s'appelle Alexandre VI, est un évêque, tu sais ce que c'est. Il est l'évêque d'une ville dont le nom est Rome. Il revendique le commandement de tous les chrétiens et la plupart d'entre eux acceptent cette prétention. Le pape exerce donc en Europe une autorité considérable, surtout au Portugal, où l'on voit en lui l'arbitre suprême de tout.

Il y a huit ans, par exemple, il a partagé le monde hors d'Europe entre l'Espagne et le Portugal, à partir d'une certaine ligne qui court à la surface de la terre. A droite, en regardant le sud, tout est à l'Espagne, à gauche, au Portugal. De quel droit ? Ne me demande pas.

Ils disent, ici, de droit divin, car pour eux le pape est le représentant de Dieu sur la terre. Quand mes amis portugais m'apprirent ce partage, je m'étonnai. « Pourquoi, me dirent-ils, t'étonnes-tu, excellent Gaspard ? – La terre est ronde, répondis-je, vous allez vous rencontrer en en faisant le tour. – La ligne aussi en fait le tour », me répliquèrent-ils.

Je n'avais donc pas encore mis le pied à Lisbonne que le roi avait écrit au pape pour lui annoncer la visite de Vasco de Gama en Inde, en des termes que moi-même je n'aurais peut-être pas trouvés du premier coup. La découverte de l'Inde est, après la création, l'événement capital de l'histoire du monde, voilà, en substance, ce que Manuel a écrit au pape, et le pape, me dit-on, ne l'a pas détrompé. Je suis moi-même – à ses yeux plus qu'aux miens, je ne suis pas prétentieux à ce point – le médiateur de l'Inde.

Cela dit, le roi m'a promis beaucoup. Je crois qu'il en fera davantage si j'en juge d'après la pluie de récompenses qu'il a fait tomber sur mon parrain. Vasco de Gama a été fait Amiral des Indes, sur le même pied que l'Amiral du Portugal, qui est l'un des premiers seigneurs du royaume. Il est membre du Conseil royal. Il est pensionné à trois cent mille réaux. Il est autorisé à investir dans toute expédition navale un capital de deux cents cruzados, dont le revenu sera libre de taxes à l'exception de celle du vingtième à l'ordre du Christ. Il a été fait seigneur de Sines, la grande ville où il est né. Enfin, il se marie dans la haute noblesse, a reçu le titre de « dom » et le droit d'inscrire dans ses armes celles du Portugal.

Mon parrain n'a pas été le seul à se voir récompensé. Tous les membres de l'expédition l'ont été jusqu'au dernier mousse, l'auraient été jusqu'au dernier mousse si tous les mousses n'étaient pas morts pendant le voyage. Aussi ne puis-je douter, Sarah chérie, de bientôt être comblé de bienfaits que je m'interdis d'imaginer.

Les étrangers aussi me font la cour. Marchands, diplomates, chargés de mission m'entourent et me cajolent pour s'attirer mes bonnes grâces et s'ouvrir la porte de l'Inde, puisque j'en détiens les clés de la bouche même du roi. « Gaspard de Gama a les clés de l'Inde », déclarait-il encore ce matin à voix très haute pour la énième fois dans la salle du trône du château Saint-Georges devant plus de deux cents personnes qui composaient la crème de l'Europe.

Les cadeaux affluent – je reçois de chacun de petites fortunes – et les propositions se bousculent, Sarah incomparable, des Génois, des Florentins, des Vénitiens, des Siennois, grands négociants comme tu le sais, mais aussi des gouvernements de France, d'Allemagne, de Castille, d'Angleterre... Car beaucoup comprennent que la route des épices passe par Lisbonne, que le Portugal va étrangler Venise, que la carte de la puissance en Europe, et dans le reste du monde, vient d'être bouleversée. La tête me tourne. Beaucoup moins cependant que lorsque je pense à toi. Aussi, comme je pense sans cesse à toi, les deux vertiges s'additionnent et me font parfois craindre de perdre le sens.

Je ne vais pas dresser la liste des attentions dont je suis l'objet. Cette lettre n'est déjà que trop longue ; elle en serait au moins triplée, quadruplée peut-être. Sache seulement que les propositions d'association commerciale qui me sont faites incluent toutes un versement de vingt pour cent des bénéfices à mon avantage, sans que je n'aie rien à investir que mes conseils et mon entregent. Abraham t'éclairera sur l'avantage de cette combinaison. Un avenir radieux s'ouvre devant nous, si je ne suis pas l'homme le plus bête du monde. Balthazar sera riche et nous avant lui.

Tu as certainement déjà compris que je me suis converti une nouvelle fois. Eh bien, oui. Après m'être dit musulman, je me suis déclaré chrétien. L'aurais-je voulu, je n'aurais pas pu faire autrement : mon parrain, qui aujourd'hui me chérit et que je révère, a commencé dès que nous fûmes en mer à me soumettre à la question. La question de savoir qui j'étais vraiment. On a commencé à me battre. Très brièvement. Tu sais mon horreur de la souffrance en particulier et de la stupidité en général. Quoi de plus stupide que de souffrir de douleurs évitables ? J'ai avoué être juif. Le bâton s'est levé pour la seconde fois ; j'ai demandé à devenir chrétien ; il n'est jamais retombé. Je n'aurais jamais cru faire pareil plaisir : Vasco de Gama, enchanté d'avoir sauvé une âme et de s'être acquis une indulgence (il en aura besoin), m'a pris pour filleul et m'a donné son nom. Quand je ne suis pas Gaspard des Indes, je suis ici Gaspard de Gama. C'est à peine moins glorieux.

Je ne veux pas que tu te choques. Je veux que tu me comprennes. Les raisons de mes déguisements tiennent en quelques mots : je ne suis pas de ceux qui se laissent opprimer, brûler encore moins. Or les musulmans nous oppriment et les chrétiens nous brûlent. Je te l'ai déjà mille fois raconté...

A Lisbonne, on ne brûle pas encore, mais il y a dans l'air une odeur de fumée. Le roi Jean II, dit le Prince Parfait, prédé-

291

cesseur de mon protecteur, a recueilli voilà huit ans les juifs d'Espagne expulsés par les rois dits catholiques. Mon protecteur a le cœur droit et l'âme généreuse, mais aussi le tempérament versatile. Il a épousé il y a quatre ans Isabelle de Castille, fille des expulseurs d'Espagne.

Il a cru de son intérêt d'imiter ses beaux-parents. Il a décrété l'expulsion des Maures et des juifs. Les Maures n'ont pas un grand voyage à faire : l'Afrique, où ils sont les maîtres, est toute proche. Pour nous, quels refuges ? L'Italie – le pape nous aime – et la Turquie – le Grand Turc nous aime aussi. Mais il faut des bateaux pour y parvenir. Les juifs ont été invités à se rassembler à Lisbonne, où serait formée une flotte pour les transporter chez leurs nouveaux hôtes.

Lisbonne, mon aimée, est donc pleine de juifs que j'évite comme la peste, puisque je suis converti, et qui m'évitent, puisque je suis renégat. Mais se regarder en chiens de faïence n'obscurcit pas la vision : j'en vois tous les jours des centaines, ce dont je me passerai bien car, les voyant, je vois leur mort et ne la vois pas naturelle. Le piège se referme. Ils le savent, ils n'y peuvent rien.

L'expulsion décidée par mon bienfaiteur est suspendue, faute de navires pour quitter le pays. On les attend. Entre-temps, vingt mille des nôtres campent sur les quais au bord du Tage, venus de tout le royaume. On vient de leur prendre leurs enfants au-dessous de quatorze ans. Pourquoi quatorze plutôt que douze ou treize ? On les a pris pour les baptiser. On ne les a pas tous pris. Sitôt la surprise passée, beaucoup des plus jeunes ont été sacrifiés. Leurs parents les ont sacrifiés. Quelle horreur et quelle grandeur ! Il en flotte de nombreux dans le fleuve qui n'ont pas eu la chance de Moïse.

Nous en sommes donc, ma lumineuse, au baptême forcé. On ne s'arrêtera pas là. Nous ne verrons jamais venir les navires pour l'Italie. Déjà des prédicateurs nous rendent responsables des famines qui ravagent cette année le pays. Nous mangerions trop. Nous serions insatiables. En outre, nous accaparerions le blé et l'orge pour les resserrer dans des entrepôts secrets – immenses entrepôts secrets – afin de les revendre bien plus cher quand le moment sera venu. Il faut devancer ce moment, assurent les prédicateurs. J'ai entendu plusieurs fois ces sermons.

Mon cœur, ne me juge pas. Je ne renie ni ne trahis personne. Je ne veux pas que mon Balthazar flotte sur un Tage quelconque avec d'autres enfants – petits Moïse sans panier ni princesse secourable.

Sous ma fenêtre, une procession envoie au ciel d'insupportables supplications. Trois ou quatre cents moines se frappent la poitrine en cadence derrière une croix d'or entourée d'encensoirs fumants. Ils demandent en gémissant la fin du châtiment. De quel châtiment ? De la famine, châtiment de leurs péchés. Les Portugais, mon amour, ont tellement péché que le Seigneur courroucé a interdit à leurs récoltes de lever, mais, comprenne qui pourra, c'est nous, les juifs, qui sommes responsables de ce blocage. Deux ou trois mille personnes suivent les moines et renchérissent sur leurs gémissements. Je ne suis guère musicien, mais la discordance de ces lamentations est effroyable.

Fermer ma fenêtre ? A quoi bon ? Le tapage sinistre et absurde des hypocrites et des idiots n'en serait pas atténué. Le moine commun sait à peine lire. Ceux qui les suivent, n'en parlons pas. Le roi, lui, mon protecteur, est entouré de lettrés dont le plus illustre est un certain Duarte Galvão.

Ce vieillard d'au moins soixante ans a mené parallèlement deux carrières, de scribe et de diplomate – si l'on fait exception d'une troisième, militaire celle-là, en Afrique. Son fanatisme est incroyable. Duarte Galvão est l'incarnation la plus exacte de la morale à Lisbonne. De quelle morale ? demanderais-tu, mon cœur. De la chrétienne. Selon lui, les rois règnent sur leur royaume pour le bien du royaume de Dieu et sont, plus qu'aucun autre homme, placés dans les mains de Dieu – l'idée n'est pas neuve, la Torah l'a fort bien exprimée. La nouveauté tient en ceci que dom Manuel serait, plus que d'autres, distingué de Dieu. Son dessein de chasser les juifs et les Maures en serait la preuve. Notre Seigneur – leur Seigneur, pardonne-moi – opérerait par lui ce « grand mystère que les gens de couleur des Indes viennent à entrer et à être introduits dans la foi du Christ ».

Voilà, mon âme, où je suis plongé. Il peut paraître paradoxal que d'immenses prospérités me soient promises dans ce monde, gouffre d'ignorance et de vanité. Que faire ? Sinon sauver ce qui est à ma mesure, ma peau, notre bonheur et l'avenir de notre fils.

A mon retour, il est possible que tu ne me reconnaisses plus. Je ne dis pas physiquement, car je n'ai pas l'intention de changer d'aspect d'ici là, mais d'allure, de prestance. Ce combat m'a rendu plus sûr. Tu me verras donc plus d'assurance. Dieu fasse que je continue à te plaire.

Adieu, mon cœur, j'ai d'autres lettres à écrire et le roi m'appelle. Peut-être va-t-il aujourd'hui m'accorder quelque chose.

Cette lettre arriva à Cochin au printemps de l'an 1500, par Alexandrie, la mer Rouge, Aden et les ports de l'océan Indien, que les Arabes appellent Arabe, Mascate, Diu et Goa. Sarah allaitait son petit quand Abraham la lui porta. Elle cacha le sein que son frère n'aurait su voir, provoquant les hurlements de l'énorme bébé.

— Une lettre de Saül.

Abraham s'éclipsa très vite devant la pâleur de Sarah, soudain transformée en statue de neige, son fils tout rouge hurlant dans son giron. Il revint une heure plus tard. Le jeune colosse dormait dans son berceau. Sarah avait retrouvé sa complexion dorée, mais elle avait l'air triste.

— Quand revient-il ? dit Abraham.

— Il ne le dit pas.

— Comment va-t-il ?

— Il va bien.

— Que dit-il ?

— Des horreurs.

— Ah, dit Abraham, mais quoi ?

— Nos frères du Portugal sont persécutés.

— Ils ne sont pas les seuls. Comment ?

— Pardon ?

— Comment sont-ils persécutés ?

— Comme toujours, je suppose ; on veut les convertir de force. Expulsion ou conversion.

— Que va faire Saül ?

– Il est déjà converti, dit Sarah montrant la lettre. Lis-la.

Abraham la prit. La lecture lui prit vingt minutes car il la relut deux fois avant de la reposer sur le lit.

– Alors ? dit Sarah.

– Je ne le comprends que trop, dit Abraham.

Là-dessus, le bébé se réveilla avec un grand cri.

– Fais-le taire, dit son oncle.

– Tourne-toi que je lui donne à boire.

Abraham se détourna, Sarah prit son fils et sortit son sein gauche sur lequel l'enfant se rua.

– Heureusement qu'il n'a pas de dents, observa Abraham.

– S'il en avait, je lui ferais de la bouillie.

– Je n'ai jamais bien compris Saül, soupira Abraham. Que cherche-t-il, à ton avis ?

– Je crois qu'il veut vivre, dit Sarah.

– Nous en sommes tous là.

– Vivre à sa façon. Vivre et oublier.

– Oublier quoi ?

– Ce qu'il a vécu.

– Qu'a-t-il vécu de particulier ?

– Il ne t'a rien dit ?

– Il m'a dit beaucoup de choses puisqu'il n'arrête pas de parler, mais je ne vois pas ce que tu veux dire.

– Ici, nous vivons tranquilles, n'est-ce pas ?

– Oui. Pourquoi ne le serions-nous pas ?

– Pourquoi pas, en effet, admit Sarah. Mais en Europe, c'est différent.

– Que faire ? dit Abraham. Dieu seul…

– Dieu seul, oui.

L'enfant qui a trop de noms laisse échapper le sein par excès de voracité et aussitôt se remet à hurler. Elle le lui refourre dans la bouche. Abraham se lève.

– Où vas-tu ?

– A la synagogue.

En chemin, il rencontre Krishna qui remarque son air sombre et s'abstient de le dire ; il lui demande s'il n'aurait pas des nouvelles de son beau-frère, sachant non seulement l'arrivée de la lettre, mais l'ayant déjà lue.

– Ma sœur vient de recevoir une lettre. Il va bien. Il allait bien il y a quatre mois, corrige Abraham. Aujourd'hui, Dieu seul ici le sait. Il allait même trop bien.

– Comment ça ?

– Il s'est fait un nouvel ami du roi de Portugal, au moins l'écrit-il. Mais je le crois. Il y a en lui quelque chose qui fascine les rois. Il le dit lui-même : « Les rois m'adorent. » Ce n'est pas faux, nous l'avons bien vu ici.

– A propos de roi, il n'a pas écrit au nôtre, reprend Krishna.

– Si, il l'a fait. Il le mentionne dans la lettre. Il a dû l'expédier par un autre canal.

– Pourquoi Saül se porterait-il trop bien ? Une amitié royale de plus, où est l'excès là-dedans ?

– Il est dans ce que ce roi-là est chrétien, dit Abraham, s'assombrissant encore.

– Et alors ? relève Krishna.

– Ce roi chrétien ne voit que des chrétiens, hormis de rares ambassadeurs en audiences officielles.

– Alors Saül est une exception.

– Saül n'est pas une exception. Saül s'est fait chrétien. D'ailleurs, il ne s'appelle plus Saül, il s'appelle Gaspard... Gaspard ! répète Abraham en grinçant des dents.

– Et alors ? répète Krishna.

– Et alors ? dis-tu ! lance Abraham, criant presque, attirant l'attention de trois portefaix dont l'un, en pivotant sur lui-même, laisse glisser le sac de riz jeté sur ses épaules.

Le sac, présage sinistre, crève touchant terre avec un bruit mou. Les grains giclent sur la chaussée. L'homme éclate en imprécations. Plusieurs chèvres et de nombreuses poules se ruent au festin. L'homme lance en vain des coups de pied pour les écarter, ignorant les remontrances d'un savetier et d'un chemisier dont les échoppes se font face de part et d'autre de la rue – on ne touche pas aux animaux.

En un clin d'œil, la place est propre. N'y reste plus que

le sac vide, guenille déchiquetée car trois chèvres se le sont disputé, chacune tirant contre les deux autres, dans l'espoir imbécile d'y trouver encore quelque chose.

Abraham semble n'avoir rien vu. Pourtant, le sac a crevé à ses pieds qui ont été recouverts de riz. Le temps que chèvres et poules le mangent, sans qu'il paraisse rien sentir.

Il est là, face à Krishna, l'œil dur et vague à la fois, perdu dans une stupeur violente.

Krishna attend qu'il se reprenne.

– Gaspard..., dit-il une troisième fois avec amertume, le regard se fixant lentement sur Krishna. Le mari de Sarah se fait maintenant appeler Gaspard. Les Portugais l'ont baptisé...

– N'a-t-il pas été musulman aussi? demande Krishna, très détaché.

– Oui, il l'a été. Sans jamais l'être, assurait-il.

– Alors il sera chrétien de même.

– Peut-être, mais alors il est juif de la même façon. Et il est le mari de Sarah et ils ont un fils; la honte est sur la famille.

– Quelle honte?

Abraham reste interdit une seconde.

– Tu demandes quelle honte? Que dirais-tu de l'abandon de ta religion par l'un de tes plus proches parents?

– Rien, dit Krishna.

– Comment, rien?

– Que voudrais-tu que je dise? Je dirais peut-être que ce parent a trouvé ce qui lui convenait le mieux pour se rapprocher des dieux. Des dieux ou de Dieu. Que voudrais-tu que je dise d'autre? Mais toi, que dis-tu?

Abraham fit le geste de chasser une mouche – il n'y avait pas de mouche –, puis secoua la tête plusieurs fois, haussa les épaules et se tut.

– Que dirais-tu? insista Krishna.

– Je ne sais pas, dit enfin Abraham. Nous ne parlons pas de la même chose.

– Qu'en sais-tu? dit Krishna.

Le soir même après le repas, le frère et la sœur se retrouvent. Dans la galerie de leur maison qui domine le port. La vue porte loin vers l'est, au-delà de la lagune où commence le lac Vembanad qui déploie vers le sud son immense nappe d'eau festonnée d'échancrures, vaste dédale des eaux intérieures où viennent se jeter les rivières du poivre, chargées de longues barques plates qui enfoncent jusqu'au plat-bord sous leurs cargaisons de sacs où patiente la damnation de l'Occident.

Le bébé est couché. Il dort sagement. Sarah a l'esprit libre. Elle dit :

— Tu en veux à Saül, n'est-ce pas ?

— Je ne lui en veux plus, dit Abraham. Sur le moment, lisant sa lettre, je crois que j'aurais pu l'étrangler s'il avait été devant moi. J'en aurais eu la force et même l'épaisseur de son cou ne l'aurait pas sauvé. Maintenant, c'est fini. Je ne lui en veux plus. Je m'en veux à moi d'avoir vu rouge. Que pouvait-il faire d'autre, étant ce qu'il est ? Qu'aurais-je fait à sa place ? Il ne fallait pas y aller, voilà tout. Une fois parti...

Il s'arrête. Sarah le considère sans rien dire, l'enveloppant d'un regard sagace avant de se détourner pour suivre dans le ciel verdâtre les hérons de nuit en route vers les anses boueuses où ils pataugeront jusqu'à l'aube, chassant le dytique, l'anodonte et l'anguille velue. Ils passent avec des cris qui rappellent à la fois le croassement du corbeau et le coassement de la grenouille.

— Ces Portugais..., reprend Abraham.

— Oui ?

— Ils vont tout bouleverser.

— Pourquoi ?

— Leur obsession de conversion ne disparaîtra pas ici. Tu as a lu sa lettre avant moi. Que dit ce Duarte Galvão ? Notre Seigneur opérerait par le roi du Portugal ce grand mystère que les gens de couleur de l'Inde entrent dans la foi ? C'est à peu près ça, n'est-ce pas ?

Sarah tire la lettre de son sein. La déplie, cherche la citation, lit :

– « Notre Seigneur opérerait par lui ce grand mystère que les gens de couleur des Indes viennent à entrer et à être introduits dans la foi du Christ... »

– Quel style ! dit Abraham. Quel style exécrable ! La forme est aussi fautive que le fond. Ne devines-tu pas la suite ?

– Non.

– Tu la devines très bien, mais tu ne veux pas la dire.

– Si tu le dis. Mais dis-la, toi.

– Personne ne pourra plus vivre en paix.

– Où ne pourra-t-on plus vivre en paix ?

– Ici. Ils voudront convertir tout le monde.

– Ils n'y sont pas encore, dit Sarah.

– Ils y seront. Ils reviendront. Tu reverras Saül, mais nous en verrons d'autres avec lui qu'il vaudrait mieux ne jamais voir.

– Il faudrait qu'ils soient bien puissants pour imposer leur volonté, dit Sarah. Le Portugal est un petit pays, m'a dit Saül, et l'Inde est immense.

– Mais le Malabar n'en est qu'un petit morceau, petit et divisé. Une paix de mille cinq cents ans va finir bientôt.

– Je ne t'aime pas quand tu fais le prophète.

– Je ne m'aime pas non plus.

Le frère et la sœur se taisent. Les hérons de nuit ont quitté le ciel. Leurs escadrilles circonspectes ont plongé sans bruit sur les lagunes noyées dans la nuit. Leurs vastes ailes à demi fermées, les grands oiseaux couleur de bronze se sont posés sur la vase en glissades soudaines. Attentifs et concentrés, ils arpentent lentement les flaques de boue tiède, leurs longs doigts verts en éventail. Ils piquent et gobent dans le même mouvement les mollusques aquatiques enfouis dans la fange, qui n'échappent pas à leurs grands yeux d'or.

Le frère et la sœur se taisent, étendus sur les coussins en plumes de cygne recouverts de soie épaisse rouge et lamée d'argent qui ont remplacé les nattes grossières où la famille venait s'étendre depuis des générations, journée faite et comptes en ordre, pour contempler la nuit indienne, songeant parfois que les mêmes étoiles éclairaient Jérusalem.

Abraham et Sarah suivent sans rien dire les figures enchaînées sans relâche par les chauves-souris sur le ciel sombre, pur de nuages pour la première fois depuis des semaines. Abraham songe à Shobita. Peut-être pour elle se ferait-il hindou, comme Salomon avait trahi Jehovah pour une Moabite.

– Tu me laisseras revoir Saül, n'est-ce pas ?

– Qui suis-je pour te l'interdire ?

– Mon frère.

– Un frère qui transgresse la Loi. Te souviens-tu du petit juif noir que j'ai renvoyé le jour de ton mariage ? Je crois que si ma *devadasi* me le demandait, je l'épouserais. Je suis un juif noir en puissance.

Abraham sur ses coussins figure un gisant, les jambes jointes, les mains croisées sur l'estomac, le menton touchant la poitrine. Il n'est pas mort, il guette. Près de lui, Sarah, s'il faisait clair, offrirait – elle l'offre, indiscernable – une image parfaite de l'attente amoureuse. Rêveuse lascive sans le savoir, un bras replié sous la nuque, l'autre posé sur la poitrine, la main nonchalante sur les boutons de cristal qui ferment son corsage, les reins cambrés par le coussin qu'elle a glissé pour les soutenir, les jambes ouvertes, les genoux soulevés par deux autres coussins, elle épouse la nuit. La lune accroche ses reflets de mercure aux anneaux d'or de ses chevilles et de ses orteils bagués.

Le frère est aux aguets de lui-même, la sœur savoure les tièdes ténèbres, espérant d'autres tiédeurs. C'est elle qui parle la première.

– Pourquoi nous oppriment-ils en Europe ?

– J'aimerais le savoir.

*
*　*

Journal de Krishna

Le second anniversaire du départ de Vasco était dépassé de deux semaines lorsque la nouvelle arriva de Calicut : ils étaient revenus, deux fois plus nombreux, avec six vaisseaux au lieu de trois – nous ne savions pas que plus de la moitié, sept voiles sur treize, de la flotte partie de Lisbonne six mois plus tôt s'était perdue en route. C'était le 13 du mois de septembre de l'année 1500 de leur calendrier et le 9 du mois d'*ashvin* de l'année 675 de l'ère Kollam. Saül était à bord. Il accourut le lendemain.

– De quel type sont ces vaisseaux ? demanda le roi.
– Du type de ceux de Vasco de Gama. Ni plus grands ni plus petits. Mêmes gréements, même armement. Mais ce n'est pas Vasco qui les mène.
– Comment s'appelle leur amiral ?
– Cabral. Pedro Alvares Cabral.
– Ce Cabral a-t-il déjà vu le Samorin ? poursuivit-il.
– Oui. Le Samorin est allé à sa rencontre au bord de la mer lorsqu'il a débarqué.
– L'entrevue s'est bien passée ?
– Très bien, paraît-il.
– Et Saül ?
– Saül est avec lui. Et la douzaine d'otages enlevés par Vasco.
Cabral avait envoyé Saül – « Gaspard, que tous tes sens soient en éveil » – pour sonder le Samorin. L'accompagnaient l'un de ses lieutenants, Alfonso Furtado, et les douze otages de Vasco. Leur retour nombre pour nombre et leur santé florissante firent tomber beaucoup de préventions.

A l'arrivée au palais, les otages furent repoussés car ils étaient tous de basse caste. Saül fut, lui, accueilli par les nayars de garde et des dignitaires, accourus à sa rencontre avec des cris de joie. Ce refus et cet accueil augmentèrent son prestige aux yeux de Furtado.

Saül prit le temps de prendre congé des otages. Il s'était lié avec plusieurs d'entre eux. Les effusions furent touchantes.

– Dites-moi que vous ne regrettez rien, leur dit Saül.

– Nous regrettons de te quitter, répondit leur porte-parole.

– Maintenant, vous pouvez me le dire, reprit Saül : que pensez-vous de l'Europe ?

– L'Europe n'est pas heureuse.

– Vraiment ? dit Saül.

– Tout le monde là-bas s'agite. Personne n'a l'air content de son sort. Il manque toujours quelque chose à tout le monde.

– Mais n'est-ce pas le cas partout ? Ici, on vous refuse l'entrée au palais, on vous parque comme du bétail. N'en souffrez-vous pas ?

La réponse fusa :

– Pas du tout. Ici, personne ne s'agite, personne ne se tourmente d'une autre place que la sienne. Les rôles sont distribués ; à chacun son karma et chacun s'y tient. Mais tu le sais bien.

Ces pauvres gens, me raconta Saül plus tard, avaient côtoyé de grands seigneurs portugais, des diplomates et des hommes d'affaires italiens et allemands, qui les avaient tous bien traités puisque Vasco les avaient présentés en personnages importants et que leur étrangeté leur valait *a priori* de la considération. Or ces belles relations leur étaient indifférentes. Lisbonne était pour eux un repaire d'agités.

Le Samorin reçut Saül et Furtado en la seule présence de Talappana, son chapelain. Furtado ne comprit pas un mot de l'entretien qui se déroula en malayalam.

– Alors ? dit-il, l'air réjoui. Te revoilà ! Je suis content de te voir.

Saül s'inclina jusqu'à terre.

– Seigneur, quel honneur ! Me revoilà, en effet, et très heureux de l'être. Et sans Gama, comme je te l'avais promis.

– Il est mort ?

– Loin de là. Ah ! ça n'a pas été facile…, soupira Saül rêveusement. J'ai bien cru ne pas y parvenir.

– Parvenir à quoi ?

– A le retenir là-bas. Le roi voulait qu'il reparte. J'ai dû remuer ciel et terre. Dom Manuel ne voulait pas de Cabral, il voulait Gama. Je t'avais promis de revenir sans lui, je devais tenir parole – ajoutant en aparté : N'oublie pas la tienne.

Le Samorin hocha la tête avec un sourire attendri, attendri et ambigu, dont l'ambiguïté inspira à Saül un certain infléchissement de son discours :

– Je n'y serais pas parvenu tout seul… Ces cours d'Europe sont pleines de traquenards. Tu y fus pour beaucoup.

– Comment ? s'étonna le Samorin.

– Je me suis, j'ose le dire, prévalu de nos relations, de ta bienveillance pour moi. De la confiance que tu m'as toujours témoignée. A Lisbonne, on ne parle que du Samorin. Le Samorin, se dit-il partout, tient la porte de l'Inde. Est-ce si faux ?

– Non, s'ils le disent.

– Tu vois… Ils veulent s'entendre avec toi. J'ai pu dire qu'avec Gama les relations n'étaient pas très bonnes. Non pas mauvaises, pas du tout, mais qu'avec un autre elles pourraient être meilleures. Serais-je allé trop loin ?

– Non, dit le Samorin. Tu as bien fait. Je te félicite. Que souhaite ce Cabral ?

– Il exige des otages, de nouveaux otages avant de débarquer.

– C'est une lubie. Que craint-il ?

– Vasco lui a dit : « Le pire. »

Saül demanda au Samorin l'autorisation de se rendre à Cochin pour voir Sarah. Le Samorin lui accorda deux jours, car il voulait recevoir Cabral en sa présence, et mit un bateau à sa disposition. Arrivé à Cochin, Saül refusa de parler à quiconque, même à Abraham. Sarah l'entraîna dans leur chambre. L'enfant dormait dans son petit lit. Saül le prit dans ses bras. Balthazar se réveilla en souriant. Saül et Sarah éclatèrent en sanglots.

— Je dois vous protéger. Tout ce que j'ai fait, que je fais et que je ferai, ce sera pour toi et pour lui.

— Garde-toi de l'indignité, Dieu nous en punirait. Dieu ne peut souhaiter la mort des justes.

Il repartit après l'avoir aimée.

La requête de Cabral fut acceptée. Il se fit transporter à terre où il remit au Samorin les lettres de son maître. Le Samorin entérina la réouverture de la factorerie installée par Vasco deux ans plus tôt. Sans tarder, le nouveau facteur, Andres Correia, transporta à terre les marchandises à vendre, en même temps qu'on conduisait jusqu'à la flotte portugaise les neveux d'un riche gurajati pour garantir sa sécurité.

— Faut-il souhaiter que ça dure ? dit le roi, comme si le contraire eût été souhaitable.

Il reprit :

— Ces Portugais ne pourront pas être partout.

— Certes, approuvai-je au hasard, pour ne pas prolonger un mutisme qui l'aurait irrité : il fallait toujours lui donner la réplique.

— S'ils s'installent à Calicut, ils ne s'installeront pas ici, reprit-il.

— Serait-ce regrettable ?

— Je le crois, dit le roi. Même si nous ne savons rien d'eux, nous savons qu'ils représentent de nouveaux débouchés pour nos produits. Calicut ne doit pas s'en assurer le monopole. Comment les faire venir ici ?

Ni le roi ni personne sur la côte ne savaient encore rien du conseil de Vasco de Gama à son successeur que lui avait soufflé Saül : Cochin vaut Calicut et pourrait s'y substituer.

Je répondis très banalement, accordé sans le savoir au futur vice-roi des Indes, qu'il faudrait que là-bas les choses se gâtent.

— Comment faire pour qu'elles se gâtent ? s'interrogea le roi.

Elles se gâtèrent toutes seules au bout de deux mois. Le Samorin demanda à Cabral d'arraisonner et de saisir pour lui un navire de Cochin qui appartenait à Cherian et Mammali Marakkar, oncles d'Ali, lui donnant pour motif la présence dans les cales de trois éléphants de guerre qui lui appartenaient.

Comment s'y trouvaient-ils ? Pourquoi les oncles d'Ali auraient-ils pris le risque de se brouiller avec lui ? Mystères. Pourquoi enfin demanda-t-il ce « service » à Cabral, si ce n'est pour prévenir un rapprochement, voire une alliance, entre mon maître, protecteur de ce navire, et les Portugais ? Quoi qu'il en fût, cette affaire illustra leur supériorité navale.

Le navire incriminé devait se rendre au Gujarat, où les pachydermes auraient été vendus. Il faut passer devant Calicut pour aller là-bas. La nef signalée, on lui envoya la caravelle de Pedro de Ataide, de la belle-famille de Vasco de Gama (les Portugais qui viennent aux Indes sont presque tous parents ; je reparlerai de ce Pedro qui était surnommé L'Enfer par ses compatriotes).

Le Samorin vint sur le rivage assister à l'interception, mais la disproportion des masses entre les deux vaisseaux le mit en fureur. Les Portugais se moquaient de lui. Jamais si petit bateau ne pourrait arrêter si gros !

— Seigneur, laissons-les faire, répondit Cabral — dont le

sang-froid fut remarqué de tous, surtout des Maures qui entouraient le Samorin.

Ce dernier, toujours furieux, tourna les talons, tandis que les deux navires s'éloignaient vers le nord, l'artillerie de la caravelle ne produisant guère plus de bruit que des pétards d'enfants.

Une semaine plus tard – la poursuite avait duré jusqu'à Cannanore –, Pedro de Ataide se présentait devant Calicut, la nef en remorque, les éléphants dedans, morts hélas, et même dépecés. Les boulets portugais en avaient crevé cinquante fois la coque et tué les pauvres bêtes. Pedro de Ataide les avait fait découper et saler pour nourrir son équipage.

Le Samorin fut si content qu'il passa là-dessus.

– Les éléphants fourmillent ici, dit-il à Cabral, ceux-là seront aisément remplacés. Tes bombardiers ne savaient par où tirer pour les éviter. L'éléphant, c'est succulent, tes marins feront bombance, j'en suis très heureux pour eux.

Il accorda aux Portugais la priorité pour le chargement de leurs navires. Nul ne pourrait charger d'épices avant que leurs cales n'en soient pleines.

*
*   *

Les Portugais se crurent-ils alors tout permis ? Le 16 décembre de leur calendrier, ils apprennent le départ pour Djedda d'une nef musulmane bourrée de poivre. Malgré l'avis contraire de Saül et de plusieurs de ses officiers, Cabral donne l'ordre de les saisir dans le port et de régler immédiatement la cargaison à son propriétaire.

L'équipage musulman refuse de livrer son poivre, les Portugais le prennent de force, oubliant d'en régler le montant mais non pas de rosser les marins.

Les musulmans de Calicut entrent en fureur sitôt connu ce piratage. Quatre mille d'entre eux prennent les armes et se ruent à l'assaut de la factorerie. La soixantaine de Portugais qui occupent le bâtiment soutient le choc pendant trois heures. Lorsque, submergés par le nombre, ils tentent une sortie vers la mer, ils sont massacrés devant leurs chaloupes, au nombre de cinquante-quatre. Les seuls survivants furent deux prêtres et les deux enfants du facteur sauvés par Ali Marakkar, qui avait tenté de s'opposer au massacre.

Cabral attendit vingt-quatre heures un message du Samorin, d'explication sinon d'excuse. Rien ne vint. Il saisit quinze gros vaisseaux dans le port et le lendemain bombarda la ville, tuant dix fois plus de monde que de Portugais avaient péri sur la plage – l'un de ses boulets frôla le Samorin qui assistait d'une terrasse au bombardement et tua l'un de ses familiers. Ainsi se trouvèrent scellés les destins de Calicut et de Cochin.

*
* *

Journal de Krishna

Une semaine plus tard, Cabral apparut devant Cochin. Avec Saül, triomphant.

– Je t'avais promis de revenir avec les Portugais, dit-il au roi d'entrée de jeu. Nous voici.

– C'est bien, lui dit le roi, je te félicite. Mais où est Vasco ?

– J'ai fait désigner celui-ci à sa place, car mon parrain ne t'était pas assez favorable.

Le roi donna sur-le-champ l'ordre de lui compter sa récompense.

Cabral fut reçu à bras ouverts. Il voulait du poivre ? On lui en vendrait du meilleur autant qu'il voudrait, contrairement au Samorin incapable d'obtenir de ses marchands maures qu'ils jouent le même jeu que lui.

– Je n'ai qu'une parole, dit le roi, sans en dire davantage contre son ennemi qui en avait plusieurs.

Trois semaines plus tard, à la mi-janvier de l'an 1501, les cales de l'escadre étaient pleines, les relations avec le roi excellentes et les Portugais qui se promenaient en ville n'éveillaient même plus la curiosité.

Saül m'en fit connaître une dizaine, Cabral en tête. C'était un homme d'une trentaine d'années, d'expression assez amène, beaucoup plus amène que celle de Vasco ; plus grand et plus agile que lui, il était certainement moins méfiant et moins dur. Il était né petit gentilhomme et le roi Jean II, prédécesseur de dom Manuel, l'avait distingué.

Cabral ne négligea rien pour convaincre le roi qu'il n'avait pas de meilleur ni de plus puissant ami que le Portugal. Lorsqu'il demanda l'autorisation de regagner son pays, le roi n'y mit qu'une condition : qu'il revienne le plus vite possible car il lui manquerait. Il lui confia deux de ses familiers, Iddekila Menon et Parangoda Menon, pour le représenter à Lisbonne.

Embarqua aussi avec eux le chrétien Joseph de Cranganore, le même qui, onze ans plus tôt, était allé en Mésopotamie réclamer des évêques au catholicos de l'Église syrienne orientale. Thomas avait été pressenti d'abord, mais sa passion pour Shobita n'était pas assez refroidie.

Refroidie ? que dis-je ! Il brûlait toujours pour elle. S'en éloigner pendant au moins un an lui était inconcevable. Ce Joseph sera donc le premier représentant des chrétiens de saint Thomas en Europe. Il ira voir le pape à Rome et reviendra par Venise et Jérusalem, ayant dicté à un éditeur un récit de son périple, *Les Voyages de Joseph l'Indien*. L'ouvrage contient une description de l'église du Malabar, où elle est méconnaissable, car son copiste avouera un jour n'avoir presque rien compris de ce que Joseph lui avait dit.

Cabral laissa à Cochin plusieurs de ses compatriotes pour y ouvrir un comptoir, dont Gil Gonçalo Barbosa. Il avait avec lui son neveu Duarte, qui fut le premier Portugais à parler le malayalam.

Il mit à la voile à la mi-janvier, s'engagea sur les grandes eaux noires et on ne le revit plus en Inde.

Saül, qui était reparti avec lui, devait m'apprendre sa disgrâce car, ayant déjà perdu en mer sept vaisseaux, plus de la moitié de sa flotte, il en perdit un huitième au retour. Son capitaine était Sancho de Tovar : de tous les Portugais présentés par Saül il m'était apparu le plus humain, autrement dit le plus indien. La nouvelle de sa disparition m'a fait méditer sur l'indifférence de la mer.

*
* *

Cabral n'était pas seul en mer en cette année 1501. Une autre flotte rôdait sur le vieil océan, concurrente et complémentaire. Elle avait quitté Lisbonne avant qu'il l'ait regagnée et s'en vint à Cochin sans savoir que Cabral y avait relâché, car les deux escadres s'étaient croisées sans se voir quelque part dans l'Atlantique, sur la route des Indes. Ainsi appelait-on désormais, en Europe, l'immense et périlleux périple maritime qui relia directement les deux continents. Ces deux séjours anticipaient le choix lointain de Lisbonne ; Cochin serait la première base des Indes portugaises.

João da Nova reproduisit à Calicut la conduite de Cabral. Il coula trois vaisseaux dans le port et s'empara d'un quatrième, propriété du Samorin, où il trouva des pierres précieuses, des instruments de navigation, des cartes marines et un pilote. Les pilotes sont plus précieux que les pierres, aussi celui-ci fut-il le seul survivant du navire capturé, car, l'ayant vidé de sa cargaison, Nova le fit incendier avec son équipage.

Cette cruauté eut un grand retentissement sur la côte où elle était inédite, malgré une piraterie endémique et immémoriale. Ce n'était pas la dernière, ni la pire, et de loin.

*
*   *

Journal de Krishna

Le roi se réjouissait des malheurs du Samorin.

– Son commerce à ce train-là sera vite ruiné, le nôtre n'aura plus de rival et notre prospérité sera sans égale.

Je tâchais de le mettre en garde. Le Samorin n'allait pas se laisser faire. Il riait :

– Et comment riposterait-il ? Les Portugais sont invincibles sur l'eau.

Je répondais que si la terre n'était rien sans l'eau, l'eau n'était rien sans la terre, et que les Portugais, peu nombreux, y seraient plus exposés si les combats s'y déplaçaient. Je le conjurais aussi de ne pas sous-estimer le Samorin. Il répondait :

– Krishna, Krishna, si je ne te connaissais pas, je croirais que tu le défends.

Les événements lui donnaient raison.

A la fin de l'année, le Samorin fit attaquer les vaisseaux de Nova par cinquante praos [1] de combat qui furent défaits en moins d'une heure avec des pertes énormes devant Pantala-nyi. Les praos sont trop légers et trop bas sur l'eau pour pouvoir rien espérer face à ces nefs chargées de canons qui les coupent en deux d'un seul coup et les dominent comme des tours. L'abordage est impossible, s'ils parviennent à s'en approcher.

Les assaillants n'avaient pour eux que leur bravoure. Leurs armes étaient dérisoires et les hoquetons matelassés de coton rouge qui leur tenaient lieu de cuirasse ne les protégeaient de rien ; éponges lorsqu'ils tombaient à l'eau, ils les entraînaient au fond.

---

1. Longues pirogues pouvant porter jusqu'à quatre-vingts hommes.

Le roi jubilait. Il voyait déjà son ennemi en fuite et Calicut en ruine. C'était perdre la mesure. Je l'avais connu sage, je ne le reconnaissais plus.

Je lui demandai un soir s'il ne pensait pas regretter un jour de devoir cette ruine à d'autres qu'à lui-même.

– A d'autres ? releva-t-il. Quels autres ? Tu t'éloignes, Krishna, me dit-il avec une soudaine mélancolie. Tu m'abandonnes, toi aussi.

Je lui répondis ne l'avoir jamais vu aussi entouré : outre les Portugais, des vaisseaux du monde entier se pressaient dans le port. Leurs capitaines se disputaient ses audiences, poussés par les armateurs d'Orient et d'Occident. Tout le poivre du monde à présent passait chez lui.

– Le poivre n'est pas seul à compter, me dit-il sombrement.

*
* *

Partant pour l'Europe en février de l'an 1502, Nova s'arrêta à Cannanore où il établit une factorerie, laissant derrière lui quelques hommes sous les ordres de Paio Rodrigues.

Chapitre 3

Journal de Krishna

En septembre de la funeste année 1502, Vasco de Gama se présenta devant Cannanore avec une flotte énorme de dix-neuf voiles et s'illustra dès le mois suivant par le crime le plus affreux de l'histoire du Malabar.

Je recopie ci-dessous le récit d'Ali Marakkar qui fut témoin de la tragédie et l'un de ses seuls survivants. Il en sortit changé. Le poète pacifique se révéla guerrier féroce, sans rien perdre, grâce aux dieux, du premier de ses dons.

Ali était parti en mars pour La Mecque où les musulmans doivent se rendre une fois au moins dans leur vie, à bord du *Miri*, l'un des plus gros et beaux vaisseaux de l'océan Arabe, armé par Jaouhar al-Faqih, facteur du sultan d'Égypte. La seule présence d'Ali à bord donnait à ce pèlerinage un lustre particulier. La Mecque lui inspira un poème superbe. La perte de l'exemplaire calligraphié de sa main qu'il m'en avait donné est l'un de mes regrets permanents. En voici quelques vers :

> *Nous avons cherché le sceau*
> *Nous ne l'avons pas trouvé*
> *Alors nous avons cherché l'image du sceau*
> *Près des idoles, près de Vishnou, près de Krishna*
> *L'image donne la certitude*
> *Nous ne l'avons pas trouvée*

Nous sommes ployés comme l'arc
Sous le fardeau du doute
Nous cherchons un chemin sans embuscade
Amis sans ruse et confiants
Nous ne l'avons pas trouvé

On ne trouve pas Dieu à volonté.

Le 29 septembre 1502, Calicut n'était plus qu'à quelques heures de voile quand le *Miri* tomba sur l'armada de Vasco de Gama. L'amiral en personne vint l'aborder, avec son *São Geronimo*. Saül était avec lui. Il sera mon second témoin.

Voici le récit d'Ali, dont les premières pages sont perdues :

… Jusque-là, je pensais avoir le temps. Nous pensions avoir le temps. Nous étions jeunes. Selon les sages, mieux vaut faire le pèlerinage dans la force de l'âge, à la maturité. Ibrahim ne parviendrait jamais à cet état enviable, que j'aurais envié avec lui et que je souhaite depuis sa mort ne jamais atteindre. Y arriver sans lui ne serait que vieillissement, dégradation. Tout progrès m'est interdit depuis que je l'ai perdu. Daigne Allah le Miséricordieux nous réunir au plus vite, et s'Il ne daigne, loué soit-Il toujours, Lui le Tout-Puissant, l'Ineffable, le Miséricordieux.

La mort de mon frère avait changé mon ancien désir d'aller à La Mecque en une ardente attente. Ensemble, nous avions le temps ; seul, je ne l'avais plus.

Depuis le supplice d'Ibrahim, je suis divisé entre la hâte et la stupeur. Ni l'une ni l'autre ne me donneront la sagesse que les vieux maîtres associent à l'expérience.

J'ai donc laissé passer quatre ans. Abîmé dans une hébétude qui m'ôtait jusqu'à la capacité de faire des vers. Ils avaient si longtemps coulé de source… et je ne regrettais même pas ce don.

Je m'étais borné pendant ces quatre ans à contempler matin et soir, le soir plus longuement, l'océan qui me séparait de l'Arabie, de la terrasse de la maison que m'a donnée le Samorin, au cœur de Calicut, tout près de son palais.

– Je veux t'avoir près de moi, m'avait-il dit en me l'offrant.

J'ai donc passé des heures innombrables assis sur les dalles de ma terrasse, fraîches le matin, tièdes le soir, le regard fixé vers l'Ouest où vécut le Prophète, à peine distrait de ma vacance par le spectacle du trafic maritime, sans que les arrivées ni les séjours des fameuses flottes portugaises ne me tirassent de l'indifférence où je végétais. C'étaient des bateaux comme les autres, peu m'importait qu'ils vinssent de loin.

Tout était loin pour moi, à commencer par moi-même. Et tout était vide.

Le Samorin, qui m'appelait souvent, s'étonna de mes absences.

– Où es-tu, Ali ? me demandait-il, avec une affection que je récompensais bien mal.

– J'aimerais le savoir, Seigneur, répondais-je, l'air vague.

Lorsqu'il évoquait les Portugais, ces évocations ne me tiraient pas mieux que d'autres de ma torpeur.

Il ne m'en voulait pas, il attendait. Sa patience était au-dessus de son âge et de son rang.

Une fois, il dit devant moi à Talappana :

– Quand Ali s'éveillera, Cochin tremblera.

Quatre mots qui pour moi demeurent très forcés.

Je les vis, de loin en loin, défiler devant lui. Vasco de Gama, Cabral, João da Nova, et leurs lieutenants, sans qu'ils éveillassent un instant en moi l'intérêt passionné que leurs bizarreries soulevaient partout.

Leur sentiment de supériorité, que je mis longtemps à discerner, tient, selon moi, à deux causes : leur foi, que j'admire, et leur fierté d'avoir traversé plus de mer que quiconque.

Je n'étais cependant pas assez absent pour rester sourd aux alarmes que leur venue avait déclenchées chez mes frères musulmans. Mais elles me paraissaient déraisonnables. Excessives… Que pouvait craindre notre commerce d'une poignée d'hommes sans moyens ? Puis il me semblait qu'il y avait assez de poivre pour tout le monde.

En quatre ans, mon hébétude ne me quitta qu'une fois, lors de l'affaire de la factorerie, pour sauver les enfants d'Andres Correia – j'ignorais qu'ils fussent les siens – et deux religieux qu'on avait trouvés cachés avec eux. Les enfants ne méritaient pas la mort. Je les réclamais pour esclaves, les deux autres par-dessus le marché, en dédommagement très partiel des pertes subies par mes oncles Cherian et Mammali dans l'affaire des éléphants. On me les remit sans discussion. Un an passa encore avant que je me décidasse à m'embarquer pour La Mecque. Un groupe des principaux négociants de Calicut, avec qui j'étais plus ou moins allié, partait aussi, en compagnie de leurs femmes et de leurs enfants. C'était l'occasion pour eux de les présenter à leurs parents d'Arabie et d'en faire de vrais Arabes, des Arabes de La Mecque, supérieurs à tous les autres Arabes du monde, et spécialement aux mappilas du Malabar dont ils étaient tous en quittant Calicut et dont aucun ne serait plus lorsqu'ils y reviendraient.

Le vaisseau qui nous transportait appartenait à Jaouhar al-Faqih, facteur du sultan de La Mecque et de loin le Maure le plus riche du Malabar. C'était le plus grand et le plus beau navire de toute la côte, il n'avait même pas d'égal dans les ports du Gujarat. Il s'appelait le *Miri*. Nous étions six cents à bord – trois cents hommes d'équipage et autant de pèlerins ; l'équipage se divisant à peu près également en marins et en soldats, car le *Miri* portait une nombreuse artillerie contre les pirates.

La traversée jusqu'à Djedda fut excellente. Personne ne fut malade, Allah veillait sur nous. Seul et oisif, je profitai des six semaines de mer pour m'initier à la manœuvre de ces grands navires auprès du capitaine, dont je me fis un ami, du pilote et des timoniers qui se relayaient au gouvernail.

Je n'avais jamais navigué. Le premier jour, le mouvement constant du bateau me fit à ma honte oublier mon frère, m'absorbant tout entier dans la résistance à cet écœurement nommé mal de mer. Pour la première fois depuis trois ans, Ibrahim quitta mon esprit. Le déhanchement de la coque dans la houle me mit vingt fois, que dis-je ? cent fois ! le cœur au bord des lèvres, le chassant de mes pensées.

Le lendemain, je me raffermis, le surlendemain me trouvai gaillard. On me dit que l'accoutumance était rarement aussi rapide et que j'étais un marin-né.

Nous fûmes cent mille cette année-là à faire le tour de la Ka'ba, à lapider le diable dans le désert, à pratiquer les ablutions à la source sacrée. Il ne me semble pas possible d'exprimer la foi plus vivement que notre peuple. Un enthousiasme magnifique l'emporte hors de soi dans les lieux saints. J'ai vu des impotents courir et des vieillards transfigurés retrouver la jeunesse. La présence immédiate du Prophète multiplie là-bas les miracles et transmue le désert en oasis de l'âme.

La traversée pour La Mecque avait été une promenade, celle du retour fut exécrable, mais le pèlerinage nous avait fortifiés ; la tempête pouvait rugir et les vagues balayer le pont, nos prières couvraient les clameurs des ouragans et le choc des lames sur la coque et personne n'eut peur un instant, pas même les petits enfants.

Le *Miri* parvint intact en vue du mont Éli et d'une escadre de dix-neuf vaisseaux. C'était la grande flotte de Vasco de Gama. Le démon jusque-là masqué était revenu pour se dévoiler. Veuille Allah lui réserver le châtiment qu'il mérite !

Peut-être aurions-nous pu fuir. Ou nous jeter à la côte. Échapper au monstre. Al-Faqih s'y refusa, c'est le premier mystère de cette tragédie. Les femmes et les enfants, dit-il, étaient fatigués. On ne pouvait leur imposer de nouvelles épreuves. Fatigué, c'est lui qui l'était.

C'était un vieil homme, impatient de reposer ses os, malmenés par un mois de mauvaise mer.

– Les Portugais, je les connais, dit-il. On peut toujours s'arranger avec eux. Le plus tôt sera le mieux.

Il fit mettre en panne.

Le premier vaisseau qui s'approcha avait sous ses grandes voiles blanches des allures de colombe. Cette colombe nous tira deux coups de semonce dont le premier frôla notre proue et le second notre poupe, convaincante démonstration de l'habileté des bombardiers de Vasco de Gama. Les gerbes des deux boulets jaillirent très loin et très haut ; la puissance de ses bombardes était incontestable.

La mer était si belle et calme que le *São Geronimo* put manœuvrer tout doucement jusqu'à se ranger bord à bord.

Je reconnus Vasco de Gama, entouré de ses officiers. Je l'avais vu quatre ans plus tôt, à l'audience du Samorin. C'était le même homme. Épais, impassible et morne. Il irradiait une sourde assurance à la tête de sa grosse escadre et de ses centaines de canons. Il émanait cette fois de lui quelque chose de minéral, une rigidité de silex.

316

Je me rappelai qu'il avait dit quatre ans plus tôt : « L'an prochain, si Dieu le veut, et alors vous verrez si nous sommes des voleurs, comme le disent les Maures. » Je ne me doutais pas que son comportement se révélerait bien pire.

A sa droite, je reconnus Saül, le géant juif et roux qui s'était fait si bien voir du Samorin et du roi de Cochin. Le supplice d'Ibrahim l'avait scandalisé.

Je le savais opportuniste : pour les siens, il s'appelait Saül, et Hussein pour nous autres. Il s'était trouvé un nom de plus, car Gama, se tournant vers lui, lui donna du « Gaspard », avec une affabilité qui, chez tout autre, eût été de la rudesse, mais chez lui trahissait une affection invraisemblable.

– Gaspard…, prononça donc le monstre avec une douceur de buffle et cet accent inimitable du Portugal qui leur fait mâcher à tous des toiles d'araignées.

– Oui, Seigneur Amiral, répondit Saül avec ce mélange si personnel de narquoiserie feinte et d'empressement vrai qui séduit les grands de ce monde.

A Bagdad, les califes seraient tombés sous le même charme. Il avait dit « Amiral »… Amiral de quoi ?

– L'Amiral des Indes t'écoute, dit Saül à al-Faqih.

Un beau titre, songeai-je, avant de m'inquiéter. Les Portugais auraient-ils le génie des titres, à l'égal des Persans ? Ainsi les Indes étaient plusieurs, je n'y avais jamais songé, c'est ce pluriel qui me toucha le plus. Et me revint que, voilà quatre ans, Gama n'était que capitaine major.

Al-Faqih s'inclina plus bas que sa dignité n'aurait dû le souffrir et s'engagea dans l'engrenage.

Il faisait très beau, je le rappelle. Une suspension de la mousson avait rendu le calme à la mer et au ciel la pureté. Une houle pacifique berçait à l'unisson le *Miri* et le *São Geronimo*. La mer gris perle et la côte émeraude exhalaient une sérénité qui touchait tous les visages, celui-là même de l'amiral n'en semblait pas épargné. Une ombre d'adoucissement tempérait son impassibilité permanente et pour un peu l'aurait fait croire accessible à l'humanité. Pour si peu, je m'y laissai prendre. Je n'en rougis pas. Le monstre ne s'était pas encore découvert.

Al-Faqih avait derrière lui cinquante ans de commerce. Il crut possible de négocier.

317

La démence glaciale à l'affût chez l'amiral dut faire vibrer en al-Faqih un signal d'alarme dont l'intensité lui fit perdre l'esprit. Car sa proposition était folle. Saül, effaré, la lui fit répéter avant de la traduire. Pour passer, gagner Calicut, rentrer chez lui, il offrit dix mille ashrafis, assortis d'une garantie de chargement de l'armada ennemie entière, en quelque épice que l'amiral voudrait porter au Portugal...

Offre doublement insensée : proposer de but en blanc la somme énorme de dix mille ashrafis impliquait de pouvoir en donner beaucoup plus ; garantir le chargement de la flotte trahissait une seconde fois la disposition de richesses fabuleuses.

Vasco de Gama secoua la tête, lui tourna le dos et disparut dans son navire, à pas comptés théâtraux. J'entends encore le claquement de ses talons contre le bois du pont.

– L'Amiral refuse la proposition, dit Saül, déconcerté.

Al-Faqih l'était plus que lui. Il demeura sur place, les bras ballants, jusqu'à ce qu'un homme, sortant du château arrière, s'avançât vers Saül et lui dît quelques mots à notre intention. C'était l'ordre de ne pas bouger, de rester à l'ancre, de carguer les voiles, d'attendre.

– Attendre quoi ? fit al-Faqih, accusant plus que son âge.

– Je ne sais pas, dit Saül, pour une fois laconique.

Trois jours passèrent. L'accalmie continuait. Le *Miri* bercé sur son ancre au milieu de l'escadre ennemie aurait pu figurer son vaisseau amiral. Une espèce d'imbécillité engourdissait la plupart de ses passagers, où je ne nie pas que le fatalisme ait eu sa part. Les autres, j'en étais, bouillonnaient de fureur, sans pouvoir l'exprimer. Tour à tour, les nefs portugaises venaient nous regarder sous le nez, en silence.

Les équipages massés sur les ponts nous scrutaient sans mot dire et sans expression, longuement, obéissant certainement à une consigne méditée pour nous inquiéter. Quelques-uns de nos marins, ayant fréquenté la Méditerranée, savaient un peu d'espagnol ou d'italien et apostrophaient nos voyeurs, sans jamais en tirer de réponse.

Au matin du quatrième jour, le *São Geronimo* revint se ranger contre nous. Saül s'avança jusqu'à son bastingage. Il aurait touché le nôtre s'il avait tendu le bras. Je ne l'avais jamais vu sombre. Il l'était.

318

– Avez-vous réfléchi ?

– A quoi ? répondis-je, devançant al-Faqih.

– A de raisonnables propositions qui pourraient plaire à l'Amiral.

Al-Faqih alors tomba de la folie dans la honte. Il détailla une offre indigne. Pour lui-même, l'une de ses femmes et l'un de ses petits-fils, il proposa de charger d'épices les quatre plus grosses nefs de Vasco. Les centaines d'hommes et de femmes qui s'en étaient remis à lui se voyaient abandonnés à eux-mêmes. Et aux Portugais.

– Les quatre plus grosses nefs à ras bord…, insista le vieillard.

– Je transmettrai, dit Saül, toujours froid, se défendant d'être lui-même ou ne le pouvant plus.

Al-Faqih renchérit. S'offrit, stupidement, en otage – ne l'était-il pas déjà ? – et proposa d'arranger la paix avec le Samorin par l'intermédiaire d'un neveu, s'attribuant une influence parfaitement imaginaire.

Je veux bien faire la part du désespoir, je n'en regardai pas moins d'un autre œil l'homme que j'avais toujours connu, car il était un ami de mon père, et respecté. L'âge ou la panique en avait eu raison.

La grimace de Saül à l'énoncé de cette bêtise fut éloquente. Il hocha la tête avec une pitié visible et s'en fut rendre compte au château de poupe, un peu voûté, me sembla-t-il, lui qui se tenait si droit.

Il ne reparut pas de la journée. Le crépuscule arriva. Le *São Geronimo* s'éloigna. Al-Faqih se retira très tôt dans sa chambre, épave à la dérive. Les femmes se plaignaient dans leur entrepont. Leurs plaintes s'échappaient par les sabords ouverts et montaient dans la nuit tranquille, agaçant les marins couchés sur le pont.

Le *São Geronimo* revint le surlendemain. Saül reparut au bastingage, plus morose que l'avant-veille.

– L'Amiral, laissa-t-il tomber, voit les choses autrement.

– Comment ? fit al-Faqih.

– Il désire que tu commandes aux marchands qui t'accompagnent de lui remettre tous leurs biens.

Le chat avait assez joué avec la souris. La souris se ressaisit. Al-Faqih se redressa :

– Quand je commandais ce navire, dit-il, je me faisais obéir.

319

Maintenant que ton amiral commande, qu'il se fasse obéir lui-même.

Saül retourna porter cette réponse à la poupe d'où il semblait que désormais Gama avait résolu de ne plus sortir, décidé sans doute à ne plus nous voir. Hésitait-il encore ?

Mes cousins négociants – je ne peux pas les blâmer – organisèrent entre eux une collecte, ayant calculé que le Portugais, étant pauvre, se laisserait éblouir par la remise gracieuse d'une part de ce qu'ils possédaient – part qui ne devait pas être trop petite…

Ils disputèrent entre eux longtemps de cette proportion, s'arrêtant pour finir au dixième de la valeur de leurs possessions. Dix pour cent devaient suffire à éblouir et désarmer Gama. La naïveté de ces commerçants d'élite était confondante. Le poète que je n'étais plus voyait plus clair qu'eux tous.

Les dix pour cent remplirent six grandes chaloupes qui enfoncèrent jusqu'au plat-bord sous le poids des jarres de perles et de pièces d'or et des ballots de tissus précieux dont elles furent surchargées. La moindre brise les auraient envoyées par le fond, mais il régnait toujours un calme surnaturel.

Il n'y eut point de réaction à cette livraison. Le lendemain, une trentaine de Portugais passèrent sur le *Miri*. Sans répondre aux questions d'al-Faqih, ils entreprirent de basculer son artillerie à l'eau. Trois canons avaient déjà passé par-dessus bord, lorsque je l'apostrophai :

– Tu les laisses faire ?

– Que veux-tu que je fasse ?

– Ils commencent par les canons, mais c'est par nous qu'ils finiront.

Les marins et les passagers assistaient comme hypnotisés à ce nettoyage. On aurait dit qu'un charme les paralysait. Les Portugais leur auraient demandé de les aider eux-mêmes à les désarmer, ils l'auraient certainement fait.

Les hommes de Gama semblaient ne pas nous voir, comme si nous avions été transparents. Ils agissaient avec un détachement irréel, allant en automates aux affûts, passant des cordes autour des tubes et les hissant en équilibre sur le bastingage avant de les pousser à l'eau, qu'ils crevaient de grandes gerbes attirant des requins. Quarante pièces de fer et de bronze allégèrent ainsi le *Miri*.

Les canons seuls étaient visés. Aucun de ces débardeurs ne descendit dans les chambres et les cales. Nul inventaire ne fut dressé de la cargaison, cela fut trouvé rassurant. Notre artillerie à la mer, ils retournèrent à leur torpeur qui était égale à la nôtre, mais la leur était menaçante et la nôtre résignée.

« Que veulent-ils faire de nous ? » se demandaient les abouliques. A mesure que le temps passait – sept jours déjà –, leur inquiétude se liquéfiait dans leur apathie. La plupart se figuraient esclaves et s'en accommodaient. Quelques-uns se voyaient rachetés par leurs riches familles. Tant qu'ils valaient quelque chose, ils ne risquaient rien. Les Portugais étaient connus pour leur avidité.

L'aberrant détachement de l'Amiral des Indes était imprévisible.

Quant à moi, je tâchais de repérer les individus courageux qui voudraient bien se battre, certain d'en trouver au moins quelques-uns puisque nous étions plusieurs centaines, et je prêchais la résistance.

Les pourparlers étaient rompus, pour autant qu'ils eussent commencé. Al-Faqih ne me lâchait plus. Peut-être sentait-il en moi une détermination différente de celle de ses confrères marchands, perdus hors du marchandage, et qu'affolait le mutisme de cet amiral et de cette grande flotte qui nous encerclait. Dix-neuf chats pour une seule souris.

– Que crois-tu qu'il médite ? me demanda vingt fois le pauvre homme.

Ayant répondu dix-neuf fois que je n'en savais rien, la vingtième je lâchai :

– Il médite de nous tuer tous.

Al-Faqih, déjà très pâle – je ne pense pas qu'il aurait de toute façon vécu très longtemps –, pâlit encore.

– Tu crois ? dit-il.

– Plus le temps passe et moins j'en doute.

– Que faire ?

– Prier.

Il soupira. Pourtant, il revenait de La Mecque.

– Il aurait fallu se battre, repris-je. Se jeter à la côte. Nous y aurions été secourus. Mais à quoi bon…

– A quoi bon quoi ?

– A quoi bon revenir là-dessus. Sur ce sujet, ce Saül a une expression particulière : « les carottes sont cuites ».
– Qu'est-ce que ça veut dire ?
– Ça veut dire qu'il n'y a plus rien à faire.
Le vieillard exprima un soupir lamentable. Sans doute pensait-il à la femme et à l'enfant qu'il avait voulu sauver. Moi, je pensais à mon frère et je songeais que nos retrouvailles étaient proches. Mais Allah, loué soit-Il, les a retardées.
– Comment aurais-je pu deviner que cet homme était fou ? reprit al-Faqih. Qu'il n'aimerait pas l'or ?
Ce dédain de l'or, pour le pauvre homme, était le plus grand scandale.
– Ah ! fis-je, excédé, m'efforçant toutefois de le cacher, ne désespère pas. Il n'a pas refusé les chaloupes que tu as fait remplir.
– Mais tu m'as dit qu'il méditait de nous tuer tous.
– J'ai dit ça comme autre chose.
– Vous autres soufis, vous êtes incompréhensibles, finit-il par proférer.
Il y a pourtant des marchands soufis.
Ai-je dit qu'un silence anormal régnait à bord, depuis l'arraisonnement ? Comme si les centaines d'âmes captives de cette coque n'eussent songé qu'à se faire oublier, à s'effacer de l'esprit de leurs ennemis par le silence. On n'entendait même pas les petits enfants. Chacun retenait son souffle. Le clapot contre la coque d'une houle paresseuse rythma seul, huit jours de suite, l'existence de six cents personnes hébétées.
Sur la côte, toute proche, des foules grossissaient, sans cesse renouvelées de l'aube à la nuit. Muettes aussi, comme si cette l'affaire était placée sous le signe du silence – pour quel dénouement ?
Le matin du cinquième jour, après l'immersion de nos canons, plusieurs chaloupes se dirigent vers nous. L'une d'elles nous aborde. Des hommes grimpent sur le bastingage, passent un câble à la proue et regagnent sans un mot leur embarcation. Puis la flottille entreprend de nous haler vers le large…

322

A bord du *São Geronimo*, Saül interroge son parrain :
– Que font-ils, Seigneur Amiral ?
– Ils l'éloignent.
– Mais pourquoi ?
– Pour y mettre le feu.
– Mais ces chaloupes sont trop petites pour évacuer tout le monde.
– Qui voudrais-tu évacuer, cher Gaspard ?
– Mais l'équipage de ce navire et ses passagers.
Vasco de Gama tarde à répondre.
– Seigneur Amiral ?
– Oui, Gaspard.
– Tu veux les brûler avec ?
– Ils brûleront en enfer de toute façon. Laisse-moi, maintenant.

Ils nous halèrent sur trois encablures. Une autre équipe monta à bord, barbouilla de poix les voiles carguées à la stupeur de l'équipage, y mit le feu et quitta le bord. Le dernier des incendiaires se retourna au moment d'enjamber la lisse et lança en arabe :
– Ne vous avisez pas d'éteindre !
Les flammes rompent le maléfice qui nous paralysait. On éteint le feu. Les chaloupes font demi-tour. On vient me demander des ordres. Je commande de monter sur le pont les pierres qui servaient de lest. Une chaîne se forme entre la cale et le pont. Je laisse se ranger contre nous la chaloupe des incendiaires, puis je lève le bras. Une pluie de galets écrase la barque au pied de notre muraille. On entend craquer les os. En quelques secondes, la quinzaine d'hommes qui la montaient sont anéantis. Je fais cesser la lapidation. La chaloupe et son équipage de marins disloqués dérivent lentement loin de nous avec des plaintes enchanteresses.
Vasco de Gama fait avancer son navire. Ses canons, à bout portant, nous auraient crevés d'une seule salve. Ils restent muets. Les femmes éclatent en supplications. Elles crient « Amiral ! Amiral ! », agitant leurs bijoux, pour signifier qu'ils seraient à lui s'il leur laissait la vie. Celles qui avaient des petits enfants les élèvent dans leurs bras pour l'attendrir.

Le monstre ne se montre pas.

J'ai su qu'il n'avait rien perdu de la scène, observant tout d'une fenêtre de sa chambre, caché derrière un rideau.

– Ah, les femmes ! me dit un matelot âgé qui s'était institué mon premier lieutenant.

Les femmes sont faibles, mais mon cœur saignait.

– Les enfants, Seigneur Amiral…, dit Saül qui se tenait derrière lui.

– Les enfants, j'en prendrai soin, aussi bien que de tous les autres.

Il n'eut recours à l'artillerie qu'à la dernière extrémité. Il fit retirer le *São Geronimo* pour envoyer contre nous un vaisseau aussi haut que le nôtre, qui ne craindrait pas les pierres, pour rallumer le feu et veiller à son progrès. Quand le bateau se rangea bord à bord, je m'y jetai avec soixante hommes, armés de haches et de sabres courts. En un clin d'œil, nous nettoyons le pont. Les Portugais s'enferment dans leurs châteaux, laissant plusieurs morts derrière eux. Nous forçons le château de proue. Nous liquidons ses défenseurs. Nous allons au château de poupe. Nous y entrons. J'y rencontre le capitaine, un nommé Mendes de Brito. Il avait perdu son plastron de fer. Son pourpoint ruisselait de sang, mais il était encore plein de vie et débordait de fureur. Je l'ai blessé au bras gauche, sans parvenir à le tuer.

Il fut secouru à cet instant par une autre nef dont l'arrivée nous obligea à nous détacher du premier vaisseau pour empêcher la nef de nous aborder. Celle-là non plus n'usa point de ses canons.

Je n'ai jamais vu plus heureux que les rescapés de ce combat. Ils rayonnaient malgré les plaies et le sang. Moi aussi. Allah, béni soit-Il !, me fit découvrir ce jour-là que je n'étais pas seulement poète et que je pouvais Le servir autrement qu'en faisant des vers.

Il y avait huit jours maintenant que durait le supplice. La mer changea. Se creusa. Je fis lever les ancres. Le *Miri*, privé de gouvernail, dériva le long de la côte en direction de Cochin. La foule sur le rivage nous accompagnait, fascinée par l'aventure et grossissant toujours.

Alors Vasco de Gama se servit de ses canons. Tour à tour, ses bâtiments vinrent s'exercer sur nous. Mais la houle gêna les bombardiers et la plupart des coups se perdirent loin de nous en éclaboussures balayées par le vent. Ils s'obstinèrent quatre jours en vain. Nous flottions toujours.

J'avais fait jeter depuis longtemps par-dessus bord l'or et les autres biens de nos marchands pour qu'ils n'en aient rien. Le soufi que je m'efforce de devenir, si lentement et indignement, fut ravi de ce ménage.

Nous y serions peut-être encore si l'un de nous qui ne voulait que vivre ne s'était jeté à l'eau pour aller voir Vasco de Gama. Il lui proposa contre sa vie de passer un câble aux ferrures du gouvernail ; ainsi ses artificiers pourraient grimper à bord et remettre le feu. L'amiral accepta le marché. Ils opérèrent de nuit. De hautes flammes jaillirent soudain en cinq points du navire. Il allait sombrer. Beaucoup qui ne savaient pas nager sautèrent à l'eau pour en finir plus vite. Moi aussi, je commençai par vouloir mourir, mais Allah m'ordonna de vivre pour venger l'abomination.

J'allai saluer al-Faqih, recroquevillé dans l'entrepont, image stupide du désespoir, et plongeai par-dessus bord. La côte n'était pas proche mais les vagues m'y portèrent. Allah, que Ton nom soit sanctifié.

Beaucoup de Portugais furent scandalisés par la cruauté de Vasco. Six cents innocents avaient péri.

*
*   *

Le jour même où la nouvelle de la fin du *Miri* parvient à Cochin, Shobita demande audience au roi.

— Tu as voulu me voir ? dit le roi.

— Oui, Seigneur, répond-elle, avec une gêne soudaine : elle l'avait toujours trouvé beau, à présent elle le trouve laid.

Elle ne l'avait pas vu de six mois. En six mois, change-t-on tellement ? Elle sait bien qu'il n'a pas changé, son regard à elle n'est plus le même. « Comment ai-je pu ? se dit-elle. Comment ai-je pu l'aimer ? »

– Que puis-je pour toi ? demande le roi.

– Ne pas recevoir Vasco de Gama.

Le roi sourit.

– Pourquoi ? dit-il. Parce qu'il est méchant ?

– Non, reprend Shobita. Ce n'est pas parce qu'il est méchant. Il est au-delà de la méchanceté. C'est un homme qui n'a rien d'humain, dont il faut s'écarter comme de la lèpre. Toi, surtout…, dit-elle au roi.

– Moi ? dit le roi.

Elle insiste. Oui, il doit s'en écarter plus que d'autres, lui le roi. Plus que tous les autres. Pour son royaume, pour ses sujets, pour lui-même aussi… plaide-t-elle avec passion.

– Aide-moi, Krishna…, ajoute-t-elle, tournée vers le scribe. Dis-lui…

Krishna ne se dérobe pas. Oui, l'affaire du *Miri* est monstrueuse et son responsable est un monstre.

– Et alors ? dit le roi.

Krishna reste muet.

– Moi aussi, je suis un monstre, reprend le roi. Shobita le sait bien. J'ai laissé exécuter Ibrahim Marakkar, que je savais innocent, et fait tuer le Maître des Éléphants par jalousie.

– Oui, dit Shobita.

– Je ne l'ai pas fait par plaisir, mais par politique, et n'en tire aucune fierté.

– C'est pire, dit Shobita. Vasco de Gama n'y a pas pris de plaisir non plus. Il a dit, paraît-il : « J'ai fait ça par devoir. » Son devoir ! Son devoir lui a fait mépriser ce que nous, hindous, considérons comme un être sacré, le pèlerin. Le pèlerin sauve son âme, mais aussi les âmes des autres. Ici, tous les pèlerins, hindous, chrétiens, musulmans sont sacrés. A leur passage dans chaque village on jette des fleurs devant leurs pas, on les nourrit… Si le devoir des Portugais consiste à insulter nos dieux, qu'avons-nous à en attendre ? Le triomphe des démons ?

– Son devoir ? A qui l'aurait-il dit ? relève le roi avec intérêt.

– A ses capitaines. Ses capitaines étaient indignés. Certains l'ont cru devenu fou.

– Comment le sais-tu ?

– On me l'a écrit.

– Peu importe, dit le roi, haussant les épaules. Ils lui ont obéi.

Krishna, pour faire diversion, revient sur la notion de monstre.

– Les vrais, les purs monstres sont rares, dit-il.

– Où veux-tu en venir ? l'apostrophe Shobita.

– A cela que Vasco de Gama n'est peut-être pas qu'un monstre.

– Tu ne peux pas tout excuser, lui reproche Shobita. Il l'est assez pour qu'on le fuie. Il n'a pas agi par impulsion. Il a eu le temps de se reprendre. Il a réfléchi huit jours. Il a décidé froidement. C'est un monstre froid.

– Il a hésité huit jours…, la reprend Krishna.

– Et le devoir l'a emporté sur l'attendrissement, dit le roi.

Shobita lui lance un regard terrible, mélange d'horreur et de fureur.

*
* *

Journal de Krishna

Le lendemain, je me promenais sur le front de mer avec Thomas. Il s'inquiétait des conséquences de l'affaire du *Miri*.

– Les musulmans voudront se venger. Je crains pour les chrétiens qui se rendront à Jérusalem, et Cécile qui m'a fait promettre de l'emmener en pèlerinage !

Nous passions devant la Petite Maison. Shobita nous vit. Une servante vint nous demander de la retrouver dans le jardin.

– Pourquoi ne m'as-tu pas soutenue hier ? Ne vois-tu pas que le roi se perd ?

Je crus un instant qu'elle ne se souciait que de lui.

— Qu'il se perde seul, je veux bien, mais il va nous entraîner tous dans sa trahison.

— Quelle trahison ? demanda Thomas.

— Celle de l'Inde, répondit Shobita.

— L'Inde est loin au-dessus d'une trahison de sa part, remarquai-je.

— L'Inde peut-être, pas le Kerala, répliqua Shobita. Ce sont des fanatiques. Ils imposeront leurs lois, leur religion.

— Ils sont chrétiens, dit Thomas.

— Ce ne sont pas des chrétiens comme toi.

— Qu'en sais-tu ?

— Aurais-tu massacré non seulement des pèlerins, mais des femmes et des enfants ?

— Shobita ! s'indigna Thomas.

Puis, plus calme :

— C'est contraire au message du Christ.

— Comme à celui de nos dieux. Ils ont brisé l'harmonie du monde. Sans harmonie, comment danser ? Et si je ne danse pas, qui suis-je ?

Shobita était bouleversée. Comme le veut la Loi, tout pouvoir ne pouvait qu'être ordonné au bien. Après le *Miri*, Vasco de Gama incarna pour elle le mal absolu et elle n'en démordit plus. Le plus étonnant fut la réaction de Thomas. Dans le jardin, pendant cet échange, on n'entendait, de l'extérieur, que le bruit de la mer, les cris des mouettes et les appels des enfants qui se poursuivaient sur la plage. Il n'avait vu dans Shobita qu'un objet de désir, une danseuse, une courtisane. Les chrétiens séparent l'amour et le plaisir et même les opposent. Le plaisir est pour eux d'autant plus vil qu'est grande leur espérance d'amour. Il découvrit que Shobita ne dansait que pour les dieux, recherchait leur amour bien plus qu'elle n'attendait celui des hommes et qu'au-delà de sa séduction, il y avait la vertu.

Quand il la salua, les deux mains à hauteur du front, la tête inclinée, je vis ses yeux briller d'une pure admiration.

Cet homme, me dis-je, est guéri de sa passion.

– Le Samorin nous fait des avances, dit Goda Varma, tendant une lettre. Lis-nous ça, Krishna.

Je lus :

> … Il faut fermer l'Inde à ces prédateurs, menteurs et voleurs. Il n'y a rien à en espérer. Plusieurs Vénitiens de Lisbonne m'ont renseigné. Le Portugal est l'une des nations les plus petites, les plus pauvres et les moins peuplées d'Europe. Son roi se ruine à équiper les flottes qui arrivent jusqu'ici. Le recrutement des équipages est à peine assuré. Ils sont pour partie constitués de bandits sortis de prison et embarqués de force. Les Portugais n'ont rien à vendre et pas d'argent pour rien acheter. Si on leur permet de s'installer, ils ruineront tout. Il faut les dégoûter. Les différends qui ont pu jadis altérer notre amitié doivent s'oublier. Il faut s'entendre. C'est facile, il ne faut rien leur vendre, les laisser repartir à vide, sans un grain de poivre, sans un seul morceau de cannelle, sans aucune épice. Alors, ils ne reviendront jamais…

– Ils ne reviendront jamais, coupa le roi, et Cochin se retrouvera seule face à Calicut. Dix mille hommes contre cent mille…

La lettre tirait à sa fin. Le Samorin protestait de son amitié pour Goda Varma et le conjurait – c'était le mot – de réfléchir à sa proposition. Leur salut à tous en dépendait…

– Il les craint beaucoup pour aller si loin, dit le roi. Qu'en penses-tu, Krishna ?

– Je le crois sincère.

– Moi aussi. Je pense en outre qu'il n'a pas tort.

– Alors, Seigneur ?

– Alors je vais lui répondre que mon choix est fait et je vais faire passer cette lettre à Vasco de Gama, pour preuve de notre bonne foi.

– Tu choisis les Portugais ?

– Je n'ai pas le choix, Krishna. Calicut est toute proche et Lisbonne est très loin. Le Portugal est pauvre et les Portugais sont peu nombreux. Ils ne seront jamais ici qu'une poignée d'étrangers ; avides, sûrement, mais nostalgiques et donc vulnérables. Calicut est encore très riche, elle est aussi très peuplée et dispose d'une puissante armée, mais le déclin de son port s'amorce. Les musulmans du Samorin le poussent à contrôler les fleuves du poivre qui sont à nous. Il ne demande pas mieux. Entre deux maux, le tout proche et le très lointain…

Il reprit, l'air soucieux :

– Crois-tu vraiment qu'il y ait du monstre en Vasco de Gama ?

– En qui n'y en a-t-il pas ? C'est une question de proportions.

– C'est vrai, admit-il avec soulagement. Pour Shobita, j'en suis un depuis longtemps. Il me semble qu'elle exagère…, dit-il, soudain mélancolique.

Apparemment rassuré, il reprit :

– Le Samorin n'a pas de chance. Si d'autres que les Portugais étaient arrivés jusqu'à nous, il aurait moins de souci.

– Seigneur, que veux-tu dire ?

– L'Europe est tout entière chrétienne, mais là-bas comme ici les chrétiens ne sont pas tous les mêmes.

– Saül me l'a expliqué.

– Les Portugais et les Espagnols détestent les Maures. Les Français et les Anglais sont déjà moins virulents. Les Italiens font des affaires avec eux depuis toujours. Venise aurait beaucoup à perdre si les Portugais s'installaient. Que répondrais-tu ?

– La vérité, conseillai-je.

Le roi répondit donc au Samorin qu'il avait fait la paix avec les Portugais parce qu'il s'entendait parfaitement avec eux. Il les savait gens de parole, ajouta-t-il, et il espérait bien pouvoir leur vendre – ou plutôt leur faire acheter – autant d'épices qu'ils pourraient en charger.

Puis le roi montra sa lettre à Gil Barbosa, et la réponse qu'il lui avait faite. Barbosa informa Vasco. Quel crédit dès lors Vasco pouvait-il faire aux avances de Calicut ? Car la réponse du roi avait décidé le Samorin – la mort dans l'âme sans doute – à se retourner vers Vasco.

L'Amiral des Indes reçut ses offres à Cannanore où il relâchait. Il les prit pour ce qu'elles étaient : une grossière manœuvre.

C'est donc plein d'une méfiance redoublée qu'il se présenta devant Calicut avec sa flotte. Le Samorin lui avait écrit qu'il voulait le dédommager des biens perdus lors de l'attaque de la factorerie. Il proposait de le rembourser après jugement d'un tribunal spécialement constitué. Les pertes de chaque partie – portugaise et musulmane – seraient estimées par cette instance.

Et les morts ? Le Samorin n'éludait pas la question. Les morts, disait-il, ne peuvent être payés ni rendus. Mais si Cabral avait perdu une cinquantaine d'hommes, il avait tué en représailles dix fois autant d'hindous en ville avec son bombardement, sans compter les Maures noyés à bord des nefs qu'il avait coulées. Là-dessus, le Portugal n'avait pas à se plaindre : le solde était en sa faveur.

Vasco arriva devant Calicut le 29 octobre. Mon collègue Talappana vint le saluer de la part du Samorin, à bord du *São Geronimo*. Que pensait-il des propositions qui lui avaient été portées à Cannanore ? De ces offres d'amitié...

– Avant d'y venir, répondit l'amiral, le Samorin doit chasser de son pays tous les Maures de La Mecque et interdire Calicut à tout navire musulman, sinon je ne discuterai pas avec lui.

Effaré, Talappana regagna le palais.

Le Samorin répondit qu'il hébergeait à Calicut quatre ou cinq mille familles maures qui avaient toujours satisfait ses ancêtres et dont lui-même n'avait jamais eu à se plaindre. Ils lui avaient rendu de nombreux services. Aussi ne les chasserait-il pas et l'amiral ne devait pas songer à le faire car ce serait déni de justice.

L'amiral, en réponse, envoya des chaloupes s'emparer de quatre barques de pêcheurs qui s'étaient approchées de ses vaisseaux, croyant la paix conclue.

Le procédé indigna le Samorin. Le port de Calicut avait toujours été franc, Vasco ne pouvait pas l'interdire aux Maures de La Mecque, pas plus qu'à quiconque. Le Samorin voulait la paix. Si Vasco la voulait aussi, il devrait se fier à sa parole, sans autre garantie. Et si cela ne lui plaisait pas, il n'avait qu'à s'en aller.

Vasco entra en fureur. Il répondit au Samorin qu'il était serviteur du roi dom Manuel, très puissant roi. Lui-même, simple serviteur de ce grand prince, valait mieux que lui, Samorin de Calicut. Le roi, son maître, pouvait « faire d'un palmier un Samorin comme lui ». Il ne lèverait pas l'ancre, conclut-il, sinon pour rapprocher ses canons de la ville.

Il fit comme il avait dit. La flotte mouilla le plus près possible de la ville et chacune de ses unités s'établit sur plusieurs ancres pour tirer le meilleur parti de leur grosse artillerie. Puis il fit pendre les trente-quatre pêcheurs indiens capturés avec leurs barques. Il avait donné ordre qu'on les pendît le plus haut possible pour que les malheureux fussent bien visibles de la ville.

Une foule énorme s'avança sur la plage, contemplant avec stupeur les corps des suppliciés. Vasco la fit bombarder. Lorsqu'il ne resta plus sur le sable que des morts et des blessés, il fit allonger le tir et pilonner Calicut jusqu'au soir.

Le feu cessé, il fit détacher les pendus, leur fit couper la tête, les mains et les pieds, remplit de ces trophées l'une des barques saisies, où il fit clouer le billet suivant :

> Je suis venu dans ce port avec de bonnes marchandises, pour vendre, pour acheter et pour payer vos denrées. Et voilà les denrées de ce pays. Je vous envoie maintenant ce présent et il est aussi pour votre roi. Si vous voulez notre amitié, vous devez payer entièrement ce que vous avez pris dans ce port sous votre garantie, et vous paierez en plus la poudre et les boulets que vous nous avez fait dépenser. Si vous faites cela, nous serons tout de suite amis.

Une chaloupe remorqua la barque près de la côte et l'abandonna au ressac qui la poussa sur la plage. Un premier curieux se risqua jusqu'à l'embarcation échouée et se saisit du message, bientôt rejoint par un grand nombre de gens sortis de dessous les arbres.

Les Portugais sur leurs vaisseaux étaient assez proches pour distinguer leurs expressions. Ils les virent changer de visage et beaucoup d'entre eux devenir comme fous, courant de-ci de-là sur la plage en poussant des cris inarticulés. Certains, parents peut-être des suppliciés, prenaient des têtes et les emportaient. La nuit entière jusqu'au matin retentit de chants funèbres et de lamentations.

Le bombardement recommença le lendemain à l'aube, visant cette fois les maisons des dignitaires, construites en retrait dans des jardins. Il se tira des centaines de boulets et beaucoup de ces maisons furent détruites.

*
* *

Les nouvelles de Calicut touchèrent Cochin le lendemain. Shobita, aussitôt, se rendit chez Krishna. C'était le soir.

– Il persévère, lui dit-elle, il a bombardé Calicut.

– Je sais.

– Depuis quand ?

– Depuis ce matin.

– Pourquoi ne m'as-tu rien dit ?

– Pourquoi remuer le fer dans la plaie ? Je ne suis pas Vasco de Gama.

– Il a détruit beaucoup de maisons et tué beaucoup de monde.

– Son Dieu lui en demandera compte.

– Ce n'est pas tout, dit Shobita. Il a pris des otages.

– Il n'est pas le seul, c'est une coutume.

– Ce n'est pas la coutume de les tuer pour rien. Tu savais qu'il les avait tués ?

333

– Oui.

– Et tu ne disais rien ?

– A quoi bon ?

– Tu sais comment il les a tués ?

– Il les a pendus.

– Il les a fait pendre très haut dans les mâtures de ses navires pour qu'on les voie bien de loin et il a croisé avec sa flotte pendant des heures au plus près de la côte. Après ça, il a commencé le bombardement.

– C'est un homme très cruel, dit Krishna.

– N'est-ce pas ? dit Shobita, avec une dérision féroce. Et ce n'est pas tout.

– Je sais.

– Alors, dis-le, j'en ai assez de parler.

– Non.

– Je veux que tu le dises.

Krishna céda :

– Après le bombardement, il a fait détacher les pendus, leur a fait couper la tête, les mains et les pieds. Il a fait jeter ces morceaux dans une almadie et l'a fait remorquer jusqu'à la côte par une chaloupe, avec une lettre.

– Il y avait une lettre ? dit Shobita. Que disait-elle ?

– Elle disait qu'il avait fait ça en représailles de tous les torts que son pays avait subis et des affronts qu'on lui avait faits à lui, mais qu'il ne tenait qu'à eux – aux habitants de Calicut – qu'ils devinssent bons amis.

– Il a écrit « bons amis » ? demande Shobita.

– Il paraît.

– C'est un monstre. Qui étaient ces otages ?

– Des pêcheurs et des marins.

– Il ne se risque pas à terre…, relève Shobita. Et tu ne penses pas que c'est un homme à fuir comme la peste ?

– Lui seul peut sauver le roi. Le roi est allé trop loin et il est seul.

– Seul ?

– Sans alliés.

– En aurait-il, il le serait encore.

– Si tu ne l'avais pas quitté…

– Ah, tais-toi, Krishna ! Ce n'est pas moi qui l'ai quitté. Il s'est abandonné lui-même. Il ne voit rien. Ne veut rien voir.

Plein d'une horreur mal dissimulée, Saül fait face à son parrain, à bord du *São Geronimo*.

– Tu m'as appelé, Seigneur Amiral ?

– Oui, Gaspard. Tu es le seul de ce pays en qui je puisse avoir confiance et j'ai besoin d'un conseil.

– Seigneur, c'est trop d'honneur, et je ne suis pas du pays.

– Tu l'es plus que moi. Tu n'y es pas né, mais tu le pratiques depuis longtemps et ses rois te font confiance comme moi et comme dom Manuel – c'est d'ailleurs assez étrange, cette confiance que tu inspires aux rois…

– Les rois ne sont pas les seuls, Seigneur Amiral.

– C'est vrai puisque je ne suis pas roi. Voici l'avis dont j'ai besoin : je ne crois plus pouvoir attendre beaucoup de bien de Calicut…

– En effet, Seigneur Amiral. Après ce que tu leur as fait.

– Veux-tu dire que j'ai frappé trop fort ?

– Les pèlerins et les pêcheurs étaient innocents.

– Ah ! je sens que tu me détestes. Je ne te le reproche pas. Je ne te demande pas de m'approuver, sinon de me comprendre, de comprendre que la terreur est la seule carte dont je dispose contre les gens de Calicut. Ces gens-là sont innombrables et nous ne sommes qu'une poignée. Ils ont la perfidie dans le sang.

L'expression « ces gens-là », se dit Saül, les classait déjà à part, loin des Portugais. Loin en dessous. On pouvait les couper en morceaux.

Il retrouvait dans son parrain l'esprit de sélection qui ravageait le genre humain. Juifs blancs, juifs noirs ; Maures de La Mecque et mappilas ; chrétiens de saint Thomas et chrétiens postérieurs ; castes hindoues et intouchables. Maladie de la division et de l'exclusion…

Comment y échapper ? Il faudrait se retirer du monde. Saül n'en avait nulle envie, le voyant s'ouvrir à lui.

Vasco reprend :

– Calicut est infréquentable, Cochin l'est-elle à ton avis ?

– Le roi de Cochin n'attend que toi, Seigneur Amiral.

– Le Samorin aussi prétendait n'attendre que moi. Qui me dit que le roi de Cochin ne m'attend pas de la même façon ?

– Le roi de Cochin est le grand ennemi du Samorin de Calicut. Tu as déjà beaucoup fait pour lui plaire…

Vasco de Gama fronce le sourcil, qu'il a noir et très épais :

– Beaucoup ? Je n'ai appauvri le Samorin que d'une poignée de pêcheurs et de quelques maisons. Les premiers seront vite remplacés et les secondes vite rebâties.

– Tu l'as humilié.

– Tant pis pour lui. Tu irais à Cochin ?

– Sans attendre, Seigneur Amiral. Goda Varma te recevra à bras ouverts. Tu pourrais lui proposer le trône du Samorin, tu te l'attacherais pour la vie.

– Il faudrait en disposer, je n'en dispose pas.

– Tu as bien disposé de la vie des otages, dont tu ne disposais pas non plus, et de leurs dépouilles.

– N'abuse pas, Gaspard. Je n'aimerais pas que tu me jettes ça trop souvent à la tête. Si faute il y a, elle est à moi et ne te concerne pas. Le Seigneur est le seul juge que je reconnaisse.

*
* *

Journal de Krishna

Il s'en alla à Cochin, laissant devant Calicut six nefs et une caravelle sous les ordres de ses oncles Vicente et Bràs Sodré pour en faire le blocus.

A peine avait-il jeté l'ancre devant Cochin que Gil Gonçalo Barbosa se présentait à son bord et l'informait que des lettres de Calicut mentionnaient de grands dégâts et un commencement de disette, en raison du blocus. Il n'arrivait plus rien en ville et les pêcheurs ne pouvaient pas sortir.

– Ce Vasco de Gama est un homme terrible, me dit le roi. Faut-il traiter avec lui et comment ?

La question était de pure forme, il était déjà décidé à le faire.

– Il est terrible sur mer, répondis-je. Sur terre, il le serait moins.

– Oui, mais nous vivons de la mer.

J'acquiesçai, puis opinai qu'il ne pouvait pas se mettre tout le monde à dos, quelle que soit sa force en mer. Une flotte a besoin de ports. Il était déjà l'ennemi de Calicut. A mon avis, il ne pouvait pas se permettre de l'être aussi de Cochin ; il avait trop besoin d'épices. Je conclus en prédisant qu'il ferait l'aimable.

– L'aimable…, fit le roi, rêveur. Alors je le serai moi aussi.

– Ne le sois pas trop.

– Est-ce mon genre ? Je le serai ce qu'il faudra, Pour les débouchés qu'il représente, mentit le roi.

Il mentait peu et toujours à mauvais escient : ses rares mensonges ne lui rapportaient jamais rien. Aussi je m'alarmai. On se disputait déjà son poivre et le reste. Ces débouchés supplémentaires signifieraient qu'il n'y en aurait pas pour tout le monde. Il n'avait pas besoin de débouchés mais d'alliés contre Calicut.

– Il ne faudrait pas qu'ils soient trop exigeants, lui dis-je. Vois le blocus de Calicut. Tu serais dans leur main.

– Tu te contredis, Krishna, tu viens de me dire qu'il avait besoin d'un port, autrement dit besoin de moi. S'il a besoin de moi, il sera traitable. Et tu sais bien que je ne serai jamais dans la main de personne, répliqua-t-il, baissant le ton, indice chez lui d'une grande fureur.

Cette fureur non plus n'était pas bon signe. Elle venait de ce qu'il sentait que la situation lui échappait.

– Je vais quand même faire l'aimable, trancha-t-il. Je vais lui envoyer Râma.

– Oui, Seigneur, dis-je.

337

Râma, c'était son fils, un bon garçon de vingt ans.

— Je vais lui envoyer Râma pour le féliciter de sa venue.

— Que peut-il faire d'autre ? dis-je. Pourquoi le féliciter ?

— Tu veux me brouiller avec cet homme ?

— Seigneur, je te demande pardon, mais je ne vois pas le rapport.

Je le vis alors s'engager dans une alliance impossible avec de mauvaises gens. Impossible, car inégale.

Il n'y avait pas cinq ans que les Portugais étaient arrivés en Inde avec des forces réduites et déjà ils s'étaient permis des violences extraordinaires. Tous — Cabral, Nova, Gama, personnages pourtant très différents — se les étaient permises, comme si leur seul point commun eût été un mépris total des autres.

Il ne devait pas se contenter de faire remercier Vasco par son fils, il lui promit en outre de ne rien négliger pour remplir ses nefs d'épices. Le chargement commença un jeudi, jour faste comme il se devait. Puis ils se virent et je le vis.

Vasco se déplaça une première fois le 14 novembre 1502. Il s'arrêta à l'entrée de la rivière de Cochin, à la hauteur de l'île sacrée de Vaipin, dans une profusion d'étendards. Le roi arriva en palanquin de son palais, suivi d'une foule d'environ dix mille personnes, précédé de trompettes et de tambours et de deux chambellans à masse d'argent. Lorsqu'il mit pied à terre pour se rendre à bord de la caravelle de Vasco, les bombardes tirèrent une salve. A laquelle aussitôt répondit l'artillerie céleste d'un énorme orage qui éclata à cet instant. Les canons avaient peut-être ébranlé les cieux. Il pleuvait si fort — c'était un heureux présage, mais la suite des événements devait renforcer mes vieux doutes sur les présages — que l'entrevue fut remise au lendemain et chacun rentra chez soi. Je n'avais fait qu'apercevoir Vasco de Gama entre les gouttes.

Le 15, il revint. Nous l'attendions dans plusieurs sambouks à l'entrée du port. Le roi se fit transporter jusqu'à la caravelle où je montai à sa suite. Je vis Vasco pour la première fois. Cet homme si inhumain m'apparut des plus ordinaires avec sa corpulence médiocre, ses jambes torses, sa longue barbe et ses yeux vides – j'aurais dû écrire vidés, car je suis convaincu qu'il s'était entraîné à les vider d'expression pour troubler ses interlocuteurs ; on ne sait pas à quoi s'en tenir face à un visage mort que l'on sait vivant. Il avait pourtant décidé d'être aimable, mais ce que nous savions déjà de lui nous le faisait considérer sans naïveté.

Il était tout habillé de soie rouge avec des bas de soie noire et portait deux gros colliers d'or, l'un au cou, l'autre en sautoir, plus un gros rubis au médius de la main gauche et la garde de son épée était d'or niellé.

Saül était à ses côtés, entièrement vêtu de soie verte, le teint vermeil, éclatant de santé et d'un admirable embonpoint, mais ce fut son épée qui me frappa le plus : je ne l'avais jamais imaginé armé, et, de plus, le pommeau de cette arme était orné d'une perle énorme comme il y en avait très peu dans le trésor du roi. Il avait donc fait fortune. Entre autres fonctions importantes dont il m'informa plus tard, il faisait l'interprète.

Vasco de Gama offrit au roi, de la part du sien, de grands bassins, des aiguières et des salières d'argent doré ; le roi lui offrit en retour des pierres précieuses, laissant entendre que c'était peu de chose. Puis ils entrèrent dans le vif du sujet : l'alliance de Cochin avec le Portugal.

La discussion fut courte : ils étaient d'accord. Après ça, le roi regagna son sambouk et la caravelle le suivit jusqu'au palais où ils arrivèrent par le canal de Vaypatti. Vasco fit saluer le palais de toutes ses bombardes et s'en retourna à son mouillage.

Ces bonnes dispositions persistèrent. Ainsi, trois hommes étaient venus vendre une vache pour la viande à la nef *Julia*. Le roi le sut car je l'appris et l'en informai. Il demanda à Vasco de lui remettre ces trois hommes si la chose se reproduisait. Vasco fit afficher dans chaque navire l'interdiction, sous peine de cinquante coups de fouet, d'acheter à qui que ce fût de la viande de vache. Quand les trois sacrilèges se représentèrent avec un autre bovidé, il les fit arrêter et remettre avec leur bête aux gens du roi, qui les fit empaler dans l'heure, exécution qui attira un grand nombre de Portugais, et libérer la vache.

Vasco montra encore une patience inhabituelle envers les mappilas qui tardaient à approvisionner ses vaisseaux pour obtenir un bon prix de leur poivre.

Le tarif fut de douze ducats le quintal, payable pour les trois quarts en monnaie d'argent et un quart en monnaie de cuivre. Les clous de girofle et le benjoin seraient échangés contre des tissus ; la cannelle, l'encens et l'alun seraient troqués contre du bois de Brésil.

Jusque-là, les Portugais s'étaient beaucoup plus occupés d'épices que de chrétiens, démentant le déporté que Vasco avait envoyé quatre ans plus tôt en éclaireur et qui avait répondu, les nommant d'abord, qu'il venait chercher « des chrétiens et des épices ». L'inverse se produisit : nos chrétiens s'occupèrent d'eux.

Le 19 novembre, une délégation de chrétiens emmenée par Thomas aborda en chaloupe à la nef capitane, chargés de poules, de fruits, d'une lettre de leurs évêques et d'une verge de justice, rouge aux extrémités d'argent, ornée de trois clochettes d'argent, symbole de l'autorité qu'ils reconnaissaient au roi de Portugal, à charge pour lui de protéger l'Église de saint Thomas.

Ils proposèrent en outre de construire pour dom Manuel une forteresse, au lieu qu'ils indiqueraient, si imprenable qu'elle lui assurerait la domination de l'Inde entière. Thomas regrettera cette proposition.

Vasco leur fit très bon accueil – pouvait-il moins faire, lui qui, à son premier voyage, avait confondu leur Vierge Marie avec la déesse Kâlî ? En remerciement de leurs poules, de leurs fruits et de leur verge de justice, il leur donna deux pièces de tissu, l'une d'écarlate, l'autre de soie.

Vasco s'apprivoisa. L'humanité ne fut jamais le fort de cet brute, qui mourut comme il vécut. L'Inde le rebutait en tout, j'en suis sûr, et sa méfiance était invincible. Il se produisit pourtant un miracle : l'Amiral, comme l'appelaient ses compatriotes avec déférence, se montra plusieurs fois en ville. Si l'on se souvient que, trois ans plus tôt, il s'était claquemuré dans son vaisseau quatre semaines durant devant Calicut, sans mettre le nez dehors, on conviendra que si les circonstances avaient changé, il avait changé aussi.

Saül fut le grand responsable de cette transformation.

Le lendemain de la première entrevue de l'amiral avec le roi, je le trouvai à ma porte quand je me levai.

— Je désespérais que tu te réveilles, me dit-il avec l'un de ses sourires de lion.

Il était plus grand et gros que jamais, vêtu à la portugaise, avec des chausses, un habit, des souliers à boucle et un grand chapeau noir qu'il souleva pour me saluer, à l'européenne, balayant presque le sol d'un geste large de courtisan accompli. Courtisan, c'est ce qu'il était devenu.

— Saül…, commençai-je.

— Non, pas Saül. Je m'appelle Gaspard maintenant, Gaspard de Gama, s'il te plaît. Ou, si tu veux, Gaspard des Indes.

Il m'apprit avoir séduit le roi du Portugal, comme il avait séduit le Samorin et le roi de Cochin et je ne sais combien de princes sans doute, avant ces trois-là. Il séduisait qui il voulait. S'il avait été porté sur les femmes, il eût été le plus grand amant du monde, mais Sarah lui suffisait.

Il était juif, il avait été musulman, il était le plus ouvert des hommes.

— As-tu jamais pensé à te faire hindou ? lui demandai-je quand même.

— Non, me dit-il, vous acceptez tout le monde sans cela.

Le compliment me parut magnifique.

Quant au roi Manuel, depuis quatre ans, il lui racontait ce qu'il souhaitait entendre.

Par exemple, que tous les rois de l'Inde étaient chrétiens – exceptés deux ou trois monarques du Nord que le monde entier savait musulmans – et aspiraient tous à l'amitié du roi de Portugal, pour partir en guerre contre l'islam. Il entretint ainsi la grande illusion de Vasco de Gama qui, en 1498, s'était plu à voir des chrétiens partout.

Ces rois chrétiens imaginaires disposaient d'armées considérables.

Le roi de Kollam avait dix mille hommes ; celui de Cholamandalam, cent mille ; celui de Tenasserim, dix mille et cinq cents éléphants de guerre ; celui de Pégou, vingt mille, dont dix mille cavaliers, plus quatre cents éléphants de guerre ; celui du Siam – Gaspard allait jusque-là et bien plus loin encore –, vingt mille, plus quatre mille cavaliers et quatre cents éléphants... Tous aspiraient, sans le connaître, à l'amitié du roi du Portugal.

Le roi Manuel, extasié, avait écouté ces énumérations mirifiques qui non seulement lui faisaient miroiter des succès grandioses contre les infidèles et peut-être même la reprise de Jérusalem, mais lui donnaient raison contre l'importante faction de ses conseillers qui étaient hostiles à ce qu'ils appelaient l'aventure indienne, qu'ils jugeaient ruineuse.

Bref, Gaspard fascina le roi. Là-dessus, Saül ne mentait pas. Une lettre du roi au cardinal Jorge da Costa qui défendait à Rome les intérêts du Portugal ne laisse aucun doute. Il m'en produisit triomphalement une copie dont je ne reproduis qu'un extrait :

> Enfin, la flotte a ramené de là-bas un homme qui était juif et s'était déjà reconverti. Un homme plein de discrétion et de sincérité, né à Alexandrie, grand négociant et joaillier, qui commerce avec l'Inde depuis quelque trente ans et n'en ignore rien. Non plus que de tous les pays qui s'étendent d'Alexandrie, jusqu'en Tartarie au-delà de la Grande Mer en passant par l'intérieur de l'Inde. Et cela montre assez que notre découverte a dépendu de Notre Seigneur, qui, dans Sa mystérieuse sagesse, nous l'a permise pour son Saint Service et le bien de la Chrétienté, car c'est Lui qui nous a envoyé cet homme, dont les informations vont nous permettre de nous rendre maîtres de tout ce qui sera à notre portée, car s'il n'était pas venu, il nous aurait fallu des années pour prendre

aussi justement la mesure de cette découverte. Dieu soit loué. Cet homme parle l'hébreu, le chaldéen, l'arabe et l'allemand : il parle en outre si clairement un mélange d'espagnol et d'italien qu'il se fait comprendre aussi bien qu'un Portugais et il nous comprend de même[1].

Écrasante démonstration.

Écrasé comme il se devait, je me bornai à lui faire remarquer que dom Manuel ne le rajeunissait pas, lui accordant une trentaine d'années de carrière en Inde. Il n'y avait pas si longtemps qu'on l'avait vu débarquer à Calicut avec ses fourrures mitées et il avait l'air d'un jeune homme.

– Merci, dit-il, mais j'étais déjà un vieux jeune homme.

Quant à ce chiffre de trente ans que le roi communiquait au cardinal, il en était responsable.

– C'est moi qui me suis vieilli, pour me donner le temps d'avoir parfaitement connu tous ces pays dont j'inventais presque tout. Du coup, il m'a trouvé lui aussi l'air très jeune, conclut-il avec un clin d'œil.

– L'amiral, remarquai-je, se soucie surtout de commerce, m'a-t-il semblé, et le roi de religion.

– Dom Manuel, en effet, a des penchants mystiques. En vérité, ils se partagent les tâches : l'amiral, qui est en dessous, se consacre aux choses triviales ; le roi, qui est au-dessus, et dont le pouvoir vient de Dieu, ne songe qu'aux plus nobles.

Sur ce point, il se trompait, les Portugais au-dessous du roi afficheraient bientôt un prosélytisme fanatique.

Mais je suis injuste : j'oublie le courage. Il en fallait pour se lancer sur ces mers immenses et redoutables, année après année, malgré les pertes – Cabral perdit la moitié de sa flotte, Vasco lui-même, si prudent, laissa derrière lui plusieurs navires.

Ce fantastique courage dépassait le nôtre. Les faisait-il pour autant supérieurs ? La réponse appartient aux dieux.

---

1. Lettre authentique.

La supériorité… Moi, brahmane, je ne peux pas me poser cette question. Elle m'est impossible. La poser serait me mentir : il n'y a pas de supériorité. Il n'y a que des états différents et précaires. L'égalité fondamentale de toute chose devant le temps exclut cette question. Tout change, tout passe, tout recommence. Tout est éphémère, mais rien, me semble-t-il, ne pourrait l'être davantage que la supériorité si elle existait.

Les Portugais sont autant à plaindre qu'à blâmer. Pour l'instant, ils dominent sur la côte ; combien durera cet instant ? Je ne dis pas que j'en vois venir la fin, mais, sans mentir, je la pressens.

*
*　*

— Mon beau-frère, Seigneur Amiral, dit Saül, présentant Abraham à Vasco de Gama.

— Je ne savais pas que tu étais marié.

— Je le suis, Seigneur, et j'ai un fils de deux ans.

— Est-il baptisé ?

— Il va l'être. Le roi m'a fait l'insigne honneur de vouloir être son parrain. La procuration est prête, établie à Lisbonne.

— En blanc ?

— En blanc, Seigneur Amiral. Si j'osais…

— Ose toujours…

— Me ferais-tu la faveur de représenter le roi au baptême de Balthazar ? Qui mieux que toi pourrait le faire, tu le représentes en tout.

— Balthazar ?

— C'est mon fils.

— C'est un beau nom, approuve Vasco. Un nom de roi.

— De Roi mage, Seigneur Amiral. De celui qui a porté l'or à l'Enfant Jésus.

— Soit, dit Vasco je représenterai le roi.

Abraham, pendant cet échange, s'est éloigné de quelques pas, le regard perdu vers l'horizon.

344

– Ainsi le parrain du père le sera aussi du fils, dit Saül avec émerveillement. Merci, Seigneur Amiral !

– C'est le roi qu'il faut remercier, dit Vasco très noblement.

– Abraham ! appelle Saül, quelque peu excité.

Abraham revient sur cette terre, où le juste – celui du moins qui voudrait l'être – est obligé de composer avec les pires erreurs. Il se rapproche de cet homme que Shobita tient pour un monstre.

– Abraham, mon beau-frère, Seigneur Amiral, est le chef des juifs de Cochin.

– Les fameux juifs de Cochin…, relève Vasco de Gama.

– Fameux, vraiment, Seigneur Amiral ? réplique Abraham. Nous n'aspirons qu'à la justice et à l'obscurité depuis quinze cents ans.

– La justice, on verra. L'obscurité, c'est trop tard, dit l'amiral.

« Dis-moi, comptes-tu rester juif longtemps ? ajoute-t-il.

– Jusqu'à ma mort, répond Abraham.

– Ah ! prends garde qu'elle ne vienne plus vite que tu ne pourrais le souhaiter.

– L'heure, c'est l'heure, dit Abraham, nous n'en sommes pas les maîtres.

– D'autres peuvent l'être pour nous tous, coupe Vasco.

Saül, sentant la menace, change de sujet.

– Mon beau-frère, dit Saül, si tu le souhaites, pourrait participer au chargement de tes nefs, Seigneur Amiral. Il est marchand de poivre, travaille depuis toujours avec les chrétiens et traiterait au même prix.

– Combien de quintaux pourrais-tu fournir ? demande Vasco de Gama.

– Deux mille tout de suite, trois mille dans quinze jours.

– Cinq mille quintaux…, fait Vasco, rêveur.

Il y a deux ans, en trois mois de temps, il n'en a pas chargé cinq cents et voici que ce seul juif lui en promet dix fois autant et les chrétiens vingt fois plus. Ses nefs enfoncent déjà sous le poids des sacs qui s'entassent dans leurs cales. Il a bien fait d'être sévère.

– J'ai bien fait de me faire craindre, dit-il à Saül, sortant de son rêve.

Ni Saül ni Abraham ne cillent. Se faire craindre, euphémisme exorbitant. Noyer six cents pèlerins, supplicier trente-quatre pêcheurs innocents et détruire une ville sur de simples présomptions… Shobita a raison, cet homme est un monstre, se dit Abraham. Pourquoi Saül l'a-t-il amené à traiter avec lui ? Pourquoi s'est-il laissé entraîner ? Et pourquoi ces menaces à son égard ? Il entend Shobita, glaciale : « Alors, tu lui vends du poivre maintenant ? » Il vend du poivre à un tueur, au serviteur d'un roi persécuteur des siens.

Que Thomas lui en vende, cela peut se comprendre. Ils sont chrétiens tous deux.

Que répondra-t-il à Shobita ? Que vendre n'est pas se vendre et que s'il faut de la vertu dans le commerce, le commerce n'est pas la vertu. Puis, vendre, pour un négociant, c'est toujours se renforcer.

Mais voici Thomas qui arrive dans une chaloupe et empoigne l'échelle de corde menant au tillac. A peine sa tête dépasse-t-elle du bastingage que l'expression de Gama s'éclaire – le monstre peut être aimable – et celle d'Abraham se renfrogne. Il n'a pas vu Thomas depuis deux ans. Thomas l'évite. Les liens ne sont pas rompus, ils traitent des affaires, mais par commis interposés.

Thomas aussi s'assombrit à la vue d'Abraham, de l'amant de Shobita qu'il n'a pas pu devenir. Mais, peu importe, aujourd'hui la blessure est cicatrisée. « Alors, pourquoi est-ce que je m'assombris ? » s'interroge-t-il, enjambant la lisse.

Le temps de faire les quatre pas qui le séparent de l'Amiral des Indes, de Saül devenu Gaspard et de l'amant de Shobita, il reconnaît n'avoir plus de raison de s'assombrir du tout, si la blessure est cicatrisée… Elle doit bien l'être, car l'ombre quitte son visage et aussitôt le renfrognement d'Abraham se dissipe.

Thomas salue l'amiral, salue Saül avec le sourire et Abraham avec affection, une espèce de tendresse qui le surprend lui-même, qui lui a échappé, qu'il est heureux d'éprouver. Et son rival qui n'est plus son rival lui sourit.

Ils vont repartir ensemble avec plaisir, Saül étant retenu auprès de son parrain. Un sentiment partagé de reconnaissance et de découverte ; reconnaissance car ils se retrouvent, et découverte car ils se découvrent plus proches qu'ils ne croyaient.

« On a vu Abraham et Thomas ensemble », répétera-t-on dans l'heure à Mattancheri et on se perdra en conjectures sur la portée de ce rapprochement.

D'abord, ils ont parlé affaires. De l'énorme affaire que représente l'arrivée à Cochin de Vasco de Gama. Son escadre pourrait enlever des quantités formidables de poivre, dont la somme risquerait de bousculer le marché. Il faut y prendre garde.

– Tu vas lui en vendre, toi aussi ? demande Thomas à Abraham.

– Un peu, répond Abraham.

Son manque d'enthousiasme est si évident que Thomas le relève :

– On dirait que ça ne te fait pas plaisir.

– Ça ne me fait aucun plaisir.

– Pourquoi ?

– Avoir ces gens-là pour clients…

– Tu veux dire les Portugais ?

– Oui. Enfin, non. Pas tous les Portugais. Vasco de Gama.

– Pourquoi lui ?

– Enfin, Thomas ! C'est un monstre, tu le sais bien ! Un bourreau. Un massacreur.

– Un massacreur… Un bourreau… Je crois entendre Shobita. Comment va-t-elle ? hasarde Thomas.

Surpris, Abraham hésite un instant.

– Elle va bien… Oui, elle va bien, mais elle s'inquiète. L'avenir l'inquiète. Elle s'inquiète du roi. Elle s'inquiète pour le Malabar. Elle s'inquiète pour l'Inde entière. Elle s'inquiète de tout. Les violences de Vasco de Gama l'ont bouleversée. Pour elle, c'est la fin du monde.

Ils avancent entre les étals de la rue des Pêcheurs, dans l'odeur de poisson. On s'écarte devant eux, ils représentent la sagesse de très anciennes communautés.

— Shobita redoute par-dessus tout que le roi s'allie avec lui, que le Malabar y perde son âme et son harmonie.

— Peux-tu l'apaiser ? demande Thomas.

— Moi ? Impensable ! s'exclame Abraham.

Un congre encore vivant sursaute sur son lit d'algues et des crabes gros comme des soupières claquent des pinces, tels les morts des dents dans les cimetières hantés.

— Je le pourrais si elle m'aimait, reprend Abraham, mais elle n'aime personne que Dieu – ses dieux ou Dieu, comment savoir ?

— Je t'envie quand même, dit Thomas.

— Crois-tu que je ne t'envie pas ? réplique Abraham.

Poussant du pied une tête de thon aux yeux ronds voilés de poussière, mystérieusement dédaignée par les chats, Thomas répond qu'il ne se voit rien d'enviable, à moins d'envier la banalité : des affaires prospères – « Les tiennes ne le sont pas moins » –, une famille stable – « La tienne ne l'est pas moins que la mienne » –, une foi solide – « Le mystère commence ici, mais nous y sommes tous deux soumis ».

— Je t'envie quand même, dit Abraham.

— Tu envies quoi ?

— Je t'envie de ne pas être moi.

— L'étrange raison…, dit Thomas.

— C'est assez parlé de nous, poursuit Abraham.

— Oui, approuve Thomas. Revenons à Vasco de Gama. Tu as parlé d'exploitation matérielle et spirituelle. Je vois bien la première, quelle serait l'autre ?

— Celle des âmes, par la conversion.

— Il voudrait faire des catholiques ?

— Après le poivre, c'est leur grande pensée.

— Comment le sais-tu, toi, un juif ?

— Je le sais par Saül qui revient de chez eux et prétend s'être converti.

— Prétend ?

— Je ne crois guère aux conversions de Saül.

— Aux conversions ?

— Il s'est aussi fait musulman il y a quelques années de ça. Aujourd'hui, il serait catholique. Moi, je le crois toujours juif.

— Je ne voudrais pas sembler indifférent, mais ce zèle missionnaire ne nous concerne pas, nous, chrétiens de saint Thomas.

— Détrompe-toi, tu es visé aussi. Et peut-être le premier. Tu es chrétien, pas catholique. Tout le monde doit être catholique.

— Catholique ?

— Obéir au pape de Rome.

Thomas s'assombrit. Le franciscain de Vasco de Gama, à bord du *São Geronimo*, l'a questionné sur le pape.

— Au nom de quoi obéir à ce pape ?

— Au nom de ce pape lui-même, si j'ai bien compris.

— Il n'y pas de conversion sans convertisseur, reprend Thomas.

— Ils en ont. Chaque navire de la flotte a emmené deux religieux dont c'est le métier. Tous n'ont sûrement pas survécu, mais il en reste certainement. Tu as dû en voir sur son navire.

— J'en ai vu un, dit Thomas, c'est le chapelain de l'amiral.

— Et comment l'as-tu trouvé ?

— Très aimable, très ferme et très insinuant.

— C'est bien ça.

— C'est bien quoi ?

— C'est tout le portrait d'un convertisseur.

*
* *

Journal de Krishna

— Notre ami Talappana est venu voir l'amiral, m'apprit Saül le cinquième jour de leur année 1503, accompagné de deux notables de Calicut.

349

– Qu'est-il venu faire ?

– Porter une lettre de son maître. Une lettre de réconciliation. Le Samorin demande à l'amiral de revenir le voir pour établir avec lui un traité d'amitié et de commerce. Il lui propose de lui rendre tout ce qui appartenait au roi de Portugal et qui avait été saisi après l'attaque de la factorerie il y a trois ans. Il paierait une moitié en espèces et l'autre en épices. Il donnerait des otages en gage de sa bonne foi.

– Talappana n'avait que cette lettre ?

– Non. Il a apporté aussi des pierreries pour une valeur de trois mille cruzados, dit-il, qu'il aimerait vendre à des amis. Il a déclaré encore vouloir aller au Portugal – lui, un brahmane, aller plusieurs mois sur la mer ! –, cela cache quelque chose.

« En outre, il a demandé à l'amiral de le laisser charger des épices pour son compte, puis il a acheté vingt *bahar* de cannelle que l'amiral a fait déposer dans son propre bateau. Il a levé l'ancre aujourd'hui pour aller voir le Samorin, avec Talappana et ses deux compagnons.

Le roi redouta que le Samorin ne fût sincère, ne voulût de bonne foi traiter avec l'amiral. S'ils s'accordaient, sa position redeviendrait critique.

Arrivé devant Calicut, Talappana demanda l'autorisation de débarquer pour aller chercher l'or et les épices. Vasco la lui refusa, le gardant en otage. Il envoya à sa place un des notables qu'il attendrait jusqu'au soir. S'il tardait trop, il tirerait un coup de bombarde et, s'il ne venait pas tout de suite, il lèverait l'ancre à la pointe du jour.

A la nuit, l'homme n'était pas revenu. Vasco fit tirer sa bombarde.

Arriva un dignitaire du Samorin qui le pressa de ne s'inquiéter de rien : il aurait le lendemain l'argent et les épices, il lui suffirait d'envoyer à terre l'un de ses gentilshommes, on lui remettrait le tout.

Vasco, à ce discours, entra en fureur. Il n'enverrait personne à terre, ne devant rien au Samorin, puisque c'était le contraire. C'était à ses gens de lui porter ce qu'il lui devait.

Le dignitaire s'efforça de le calmer, lui demandant de bien vouloir rester à l'ancre jusqu'à la fin du jour suivant, et s'en alla.

En pleine nuit, un grand nombre de sambouks à rames – de soixante-dix à quatre-vingts –, commandés par Ali Marakkar, s'avancèrent sur les navires portugais, jusqu'à presque les toucher, ouvrirent le feu avec des bombardes de fer et les criblèrent de milliers de flèches qui firent de nombreux blessés. Les assaillants étaient si près que les Portugais ne pouvaient pas se servir de leur artillerie. Ali fit mettre le feu à un sambouk chargé de marmites que Vasco avait capturé la veille, dans l'espoir que le feu se propage à la nef, mais les Portugais coupèrent le filin qui l'y attachait et le brûlot dériva. L'assaut fut si violent que la flotte entière dut couper les câbles de ses ancres et mettre à la voile pour fuir.

Il s'en était fallu de peu que les Portugais fussent anéantis. Au petit jour, Vasco fit torturer Talappana. On le suspendit par les bras aux vergues et on lui brûla la plante des pieds jusqu'aux os. Talappana avoua avoir tendu le piège. Malgré les supplications de Saül, l'amiral lui fit couper la langue et les oreilles, lui fit coudre à la place des oreilles de chien et le fit pendre.

A midi, il envoya le cadavre à la côte dans une barque avec un message en malayalam :

> Misérables, vous m'avez appelé et je suis venu à votre appel. Vous avez fait tout ce que vous avez pu et si vous aviez pu en faire davantage, vous l'auriez fait. Vous aurez le châtiment que vous méritez : quand je reviendrai ici je vous paierai votre dû, et sans avoir d'argent à débourser[1].

---

1. Lettre authentique.

Beaucoup de temps a passé. Je m'efforce au détachement.

Les brahmanes sont sacrés. Ils sont inviolables – intouchables, au sens noble, opposé à celui qui s'attache à ceux qui sont à peine des hommes. Les brahmanes occupent le sommet de l'échelle humaine. Nés de la tête de Brahmâ le Sans Limite, Directeur du Ciel, Maître des Horizons, ils sont supérieurs à tous les autres hommes – je devrais écrire « nous », puisque j'en suis.

Cette exécution était un sacrilège absolu qui bouleversait l'ordre du monde et dont le monde ne devait pas se relever.

Mon horreur était d'autant plus vive que je connaissais Talappana depuis l'enfance. Nos relations étaient ambiguës. Rivaux à l'école, nous l'étions redevenus lorsque nous occupâmes des fonctions analogues près du roi et du Samorin. Talappana m'avait toujours jalousé, mon intelligence était plus déliée que la sienne et ma curiosité, mon comportement, mon amitié parfois pour ceux qui n'étaient pas de notre caste le scandalisaient. Moi, je le trouvais primaire, primaire en politique, primaire dans son interprétation des *Veda* où la religiosité l'emportait sur la religion, sur la foi. Et voilà qu'aujourd'hui c'était le primaire qui mourait en martyr après avoir agi en héros, et moi, le fin lettré à l'intelligence affûtée, qui continuais de vivre en louvoyant lâchement. Il avait senti immédiatement que les Portugais étaient des démons.

Ma curiosité m'avait aveuglé. J'avais pactisé avec le mal.

La mort de Talappana me fit me dégoûter. Aujourd'hui mon indignation serait plus mesurée.

Le Samorin avait tendu un piège. Mon collègue avait accepté de jouer le rôle d'appât et, par là, de s'exposer à la rigueur féroce d'un homme qui n'était déjà que trop célèbre pour son inflexibilité.

Le piège était si bien armé – les pierreries déposées sur le vaisseau de Vasco, l'achat des épices, la prétendue volonté de se rendre au Portugal... – qu'il manqua de très peu de réussir.

Les nageurs de Calicut étaient allés jusqu'à fixer une ancre à la nef de Vasco qui la retenait devant la plage, la mettant à la merci des sambouks qui l'entouraient. Lorsqu'ils l'eurent repérée, ayant rompu leurs câbles et ne se voyant point bouger, les Portugais mirent plusieurs heures à briser la chaîne tellement elle était forte, sous une pluie de flèches qui en blessa beaucoup.

Vasco infligea à Talappana la peine réservée aux traîtres. Il n'avait pas compris que nous sommes sacrés, nous autres brahmanes. L'aurait-il su, cela n'aurait rien changé.

Je tiens l'histoire de Saül, une fois de plus. Il me dit n'avoir jamais entendu siffler autant de flèches de sa vie en si peu de temps. Il était aux côtés de Vasco sur son vaisseau.

– Je me suis forcé à faire bonne figure un temps qui me parut interminable, m'avoua-t-il. Vasco m'a dit presque affectueusement : « Ne t'expose pas, descends. » Ainsi ai-je pu m'abriter avec honneur.

– Et où était ton honneur lorsque Talappana a été torturé et pendu ?

– J'ai tenté de convaincre l'amiral de la folie qu'il commettait : je lui ai expliqué le scandale que cela provoquerait en Inde. « C'est comme si tu martyrisais l'évêque de Lisbonne au Portugal », lui ai-je même dit. « Ce singe, un évêque ! » m'a-t-il jeté avec mépris.

– Comment est mort Talappana ?

– Avec un sourire.

– Qu'as-tu pensé ? Qu'as-tu ressenti ?

– Pêle-mêle : du respect devant sa souffrance, de la compassion, du mépris pour tous les hommes en général, du soulagement de ne pas être la victime… et puis soudain j'ai repensé aux trente-quatre pauvres pêcheurs dépecés, et la mort de Talappana m'a parut moins injuste.

Cette réponse me scandalisa alors. Sa cohérence m'échappait.

Je me ruai chez le roi.

– Assieds-toi, Krishna, et reprends ton souffle, dit-il me voyant hors d'haleine, avec le plus grand calme.

S'il était aussi détendu, c'était qu'il ne savait rien.

– Que t'arrive-t-il, cher Krishna? Pourquoi ce bouleversement?

– Il a torturé Talappana.

– Ah! fit le roi.

Il dit ça d'une voix sourde, ses yeux sagaces fixés sur moi.

– Qu'y faire? reprit-il.

– Rompre, dis-je. Tu ne peux pas…

– Que ne puis-je pas? me coupa-t-il, avec sa dangereuse douceur.

– Le roi de Cochin ne peut pas s'allier avec un tueur de brahmane.

– Pourquoi?

Il allait ignorer le sacrilège. Il allait consommer son indignité et nous entraîner dans la forfaiture impensable. A quoi bon l'exhorter au contraire? Sa décision était prise, il était fou.

Je l'exhortai pourtant.

Je lui rappelai sa position de représentant des dieux, de garant de l'ordre divin, de protecteur de son peuple.

– Tu n'as rien à me rappeler, je n'oublie rien de tout cela, dit-il.

J'évoquai la prédiction. Le pire s'accomplissait. Le plus sacré de l'Inde était mortellement insulté. L'horreur n'avait plus de nom. Comment pouvait-il l'admettre? Cautionner la destruction de l'ordre dont il était le sommet?

– Que devrais-je donc faire, selon toi?

– Rompre avec Vasco de Gama. Prendre le parti de l'Inde contre celui de ces étrangers.

– Je ne connais pas d'étrangers, dit-il, rappel narquois de nos vieilles disputes.

– Vasco de Gama ne l'est pas pour toi?

354

– Il ne l'est pas plus que le Samorin.

C'était un comble. Je le lui dis.

– Tu préfères un Portugais pendeur de brahmane à la préservation de ton royaume.

– C'est ce Portugais qui le préservera. Enfin, Krishna, entre nous, ce n'est pas toi qu'il a pendu ! Tu me disais toi-même que ce Talappana n'avait rien d'extraordinaire…

– Je ne le retire pas, mais c'était un brahmane et on ne touche pas à un brahmane. Toucher à un brahmane…

– Je sais. L'ordre entier de l'Inde en est ébranlé. Mais le sacrilège n'est pas le même s'il est commis par un ignorant. Tu le dis toi-même : ces Portugais sont aussi ignorants de l'Inde que nous le sommes du Portugal…

« Y a-t-il même sacrilège ? reprit-il, faussement pensif. Peut-il y avoir sacrilège sans la conscience de le commettre ?

Je restai muet.

– Tu vois bien !

Le roi n'avait pas tort. Ma terrible propension à toujours considérer le plus impartialement possible les points de vue contraires aux miens – véritable tic, acquis pour mon malheur au cours de mes études, même s'il me vaut souvent la considération générale et une réputation de sagesse dont je me suis toujours su indigne – m'obligea à le reconnaître. Le crime de Vasco de Gama était moins grave que s'il eût été hindou. Il n'était que féroce, il n'était pas sacrilège puisqu'il ignorait que c'était un sacrilège.

Goda Varma, qui ne me quittait pas des yeux, saisit certainement l'hésitation qui avait dû changer ma physionomie. Il insista :

– Tu vois bien. Tu le reconnais. Je te connais, Krishna. Le sacrilège n'est pas entier. Vasco de Gama n'a pas voulu insulter l'ordre divin.

Je voulus me ressaisir, je fus lamentable.

– Il n'empêche, dis-je faiblement.

– Il n'empêche quoi ?

J'étais si troublé que je dis une bêtise :

– Sans le vouloir, peut-être, il a commis l'irréparable. Sans le vouloir, il continuera. Il détruira tout. Le Samorin ne détruira rien. Il est indien et il est hindou.

– Il me détruira, moi.

Écrasé par ma gaffe, je ne trouvai rien à répondre.

Il reprit :

– Et pourquoi le Portugais détruirait-il quoi que ce soit ?

– Parce qu'il est différent et qu'il est le plus fort. Ils n'admettent pas les différences. Ils veulent tout refaire à leur image.

– Qui te l'a dit ?

– Je le sais par Saül.

– Par exemple ?

– Ils ne supportent pas de Maures ni de juifs chez eux, ils ne veulent que des catholiques.

– Des catholiques ?

– Des chrétiens qui obéissent à un homme qu'ils appellent le pape.

– Mais nos chrétiens ? dit le roi.

– Ils voudront les faire obéir au pape.

– Tu en es sûr ?

– Certain, Seigneur.

– Tu te trompes, Krishna.

– Comment ?

– Les Portugais ne sont pas les plus forts.

Poursuivre était inutile. Je me jetai à l'eau :

– Je voudrais me retirer, Seigneur.

Il ne comprit pas.

– Mais tu te retires quand tu veux, me semble-t-il !

– Je voudrais quitter ton service.

– Non ! Je t'interdis. J'ai besoin de toi. Cochin a besoin de toi.

– Je ne te sers plus à rien.

Il m'accusa de fausse modestie avec un cynisme inouï.

– Tu es ma conscience, tu le sais bien. Ne me dis pas que tu ne le sais pas. Tu commettrais une bien grande faute si tu me privais de ma conscience. Les dieux seraient longs à te pardonner.

Je fus touché. Il le vit. Il renchérit :

– J'ai d'autant plus besoin de toi que les circonstances sont difficiles. Jamais elles ne l'ont été à ce point, n'est-ce pas ?

Je ne pouvais pas le nier.

– Tu vois bien, dit-il pour la troisième fois.

Je ne voyais qu'une chose : j'étais piégé.

*
* *

Chapitre 4

Journal de Krishna

Le 10 de leur mois de février, Vasco repartit vers le Portugal.

Le monstre était heureux, ses bateaux pleins à craquer de trente mille *bahar* d'épices. Jamais l'Europe n'en aurait tant vu.

Quant aux chrétiens, sa seconde obsession, s'ils n'étaient pas si nombreux qu'il avait imaginé à son premier voyage, ils étaient bien présents.

Des multitudes de baptisés ne demanderaient qu'à reconnaître la suzeraineté de dom Manuel et l'autorité de Rome, lui avait assuré le franciscain laissé sur place.

Le prêtre n'était pas le seul Portugais resté à Cochin : des centaines d'hommes – facteurs, comptables, mais surtout marins et hommes de guerre – s'installaient ; cinq vaisseaux sous les ordres des frères Sodré, oncles de Vasco de Gama, protégeaient Cochin du Samorin.

Deux forts, l'un à Cochin, l'autre à Cannanore, commençaient à s'élever, construits par eux pour eux seuls.

Le premier – Manuel Kotta – portait le nom de leur roi. Dans mes promenades, je voyais monter ses remparts de terre compactée, entre deux parois de troncs de palmier, le long de la passe ; quand ils auraient reçu leurs canons, plus rien n'y passerait sans leur permission.

Étions-nous maîtres chez nous ?

Saül, par bonheur, était resté. Le roi de Portugal l'avait nommé contrôleur général des épices.

Tout pourrissait. Des désordres éclataient. Thomas en fut l'une des premières victimes.

M'ayant fait prévenir un jour qu'il voulait me voir très vite, je courus chez eux. Il était étendu sur son lit, la tête bandée. Quand Cécile, sa femme, souleva la couverture, je vis qu'il avait aussi un bras cassé.

– Que s'est-il passé ?

– J'étais dans un village avec deux amis de la guilde à négocier l'achat de la prochaine récolte de poivre. Des dizaines de musulmans se sont jetés sur nous, nous accusant de les affamer, en les empêchant de vendre aux Portugais. C'est vous qui refusez, leur ai-je répondu. Ils m'ont assommé sur place. Mon cousin Jean va mourir.

– Que vas-tu faire ?

– J'attends la visite du chef de la guilde musulmane, Hussein Marakkar. Il m'a fait dire qu'il ferait tout pour réparer cet incident.

– Que vas-tu lui demander ?

– De châtier lui-même les coupables.

Depuis des siècles, les épices, les étoffes et les métaux transitaient par les musulmans de continent à continent, d'Asie en Europe et d'Europe en Asie.

Cette époque prenait fin, les Portugais voulaient éliminer les flottes musulmanes. Par haine des Maures autant que par intérêt.

J'ai cru un temps que toute les guildes allaient s'unir pour demander au roi de les chasser. Il n'en fut rien. Les guildes étaient divisées.

Les lâches et les fatalistes avaient pris le parti de Lisbonne. Comme toujours les plus nombreux, ils arguaient du fait que les Portugais avaient besoin d'eux, que la baisse du prix des épices en Europe accroîtrait la demande. On en trouvait dans tous les partis – chrétiens, juifs et même musulmans –, les mappilas croyant prendre une revanche sur leurs « frères » arabes.

Le roi était imperturbable.

— Tout est bien qui finit bien, me dit-il.

L'expression n'était pas de lui, ne pouvant être d'un hindou – rien ne finit, rien ne commence, les dieux eux-mêmes sont inachevés et le temps se mord la queue –, aussi je la relevai :

— Seigneur, je n'ai pas compris.

Goda Varma éclata de rire. Il y avait vingt ans peut-être que je l'avais vu rire pour la dernière fois. Ce rire résonna étrangement dans la salle des secrets – ai-je dit qu'elle était ronde ? – en écho qui tourna trois fois le long du mur et s'éteignit sur un soupir qui démentait exactement sa gaieté officielle.

— C'est une expression de leur amiral.

Il mit dans ce dernier mot toute la dérision qu'il put.

— « Tout est bien qui finit bien : une nouvelle ère commence », m'a dit Vasco de Gama quand il est venu me dire au revoir. J'ai répondu « certainement », par diplomatie. Il est parti là-dessus. Cette déclaration bizarre ne manque pas de justesse. Les choses auraient pu se passer plus mal

— Plus mal ? fis-je.

— Tu ne trouves pas que les choses se soient bien passées ?

— Sais-tu ce qui se passe dans ton royaume ?

— L'harmonie reviendra ! hurla-t-il.

Je songeai aux pendus de Calicut et aux victimes du bombardement.

Je ne dis pas que je préférais le Samorin à Vasco de Gama. Je n'aimais ni l'un ni l'autre, mais j'étais plus proche du premier et le roi aussi. Nous respirions depuis toujours le même air, écoutions les mêmes chansons, adorions les mêmes dieux.

— Ces Portugais sont providentiels. Le Samorin ne peut rien contre eux.

Il m'avait habitué à d'autres discours. Sur la valeur qui renverse les rapports de force ; sur la justice d'une cause, qui en décuple la puissance ; sur l'énergie du désespoir, qui galvanise ses défenseurs. Fini tout cela. Si Shobita l'aimait encore, serait-il si pessimiste ? me demandais-je.

– C'est vrai, lui dis-je. Tant que les Sodré sont là, tu n'as rien à craindre.

Mais les frères Sodré n'étaient que des rapaces. La stratégie les dépassait. L'obéissance leur était inconnue. Ils ne savaient écouter que leur avidité.

Après quelques jours de croisière devant Calicut, ils déclarèrent s'ennuyer. Un sentiment insupportable de temps perdu les accabla. Huit jours sans avoir rien vu que des barques de pêche qui serraient la côte au plus près pour se jeter à terre s'ils faisaient mine de les poursuivre.

Les deux frères s'étaient alors convaincus de l'inanité de leur mission.

Entre les débouchés du golfe Persique, que les Arabes appellent Arabe, et de la mer Rouge, les côtes d'Arabie voyaient passer un trafic fabuleux. D'innombrables nefs les longeaient, chargées des rêves de l'Europe : l'or, l'encens, le benjoin, les tissus d'or, d'argent et de soie pour les cours d'Ispahan, du Caire, de Bagdad, les faucons dressés pour la chasse, les chevaux de guerre et les chameaux de course qui valent leur poids d'or aux yeux des princes infidèles.

– J'aimerais m'oindre de benjoin, soupira Bràs qui empestait d'une sueur portugaise et qui était le plus vicieux des deux.

– Que pensera notre cher neveu ? avança Vicente avant d'ordonner le départ.

– Notre neveu sait le respect qu'il doit à ses oncles, dit Bràs. Puis nous ferons aussi bien là-bas ce que nous devons faire ici.

– Les Portugais sont invisibles, Seigneur, annonce au Samorin le successeur de Talappana, le matin du 31 août.

361

— Ils ne peuvent pas être bien loin, dit le Samorin, désa-
busé. Renseigne-toi.

Ils n'étaient nulle part. Il mobilisa.

En dix jours, il rassembla cent mille hommes et mille éléphants, s'avança dans un ordre admirable jusqu'à Eddapalli,
à la frontière de Cochin, puis écrivit à Goda Varma :

> Le Samorin à toi, Goda Varma, roi de Cochin,
> Je me suis donné beaucoup de mal pour éviter de te faire la
> guerre. Aurais-tu été moins rebelle, aurais-tu fait ce que je te
> demandais parce que c'était juste et même mutuellement
> profitable, ne pas accueillir chez toi les Portugais qui nous
> ont déjà fait tant de mal, à tel point que c'en est assez, que tu
> ne peux pas continuer à n'en faire qu'à ta tête.
> Je me suis donc avancé jusqu'à Eddapalli, décidé à envahir
> ton pays, à le détruire, à m'emparer des chrétiens et de tout
> ce qu'ils possèdent. Toutefois, je te prie une dernière fois de
> me les remettre, ainsi éviteras-tu ta propre destruction et
> celle de ton pays, que tu peux tenir pour certaines. A cette
> condition, je renoncerais à la haine que j'éprouve pour toi à
> cause de l'impolitesse de tes lettres, malgré les nombreux
> sujets de mécontentement que tu m'as donnés.
> Si tu n'obtempères pas immédiatement, je m'engage devant
> les Dieux à t'anéantir et à te chasser de ton trône [1].

— Qu'en penses-tu, Krishna ? dit le roi, me tendant cet ulti-
matum.

— Je pense comme tout le monde : remets-lui ces maudits
Portugais.

Il me regarda, condescendant.

— J'ai déjà répondu. Je les garde ; ils sont mes hôtes et les
hôtes sont sacrés.

— Alors ?

— Je ne me battrai pas. Il a cent mille fantassins ! Je ne vais
pas faire tuer mes dix mille hommes pour rien.

---

1. Lettre authentique.

Je me rappelai ses anciens discours sur la valeur, sur la justice, sur l'énergie du désespoir.

– Il entrera sans résistance, ajouta-t-il.

– Il va détruire Cochin.

– Nous la reconstruirons. Tout de même, soupira-t-il, si Vasco de Gama ne nous avait pas laissé ces canailles en fait de protection…

Canailles? pensai-je. Que pouvait-il laisser d'autre? Ils l'étaient tous et il était la première d'entre elles.

– Où sont partis les Sodré?

– Ils sont allés nous défendre sur la côte d'Arabie, dit le roi avec un rictus. Je fais évacuer Cochin. Nous, nous irons à Vaipin. L'île est sacrée pour les hindous… Je t'emmène. Prends Shobita avec toi. Sans lui dire que je t'en ai donné l'ordre, elle ne viendrait pas.

Je me hâtai chez Shobita.

– Le Samorin arrive, il sera ici demain. Le roi a refusé de lui livrer ses Portugais.

– Que va-t-il faire?

– Se retirer à Vaipin. Le Samorin respectera l'île.

– Et toi, me dit-elle, que vas-tu faire?

– Le suivre. Et je t'emmène, ajoutai-je très vite.

– Je peux très bien rester ici.

– Non, dis-je, étonné de mon autorité. Tu peux certes rester chez toi. Les soldats vont se répandre partout, entrer dans toutes les maisons avec leurs appétits de soldats.

– Je ne veux pas voir Goda Varma.

– Tu ne le verras pas.

– Il ne sait pas que je viens?

– Non.

*
* *

363

Le Samorin fit parader ses éléphants dans Mattancheri et s'installa pour une seule journée au palais déserté. Il y dicta l'acte de déposition de Goda Varma, « vassal félon », disait le document, qui, pour contester sa suzeraineté, avait fait alliance « avec des voleurs, des assassins et des sacrilèges venus du bout du monde, ennemis du genre humain en général et du Malabar en particulier ».

Puis il donna trois jours de quartier libre à ses troupes, qui ne s'étaient pas battues, hormis une escarmouche à l'embouchure du canal de Vaypatti qui menait au palais, où le fils du roi s'était fait tuer avec beaucoup de panache à la tête d'une centaine de nayars qui avaient juré de périr pour sauver l'honneur. Jamais il n'aurait dû se trouver là. Son père l'avait placé à la tête de son armée pour la conduire dans les îles des eaux intérieures et attendre, à l'abri, des jours meilleurs.

A peine débarqué chez lui, le Samorin eut un autre sujet de satisfaction. A la proue du navire d'Ali Marakkar, amarré sous grand pavois dans le port devant son palais, son équipage rangé à la lisse, pourrissait, fichée sur une lance, la tête féroce de Bràs Sodré.

Avec deux cents Maures qu'il avait recrutés lui-même après l'affaire du *Miri*, Ali chassait le Portugais à bord d'un vaisseau de quarante canons camouflé en nef de commerce, qu'il avait baptisé *Shaitan* – le Diable. Les vaisseaux de Lisbonne étant rares, il étendait cette qualité à tous les alliés des Lusitaniens. En quelques mois, il en était devenu la terreur.

L'escadre des deux frères Sodré avait été surprise aux îles Khuria et Muria par un ouragan qui avait fracassé deux de ses unités, dont la nef de Vicente avec son capitaine. Le *São Paulo* de Bràs y avait échappé. Il était reparti vers l'Inde, ulcéré de son désastre.

Il prit en chasse le *Shaitan* à la hauteur du mont Éli.

Au coup de semonce, le *Shaitan* mit en panne. Le *São Paulo* s'approcha. Quand Sodré fut à demi-portée, les vingt pièces de bâbord tonnèrent. Le navire portugais coula en dix minutes. Il n'en resta qu'un canot avec trois hommes à bord : Bràs Sodré, le ventre ouvert, et deux matelots ensanglantés. Ali les fit décapiter par humanité.

La seconde légende d'Ali commençait. Après le poète, le corsaire. On chanterait bientôt ses louanges à Rabat, Constantinople et Samarcande.
– Enfin un Portugais fréquentable ! s'exclama le Samorin qu'entourait une foule énorme, devant cette tête épouvantable.

*
* *

Journal de Krishna

Cochin fut dévastée.
De l'île de Vaipin toute proche, le roi et ses Portugais, désœuvrés, contemplaient les fumées qui empanachaient la ville au-dessus des arbres immenses qui la signalent de très loin en mer et, à la saison sèche, en constituent l'un des principaux agréments ; on peut se promener dans la ville entière sans quitter leur ombre.
L'œil et le cœur vides, ils regardaient les colonnes sombres qui annonçaient la punition de Cochin, et, par vent du sud, en respiraient les odeurs, se donnant l'illusion d'identifier ce qui brûlait hors de leur vue, telle maison de tel quartier… Le même vent leur apportait aussi des sons indistincts où certains assuraient reconnaître des cris de filles forcées, jusqu'à ce que le roi les fît taire en apostrophant l'un de ces experts :
– Tu en as forcé beaucoup ?
Le quatrième jour, les fumées s'éteignirent, les bruits se raréfièrent et aucun cri ne franchit plus la passe.
Goda Varma parut d'abord se désintéresser de Shobita. A

peine descendu de l'almadie qui l'avait transporté dans l'île, il m'avait apostrophé :

– Où est-elle ?

– Elle est là, lui avais-je répondu, désignant assez vaguement une maison blanche enfouie comme les autres sous les cocotiers.

Le soulagement qui l'avait éclairé m'avait une fois encore fait éprouver pour lui de la commisération.

– Veille à ce qu'elle ne manque de rien, avait-il conclu.

Je fus rarement aussi soulagé de le voir s'éloigner qu'à cet instant. La mort de son fils l'occupa moins que le confort de cette danseuse dont il n'avait plus à espérer qu'un mépris définitif. Son fils était mort et, disait-il, il ne pouvait rien pour lui.

Il multipliait les attentions envers ses Portugais. « Mes Portugais », disait-il avec une affectation de familiarité qui exaspéra plusieurs de ses vrais fidèles.

Une douzaine d'Européens qui ne lui étaient rien semblaient valoir davantage pour lui que tout son peuple. La conjonction d'un amour et d'une ambition contrariés l'avait jeté dans un égarement dont il ne sortirait plus. Il avait été l'un des politiques les plus efficaces de son temps et il finissait dans cette faillite qui était aussi la mienne, puisque j'étais son conseiller.

Saül fut égal à lui-même. Sa jovialité habillait les événements d'une aimable philosophie – nuancée de sarcasmes qui laissaient deviner des opinions beaucoup plus noires que sa gaieté ne permettait de le soupçonner.

– Aurai-je encore quelque chose à contrôler ? disait notre contrôleur devant les fumées qui planaient sur Cochin, persuadé – au moins le feignait-il – que c'étaient les dépôts de poivre qui brûlaient, incendiés pour ruiner les marchands du roi.

– J'espère, disais-je, qu'ils ne sont pas si bêtes et qu'ils emportent ce poivre au lieu de le brûler.

Il l'espérait aussi pour eux, mais, en ce qui le concernait, le résultat était le même : brûlé ou volé, l'oisiveté l'attendait.

– Je n'ai rien contre les gens de Calicut, mais je n'aimerais pas qu'ils réduisent ma fonction toute neuve à une sinécure.

Le roi, qui arrivait derrière nous, approuva : lui non plus n'avait rien contre Calicut.

– Alors pourquoi le Samorin est-il convaincu du contraire ? lâcha Saül.

Le roi cilla, mais répondit d'un ton uni que le Samorin était jeune et violent et qu'il se repentirait un jour de ce qu'il perpétrait là. Il le plaignait.

– Oui, poursuivit-il, les astrologues sont tous d'accord, chose exceptionnelle… N'est-ce pas, Krishna ?

– Chose rarissime, Seigneur.

– Ils lisent la ruine du Samorin dans les astres. Ou sa sortie du jeu. Les uns le voient mort, les autres en exil, mais tous le voient disparaître de la scène ; c'est pourquoi aussi je le plains.

– Depuis quand le prédisent-ils, Seigneur ?

– Ils sont venus me l'annoncer il y a huit jours.

Plus tard, je tâchai en vain de m'informer si ces devins avaient été prévenus avant tout le monde de l'arrivée de Francisco de Albuquerque.

Le roi alla plus loin :

– Encore un peu de patience et nous rentrerons chez nous, et nous n'aurons plus rien à craindre de Calicut.

Saül m'adressa l'un de ses clins d'œil. Les Portugais présents, devant nos expressions, se concertèrent et lui demandèrent de traduire.

Lapidaire, il déclara que tout allait bien et que tout irait mieux encore très prochainement.

– Le roi nous demande un peu de patience, précisa-t-il. Très peu de patience et nos ennemis seront confondus, conclut-il de son cru.

Cet optimisme poussa le roi à vouloir rendre visite à Shobita. Je tentai de l'en empêcher. En vain je lui rappelais ses promesses. Il se fit précéder de sa garde nayare comme pour lui rappeler qu'il était le roi.

Shobita entendit ou vit les soldats approcher. Elle s'enfuit par le jardin de derrière et courut se réfugier chez une voisine.

Je rejoignis le roi dans la maison. Assis sur un lit, il s'était emparé d'un pantalon de la danseuse, le froissait, le triturait et le portait à son nez. C'était triste et enfantin. Le roi reniflait le pantalon comme un chien un vieil os.

– Son odeur ne m'a pas quitté. Depuis son départ, tout désir m'a fui. Qu'est-ce qu'un homme sans désir ? *A fortiori* un roi ?

Je lui ai répondu que le désir n'était qu'un des barreaux les plus bas de l'échelle de l'accomplissement.

– Sottises d'eunuque que tu ressasses là !

« Eunuque », il exagérait, mais j'étais impuissant à le conseiller.

Avec une espèce de dégoût, je le pris par le bras et le forçai à se lever du lit. Il hésita puis me suivit, tenant serré dans son poing le pantalon chiffonné.

Abraham se tenait dans la ruelle en face du perron de la maison. J'ai vu se peindre sur son visage le désespoir et l'envie de mourir. Il crut que le roi avait repris sa maîtresse. Quelles raisons de vivre lui restait-il ?

Les deux hommes se regardèrent. Le roi comprit tout, ses yeux étincelèrent. Il laissa tomber théâtralement le pantalon dans la poussière.

Shobita m'apprit bientôt qu'Abraham était allé rejoindre les troupes du Samorin. Il avait chargé Sarah de la prévenir que, désormais, il combattrait les Portugais comme elle le lui avait demandé.

Le 2 septembre au soir, Francisco de Albuquerque se présentait devant Cochin avec deux navires.

Les grandes croix rouges peintes sur leurs voiles flamboyaient dans le couchant. Nous étions tous rassemblés à la pointe de l'île et aucun de nous ne put se résoudre à quitter ce poste d'observation de toute la nuit, car un trafic considérable commença dès le crépuscule, sur les eaux intérieures, sitôt mouillées les ancres des nefs étrangères.

– Ils prennent peur, dit le roi, ils évacuent leurs rapines.

Le vent qui avait poussé jusqu'à nous le premier des Albuquerque était tombé. Tous les bruits portaient dans l'air calme. J'allai m'asseoir à l'écart pour mieux entendre. La lagune retentissait du clapot précipité de milliers d'avirons qui frappaient l'eau dans un désordre de cadences qui renforçaient l'impression de hâte et d'inquiétude que donnait cette agitation.

Une forme légère et parfumée se glissa près de moi et s'assit à ma droite.

– Il a gagné cette fois-ci, me dit Shobita. Ah, que je hais ces Portugais !

– Ce ne sont pas les Portugais qui ont saccagé Cochin, lui dis-je le plus doucement possible.

– Peu importe ! c'est à cause d'eux.

Je lui demandai si elle aurait voulu que le roi les livrât. L'honnêteté, chez Shobita, a toujours le dernier mot :

– Non, dit-elle, j'aurais voulu qu'il ne les reçoive pas. Ne les laisse pas ouvrir une factorerie. Ne les autorise pas à construire ce fort...

Elle développa ses griefs jusqu'à l'aube, sans fureur, avec calme et précision. Elle dévidait encore ses déceptions, si justes, si touchantes, quand nous vîmes passer, venant de la mer, une demi-douzaine de chaloupes chargées d'hommes qui filaient grand train, poussées par la marée. Les Portugais allaient à l'attaque des flottilles du Samorin.

Shobita se tut et suivit comme moi des yeux les formes basses et rapides, où des armes çà et là accrochaient un rayon du soleil levant, jusqu'à ce qu'elles se fussent enfoncées dans la brume qui montait des eaux intérieures. Puis elle me quitta sans un mot.

Deux coups de feu retentirent sur la lagune, vers Mattancheri, étouffés par le brouillard. Les combats commençaient. Une voix cria : « Portugal ! »

– Nous rentrons, dit le roi.

Les rameurs, surexcités, firent voler notre almadie à travers la passe. Le roi débarqua le premier et s'avança dans Cochin sans attendre ses nayars. Je courus pour le retenir. Les hommes du Samorin devaient encore rôder partout. Il balaya mes arguments :

– Penses-tu ! Ils sont partis.

Il eut encore cette explication, pour moi sibylline, sans doute très claire pour lui, mais c'était un homme de guerre :

– Dans ces cas-là, personne n'attend.

Il alla droit à son palais, le retrouva intact mais vide.

– Je vais devoir me remeubler, constata-t-il froidement.

Puis il envoya à la recherche du chef portugais dont il n'apprit que le nom – Francisco de Albuquerque – car il était dans les lagunes, à la tête des chaloupes que j'avais vues passer, et donnait la chasse à tout ce qui flottait et pouvait de près ou de loin appartenir au Samorin. Il ne devait faire sa connaissance que trois jours plus tard.

Saül, pendant ce temps, inspecta les entrepôts du port, les magasins d'Abraham en premier, puis les magasins de Thomas, puis ceux des Marakkar et de Koya Pakki, stupéfait de les trouver intacts et pleins de poivre, comme si le Samorin, persuadé d'être à Cochin pour longtemps, avait jugé plus rationnel de laisser le poivre où il était. Il se vendrait à Cochin aussi bien qu'à Calicut, puis le port était meilleur.

Un deuxième Albuquerque, cousin germain de Francisco, arriva devant Cochin avec trois navires, le *Santiago*, le *Santo Espirito* et le *São Cristovão*. Son prénom était Afonso.

Les deux cousins avaient tous deux le même rang de capitaine major et se détestaient depuis l'enfance pour des histoires de confitures et de pièges à lapin. Les religieux de leur

entourage devaient consacrer beaucoup de temps à les réconci-
lier – ravalements pour la galerie d'inimitiés irréparables.

Les troupes du Samorin avaient évacué Cochin et, devant
Mattancheri, la lagune que leurs bateaux avaient recouverte
était vide, mais ce vide était trompeur et cette évacuation tru-
quée. Elles n'étaient pas allées plus loin que la rive opposée
des eaux intérieures, à deux portées de canon seulement de
l'embouchure du canal de Vaypatti qui mène au palais royal.

L'ennemi grouillait sous les cocotiers, invisible à l'ombre
des palmes. Des milliers d'yeux ne perdaient rien des mouvements portugais, se repaissaient de la faiblesse de leurs
effectifs, se réjouissaient de leur prévisible, de leur inévitable, de leur fatal anéantissement.

Ils étaient cent quarante-trois – cent quarante-cinq avec
deux religieux, le franciscain Frei Gastão et le vicaire de
Santa Cruz, dont le nom m'échappe obstinément. Il est
défendu aux membres de ce clergé comme à nous, brahmanes, de porter les armes. J'ai connu ces deux compères et
je suis à peu près sûr que le principe fut respecté, aussi je ne
les compte pas.

Ils étaient donc cent quarante-trois avec soixante et un
canons – sept grosses pièces et cinquante-quatre petites –, et
j'arrête là, en ce qui les concerne, les dénombrements.

Le Samorin contre cette escouade alignait des multitudes.
Mais encore ? demandera-t-on. Personne n'est d'accord.

Il y a vingt ans prévalait le nombre de soixante-dix mille.
A Calicut, aujourd'hui, on avance le chiffre de quinze mille
hommes, ce qui ne ferait qu'un contre cent, faute de pouvoir
descendre plus bas, sous peine d'invraisemblance. La rumination d'une défaite incroyable conduit les patriotes locaux à
tailler le plus possible dans l'effectif des combattants qui se
laissèrent vaincre, afin d'atténuer la honte.

Les chroniqueurs de l'autre bord commencent à cent mille
hommes, les plus hardis ne craignant point d'écrire cent
cinquante mille… Dans un souci inverse, aussi médiocre, de
glorification partisane.

371

Le Samorin perdit là une occasion insigne de se défaire à jamais de ces parasites que sont les Portugais. Car, vraiment, après vingt ans de méditations contradictoires, je ne vois pas ce que ces gens-là nous ont apporté.

Rien dans l'ordre de la pensée. Rien non plus dans celui de la technique – leurs navires manœuvraient mieux et leurs canons tiraient plus fort, mais, en quelques mois, ces avantages se trouvèrent abolis. Dans l'ordre de l'art de vivre, ils n'avaient rien à proposer, nous les surclassons toujours.

Reste l'ordre spirituel... S'ils nous avaient apporté une religion nouvelle, d'autres voies vers le divin, tout le reste aurait pu s'en trouver justifié. Or nous connaissions le christianisme depuis plus longtemps qu'eux. Nous avions des chrétiens chez nous plusieurs siècles avant qu'ils ne le deviennent. Les catholiques intraitables qu'ils sont devenus alors adoraient des pierres.

Le Samorin est excusable. Qui eût cru que soixante-dix, soixante ou même cinquante mille hommes – cinquante mille, ils y étaient – fussent tenus en échec par cent quarante-trois énergumènes, même appuyés par des nayars, les nayars du roi, dont jamais l'effectif ne dépassa cinq mille épées ? En 1503, ils n'étaient pas cinq cents avec Duarte Pacheco Pereira.

Énergumènes... Je maintiens. La pugnacité de ces étrangers n'avait rien d'humain. Leur empressement à courir sus à leurs ennemis, sur terre et sur l'eau, était incroyable.

Un mois après cette évacuation commencèrent des tractations qui s'étirèrent sur trois mois, d'octobre à la fin de l'année, menées par Francisco de Albuquerque, que le dégagement de Cochin avait mis en confiance.

Le lendemain de l'évacuation, le roi me fit appeler dans son palais vide. Négligeant la salle des secrets – toutes les pièces du bâtiment désert pouvaient prétendre à ce rôle –, il me reçut dans celle des audiences, faite pour contenir cinq cents personnes, où nous étions seuls.

Il était assis sur son trône, le dos à la fresque qui représente la victoire de Râma sur le roi-démon Râvana. J'avais cent pas à faire pour arriver près de lui. Son image renversée se réfléchissait sur le sol de bois noir que les pieds des occupants éphémères n'avaient pas terni, obscur et profond miroir qui me proposait, la tête en bas, la représentation de sa chute.

– Tu vois, Krishna, je n'ai pas mal joué. J'ai choisi la bonne carte.

J'étais encore à trente pas de lui et ne relevai pas la tête, fasciné par la réflexion de son renversement, et je gardais le silence, avançant toujours.

– Eh bien, reprit-il, tu n'acquiesces pas ? N'aurais-je pas joué la bonne carte ?

– La partie, Seigneur, n'est pas terminée.

– Tu crains un piège ? Croirais-tu qu'il ne se soit retiré que pour nous envelopper ? Je me suis posé la question et je ne l'ai pas retenue.

– Il y a divers enveloppements, dis-je.

– Sans doute, dit-il avec ennui.

Et, tout à trac :

– Shobita est rentrée chez elle, n'est-ce pas ?

– Oui, Seigneur.

– Elle a retrouvé sa maison intacte ?

– Ils n'y ont pas touché, Seigneur.

– Ils l'ont même protégée, sais-tu ? Rien n'y manque. Ses servantes n'ont pas été inquiétées. Il paraît que plusieurs d'entre elles en ont été désappointées.

– Le Samorin serait chevaleresque…

– Où serait le mal ?

Je ne relevais pas.

– Il va traiter, reprit Goda Varma.

– Par qui le sais-tu ?

– Par moi-même. Comment le saurais-je autrement ? A part toi, personne ne vient plus me voir.

Il était à lui-même son meilleur conseiller, me fallut-il croire une fois encore.

– Afonso est ulcéré contre Francisco, laissa-t-il tomber.

– Il ne décolère pas d'avoir été devancé.

373

– Leurs relations sont exécrables, ajouta Goda Varma.

« Comment en profiter ? reprit-il, rêveur. Réfléchis cette nuit là-dessus et reviens me voir demain.

En décembre 1503, le jour de Noël où les Portugais célèbrent la naissance de leur Enfant Jésus, Fils de Dieu, Dieu Lui-même « de même nature que le Père et par qui tout a été fait », disent-ils dans leur Credo, ce que nous autres, hindous, comprenons très bien et pouvons de même admettre puisque la divinité est divisible à l'infini, fut conclu un traité dont la première lecture consterna le roi au point de me faire peur, car je le vis virer au verdâtre et porter la main à son cœur.

– Il n'a pas signé ça ! s'écria-t-il en rejetant le texte que je venais de lui tendre.

– Il ne l'a pas signé, lui, mais l'a fait signer au Nambiadari.

Le Nambiadari, son neveu et successeur désigné.

– Ouf ! lâcha le roi, reprenant des couleurs. S'il ne l'a pas signé lui-même, c'est qu'il est nul pour lui.

Le traité avait huit articles ; leur somme était une capitulation.

Le deuxième stipulait que le Samorin ne laisserait plus charger de navires de La Mecque. Le sixième supprimait pour les Portugais les taxes à l'exportation. Par le cinquième, il renonçait à fixer les prix de ses propres produits : « Les épices achetées au royaume de Calicut seront payées par le facteur du roi de Portugal selon la coutume de Cochin et les accords passés entre les Portugais et Cochin... »

– Ce traité fait de lui mon vassal ! s'exclama Goda Varma, mi-figue, mi-raisin.

Le dernier article obligeait le Samorin à livrer les deux Italiens arrivés l'année précédente avec Vasco de Gama et qui, dépêchés par Venise, étaient passés à Calicut pour lui fabriquer une artillerie occidentale.

La pâleur reprit le roi. Si le Samorin se soumettait à ce point aux exigences de Lisbonne, ses complaisances à lui n'avaient plus de valeur. Il fit venir Saül.

— Saül, mon ami, le Samorin a-t-il accepté ce traité ?

— Le Nambiadari l'y aura poussé, dit Saül. Le Nambiadari pense comme toi, Seigneur. Il veut se servir des Portugais plutôt que leur faire la guerre.

Je risquai que le traité ne serait pas respecté et Saül vint à mon secours :

— Il pourrait bien, dit-il, ne s'agir que de préliminaires.

— Qui resteront lettre morte, ajoutai-je sans précautions.

— Que faire pour qu'ils le restent ? dit le roi.

— Attendre, dit Saül.

— Nous savons le faire, n'est-ce pas, Krishna ?

L'attente fut brève. Trois jours plus tard, le 29 décembre, les troupes de Calicut évacuaient pour de bon les abords de la lagune. On vint nous dire de tous côtés que les palmeraies ne contenaient plus d'ennemis. Les multitudes qui s'y cachaient s'étaient évanouies. D'épaisses colonnes étaient remontées vers Eddapalli, au-delà de la frontière.

Le roi nous convoqua, Saül et moi, dans l'heure.

— Éminents conseillers, commença-t-il, s'agit-il encore pour vous de préliminaires ?

— Certainement, Seigneur, dit Saül, avec son incomparable aplomb. Tel qui retraite aujourd'hui peut avancer demain. Ils reculent pour mieux sauter.

*
* *

Pacheco disposait du fort tout neuf, d'une petite nef et deux caravelles rescapées du désastre des frères Sodré aux îles Khuria et Muria, et de trois unités assez légères pour manœuvrer dans la lagune.

Il s'était beaucoup battu en Afrique et professait un grand mépris pour les gens de couleur. « Qui ne savent ni vivre ni se battre, mais vivre n'est-il pas se battre ? » résumait en une seule maxime ce redoutable idéaliste.

Il fit jeter en prison les principaux représentants de la

communauté musulmane et, soupçonnant Ismaël Marakkar, qui était le premier négociant en riz de Cochin, de vouloir affamer la population, il le punit en lui faisant arracher un à un tous les poils de la barbe. Il ramena de force une centaine de mappilas qui avaient chargé leurs biens dans une douzaine de grands canots, confisqua leur chargement et publia que tout fuyard serait désormais pendu. Puis il se prépara à recevoir le Samorin.

Chapitre 5

Il faudrait remonter au *Râmâyana* pour donner une idée des combats, sur terre et sur l'eau, où le Samorin joua sa couronne et les Portugais leur établissement en Inde.

Les grands feudataires avaient fourni trente-sept mille hommes. Le rajah de Kottayam, dix-huit mille ; Kakkad Kantan Nampati, douze mille ; le rajah de Bettet, quatre mille ; Kuruva Koil, trois mille. Les moindres seigneurs – Pattinhattedam, rajah de Cranganore, Eddapalli Nampiyatiri, prince d'Eddapalli, Pappu Kovi, prince de Chaliyam, Venganad Nampiyatiri, Vanalasseri Nampati, Mangat Kaymal et Parrapu Kovil de Parrapanangadi – le renforcèrent de douze mille nayars. Lui-même en alignait vingt-cinq mille, avec quatre cents canons fondus par les Italiens.

Sa flotte se composait de cent soixante paraos, armés chacun de deux pièces d'artillerie. Des sacs bourrés de coton disposés sur leurs flancs devaient amortir les boulets ennemis. Une vingtaine d'entre eux, reliés par des chaînes, formaient l'avant-garde de cette armée. Ils avaient pour mission d'enfoncer la ligne portugaise.

Le Samorin avait projeté de traverser le fleuve Periyar à la hauteur de Kumbalam, de dépasser Pallurutti et de tourner les Portugais par le sud. Pacheco, informé, avait pris position au gué de Kumbalam. Il y avait embossé ses trois navires, reliés par des chaînes de manière à constituer une forteresse flottante qui bloquait le passage.

Le Samorin arriva devant le gué le 17 mars et fit installer

377

sur la rive par ses Italiens une batterie de cinq gros canons face aux vaisseaux portugais. Puis il consulta ses astrologues et annonça à Pacheco qu'il l'attaquerait le lendemain au lever du jour.

Telle est la guerre nayare : toute surprise est interdite, attaquer sans prévenir serait félonie. Peu importe que les astrologues ne sachent rien de la guerre. Si leurs conseils sont désastreux, le ciel l'a décidé. La perte comme le gain des batailles n'est imputable qu'à lui seul. La modestie des vainqueurs est de la sorte préservée et les vaincus sont protégés du découragement.

Pacheco profita de l'avertissement pour galvaniser ses hommes. Le spectacle de l'immense armée prête à se ruer sur eux les avait plus qu'ébranlés.

Les faisant rassembler devant lui, il les exhorta en ces termes :

— Notre Seigneur est avec nous, l'ennemi lui-même nous informe du jour et de l'heure. Rendons grâces pour ce miracle ! leur dit-il.

Les Portugais tombèrent à genoux sur les ponts de leur citadelle flottante et entonnèrent le *Pater Noster*, suivi de cinq *Ave Maria*, du *Gloria*, du *Magnificat* et du *Tantum Ergo*. S'ils les fortifièrent, ces chants fortifièrent aussi leurs ennemis dont l'oreille n'était pas faite à ces mélodies. La volonté d'exterminer d'aussi mauvais chanteurs enflamma l'armée de Calicut.

Avant de regagner leurs postes, plusieurs bombardiers demandèrent à Pacheco le jour et l'heure de l'attaque.

— Capitaine, quand viendront-ils ?

— Demain, à l'aube.

— Merci, capitaine.

Personne ne ferma l'œil dans la forteresse flottante. L'aube parut, déclenchant sur la rive un grand piétinement : vingt mille nayars se rangeaient devant le gué, hors de portée des Portugais, derrière la batterie des Italiens. Puis les vingt paraos reliés par des chaînes s'avancèrent lentement jusqu'à demi-portée des vaisseaux de Pacheco.

La manœuvre achevée, le Samorin en personne emboucha la trompette d'or de Cheraman Perumal et sonna trois fois. Ses canons ouvrirent le feu, à terre et sur le fleuve, dans un fracas à miner le ciel et pulvériser leurs cibles. Mais quand se fut dissipée la fumée de cette première salve, le ciel apparut intact et Pacheco indemne. Il riposta sans attendre de toutes ses pièces.

Le duel d'artillerie durait depuis plusieurs heures sans avantage perceptible pour aucune des deux parties, lorsqu'un boulet portugais rompit la chaîne qui tenait ensemble les paraos de Calicut. Quatre d'entre eux se laissèrent aussitôt porter vers l'aval. Incapables de manœuvrer dans un chenal trop étroit, les autres firent de même, non sans que plusieurs soient fracassés par les canons de Pacheco. Débarrassés de la menace fluviale, ces derniers se concentrèrent sur la batterie de la rive droite, démontèrent ses cinq grosses pièces en moins de vingt minutes et allongèrent le tir contre l'infanterie qui n'avait pas encore donné, creusant de longues trouées dans ses rangs.

Le Samorin sonna deux fois de sa trompette d'or et les nayars s'ébranlèrent pour forcer le gué, enveloppant d'aussi loin que possible les navires qui en tenaient le centre et le balayaient de tous leurs canons, incapables toutefois de s'en écarter assez pour échapper à ce balayage, car le gué était étroit, les fonds descendaient vite et il est malaisé de nager encombré d'une épée et d'un bouclier.

Ils avaient de l'eau jusqu'aux épaules et le bouclier sur la tête, non pas pour se protéger, mais pour ne plus voir les canons contre lesquels leurs armes blanches ne pouvaient rien.

Ils subirent des pertes effroyables avec stoïcisme. Car ils s'obstinèrent plusieurs heures dans l'espoir sans doute insensé que les Portugais finiraient par vider leurs soutes et qu'eux-mêmes resteraient assez nombreux pour aller à l'escalade des bâtiments et massacrer leurs équipages. Cet espoir n'était pas stupide, les nayars, au corps à corps, n'ont pas de concurrents.

Hélas ! les soutes de Pacheco s'avérèrent inépuisables. Les boulets rasants de ses bombardiers faisaient voler les boucliers et arrachaient sans trêve des têtes qui, projetées sur les crânes voisins, les fracassaient à leur tour. Des débris de cervelle jaillissaient au-dessus de l'eau et retombaient en pluie sur les survivants ; des têtes tournoyaient dans l'air, lançant des jets de sang, tandis que les corps décapités ralentissaient la progression, teignant le Periyar en rouge, attirant des bancs épais de carpes carnivores qui, affolées par le vacarme, l'odeur du sang, la surabondance des proies, mordaient au hasard dans la masse humaine qui piétinait dans le gué – sans bousculade, malgré le carnage qu'elle subissait, à la stupeur des canonniers qui le lui infligeaient, émerveillés d'une discipline dont les plus militaires d'entre eux n'auraient pas osé rêver.

Pacheco lui-même, l'intraitable, suspendit à plusieurs reprises le flot de ses ordres pour s'exclamer, hors de lui :

– Quels splendides guerriers !

Les poissons plantant les dents dans la chair indistincte entamaient souvent des mollets, et cela seul pouvait troubler l'admirable ordonnance des nayars du Samorin. Ainsi agressés par surprise, ces gymnastes d'élite bondissaient hors de l'eau à la verticale dans une détente formidable, la carpe accrochée à la jambe par les dents. Pacheco, écumant, hurlait à ses hommes : « Plus vite, par saint Michel ! » – l'archange Michel est le patron des milices célestes – et : « Nous les tenons ! Les poissons sont avec nous ! »

Sur la rive, le Samorin, entouré de ses généraux, contemplait l'atroce jeu de quilles où succombaient ses troupes d'élite, partagé entre le chagrin de voir périr tant de braves, l'admiration pour leur courage et la jubilation, car, lui seul ou presque le savait, Pacheco triomphait ici à cette heure, mais, plus loin, il perdrait tout, peut-être avait-il déjà tout perdu.

L'attaque du gué de Kumbalam était une diversion, dont le prix, si élevé qu'il fût, n'était pas exorbitant : les quinze ou

seize cents nayars décapités devant lui étaient peu de chose,
si là-bas, à Panangad, ses forces passaient...

En amont de Kumbalam, à deux heures de marche, le gué
de Panangad est secondaire pour parvenir devant Cochin.
L'eau n'y monte qu'à la taille, mais il est bien plus étroit.
Cinq hommes seulement y passent de front ou deux éléphants, contre cent à Kumbalam ou quarante éléphants.

Pacheco n'a laissé à sa garde qu'un contingent réduit.
Vingt-cinq Portugais avec trois pièces, du type appelé « chameau », car en Afrique on les installe sur des dromadaires,
petits canons mais redoutables, à mitraille, à courte portée.
Trois cents nayars du roi de Cochin soutiennent les Européens.

C'est Abraham qui doit forcer le gué de Panangad.

– Je suis content que tu aies compris le sens profond de
ce combat, lui a dit le Samorin lorsqu'on lui a présenté ce
transfuge de marque.

– J'y ai mis le temps, Seigneur, a bredouillé Abraham,
mais son maintien démentait sa diction.

– Peu importe le temps, c'est l'engagement qui compte.

Le Samorin l'a confirmé dans le commandement des trois
cents juifs qui l'avaient suivi avec leurs armes, mus par leur
haine du roi de Cochin et de « ses Portugais », et lui a confié
trois mille de ses nayars.

– Tout repose sur toi, lui dit-il encore.

Il le disait à chacun de ses généraux pour les stimuler
et, chose curieuse, le procédé marchait toujours, chacun se
voyait l'âme de l'armée.

La canonnade roule maintenant depuis six heures vers
l'ouest. Il est midi. Le soleil à son zénith ne perce pas la
voûte feuillue qui surplombe de très haut le gué. Les eaux
brunes du Periyar glissent sans bruit vers la mer, lisses, unies,
pacifiques. La brise du large apporte une odeur fugitive de
poudre aux narines des embusqués, avec des relents de
fumée. Les Portugais retiennent leur souffle derrière leurs

chameaux de bronze aux armes du Portugal, chacun servi par trois d'entre eux, au plus près du gué, cachés par des touffes de bambou. Leurs alliés, disposés en demi-cercle à l'arrière, sont invisibles aussi, allongés sous les grands arbres dans les hautes herbes lucifuges.

Il a fallu leur jurer que l'embuscade se démasquerait avant le premier coup. « Sinon, je rentre à Cochin », avait dit leur chef, gardien de leur honneur.

– Cache-toi le mieux possible, a dit Pacheco à Gil Gonçalo Barbosa. Ils seront plus nombreux que vous.

Le canon tonne toujours à l'ouest. Dans les cimes des arbres, les écureuils noirs font pleuvoir une averse d'écorces de noix d'arec sur les guetteurs postés là depuis l'aube et qui trouvent le temps long. Ils envient les rongeurs qui se gobergent sur leurs têtes sans devoir se cacher ni retenir leur souffle.

Personne ne s'est présenté devant le gué de toute la journée.

Soudain, la pluie d'écorce cesse. Deux ou trois fragments plus légers que les autres tournoient en retardataires jusqu'au sol, accrochés par les rares rayons qui traversent les frondaisons. Dans les cimes se déclenche un fracas de fuites multiples qui un instant les secoue comme pourrait le faire un ouragan. Le silence retombe.

Puis, un bruit de pieds nus sur la terre de la piste au-delà du gué se révèle, s'affirme et se rapproche. Un homme apparaît sur la rive opposée. C'est un juif. Un jeune juif athlétique vêtu d'une tunique courte, armé d'un bouclier rond et d'une longue et forte épée. Il marche vers l'eau, y pénètre, la traverse, sort sur la rive, s'avance sur la piste, passe sans les voir au milieu de centaines d'ennemis, s'éloigne, revient sur ses pas, retraverse, pousse un cri.

Plusieurs de ses coreligionnaires surgissent alors et le rejoignent. Puis d'autres et encore d'autres, jusqu'à former un bataillon de plusieurs centaines d'hommes qui prend position sur la berge. Derrière eux grossit bientôt un régiment de nayars, dont le nombre s'estime mal, masqué qu'ils sont par les juifs, et qui se range à leur suite.

Abraham descend vers l'eau, lève le bras gauche, dit « En avant ! » et s'avance dans le gué.

Gil Gonçalo Barbosa a juré de se découvrir au chef de ses alliés. Sortant des bambous, il crie « Portugal ! » et commande le feu. La mitraille du premier chameau balaie la surface du gué et creuse un large sillon dans le bataillon juif. Abraham a disparu.

Il sort soudain de l'eau comme un diable et hurle : « En avant ! »

Ses hommes le suivent comme un seul, se pressant dans la rivière. Les deux autres chameaux se démasquent, disloquent et déchiquettent les plus avancés sur une profondeur de plusieurs rangs. Les suivants hésitent un instant, mais Abraham, qui déjà touche la rive opposée, se retourne et crie : « En avant ! »

Ses hommes s'élancent dans le gué, mais l'eau qui leur monte à la taille ralentit leur progression. Les canonniers de Barbosa ont le temps de recharger. Les trois chameaux balaient le gué, en brève succession. La première charge anéantit les assaillants au milieu de l'eau ; la deuxième ceux qui les suivaient, la troisième fait une grande trouée dans le groupe massé sur la rive opposée, prêt à charger. Le carnage est presque parfait. Le bataillon juif est anéanti.

Les nayars de Calicut hésitent sur ces débris.

Abraham est seul maintenant sur la rive ennemie. Gil Gonçalo Barbosa s'avance.

– Rends-toi, dit-il. Donne-moi ton épée.

– Viens la prendre.

Barbosa tire la sienne et s'avance. Il n'a pas fait deux pas qu'on lui touche l'épaule. Il se retourne, c'est Sanjay Subrâhmanyam, le chef des nayars.

– Laisse-le, dit le nayar.

– Plaît-il ?

– Laisse-le-moi.

– En quel honneur ?

– Le roi me l'a confié.

– Confié ? Comment ? Confié comment ?

383

– Il m'a dit : « Ne le rate pas. »

– Il veut sa mort ?

– Le roi veut sa mort et lui-même la cherche. Laisse-le-moi.

– Fais vite, dit Barbosa pour la forme.

Abraham savait se battre, mais il savait mieux compter, Subrâhmanyam ne savait que combattre. Aussi, au premier assaut, sur une seule feinte et un bond de tigre, vola la tête de l'amant de Shobita, qui n'eut pas le temps de se défendre, en admettant qu'il l'eût voulu.

Au-delà du gué, les nayars de Calicut avaient disparu. Le courant avait entraîné les cadavres, l'eau avait retrouvé sa teinte brune, les morts du bataillon juif tombés sur la rive droite témoignaient seuls du combat. Dans les cimes des aréquiers, loin au-dessus du gué, les écureuils reprenaient leur trafic.

– Et maintenant ? demande à Barbosa le facile vainqueur d'Abraham.

– On avance, dit le Portugais, vers Kumbalam.

Vingt-cinq Portugais et trois cents hindous scellèrent ainsi le destin du Samorin. Après deux heures de marche sur la rive droite du Periyar, ils tombèrent dans le dos de ses troupes. Fut-ce l'obscurcissement du ciel ? La déception consécutive à l'échec de la journée ? La première salve des chameaux derrière eux jeta quarante mille hommes dans une déroute instantanée. L'armée s'évanouit comme un songe.

Pacheco tâta longuement le bois de ses vaisseaux, passant la main dans les brèches que les boulets des Italiens y avaient percées pour se convaincre qu'il n'avait pas rêvé. Car il n'avait pas subi de pertes, les corps des nayars massacrés par les siens étaient déjà proches de la mer avec les épaves des paraos démantelés ; les débris de la batterie des deux Milanais s'estompaient dans la brume du soir, les lieux avaient retrouvé leur sérénité fluviale.

Il hésita avant de faire chanter le *Te Deum* – n'allaient-ils pas revenir ? Il était impossible qu'ils ne revinssent pas. Quand il vit Barbosa s'avancer vers lui, l'intuition le frappa : ils ne reviendraient pas. Quand Barbosa eut achevé le récit de sa manœuvre, il en eut la certitude. Le Samorin était hors jeu.

Il fit chanter un *Te Deum* qui ne dérangea personne.

*
* *

Journal de Krishna

Je lui faisais face dans la salle d'audience de son palais. Je ne l'avais pas vu depuis l'arrivée de Vasco de Gama six ans plus tôt. Il en avait vingt-six, mais il me parut plus jeune que jamais. Aussi jeune au moins que l'adolescent hautain qui représentait son oncle et prédécesseur à la fête funeste de Poram d'où devaient sortir tant de malheurs.

— Je voulais te voir une dernière fois, me dit le Samorin sans préambule.

— Une dernière fois, Seigneur ?

— Oui, j'ai perdu, donc je me retire. J'abdique, si tu préfères. Je n'ai plus rien à faire ici. Ma présence serait une gêne et peut-être pire. Mon peuple ne doit pas souffrir à cause de moi.

Je le vis façonnant sa statue pour la postérité – ne suis-je pas mémorialiste ? –, mais j'eus honte de cette bassesse : il avait donné assez de preuves de sa rigueur et de sa sincérité. Huit jours avaient passé depuis la déroute de Kumbalam.

— Tes forces sont intactes…, observai-je.

— Elles sont intactes, mais elles sont nulles. Il n'y a rien à en faire. Personne, pas plus que moi, n'en ferait rien. Au moindre bruit, ils prennent la fuite. Quarante mille hommes se sont enfuis au bruit de trois petits canons et ils en avaient quatre cents.

— Tes nayars tués dans le gué ne se sont pas enfuis.

385

– Ce sont les meilleurs qui sont morts.

Il partait, il se retirait, il abdiquait, il ne reviendrait pas là-dessus.

– J'avance le terme habituel, dit-il, faisant allusion à l'étape finale de nos vies. Je n'en méditerai que plus long-temps. Peut-être avancerai-je plus loin...

Je me rappelai Goda Varma que j'avais si facilement per-suadé de renoncer à se retirer et j'admirai le Samorin.

– Ma famille sera très contente, ajouta-t-il simplement. Ma mère et mes tantes m'ont toujours trouvé trop entier. Jamais je n'aurais dû, selon elles, pousser à bout les Portugais. Pous-ser à bout ? N'est-ce pas nous, plutôt, qu'ils ont poussés à bout ? Est-ce aller trop loin que prétendre rester libre ?

Je songeai à Goda Varma qui s'était livré à eux pour mieux l'emporter sur cet homme épris de liberté et je l'admirai davantage.

– Tu as dit, Seigneur : « Ma mère et mes tantes seront... » Elles ne sont pas informées ?

– Tu es le premier à qui je l'annonce. Je voulais que tu sois le premier. Ne le prends pas mal, mais j'ai toujours souhaité t'avoir avec moi, au lieu de ce pauvre Talappana. Prends ça pour une marque d'estime...

L'émotion me submergea. Je balbutiai :

– Merci, Seigneur. Je ne l'ai pas mérité.

Il sourit et reprit :

– J'ai perdu, je sors du jeu.

Je répondis, très stupidement, que c'était injuste.

Il se leva. Je me levai. Il m'embrassa et me dit :

– Va.

Il était déjà loin.

*
* *

ÉPILOGUE

Le pas de l'éléphant donne à la terre sa densité et le cri de l'aigle à l'air sa résonance. La nuit, le rugissement du tigre lui donne toute sa profondeur. Jour et nuit, le mugissement du vent dans les cimes des arbres géants, qui, au sommet de la montagne, la rapproche du ciel, annonce l'éternité. Le temple qui domine les arbres en achève la majesté.

La vue porte à l'infini. Du vert immédiat de la jungle au bleu mourant des lointains de l'Inde et de la mer, l'œil embrasse la beauté du monde. Dessous, très loin dessous, les hommes s'affairent.

Le bagage d'un vrai brahmane n'est jamais encombrant, celui d'une *devadasi* ne doit pas l'être non plus. Ils étaient donc partis légers, avec un train insignifiant d'un seul serviteur chacun, qui pour elle était une servante. L'un et l'autre avaient le même âge que leur maître respectif. S'il n'était pas extraordinaire pour un quinquagénaire de suivre son maître dans la montagne, il l'était pour une fille de vingt ans qui n'avait fait aucun vœu de sacrifier à sa maîtresse sa jeunesse et sa vie, car il était bien décidé qu'ils ne redescendraient jamais.

L'orchestre – six musiciens – et le corps de ballet – deux danseuses que Shobita avait formées – suivaient dans quelques jours.

Un bœuf aux cornes peintes en rouge portait toutes leurs possessions. L'animal, une fois là-haut, serait conduit au premier village et offert à son chef pour lui éviter de périr sous la griffe d'un tigre. Ils n'emportaient que des vêtements, une couverture de laine chacun, des ustensiles de cuisine et des livres – les *Veda*, les *Upanishad* majeures, les œuvres de Sankara –, du riz pour une semaine et des épices pour l'assaisonner. Sur place, les hommes sauvages mangeurs de miel pourvoiraient à leurs besoins.

Il y avait cinq jours de marche de Cochin au temple.

Krishna et Shobita se retiraient ensemble du monde pour vivre là-haut le reste de leur vie. C'était Krishna qui l'avait proposé. Le temple était le sien, le roi l'avait bâti pour lui.

– Je dispose d'un temple tout neuf et très bien placé, lui avait-il dit, je ne veux pas l'occuper seul. Viens avec moi.

Shobita, stupéfaite, lui avait demandé d'où il tenait cette disposition.

– Du roi. Il vient de le faire construire pour moi.

– Pourquoi ne m'en as-tu pas parlé ? lui avait-elle dit, toute rembrunie.

– J'attendais de voir s'il pourrait te plaire. Il te plaira. C'est un temple aérien. Aérien et transparent. Un temple lanterne.

– J'aurais mieux aimé que le roi n'y fût pour rien. Ne rien devoir à sa grandeur, précisa-t-elle, sarcastique.

– Il n'a été qu'un instrument, puis c'est pour moi qu'il l'a bâti.

– Je cède, avait-elle tranché. Tu poursuivras mon éducation...

– Et toi tu referas la mienne, avait-il répliqué.

C'était à l'automne de 1504. Le Samorin venait d'abdiquer. Les Portugais triomphaient. Le roi était seul à penser que ce triomphe était le sien.

– Tu n'as plus besoin de moi, lui avait dit Krishna, laisse-moi partir.

— Heureux es-tu, Krishna, de désirer partir. Je l'étais aussi quand je le désirais. Pourquoi le désir m'en a-t-il passé ? Pourquoi m'as-tu retenu ?

— Je pensais que tu avais mieux à faire.

— Ai-je mieux fait ? Tu ne dis rien. Regretterais-tu de m'avoir retenu ? Va, je ne te retiens plus. Quand veux-tu me laisser ?

— Sans tarder, Seigneur.

— Tu as raison, si tu dois partir, pars vite. Ne traîne pas. Où vas-tu, finalement ?

— C'est au-dessus d'Eddapalli, sur l'un des sommets des Taruva Swapuram.

— Qu'a-t-il de particulier ce sommet ?

— Il est nu. D'une nudité miraculeuse.

— Raconte.

— La foudre l'a frappé. L'incendie qui a suivi a tout consumé. La clairière dégagée par le feu est ronde et rien n'y a repoussé qu'une herbe courte, rase et serrée comme un tapis, parfaitement unie.

— Où habiteras-tu ?

— Je me construirai une cabane.

— Une cabane…, dit le roi. Pourquoi pas un temple ?

— Comment construirais-je un temple ?

— On pourrait le construire pour toi.

— On pourrait ? Qui pourrait ?

— Moi, dit le roi. Je pourrais le faire construire pour toi. Ainsi j'aurai participé à ta libération.

— Seigneur, je ne sais pas si…

— Fais appeler mon architecte. Un mot encore : le site convient-il à un temple ?

— Il l'appelle, Seigneur. J'ai toujours rêvé d'un temple que j'ai vu à Aiole, lorsque tu m'avais envoyé en ambassade au Vijayanagar. Il ressemble à un chariot divin. On y accède par cinq marches. Le parvis est minuscule, mais suffisant pour une ou deux danseuses. Le saint des saints est étroit, comme resserré sur lui-même, et le déambulatoire, partagé par une colonnade, s'ouvre sur l'extérieur. C'est presque un temple bouddhique. Dans le sanctuaire, on est fermé sur soi, dans le déambulatoire, ouvert au monde. Ce temple est dédié à Durga, notre Parvati, L'Inaccessible. Joli symbole, n'est-ce pas, pour une retraite en haut d'une montagne !

« En attendant la fin de la construction, je vais me bâtir une cabane.

– Cette cabane-là ne presse pas, il me semble. Pourquoi ne resterais-tu pas près de moi ? Trois mois de plus ou de moins...

– Trois mois !

– Après vingt ans, tu peux bien me supporter encore trois mois !

– C'est moi que je ne supporte plus.

– Là-haut, tu penses y parvenir mieux ?

– Je l'espère, Seigneur.

– Tu ne pars pas seul ?

– Non, Seigneur. Je partirai avec Shobita mais elle ne le sait pas encore.

– Je la croyais déjà partie.

– C'est vrai. Elle a déjà quitté Cochin.

Le temple était en bois de teck. C'était une merveille de bois sculpté qui avait été montée une première fois dans l'enceinte du palais pour que le roi puisse en juger, puis démontée, transportée dans la montagne et remontée au centre de la clairière jadis foudroyée où, suspendue en plein ciel, elle remplaçait la forêt qui n'avait jamais repoussé. Assemblage merveilleux de poutres et de planches dont la grâce ne surpassait pas la splendeur de la forêt originelle, intacte en contrebas, mais la prolongeait et l'exaltait dans cet édifice humain, trait d'union volontaire entre la création première et ses créateurs.

– On ne serait pas plus près du ciel au sommet de l'Himalaya, avait dit Shobita débouchant devant le sanctuaire à la fin de leur ascension.

– Et l'on reste près des hommes, avait complété Krishna.

– Trop près ?
– Cela ne dépendra que de toi.
– Comment ?
– Je n'ai rien de si attirant qu'on se presse ici pour me voir. Pour toi, on viendra de loin.
– Aux dieux ne plaise.

A peine étaient-ils installés que le Malabar les relançait.

Le premier messager apparut une semaine après leur arrivée. Il portait une lettre de Thomas qui confirmait la mort d'Abraham dont le corps venait d'être retrouvé.

La nouvelle plongea Shobita dans une rêverie ambiguë. Elle ne plaignait pas Abraham qui avait trouvé ce qu'il cherchait. Les morts en Inde ne sont pas à plaindre : ils renaissent, si incrédules qu'ils eussent été dans leur dernière existence. L'incroyance peut nier le vrai, elle ne le supprime pas. Shobita ne se plaignit pas elle-même ; cette sorte d'apitoiement lui avait toujours été inconnue. Elle plaignit le fils d'Abraham qui était encore très jeune et se trouvait maintenant orphelin, sachant toutefois que sa tante Sarah, la femme de Saül, avait un cœur d'or et qu'elle continuerait d'en prendre soin comme de l'un de ses propres enfants. Elle eut surtout pitié de l'Inde, de l'Inde entière, non pas des seuls royaumes de Cochin et de Calicut, mais de tout le pays si vulnérable à une poignée d'intrus. Elle pleura la destruction d'une société très ancienne qui respectait toutes les croyances.

La confirmation de la mort d'Abraham ne fut que le premier coup d'une série interminable.

Il y eut l'achèvement de la forteresse de Cochin qui consommait la vassalisation du roi et consacrait la domination portugaise ; la succession des expéditions de Lisbonne, invraisemblable expansion d'un pays qu'ils savaient maintenant plus petit que le Malabar, beaucoup moins riche et peuplé ; le développement d'un prosélytisme qui allait culminer dans l'établissement de l'Inquisition. Une sinistre litanie, année après année, montait jusqu'à eux : Lopo Soares de Albergaria, Afonso de Albuquerque, Francisco de Almeida, Lopes de Sequeira, João da Silveira, Duarte de Meneses, Vasco de Gama une troisième fois, autant de noms barbares de capitaines impitoyables, liste chaque année allongée de nouveaux patronymes qui donnaient du Portugal l'idée d'une réserve inépuisable d'oppresseurs.

Un jour, ils apprirent que le roi était séquestré dans son palais. C'était à peine si le vice-roi le laissait sortir dans son jardin.

– Les Portugais l'aiment tellement qu'ils le gardent sous la main, dit Krishna.

Shobita ne releva point, songeant qu'il l'avait bien mérité.

Ces nouvelles nuisaient beaucoup à leur détachement. Comment progresser dans la sérénité lorsque le cœur est sans cesse blessé ?

Il aurait fallu ne recevoir personne. Comment pourtant fermer sa porte à ceux qui montaient jusque-là et qui tous pouvaient être envoyés des dieux ? Ou dieux eux-mêmes, sait-on jamais si l'inconnu surgi devant soi n'est pas Shiva ou Brahmâ ?

Une deuxième cause de distraction fut le bruit. Ils avaient cru monter vers le silence qui est prélude à la révélation. Ils avaient atteint le bruit qui toucha surtout Shobita, plus musicienne que Krishna. C'était un bruit divin, le bruit divin de la création, si étranger au tapage des hommes et qui les fuit.

Enfant, elle avait remarqué que la nature se tait devant les hommes. Les quadrupèdes se cachent, les oiseaux s'envolent et les poissons s'effacent dans la profondeur de l'eau. L'être humain ne connaît que son propre vacarme. Une cacophonie inconnue l'assaillit là-haut après quelques jours, lorsque la nature, habituée à leur présence, eut compris n'avoir rien à craindre d'eux. Le vent était l'instrument fondamental et permanent de cet orchestre insoupçonné. Vent multiple qui venait de partout et tournait sans cesse. Ses passages convulsifs et contradictoires dans les cimes de la forêt qui cernait le temple entretenaient un concert presque perpétuel, inégal, tantôt fracas, tantôt rumeur, dont les silences étaient plus dérangeants que les déchaînements. Comment descendre en soi-même ? Comment progresser dans cette cacophonie, fût-elle divine ? Vayu, le vent, dieu lui aussi, semblait vouloir leur interdire de se rapprocher des autres dieux.

— Le vent, Krishna, ne te gêne-t-il pas pour descendre en toi-même ?

— Il me gênerait si j'y pensais, alors je n'y pense pas.

— Tu dis penser, c'est d'entendre qu'il s'agit.

— Je ne pense pas que je l'entende.

Le vent n'était que l'ennemi le plus constant de la méditation, les bêtes en étaient d'autres. Jamais Shobita n'eût pensé qu'elles pussent être si bruyantes. Leurs appels altéraient les rares moments de calme. Le ronflement du vent installait la méditation dans une sorte de stupeur, mais les cris des animaux la secouaient de sursauts.

— Les cris des bêtes ne te gênent pas ? demandait-elle à Krishna.

— Les cris de quelles bêtes ? feignait-il de s'étonner.

— De toutes les bêtes.

Il se moquait gentiment d'elle, l'accusant de vouloir bâillonner la création.

— Tu ne peux pas aspirer à te fondre en elle et prétendre la rendre muette. Tu dois faire le silence en toi.

— Aide-moi, le conjurait-elle, se retrouvant petite fille devant son professeur.

— Le barrissement de l'éléphant, le rugissement du tigre, le mugissement du gaur, les hurlements des singes, comme le bruissement du vent dans les arbres et tous les autres bruits d'ici sont des éléments du dialogue.

— Entre qui et qui ?

— Entre le monde et toi.

— Krishna !

— Aurais-tu tout oublié de ce que tu savais si bien quand tu étais enfant ?

— Quoi ?

– Qu'il y a le monde d'un côté et la créature de l'autre. La créature doit lui faire face si elle veut s'y insérer. Il y a ici Shobita d'un côté et le monde de l'autre. Le monde, ce sont les dieux. Le vent est dieu, le tigre aussi, le singe de même, Shobita également. Tu te divises contre toi-même si tu en fais des ennemis. Leurs ramages doivent enrichir ta méditation.

– J'y mettrai le temps, dit Shobita.

Après le bruit, un troisième obstacle à leur conquête de la sagesse se révéla très vite : la nostalgie de leurs vies antérieures. Ils souffrirent tous deux longtemps d'un lancinant écartèlement entre le passé et le présent. Un sentiment paradoxal d'abandon, un regret récurrent de leurs plaisirs d'en bas, pour l'un cérébraux, pour l'autre charnels, les tourmenta l'un et l'autre comme si leur décision n'avait pas été volontaire, qu'ils n'eussent pas tous les deux médité et décidé de s'en détacher.

Krishna regrettait la ville et Shobita l'amour. Le brahmane conseiller ne regrettait pas ses conseils, mais le brahmane informateur regrettait ses promenades au service du roi, qui était le service de son bonheur. La danseuse, plus simplement, regrettait les hommes.

Krishna faillit plusieurs fois retourner sur la côte, tenaillé par le désir de se remêler – oh, quelques jours seulement – aux foules inépuisables de Mattancheri et de Fort-Cochin, persuadé que leur contact lui rendrait son appétit d'isolement.

– Les hommes me manquent, disait-il à Shobita. A toi aussi ?

– Je n'aurais jamais cru qu'ils me manqueraient à ce point.

– Moi non plus.

– Je devrais être rassasiée. Je devrais être soulagée d'être rendue à moi-même. Or c'est l'inverse. Je pensais que ces espèces d'élancements allaient cesser avec les ans. Ils se renforceraient plutôt.

– Il faut attendre et ça passera. Moi aussi, je me croyais

rassasié de mes semblables lorsque nous sommes partis, et ils me manquent. Même le roi, que j'ai pourtant vu tous les jours pendant vingt ans et dont je pourrais être lassé.

– Il serait le seul à ne pas me manquer.

– Parce que tu lui as trop donné.

– Je ne crois pas qu'on puisse trop donner.

– Quoi qu'il en soit, j'étouffe ici, reprit Krishna sur un soupir. J'aimerais prendre l'air.

Il faisait frais. La forêt en contrebas frémissait.

– Prendre l'air où ? Et quel air ?

– En bas.

– Si tu redescends, tu ne remonteras pas.

– Pourquoi ?

– Il te retiendra.

– Je descendrais incognito.

– Toi, Krishna ? Incognito ! dit Shobita éclatant de rire pour la première fois depuis son arrivée. Tu es connu comme l'éléphant blanc de Chaul à Negapatam ! N'y songe pas, à peine en ville, mille personnes te feraient cortège.

Elle se tut, reprit :

– Moi aussi, j'aimerais descendre.

– Ne me dis pas ça ! Tu es mon modèle. Si mon modèle me fait défaut, comment ne faillirai-je pas ?

– Je ne descendrais pour rien au monde. Si je descendais, je ne remonterais plus.

Krishna ne put s'en empêcher. Il était trop curieux des hommes. A l'insu de Shobita, il s'intéressa à ceux qui étaient tout proches d'eux, les mangeurs de miel. Depuis leur arrivée, ces hommes les épiaient et leur déposaient des racines, des épices, des fruits, des légumes, en échange du riz que leurs serviteurs leur fournissaient.

Krishna réussit à s'approcher de leur village – des huttes dans une clairière, à une dizaine de minutes de marche du temple.

C'étaient des Kadars, tribu dravidienne qui avait fui il y a des milliers d'années la côte à l'arrivée des Aryens. Hommes et femmes étaient de toute petite taille, à la peau très noire, plus noire que celle des hindous du Malabar. Le dialogue n'était pas facile, leur langue était un mélange de tamil, dérivé du sanskrit, et de malayalam.

Krishna, lors d'une promenade, tomba par hasard sur leur cimetière. Ils y enterrent leurs morts avec leurs bijoux et leurs possessions, et les tombes sont recouvertes par des dolmens. Y apercevoir Krishna effraya les Kadars car ils ne fréquentent pas leurs cimetières, croyant que les morts y resurgissent comme des fantômes.

Ces hommes vivaient comme ses ancêtres, comprit-il. Il voulut découvrir ce que sa foi leur devait, pour en saisir l'élan premier. Après quelques années, il réussit à les apprivoiser. Les Kadars étaient polygames et superstitieux. Animistes, tout leur était dieu. Dieu ou démon. Tel arbre, maléfique ; tel bosquet, bénéfique ; l'ours et le daim étaient bénéfiques, ils les chassaient pour les manger ; mais, impur, le bison était maléfique. Deux figures se détachaient de leur panthéon innombrable : Ayyapan et Malavazhi. La déesse Ayyapan, à qui leurs filles vierges, après s'être baignées dans la rivière, apportaient des gâteaux de miel, avait tous les attributs de Kâlî. L'autre, Malavazhi, dieu des vents et des collines, était le maître du pur et de l'impur. Ils le craignaient et lui sacrifiaient des animaux et peut-être des êtres humains, mais Krishna n'en eut jamais la preuve. Chaque semaine, il y avait une fête. A la lumière des torches, Krishna les voyait danser au son des tambours. Alors, ils se liaient les doigts, rougis par le bétel. Leurs dents étaient sciées comme des crocs.

Krishna comprit là d'où lui venaient ses croyances, et pourquoi ses contemporains s'abandonnaient à la magie et à la superstition. Les Kadars lui offraient des racines parfumées avec une herbe qui sentait le citron.

— Le chemin du cœur passe par la bouche, lui dit un soir le chef en lui caressant les lèvres.

Il lui fallut des années pour se détacher de ces petits hommes.

Les plaies n'étaient pas imaginaires et les paroles les plus fortes n'empêchaient ni les regrets ni le désir. Penser aux dieux ne pouvait pas combler un affreux sentiment de vide. Les dieux étaient beaucoup plus loin que Shobita ne l'avait imaginé lorsqu'elle vivait parmi les hommes. Ils ne les remplaceraient jamais.

Mon cœur avait des caprices épars
Mes caprices se sont réunis

Ces vers d'Ali découverts peu de temps avant son départ lui avaient alors paru décrire exactement ce qu'elle vivait et ce qu'elle vivrait, une fois quittés ses amants de chair pour la divine félicité. Un élan invincible lui ferait tout oublier. Le divin l'aspirerait tout entière et elle se fondrait en lui.

L'aspiration tardait. Le divin qu'elle frôlait toujours lorsqu'elle dansait devant des hommes l'abandonnait devant les dieux seuls. Les dieux étaient insaisissables.

Les hommes étaient inoubliables. Que de souvenirs chatoyants ! Elle s'épanouissait près d'eux qui s'épanouissaient près d'elle, rayonnants du plaisir qu'elle leur faisait découvrir, elle-même rayonnant du sien, et ils partageaient ensemble le miracle du dépassement de tous les soucis du monde. Aucun d'eux ne l'avait déçue, elle n'en avait déçu aucun. Elle était toujours pour eux la triomphatrice et tous la quittaient victorieux et meilleurs.

L'amour est échange ou n'est rien, apprenaient avec elle ceux qui l'ignoraient, elle-même chaque fois le réapprenant. Le temps d'une nuit, d'une fraction de nuit, de toutes les nuits quand il y en avait plusieurs, elle les élevait au-dessus d'eux-mêmes, infaillible *devadasi*. Tout cela déjà en l'honneur des dieux.

N'était-ce pas grande vanité que prétendre, en s'offrant seule, leur offrir davantage ?

Leur réponse était limpide : là-bas, ils lui étaient toujours favorables ; ici, ils la faisaient languir. Ici, nul dépassement. L'élévation n'était qu'altitude.

La laisseraient-ils languir longtemps ? Ayant voulu s'offrir intacte, elle se fanerait avant l'âge et son offrande n'aurait plus de sens. Quel sens y a-t-il à se retirer lorsque personne ne veut plus de vous ? avait-elle souvent songé, hantée comme toutes ses pareilles par la fin de sa jeunesse, malgré sa culture et malgré sa sagesse. Il n'y a pas de vieille *devadasi*.

N'est-ce pas l'orgueil qui lui avait fait abréger le vrai service qu'elle pouvait rendre : enseigner l'amour ?

A ses heures les plus sombres, elle s'accusait de désertion.

– Ah ! Krishna, pourquoi suis-je partie ? Je ne fais rien ici que je ne pourrais faire là-bas et n'y fais pas ce que j'y faisais le mieux. Les dieux sont partout. Je les vénérais mieux là-bas. Tu aurais dû me laisser.

– Mais tu as voulu partir avant moi, lui rappelait-il.

Elle avait déserté. Les dieux n'y gagnaient rien et les hommes y perdaient. Il ne fallait pas monter dans la montagne. Il ne fallait pas s'enfermer dans une fausse vertu. Il fallait rester avec le roi, apaiser des Abraham, satisfaire des Thomas, se donner à autant d'autres que les circonstances l'auraient permis. Même à des Portugais si l'occasion s'était présentée, pour leur apprendre l'Inde et les désarmer. Elle les aurait désarmés.

L'occasion s'était présentée et elle s'était dérobée. Depuis combien de temps ne faisait-elle plus que se dérober ? « Une *devadasi* doit se prodiguer », avait dit Rhâda.

L'occasion, donc, avait pris les visages de Duarte Pacheco, de Gil Gonçalo Barbosa et de son neveu Duarte. Quelques semaines avant son départ pour les Ghâts, les trois Portugais avaient fait demander s'ils ne la dérangeraient pas.

– Qu'ils viennent, avait-elle dit.

Elle les avait reçus seuls, sans rien changer à son protocole. Le raffinement de sa maison les avait sidérés tous les trois, avant qu'elle ne leur apparût. Pacheco, l'aîné et qui avait vu beaucoup de pays, s'était efforcé de ne rien laisser transparaître de sa stupeur.

Tous trois étaient petits, trapus, balourds. Le poil noir, d'un noir terne, mêlé de gris chez Pacheco, très loin de la profondeur lustrée des chevelures indiennes, si bien coiffées, peignées, imprégnées d'huiles parfumées. Ils ne sentaient pas mauvais mais n'en étaient pas loin.

Ils lui avaient donné une forte impression de rusticité et de brutalité latente, en dépit d'efforts certains de politesse.

Le neveu Barbosa l'avait dévorée des yeux avec une ingénuité renversante, un appétit primitif qui lui avait déplu car d'évidence associé à ce qu'on avait raconté d'elle à ce pauvre garçon. On la lui avait sûrement décrite en prostituée ordinaire – « fille publique », disaient-ils en Europe, expression incompréhensible au Malabar.

C'étaient les premiers Portugais qu'elle voyait. Ils devaient rester les seuls, par fausse vertu, se blâmait-elle maintenant, fidélité mal comprise à l'Inde.

Des trois, l'oncle Barbosa avait été le moins rustre. Deux ou trois fois, il lui avait paru voir au-delà d'elle-même, pressentir l'importance de ce qu'elle représentait : une société si différente de la leur et tellement plus riche.

Duarte Pacheco était cosmographe, lui avait dit Krishna, ou dresseur de cartes, de ces représentations du monde sans lesquelles ils répugnaient à risquer leurs avidités sur la mer.

– Ce doit être une science bien difficile que la cartographie, lui avait-elle dit.

– Difficile à un point que vous ne sauriez imaginer, avait-il répondu, sans quitter un air rogue dont elle comprit tout de suite qu'il ne l'abandonnait jamais.

Décidée à ne pas danser, elle leur avait demandé s'ils souhaitaient entendre de la musique. Ils avaient mollement acquiescé.

Ils avaient écouté, l'œil sec, dix minutes à peine la sublime ballade de Moussikapalavaram, héroïne du VIIIe siècle, qui tirait toujours des larmes à ses auditeurs indiens. Puis Duarte Pacheco avait déclaré à l'interprète que cette musique lui donnait la migraine. L'interprète n'avait pas osé traduire tel quel. Il avait raconté à Shobita que son hôte préférait la conversation au concert. Quelle conversation ?

Le cosmographe causeur n'avait produit que des banalités si marquées – sur la mousson et l'intelligence des éléphants par exemple – qu'elle l'aurait facilement pris pour un imbécile autant qu'un grossier personnage, si sa finesse ne lui avait fait percevoir que, sous la consternante enveloppe d'un découvreur dépassé par sa découverte, il y avait peut-être une curiosité méritoire. Ne fallait-il pas qu'elle le fût pour lancer sur la mer un aussi vieil homme ?

Après trois quarts d'heure d'une « conversation » réduite de leur part à une succession de truismes, elle avait pris la situation en main et posé les questions qu'elle avait cru qu'ils lui poseraient sur son pays. Elle les avait donc interrogés sur le leur, sur le dessein qui inspirait leurs expéditions, sur leurs impressions de l'Inde.

– Parlez-moi de votre pays, avait-elle demandé d'abord.

– Le Portugal, Madame, est le plus beau, le plus riche et le plus puissant royaume d'Europe, avait répondu Duarte Pacheco.

– Comme vous devez l'aimer !

– Après Dieu, Madame, et le roi – mais le roi l'incarne –, nous n'aimons rien tant au monde.

– Comment avez-vous pu le quitter ?

– Pour le servir, Madame, le grandir, augmenter sa gloire avec celle de notre roi, dom Manuel, et nous grandir avec lui.

– Votre roi est bien heureux d'avoir des sujets tels que vous. Mais pourquoi donc cette gloire vous importe-t-elle tant ?

– Parce qu'elle rejaillit sur nous. Mais vous-même, Madame, n'êtes-vous pas attachée à celle du vôtre ?

Ils la croyaient encore la « maîtresse » de Goda Varma, selon ce mot extravagant d'Occident, qui, s'il veut bien dire ce qu'il veut dire, proclame la domination d'une femme sur un homme.

Quelle femme voudrait dominer un homme ? avait songé Shobita. Dominer ? Pour quoi faire ? N'y a-t-il pas plus important ?

Ils avaient aussi quitté leur pays pour la gloire de Dieu, avait ajouté Pacheco.

— La gloire de Dieu ? s'était-elle étonnée.

Si Dieu est, lui semblait-il, Il est la gloire même et rien ne peut y ajouter.

— Oui, Madame, la gloire de Dieu, à Son service.

Elle n'avait pas relevé, se contentant de hocher la tête.

— Dom Manuel est l'un des premiers serviteurs de Dieu, avait recommencé Pacheco.

La notion de serviteur de Dieu était encore pour Shobita une extravagance : comment Dieu aurait-Il besoin de services ?

Que ces étrangers étaient étranges !

Elle s'était demandé à quel titre dom Manuel revendiquait ce rang de l'un des premiers « serviteurs ».

— Je ne pensais pas que votre Dieu ait besoin de serviteurs, s'était-elle résolue à dire.

Pacheco avait sursauté.

— Il n'en a certes pas besoin, Madame, mais il faut le servir. Nous ne sommes sur terre qu'à cette seule fin : servir Dieu.

Shobita avait hoché la tête.

— Il n'est rien de plus beau ni de plus urgent ! avait-il appuyé.

Il était lancé.

— Dom Manuel, autant que le pape et peut-être mieux même que lui, en certaines circonstances, est le vrai représentant du Christ sur la terre.

Shobita savait qui était le Christ, mais ignorait qui était le pape.

— Qui est le pape ? avait-elle demandé.

Une expression de gourmandise avait adouci un instant la sombre figure de Duarte Pacheco. Il s'était lissé la barbe — pourquoi donc les Portugais s'enlaidissaient-ils encore avec ces barbes affreuses ? —, puis il avait débité que le pape était le vicaire du Christ, le successeur de saint Pierre, premier évêque de Rome, désigné par le Christ comme la première pierre sur laquelle son église devait être bâtie. Le pape est le chef de l'Église catholique. Catholique est un mot grec...

– ... qui veut dire universel, l'avait coupé Shobita.

La mâchoire du cosmographe était tombée de surprise, exhibant les chicots noirâtres de sa denture.

– Vous savez le grec, Madame ? avait-il enfin demandé avec une sorte de respect.

– Non, hélas ! Je n'en sais que quelques mots. J'ai beaucoup souhaité l'apprendre, mais je n'ai pas trouvé de professeur.

Pacheco était revenu au pape, qui s'appelait Alexandre et qui était le sixième du nom.

– Alexandre ? avait-elle relevé, comme le conquérant de la Perse, mort à Babylone environ trois cents ans avant le Christ, au même âge à peu près ?

Pacheco lui avait lancé un regard perçant, concentré de surprise et de considération, avant de répondre, presque affable :

– Lui-même, Madame.

Lorsqu'ils avaient pris congé, il lui avait saisi la main pour la baiser, comme si elle eût été une dame de la cour de Lisbonne, devait-elle apprendre de Saül. Les Barbosa l'avaient imité, le neveu rouge comme une pivoine, ce qu'elle n'avait jamais vu.

Elle lui avait alors demandé ce qu'il était venu faire au Malabar si jeune – Duarte avait quinze ans, mais, imberbe et la peau très blanche, il en paraissait deux ou trois de moins.

– M'établir ici avec mon oncle, était-il parvenu à répondre, malgré le sang qui lui était soudain remonté aux joues, s'enhardissant à ajouter qu'il voulait apprendre la langue du pays le plus vite possible.

L'idée qu'il pourrait être charmant d'apprendre elle-même dans son lit le malayalam à ce garçon venu d'ailleurs et qui n'était pas repoussant l'avait effleurée et elle l'avait sur-le-champ rejetée.

Elle avait déserté. Les dieux restaient loin. Sur son corps inutile, elle guettait tous les jours l'usure dans ses miroirs, étonnée d'apprendre sans fin combien l'enveloppe humaine est changeante et combien sont mouvantes les gloires les plus éclatantes de la jeunesse.

Quel gâchis ! songeait-elle. Les dieux l'ignoraient, les hommes lui manquaient, sa jeunesse passait. La sérénité dont elle avait été si proche à Cochin la fuyait dans cet ermitage.

– Il faut attendre, disait Krishna. Persévérer. Tout s'éclairera.

Sans lui, certainement, elle aurait abandonné. Ses jours passèrent à attendre l'heure de le retrouver.

Son orchestre se composait de six musiciens – trois tambours, une flûte traversière, une conque, un hautbois. Deux danseuses l'accompagnaient car elle croyait alors ne pas pouvoir danser sans musique, non plus que se passer de partenaires pour honorer dignement les dieux. Danser seule devant eux lui paraissait le comble de la vanité.

A peine arrivée, elle découvrit qu'elle dansait mal, qu'elle peinait à retrouver sa légèreté, sa fluidité. Elle était d'une gaucherie désespérée, il lui apparut que ses musiciens jouaient machinalement et que ses danseuses ne donnaient pas le meilleur d'elles-mêmes. Ses propres performances ne pouvaient qu'en souffrir.

Elle leur fit des reproches et, n'en ayant jamais adressé à personne, elle commença par se les adresser à elle-même, en les assortissant d'excuses.

– Nous devons faire mieux, mais c'est ma faute. Je ne sais pas où j'ai la tête. Je vous demande pardon. Est-ce le dépaysement ? Il me semble que nous étions meilleurs sur la côte.

L'une des danseuses accusa le climat. L'air trop vif, trop excitant, qui faisait exagérer les gestes et même outrer les expressions, aussi importantes que les mouvements, déformant les traits jusqu'à la caricature.

– Caricature ? A ce point-là ! Nous ne sommes pourtant pas venus ici pour cultiver la dérision. Mais nous allons nous habituer à cet air si vif.

Une certaine harmonie revint peu à peu, mais l'élan intérieur manquait toujours. Ainsi qu'elle l'avait redouté, ses acolytes languissaient après les délices de Cochin.

« Vous partirez quand vous voudrez, leur avait-elle assuré avant leur départ. Vous venez librement, vous partirez de même. » Ils lui avaient tous promis de rester aussi longtemps qu'elle le désirerait. Eux aussi aspiraient à s'élever.

Il n'était pas question d'engagement définitif, leur avait-elle répété à leur arrivée. Ni même à long terme. « Je ne vous demande que le temps de m'entraîner à la solitude. Cela ne devrait pas être très long. Je m'y suis préparée. » Présomption.

La plus jeune des danseuses qui avait quinze ans fut frappée d'une langueur pernicieuse. Elle se traîna, puis ne put même plus se traîner. C'étaient encore le climat, l'altitude, cet air trop vif qui oppressait son organisme. Shobita la renvoya à Cochin. Elle promit, sincère peut-être, de revenir quand elle serait guérie. Shobita la remercia et le lui interdit – elle n'avait jamais rien interdit à personne de sa vie :

– Je te le défends, tu retomberais malade. Mieux vaut danser là-bas que ne pas pouvoir danser ici.

Cette mollesse serait contagieuse.

Le joueur de conque, quelques semaines plus tard, se déclara souffrant de bourdonnements d'oreilles – l'altitude évidemment – que chaque frappement de son instrument exaspérait en mugissements prolongés qui le mettaient à la torture.

– Comme si mille buffles me beuglaient dans le crâne...

– Je ne t'ai pas fait venir ici pour te voir souffrir, lui dit Shobita. Retourne à Cochin.

La conque marine symbolise la richesse. Ses vibrations sont censées « agiter et éveiller les facteurs latents de l'existence ». Shobita fuyait la richesse, quant à l'existence, elle n'aspirait qu'à en sortir. La conque marine était superflue. Elle ne regretta pas son instrumentiste.

Sa dernière danseuse, qui avait seize ans, dut la quitter pour cause de grossesse. Elle lui avoua en pleurant avoir cédé aux avances d'un jeune négociant monté jusqu'à eux dans la suite de Saül. Car Saül était venu les voir à la tête d'un cortège quasiment triomphal, articulé autour de trois éléphants chargés de présents, que Shobita lui demanda de remporter, ayant fait vœu de dépouillement.

— Mais ce sont des cadeaux pour le temple ! avait protesté Saül, toujours gigantesque et de surcroît resplendissant, vêtu de brocart cramoisi et coiffé d'une toque à aigrette de diamant.

— Je te croyais devenu chrétien ? lui dit Shobita. Les chrétiens ne s'habillent pas comme ça. C'est un habit de maharadjah.

— Et pourquoi n'y aurait-il pas de maharadjah chrétien ? En Europe, les Hongrois, qui sont aussi chrétiens que personne et dont je m'honore d'être cousin, sont toujours vêtus comme ça. Ton dépouillement ne souffrira pas d'accepter mes cadeaux. Tu les déposeras loin de toi et tu seras toujours aussi dépouillée...

— Tu le sais bien, c'est l'esprit qui compte. Ils n'en seraient pas moins là. Puis ils me distrairaient. Me feraient penser trop à toi. Ce n'est pas à toi que je dois penser.

— Mais le temple ? reprit Saül. Mes cadeaux seraient pour le temple !

— Le temple ne manque de rien. A Cochin, tu trouveras bien à qui donner ces choses splendides.

— Pourquoi dis-tu qu'elles sont splendides ? Elles ne sont même pas déballées !

— Venant de toi, elles ne peuvent que l'être.

La visite grandiose de Saül fut des plus déprimantes. Contrôleur des épices pour le roi de Portugal, il était à peu près le grand argentier de l'empire en formation. Quelle carrière il avait faite ! Comme il s'était adapté depuis son arrivée sur la côte, à Calicut, avec un lot de fourrures mitées qui montraient plus de cuir que de poil ! Il était riche. Était-il heureux ?

Krishna lui avait posé la question, pressé de retrouver dans l'opulent personnage qui lui faisait face sur la terrasse de l'Ouest son complice d'hier.

— Es-tu heureux ?

— Un brahmane peut-il poser cette question ?

— J'oublie souvent de l'être avec toi, mais réponds.

— Je ne suis pas malheureux. Tu as saisi la nuance, brahmane, l'énorme nuance ? Avant, je regardais loin et haut, j'embrassais le monde, je voulais le paradis. Aujourd'hui, je suis devenu volontairement myope. Je ne fais attention qu'à ce qui me touche : Sarah. Sarah est heureuse. Elle entend comme moi rire nos deux enfants. Savais-tu que j'avais eu un autre fils et comment je l'avais appelé ?

— Melchior.

— Tu es devin ! J'aime Sarah et Sarah m'aime. L'amour de ma femme, c'est le baume qui adoucit mes blessures, car je porte deux belles cicatrices. L'une s'appelle Europe, elle a déchiré mon cœur ; l'autre se nomme Inde, et c'est ma tête qui était visée. Ah ! L'Europe. Pic de la Mirandole. Comme il m'a fait rêver ! « Les temps nouveaux sont arrivés, Saül », « Nos idées changeront l'homme », « Nous sommes sortis de l'obscurité », « L'homme est presque un ange », « L'homme est la créature favorite de Dieu ». Illusions ! ! ! L'Europe est peut-être sortie de l'obscurité, mais ce n'est que pour mieux entrer dans le fanatisme. Il s'y prépare des choses terribles.

— Et ici, qu'as-tu vu ?

— Le roi, que tu aimais tant, ouvrir à vos pires ennemis les portes de l'Inde. Ce n'est pas tout. J'ai fini par comprendre votre manière de tout diviser, de tout classer – trois cent cinquante castes, peste ! – mais comment accepter ce rejet au néant d'êtres humains ? Intouchables ! Quelle expression dégoûtante !

— Tu es amer, Saül mon ami.

— Je ne suis pas amer, je suis lucide.

— Qu'en tires-tu comme leçon ?

— Que, dans ce monde, nul ne peut atteindre à la perfection

ni au bonheur. L'homme ne peut s'atteler qu'à des tâches dérisoires.

— Auxquelles, jeune philosophe, t'es-tu dévouées ?

— D'abord, à moi !

— Tu exagères toujours.

— Pour ce qui est des autres, j'ai convaincu le roi de protéger mes coreligionnaires. Je parle des juifs, et non des musulmans et des chrétiens, dont je suis aussi. Et le roi l'a fait. Il a interdit l'Inquisition que les Portugais voulaient transporter à Cochin. A Goa, leur capitale, où ils ne partagent le pouvoir avec personne, leurs bûchers fonctionnent. Il y a six mois, ils ont même brûlé un cadavre. Le corps d'un juif qui s'était faussement converti. L'ayant appris après sa mort, ils l'ont déterré et jeté dans les flammes. Les narines de leur Dieu ont dû se régaler de ce fumet faisandé.

— La mort n'est qu'un passage.

— Je ne crois ni en Dieu ni à vos réincarnations.

— Tu n'as donc rien appris ici.

— Que peut-on apprendre qu'on ne ressente pas dans son cœur ?

— Je te plains.

— Moi, je t'aime et je t'envie. Mais laisse-moi continuer car on échoue, même dans les tâches minuscules. J'ai essayé de sauver d'autres coreligionnaires, les chrétiens cette fois. Thomas, entre autres, notre ami à tous deux.

— Que lui est-il arrivé ? demande Krishna.

— Il vit avec sa famille et quelques milliers d'autres chrétiens de saint Thomas au pied des Ghâts. Ils ne sont plus commerçants. Ils sont devenus paysans. Ils cultivent le riz, les fruits et le poivre.

— Comment en sont-ils venus là ?

— Tu te souviens de ce franciscain qui ne quittait pas Vasco de Gama ? Avec l'accord du gouverneur, il a sommé nos chrétiens de se soumettre à Rome. Mar Matthieu a refusé et avec lui une grande partie de ses fidèles. Les Portugais les ont menacés du bûcher. On les a traités d'« hérétiques nestoriens pestilentiels ». Mar Matthieu a été arrêté et envoyé à

Lisbonne pour être jugé à Rome. On a brûlé leurs livres de prière et interdit ce qu'il y avait de chants hindous dans leurs églises.

– Qu'a fait Thomas ?

– Il est allé voir le roi. « Seigneur, lui a-t-il dit, je te rappelle nos privilèges. Tu ne peux laisser ces étrangers… – Ces étrangers ? – Oui, ces étrangers nous brimer et nous interdire nos églises. – Mais vous êtes tous chrétiens ! – Eux sont catholiques. – C'est trop subtil pour moi. J'ai déjà affaire à trois communautés sans compter mes brahmanes. Chrétiens. Catholiques… Votre Dieu s'appelle Jésus. Débrouillez-vous entre vous. – Et la justice, Seigneur ? – Ton cas n'est pas de mon ressort. Les différends inhérents à une communauté doivent être traités par elle-même. – Tu nous abandonnes à un sort pire que la mort, à la mort spirituelle. De celle-là, ne te sens-tu pas responsable ? – Reviens demain, je vais réfléchir. » Thomas s'éloignant, le roi l'avait rappelé : « Je t'ai toujours aimé, Thomas. »

Le lendemain, le roi lui annonçait la cession, à lui et aux siens, d'un district situé entre les Ghâts et la côte, à deux jours de marche de Cochin. A charge pour eux de le cultiver et d'y construire une église, avec exemption de loyer pour un siècle. « Jamais tu n'y verras de Portugais » furent les derniers mots de Goda Varma à Thomas.

– L'as-tu revu ? demande Krishna.

– Souvent ! Je visite toutes les plantations de poivre. La leur est la mieux tenue du Kerala. C'est Cécile qui m'a dicté les conditions de vente. Thomas ne s'occupe plus que de l'église.

Saül repartit avec ses trois éléphants chargés des présents refusés par ses hôtes. Il les serra très largement et très fort dans ses bras en leur tapant dans le dos comme le font les Portugais. Il pleurait.

A Krishna, il murmura : « Il est aussi difficile de trouver Dieu que de le fuir. »

Ses danseuses parties, Shobita dut se résoudre à danser seule. La solitude de la danseuse devant les dieux est redoutable. Elle s'imaginait concentrer les regards invisibles d'un panthéon innombrable penché aux balcons du ciel. Cette illusion contrariait ses mouvements et en paralysait la grâce.

Elle réussit à la surmonter en finissant par reconnaître que les dieux n'étaient pas voués à sa seule contemplation. L'un d'eux peut-être, sur trente-trois mille, risquait parfois un œil dans sa direction, sans pour autant s'y arrêter. Elle ne devait pas en espérer davantage. Libérée de cette extravagance, elle sentit revenir doucement le don qui en avait fait la première danseuse du monde, car la première danseuse de l'Inde surpasse toutes les autres. Très lent retour, précautionneux, comme si le talent se défiait de la vanité.

Restaient les hommes. Krishna était d'une autre espèce, mais ses musiciens – les trois tambours, la flûte et le hautbois – étaient des hommes comme les autres.

Pour se délivrer de leurs regards, elle les installa derrière une cloison ajourée en bois de santal, dont les interstices laissaient passer un son parfaitement pur, sans permettre à leurs regards de s'appesantir sur elle et de la ramener par réflexe à la terre.

S'ils furent vexés ou même peinés, ils n'en laissèrent rien paraître. Tandis qu'elle-même éprouva très vite la troublante sensation d'un grand sacrifice, ne se sachant plus observée, se dit-elle d'abord, mais s'avouant vite – l'hypocrisie aussi est un obstacle à l'élévation – que c'était s'être privée d'être désirée qui constituait le sacrifice. Car deux des tambours étaient des hommes superbes, l'élégance du flûtiste n'était pas dédaignable et le hautbois était de belle prestance avec le plus caressant des regards.

Le hautbois déserta le premier des cinq, sans donner aucun prétexte. Mais trois tambours pour une flûte, il y avait disproportion. Heureusement, le joueur de *chenda* – grand

cylindre à une seule peau, rival du tonnerre – fut le surlendemain pris de dysenterie. Les herbes disponibles échouèrent à
lui régler le ventre. Shobita le fit partir. Honnête, il ne pré-
tendit pas revenir.

Désormais les cieux ne pourraient plus être ébranlés. Les
deux percussions restantes – un *damaru*, petit tambour en
forme de diabolo, et un *tantipânai* à corde vibrante – ne
produisent que des sons ténus, mieux faits pour tendre les
oreilles que pour se les boucher. La discrétion proverbiale de
la flûte interdisait enfin tout vacarme.

Et peut-être était-ce cela que les dieux attendaient, car dès
le lendemain de l'évacuation du dysentérique, Shobita sentit
revenir son aisance perdue. Comme si les dieux, n'aimant
pas le tapage, lui rendaient ses facultés. De ce progrès, elle
frémit de joie.

– Je me sens mieux, dit-elle à Krishna, quand elle le revit
ce soir-là.

– Alors c'est le commencement de la fin, répondit-il en
souriant.

– De quelle fin?

– De celle de ton humanité.

Elle retrouva, pour la seconde fois, et très fugitif, le goût
du bonheur.

Ils se voyaient le soir, après la prière et la méditation
et, pour Shobita, la danse. Au crépuscule, sur la terrasse de
l'Ouest, ils préféraient contempler la mort du jour à la naissance de la nuit. Le regard y portait jusqu'à la mer, par-delà
le moutonnement vert vertigineux qui plongeait vers la côte,
d'où s'élevaient toujours des centaines de fumées, seuls
témoignages de l'activité humaine. Feux de cuisine, feux
d'écobuage, incendies accidentels.

Le soleil se couchait sur le Malabar, leurs illusions, leurs
rêves et ce qui était alors pour eux la déchéance de leur pays.
Leur cœur en était plein, même celui de Krishna, brahmane
et endurci. Ils en avaient l'un et l'autre été si proches que
l'un et l'autre, sans se le dire, se demandaient si cette proxi-

mité ne valait pas implication et même complicité. Chacun en secret se reprochait d'être parti trop tard, d'avoir trempé dans l'accomplissement de la prédiction.

Krishna rompit le premier ce silence étouffant.

– J'ai trop attendu, n'est-ce pas ? dit-il un soir de but en blanc.

– Non, dit Shobita.

Il n'avait pas trop attendu. Son devoir était de rester.

– Aurais-je dû rester encore ?

– Non plus, tu es parti exactement quand il le fallait. La veille, cela aurait été trop tôt ; le lendemain, trop tard. Tu as suivi la voie juste.

Cette généreuse assurance n'était-elle pas exagérée ? Comment savait-elle si bien la justice ?

– Un rêve m'a instruite. Tu es innocent, Krishna. Ne te tourmente pas. J'aimerais bien l'être moi aussi.

Ils parlaient du roi et de l'impermanence qui est la loi du monde – et « qui changera tes frustrations en félicité », affirmait Krishna, merveilleusement consolateur.

– Elle te changera, nous changera, nous change déjà, insistait-il, irréfutable.

Et encore :

– Ton malaise d'aujourd'hui est ton bonheur de demain.

Ils parlaient du roi car Shobita y revenait toujours, s'interrogeant sur elle-même. Elle ne pouvait pas se pardonner de s'être à ce point trompée sur lui et s'était persuadée que cette erreur impardonnable était la cause essentielle de sa crispation devant la solitude. Cette incapacité à s'y abandonner pour se laisser emporter vers la divinité.

– Comment ai-je pu être aussi naïve ? Imaginer l'influencer, empêcher quoi que ce soit, permettre quoi que ce soit ? se désespérait-elle.

– Moi aussi, j'ai été naïf, l'apaisait Krishna. J'ai imaginé souvent pouvoir l'influencer. J'y suis parfois parvenu...

– Tu vois ! Toi, tu y es parvenu.

– Il y a longtemps. Tu n'étais certainement pas née. Il s'est

413

très vite cuirassé. La dernière fois pourtant est beaucoup plus récente.

– Quoi donc ?

– Je l'ai retenu quand il s'est déclaré décidé à partir. Enfin, retenu… Je lui ai conseillé de rester à cause de la prédiction. Je lui ai dit que le royaume ne pouvait pas se passer de lui. C'est un argument toujours très fort. Il est resté.

Krishna attendit longtemps avant d'avancer que peut-être l'amour avait eu sa part.

– Ne l'aurais-tu pas un peu aimé ? finit-il par lui dire.

– Non ! s'était-elle exclamée. Aimer un peu, ça ne veut rien dire… Je ne l'ai pas aimé du tout. Il m'a plu, oui, beaucoup, mais pas plus. Et lui, crois-tu qu'il m'ait aimée puisque tu le connais mieux que moi ?

– Il t'aime toujours, tu le sais bien. Pourquoi me poses-tu cette question ?

– Mais pour entendre ta réponse.

Le roi l'avait aimée et l'aimait encore, Krishna avait raison, elle ne pouvait pas se tromper là-dessus. Mais la passion qu'il lui vouait avait toujours été cloisonnée. Indépendante de tout le reste. L'amour et son métier étaient absolument distincts.

Pourtant, jugeait-elle, le métier de roi était celui à qui l'amour pouvait porter le moins ombrage. Gouverner, c'est aimer, avait-elle toujours pensé et il ne pensait pas le contraire : pour lui, l'exercice de la royauté était impossible sans amour. Il lui avait dit souvent : « Je ne suis jamais mieux roi que dans tes bras… », avec des accents incontestables de sincérité. Pourquoi ne l'avait-elle pas mieux influencé ?

Il devait être double : d'un côté son amour, son royaume de l'autre, sans aucune correspondance. Son amour, c'était elle, mais son royaume n'était que lui.

Cette division n'expliquait pas sa dégradation. Or il s'était affreusement dégradé. Le roi juste qu'il était lorsqu'elle l'avait connu était devenu injuste ; le fort, faible… Même sa vaillance l'avait quitté ; autrefois, jamais il ne se serait réfugié à Vaipin, lorsque le Samorin avait attaqué Cochin. Il se serait battu. Les Portugais l'avaient rendu lâche. La vertu était passée du côté du Samorin.

« Je ne suis jamais mieux roi que dans tes bras... » Il y était tous les jours et glissait tous les jours vers une honteuse misère et elle n'avait rien empêché.

Quand avait-il commencé à glisser ?

– Je n'ai pas été assez attentive. J'ai été égoïste. Je me suis laissé griser.

Le silence de la divinité était peut-être le prix à payer pour cet égoïsme. Quand il avait basculé dans l'ignominie, à la mort d'Ibrahim, il lui avait demandé de revenir. Demande absurde. Comment avait-il pu ?

– Comment a-t-il pu me demander de revenir après ça ? interrogeait-elle Krishna.

– Il a pensé que ton indignation ne durerait pas, qu'elle était déplacée.

– Déplacée ?

– Pour lui, elle l'était, sinon il se serait condamné lui-même. Il fallait que tu aies tort pour qu'il ait raison et de plus, si tu étais revenue, tu l'aurais blanchi ! Ne crois pas qu'il n'a pas honte. Si tu n'es pas contente de toi, il ne l'est pas non plus de lui.

– Il ne l'a jamais été, n'est-ce pas ?

– Non, c'était l'une de ses qualités.

– Ce ne l'est plus ?

– Je crains qu'il ne soit allé trop loin.

– Trop loin ?

– Je crains qu'il n'ait poussé le mécontentement de soi jusqu'à une sorte de détestation.

– Il a raison.

– Il a tort. Vois le résultat.

– J'ai bien fait de ne pas revenir ?

– Je ne pense pas que tu aies fait mal. A une nuance près...

– Quelle nuance ?

– Ton refus n'a pu que l'amener à se détester un peu plus. Ou peut-être beaucoup plus...

– Alors j'aurais dû revenir ?

– Tu aurais retardé la crevaison de l'abcès.

Sans Krishna, Shobita ne savait pas ce qu'elle serait devenue.

Ces entretiens la réconciliaient avec elle-même. La bienveillance de Krishna, son brahmane – « mon brahmane », se disait-elle, tout autrement que le roi disait « mes Portugais » –, lui rendait la paix.

Apaisements intermittents toutefois. L'accomplissement rêvé n'apparaissait pas plus proche : ses essais de méditation demeuraient stériles.

Puis les nouvelles de la côte étaient désespérantes.

Les exploits d'Ali Marakkar avaient été plusieurs années son grand sujet de réconfort. A lui seul, Ali prouvait que l'humiliation de l'Inde n'était pas fatale, que les Portugais pouvaient être battus, et conjurée la régression entraînée par leur fanatisme. Le poète révolté devenu corsaire s'était acquis en peu de mois une réputation immense, dont la défaite de Bràs Sodré n'avait été que le prélude. Grâce à lui, les Portugais connaissaient le doute. Il avait rabattu leur arrogance et détruit le mythe de leur invincibilité. Il multipliait les émules.

Les vaisseaux de commerce portugais ne sortaient plus qu'escortés, ou chargés d'une artillerie qui diminuait de tout son poids celui des épices emportées.

Les capitaines des navires indiens étaient de plus en plus nombreux à se passer des permis que les Portugais prétendaient imposer, les vendant à prix d'or, pour s'assurer le monopole du trafic maritime et faute desquels les vaisseaux qu'ils arraisonnaient étaient saisis, leurs cargaisons confisquées, leurs équipages réduits en esclavage.

Trois de ses exploits l'avait spécialement enchantée.

A Chaul, en 1507, au nord de Calicut, il détruisit trois nefs d'une flotte portugaise en partance pour l'Europe, en prit cinq autres et força le reste, une dizaine de bâtiments, à se jeter à la côte où ils furent pillés.

En mars 1510, les Portugais s'étaient emparés de Goa par surprise, profitant de la faiblesse du trop jeune Adil Shah, nouveau sultan de Bijapur, orphelin tout récent de son père, fondateur du sultanat. En deux heures, deux mois plus tard, Ali la leur reprit, leur infligeant des pertes énormes. Et ce ne fut pas sa faute si le jeune sultan la reperdit : Albuquerque, le Lion d'Asie, attendit près de six mois qu'Ali se fût éloigné de six semaines en mer pour reprendre le siège.

La même année, le Samorin guerroyant à ses frontières contre le Vijayanagar, les Portugais firent une descente contre Calicut. Ils avaient déjà incendié la grande mosquée de Nakhuda Mithqal et s'en prenaient au palais royal. Ali, qui se trouvait là par hasard, emmena les nayars à la contre-attaque. Piégés dans le dédale des rues, les assaillants furent massacrés. Seule une poignée de survivants put rembarquer en catastrophe.

Les Portugais n'étaient plus les maîtres de la mer.

On devina, grâce à lui, qu'il s'en était fallu d'un cheveu que l'offensive de 1504 du Samorin ne submergeât Cochin et surtout n'anéantît Duarte Pacheco et les prétentions de Lisbonne à dicter sa loi sur la côte.

Où qu'il fût, le Portugais était taillé en pièces. Ali incarnait toutes les espérances. Les baladins de toutes les écoles le chantaient dans toutes les langues, d'Honavar à Negapatam. Jusqu'à Meknès et Malacca on se récitait ses poèmes, prenant bien soin de rappeler qu'ils étaient tous antérieurs à sa nouvelle carrière et qu'aujourd'hui, toujours poète, il en écrivait d'une autre sorte, dans le sang des ennemis du Livre, au fil de son sabre.

Le souvenir d'Ibrahim son frère, l'archer sacrifié, était inséparable de sa gloire. Le Cycle des Marakkar remplaça en quelques semaines mille ans de compositions antérieures dans le répertoire populaire. On en chantait les épisodes dans les rizières, les jardins et les rues. On les jouait sous les murs des forteresses dont l'occupant jalonnait la côte. Les *Lusiades* de Camoens qui s'en voudraient un jour la réplique n'auront jamais pareille fortune.

417

Les chansons d'Ali montaient dans les Ghâts, atteignaient le temple et consolaient Shobita de l'indifférence des dieux. Leur séduction était accrue du chemin parcouru. Elle les transcrivait, les apprenait et les chantait, oubliant pendant ce temps le silence divin. Krishna était son seul public, mais les mangeurs de miel sauvage et les bêtes de la jungle l'écoutaient clandestinement, accourant pour l'entendre dès qu'elle donnait de la voix. Ils demeuraient charmés, immobiles des heures après qu'elle se fût tue, espérant l'entendre encore.

Ali n'écrivait plus de poèmes qu'au fil de son sabre, mais ses vers antérieurs rivalisaient avec les chansons dont il était le héros. Dans toutes les communautés, on leur vouait un même culte. Chez les hindous de toutes les castes – la chose était sans précédent –, chez les juifs et chez les chrétiens indigènes. Et jusque chez l'ennemi. Les Portugais les plus curieux et les plus sensibles les collectionnaient pour en composer des recueils. Scrupuleusement copiés, certains prenaient la mer pour entrer dans les bibliothèques de Lisbonne où ils enchantaient les érudits qui se pressaient en ce temps-là dans la capitale des océans. Duarte Pacheco en personne en avait compilé deux.

La geste d'Ali dura dix ans, puis il fut pris. Sa capture et sa mort furent son apothéose.

Ayant lancé un coup de main nocturne contre le fort de Cranganore, anéanti sa garnison et incendié tout ce qui s'y trouvait d'inflammable, il descendait sur la grève avec ses hommes pour regagner son bord lorsqu'il glissa sur un rocher et se cassa si mal la jambe que son chirurgien crut devoir l'amputer le surlendemain.

Il n'avait pas repris connaissance quand son navire fut attaqué par deux bâtiments portugais. Sans lui, le combat fut perdu.

Rouvrant les yeux à Goa, il découvrit penché sur lui la noble tête du gouverneur Lopo Soares de Albergaria.

– C'est toi le poète combattant, dit le gouverneur, non sans douceur. On t'a ramené pour te faire ton procès. Nous ne sommes pas des sauvages. Tu ne nous feras plus de mal, mais tu ne feras plus de vers non plus…

Il y avait dans sa voix une sorte de regret.

– Monseigneur! s'exclama le dominicain planté derrière lui, dans la robe blanche de son ordre qui déjà faisait abandonner l'usage de cette couleur aux Arabes.

– Qu'y a-t-il, frère Fernão? releva le gouverneur.

– Les poèmes de cet infidèle n'éclipsent pas ses crimes.

– Je n'ai pas dit ça, frère Fernão, je ne confonds pas tout. Il y a les crimes et les poèmes, le criminel et le poète. Les premiers sont derrière nous, les seconds nous survivront. Le premier sera puni, le second sera exalté. Connaissez-vous, frère Fernão, les poèmes d'Ali Marakkar?

– J'ai trop à faire, Monseigneur, pour en avoir pris le temps.

– Vous en avez certainement entendu, car ils se chantent partout, sans savoir que notre hôte en était l'auteur. Je suis très mauvais lecteur, mais je vous en ferai lire à souper.

Le futur inquisiteur, déjà candidat au poste – il s'en fallait de plusieurs années que son tribunal fût installé, mais l'esprit en sévissait depuis 1510 –, s'éloigna d'un pas très raide, première expression d'une indignation qui allait exploser dans son couvent avec une violence que l'épaisseur énorme des murs parvint à peine à contenir. Les moines blancs étaient de ceux qui souscrivaient de toute leur âme au jugement du saint jésuite François-Xavier, qui aima le Japon, mais flétrit l'Inde : « Nation inconstante, sensuelle, fourbe, vicieuse, déraisonnable… »

Le procès d'Ali fut le plus bref de l'histoire de Goa, capitale des Indes portugaises ou plutôt, dom Manuel préférant ce dernier libellé, de l'empire portugais des Indes. L'affaire fut expédiée en une matinée. Elle fut publique, sur la place du Marché, qui était immense, Afonso de Albuquerque, qui ne voyait jamais petit, l'avait voulue telle pour lui permettre d'accueillir « tout le commerce de l'Asie ».

L'esplanade était bondée.

– Il ne faudrait pas que le spectacle durât trop longtemps. avait suggéré le gouverneur à son dominicain.

– Pourquoi ?

– Pour éviter des troubles. La popularité d'Ali Marakkar est considérable. Elle surclasse de loin la nôtre. Il est musulman, mais même les hindous le tiennent pour un héros. Et ils ne sont pas les seuls...

– Pas les seuls ? Voudriez-vous dire...

– Les juifs, oui, l'admirent, et les chrétiens de saint Thomas lui pardonnent presque tout.

– Les chrétiens de saint Thomas ne sont pas de vrais chrétiens.

– S'ils l'étaient, ils pardonneraient tout. C'est cela que vous voulez dire ?

On produisit trois ou quatre témoins qui déclarèrent que le prévenu était implacable.

– Vous voulez dire qu'il n'accordait aucun quartier ? s'enquit l'avocat général.

– Si, il libérait les femmes et les enfants.

Dans la foule on cria « *Miri! Miri!* », pour rappeler que Vasco de Gama n'avait libéré personne douze ans plus tôt.

L'avocat général feignit la surdité mais pressa le mouvement.

Une potence et un billot avaient été dressés côte à côte. Ali, qui ne pouvait pas marcher, fut porté sous la première dans un fauteuil d'ébène recouvert de velours vert frappé aux armes d'Albergaria qui étaient « de gueule à la tête de Maure ».

Il fut vivement pendu, puis lestement décapité.

Le dominicain avait souhaité qu'on fît faire à la tête le tour de la ville au bout d'une pique, mais le gouverneur jugea déplacée cette exhibition.

– Déplacée, Monseigneur ?

– Imprudente, frère Fernão. Les esprits sont échauffés. Mes espions m'ont rapporté avoir entendu plusieurs fois que « les moines sont cause de tout, il faut les exterminer ».

Frère Fernão avait blêmi et gardé le silence.

– Nous promènerons cette tête ailleurs, proposa le gouverneur, conciliant. A Quilon, à Cranganore justement où il a
enlevé notre fort – cela calmera les excités –, à Cochin bien
entendu – cela fera plaisir à notre ami le roi. Ici, à Goa, la
procession serait ressentie comme une provocation.

– Monseigneur, comme vous voudrez, soupira frère Fernão,
dont les soupirs se comptaient.

– Que ne l'ont-ils portée jusqu'ici ! déplora Shobita. Nous
lui aurions rendu les honneurs.

– Les honneurs…, dit Krishna. Il était bien au-delà.

Shobita s'inquiéta de ce qu'ils avaient fait de son corps.

– Il a demandé au gouverneur d'être enterré auprès de son
frère. Le gouverneur lui a promis qu'il y veillerait, mais les
Portugais, paraît-il, ôtent le cœur et d'autres viscères des
cadavres des condamnés pour des expériences médicales.

Le gouverneur avait tenu sa promesse, malgré l'objection
de son aumônier qui avait redouté que la double tombe ne
devînt lieu de pèlerinage.

– Les Indiens, semble-t-il, sont fous de pèlerinages. Vous
qui redoutiez des troubles, ils pourraient être permanents.

– Si l'un de vos frères, frère Fernão, avait suivi – ce qu'à
Dieu ne plaise – un chemin analogue, pour venger l'un de
vos parents, et qu'il ait émis le même souhait…

– Je le respecterais comme vous, concéda le dominicain,
rattrapé par l'humanité.

La tête d'Ali déambula longtemps dans Cochin. Elle avait
été embaumée et les traits en étaient parfaitement reconnais-
sables, à cela près qu'il avait rajeuni. Une triomphale sérénité lui donnait l'aspect d'un dieu. Si bien que nul ne pouvait douter qu'il n'eût trouvé ce que tout le monde cherche.

– Il est arrivé avant nous, dit Krishna.

C'était Monsaïd qui avait porté la nouvelle.

– Le roi l'a vue ? demanda Shobita.

– Il l'a vue. Il l'a suivie à pied de bout en bout. C'est lui qui m'envoie.

Parmi ses poèmes, l'un stupéfia Shobita :

> *Le mystère est caché. Oublie le soleil*
> *Oublie le néant.*
> *Oublie les derviches et les danseuses*
> *Oublie le vin*
> *Oublie les hommes*
> *Car Il est là. Sur toi en toi*
> *Dieu ton seul amant*

L'autre Krishna :

> *Au début j'étais une pierre*
> *Je meurs et deviens un animal*
> *Animal je meurs et deviens un homme*
> *De quoi aurais-je peur ?*
> *La mort m'a élevé*
> *Je meurs une fois de plus*
> *Je m'élève parmi les anges*
> *Ange il me faudra disparaître*
> *Tout doit disparaître*
> *Sauf Dieu*
> *Laissez-moi m'anéantir dans le néant*
> *Une voix en surgit*
> *Vers Lui nous retournerons*

*

Le roi est venu. Le roi, obstacle au détachement. Le roi qui devrait ne lui être plus rien et qu'elle s'égare à mépriser. Le roi dont seul l'oubli parfait la rendra libre, le roi est venu. En secret, à l'inverse de Saül avec ses pachydermes.

Il la regarda danser sans se montrer, mais laissant un poème de sa main ; elle reconnut son écriture, calligraphiée sur un morceau de parchemin tenu roulé par un fil d'or. Il ne lui avait jamais écrit ; elle ignorait qu'il fût poète.

Il n'était que copiste. Le parchemin déroulé, les deux premiers vers de la troisième strophe de l'hymne à la Parole du *Rig Veda* la frappèrent :

Je suis la dominatrice, celle qui rassemble les trésors
Celle qui comprend, la première à l'honneur

Ces vers eussent-ils été de lui, l'auraient-ils touchée ? Elle fut fâchée qu'il fût venu et surtout qu'il l'eût observée en secret. Les animaux de la jungle la regardaient danser cachés à la lisière de la forêt, mais leur présence invisible l'enchantait presque autant, imaginait-elle, que pourrait le faire celle de ces dieux en qui elle aspirait à se fondre. Avant que les blessures du temps ne la dégradent et surtout ne la condamnent à l'immobilité.

Le passage clandestin du roi ne l'irrita que brièvement, car elle perçut dans cette discrétion ce qu'elle avait désespéré attendre de sa part : sinon du remords, la reconnaissance au moins de son indignité.

Jamais, jadis, dans sa gloire – avant sa folie, le crime qu'il avait commis envers Ibrahim Marakkar, l'arrivée des Portugais, l'acceptation de leurs forfaits et sa honteuse alliance –, le roi qu'elle avait connu ne serait monté seul dans la montagne. Des trompettes l'auraient annoncé quand il pouvait se permettre de faire du bruit. Il évitait aujourd'hui d'en faire au point de se glisser près d'elle comme une ombre timide. Il ne s'aveuglait donc pas complètement.

Le temple n'abrite qu'une seule statue. Krishna la lui a laissée choisir.

– La danseuse, ce n'est pas moi. C'est à toi de décider devant qui tu te produiras.

Elle choisit Kama, son patron depuis toujours. Kama « né de lui-même », très ancien et puissant dieu du désir cosmique et de l'amour charnel, dont l'action détermine les lois de la renaissance. Sa puissance, à l'aube des temps, surpassait celle de tous les autres dieux ; pour Shobita, elle la surpasse toujours. Son épouse est le Désir ; son fils, l'Invaincu ; sa fille, la Soif. Shiva le réduisit en cendres – dont il resurgit sur-le-champ – pour avoir troublé ses méditations ; sans lui, pourtant, Shiva n'aurait pas aimé la fille de l'Himalaya, Parvati la Montagnarde, déesse de la Nature, et le monde n'aurait pas été.

La statue le représente très classiquement en beau jeune homme nu, le sexe tendu, armé d'un arc en canne à sucre et d'un carquois rempli de fleurs. Sur son épaule droite est perché le perroquet qui est son emblème.

Le salut de Shobita, commencé par ses récitals des poèmes d'Ali, s'affirma dans sa connivence avec les animaux sauvages, se confirma avec la reconquête de ses talents perdus, s'accomplit dans le silence, enfin dans l'immobilité.

Les bêtes de la jungle l'observaient depuis toujours. Dans la cabane de bois qui était son logis à côté du temple, dont les piliers étaient en teck, le toit en tuiles de liquidambar et les murs en claustras de tamarinier, elle sentit dès sa première nuit le souffle des fauves venus en reconnaissance.

La pensée que des tigres et des léopards, des buffles et des sangliers – à tort, elle n'osa croire que des éléphants auraient pu s'avancer jusqu'à sa maison sans des fracas qui l'auraient éveillée, ignorant encore que les plus gigantesques des créatures sont aussi les plus silencieuses – l'avaient éventée de leur haleine, lui inspira une grande fierté. La forêt, comprit-elle, la prenait sous sa protection.

Cette bienveillance de la nature ne devait jamais se démentir. Avec le soutien de Krishna, elle lui permit de surmonter les déceptions et les angoisses des premières années.

La célébration d'Ali la sortit d'elle-même et ce fut par cette évasion qu'elle retrouva ses dons : l'esprit de la danse qui l'avait fuie la reprit entièrement. Elle retrouva la sensation de fusion avec le monde, découverte un jour insigne de sa douzième année en dansant avec Rhâda, qui devait décider de sa vie. Ses sens, peu à peu, acquirent une acuité surnaturelle.

Dans le temple de bois précieux grand ouvert à tous les vents, elle eut un jour la certitude de percevoir toutes les odeurs et tous les bruits du monde.

Du monde entier, elle en est sûre, pas seulement de la forêt que le temple parachève au sommet de la montagne.

Elle ne se trompe pas. La musique de la jungle où l'écoutent et l'observent les éléphants, les gaurs, les tigres et les serpents-devins n'est pas seule à lui parvenir. La jeune femme ravissante danse toute seule apparemment au son d'une flûte et d'un tambour, qui un jour lui feront défaut sans lui manquer, loin de là, mais les bêtes savent qu'il n'en est rien.

La danse peut durer des heures. La danseuse semble en être absente, en vérité elle se concentre et toutes ses perceptions s'aiguisent, du dehors et du dedans. Descendant en elle-même, en même temps elle communie, du plus proche au plus lointain, avec le monde. Les froissements et les craquements, les chants et les cris de la jungle traversent le pavillon les premiers, mais rien n'échappe à Shobita.

Le bruissement de la mer contre des poupes portugaises à cinq cents ou mille lieues à l'ouest lui arrive aussi nettement que la rupture d'une brindille sous le pied d'un cerf à quelques pas. Le froissement du taffetas liquide contre les coques en bois de pin – le chêne est rare au Portugal, son emploi serait ruineux – résonne jusqu'à son âme.

Les carillons des églises neuves de la côte lui parviennent aussi et les hymnes des processions qui se répandent chaque jour dans les rues neuves de Fort-Cochin et font rituellement le tour, plutôt trois fois qu'une, de ce qu'ils appellent la place d'Armes, ces furieux.

Elle entend de même le roi protester dans son sommeil de sa bonne foi, de la pureté de son amour, de la justesse de sa politique. Quelquefois, il l'appelle, mais ces appels heureusement s'espacent. Elle prie depuis longtemps pour qu'il l'oublie. Et peut-être deux ou trois autres, dont elle ne veut pas se rappeler le nom. Qu'ils l'oublient tous, pour qu'elle puisse enfin s'oublier !

Elle entend tous les bruits du monde et, au-delà, elle entend la musique des sphères. Les stridences et vibrations des étoiles lancées dans les espaces infinis ne lui sont pas imperceptibles lorsqu'elle danse tout entière accordée aux dieux comme elle l'était aux hommes.

Elle ne réfléchit plus, ne pense plus à rien, envahie et noyée par la splendeur des dieux.

L'obsession de Shobita se dissipe. Les Portugais ne sont que ce qu'ils sont. Que sont-ils dans l'univers ? Ils dominent le Malabar, mais les forêts n'ont pas changé, les rivières qui descendent des Ghâts pour épouser l'océan les descendent toujours, la côte elle-même, quoique mouvante, suit le même tracé qu'à la naissance de Krishna. Les fumées dans le soir sont pareillement mobiles et fugitives. Les paysans se reproduisent à l'identique ; les brahmanes, les nayars, les intouchables aussi : les *devadasi* se succèdent. Le même roi, en apparence, qu'à sa naissance règne sur Cochin.

Les Indiens qui vivent ici, entre les montagnes et la côte, invisibles à leurs yeux et sensibles à leurs cœurs, ne verront jamais de Portugais. Ni leurs descendants.

Les Portugais sont des hommes comme les autres. Ils passeront avant l'Inde. Elle se refermera sur eux et les engloutira.

Les conversations du soir avec Krishna s'espacent, se ralentissent et s'écourtent. Ils se lèvent, se saluent et au crépuscule chacun regagne sa cabane pour dormir ou méditer dans le noir, tous deux gardés par les fauves.

– Arriver à confondre méditation et sommeil..., dit Krishna.

– Confondre non. Ou confondre dans un seul sens. Que le sommeil soit méditation, mais non pas la méditation sommeil.

– Tu m'as devancé comme toujours, dit Krishna.

– Pourquoi suis-je plus proche de toi en te voyant moins qu'en te voyant plus ? demande Shobita.

– La vision tue la pensée, répondait Krishna le brahmane. Quand on voit, on ne pense pas.

Un autre jour, Shobita lui demanda s'il l'avait désirée.

– Qui aurais-je pu désirer d'autre ? répondit-il, blessé.

Je n'aurais pas dû te poser cette question, reprit-elle, ˈonfuse. Mais elle me tourmentait depuis trop longtemps.

– Tourmenter… Tu exagères.

– Non, non, je t'assure… Le savais-tu ?

– Quoi ?

– Que cette question me tourmentait.

– Comment ne l'aurais-je pas su ? Nous sommes si proches depuis si longtemps et nous ne sommes pas de purs esprits.

– Moi aussi, je t'ai désiré, dit Shobita.

– C'était donc ça…

– Quoi, ça ?

– Cette gêne que je ressentais devant toi, étrangère à mon trouble propre.

Ils savaient qu'un jour ils ne devraient plus se voir ni se parler du tout. La vue s'épure dans l'absence et l'ouïe dans le silence. Ils s'y préparaient ensemble et séparément, s'exerçant à se voir moins et à compter les mots.

L'espacement de leurs rencontres et le perfectionnement de leur laconisme ne les déshabituaient pas l'un de l'autre. Shobita avait espéré que cette tactique progressive la détacherait progressivement de son mentor, qui avait été et demeurait le seul compagnon permanent de sa vie. « Le seul homme de ma vie… Un brahmane replet, sceptique et bon, qui pourrait être mon père, aura donc été le seul homme de ma vie. »

N'aurait-il pas mieux valu se séparer brutalement ?

– Nos entretiens sont décidément nocifs, dit Krishna un beau jour. Il faut encore les espacer et les écourter.

– Supprimons-les, s'entendit dire Shobita.

– Tu le pourrais ? dit Krishna.

– Je l'aurais pu depuis longtemps.

– Je croyais que ces rencontres t'étaient nécessaires ?
insista le brahmane.

– Je croyais que c'était toi qui en avais besoin.

Krishna sourit :

– Alors, taisons-nous.

De ce jour, ils ne prononcèrent plus un mot l'un en face de
l'autre – chacun se réservant le droit de parler tout seul.

Ils persistèrent à se retrouver de temps en temps, le soir.

Quand Shobita avait fini de danser, elle se baignait dans le
ruisseau, s'ornait le corps et la figure de pâte de santal, aidée
de sa dernière servante, qui lui tressait aussi des fleurs dans
les cheveux, remettait ses bijoux, commençant toujours par
l'*arangetral* – le collier d'or qui était le symbole de sa condition – et la *mekhala* – ceinture à plusieurs rangs de perles qui
se porte à même la peau –, continuant par les anneaux de
bras et de cheville, finissant par les vingt bagues – une à
chaque doigt et à chaque orteil – car elle estimait que l'ascé-
tisme n'excluait pas le raffinement et qu'elle ne pouvait pas
moins faire que se parer pour les dieux comme elle l'avait
toujours fait pour les hommes. Puis elle passait un pantalon
de soie.

Une fois prête, elle allait s'asseoir à une extrémité de la
terrasse, dans le crépuscule rapide de cette partie du monde
proche de l'équateur. Krishna était déjà assis à l'autre bout.
Mais ils ne se voyaient pas, car la terrasse était longue et la
pénombre assez épaisse pour les empêcher de discerner de
chacun d'eux autre chose qu'une silhouette assise en tailleur
dans la position du lotus – les jambes repliées et croisées, les
pieds retournés posés sur les cuisses, les mains posées l'une
sur l'autre à leur jonction, paumes vers le ciel, les pouces
joints formant triangle –, le cou bien droit, la tête droite, le
regard grand ouvert sur l'invisible absolu.

Ils restaient là comme statufiés, absorbés par la nuit tiède.
Quand la lune était visible, ses rayons accrochaient en contrebas des phosphorescences obliques, souvent jaunes, parfois

vertes, rouges rarement, qui étaient les yeux des bêtes sauvages montant pour eux la garde, plus attentives et silencieuses qu'aucune sentinelle humaine.

Cela, c'était le courant des jours ; leur fréquentation réduite à ce mutisme, à cette distance, à cet effacement réciproque dans l'obscurité. Le mutisme n'était jamais rompu, depuis qu'ils l'avaient décidé ; quelquefois la distance était abolie.

De loin en loin, l'un ou l'autre s'approchait de son compagnon d'ascèse pour s'asseoir près de lui. Lorsque c'était Shobita qui bougeait, elle était parfois trahie par un raclement furtif de bague sur la pierre.

Ils restaient là, à se toucher, mais jamais ne se frôlant, statues vivantes tendues vers l'éternité.

Leurs stations immobiles et muettes se prolongeaient jusqu'à l'aube. Quand ils étaient loin l'un de l'autre, ils se retiraient beaucoup plus tôt pour dormir. Leurs méditations séparées n'étaient-elles pas assez puissantes pour les faire veiller plus longtemps ? S'ennuyaient-ils seuls ? Quoi qu'il en fût, ils semblaient ne pas pouvoir se rassasier de leur proximité et leur concentration en devenait certainement extraordinaire, car il fallait au moins l'aurore et les devoirs d'un jour nouveau pour les en distraire.

Peu à peu ces rapprochements si platoniques s'espacèrent aussi, comme il se devait, comme leur projet l'exigeait. Se rapprocher, s'approcher seulement, sans parler ni se toucher ni se voir, puisqu'ils regardaient toujours ailleurs, était encore trop.

Ils rompirent leur vœu de silence.

C'était par une nuit noire, encore obscurcie par les nuages montés de la mer pour annoncer la mousson. Se seraient-ils regardés, ils se seraient à peine vus. Entre les seins de Shobita, l'*arangetral* dont l'or captait la moindre parcelle de lumière était mort.

Ils étaient immobiles depuis quatre ou cinq heures lorsque, sans tourner la tête, Krishna dit :

– C'est encore trop.

– Tu trouves ? répondit Shobita, si bas que les fauves de faction ne dressèrent même pas l'oreille.

– Tu ne trouves pas ?

– Non.

– C'est encore trop. Je n'avance pas, insista Krishna. Tu avances, toi ?

– Il me semble..

– J'ai moins de temps devant moi que toi.

– Qui peut le savoir ?

– Il faut en finir. Il ne faut plus se voir du tout.

– Bien, acquiesça Shobita, d'un ton presque inaudible.

– Tu le penses aussi ?

– Non. Enfin, si...

– Je ne viendrai plus sur la terrasse, reprit Krishna. Le temple est à toi. Je serai là, je ne serai pas loin.

– Je ne serai pas loin non plus.

Krishna se leva. Se tourna vers elle, la dévisagea pour la première fois depuis plusieurs années.

Mais son visage est tout brouillé par la nuit, aussi ne voit-il qu'une tache ovale, à peine plus claire que les ténèbres où ils sont plongés. Soudain, les yeux s'éclairent, brillant magiquement comme des escarboucles. Quels rayons leurs larmes peuvent-elles refléter ?

Krishna s'incline très bas devant sa *devadasi*. La nuit l'a avalé bien avant qu'il n'atteigne l'angle mort du temple.

Shobita, qui s'est levée à son tour, demeure longtemps sans bouger, forme indistincte sur la terrasse que demain sans doute la mousson rendra inaccessible.

Avertissement et remerciements

Ce livre est un roman. Nous avons laissé courir notre imagination et pris quelques libertés avec l'Histoire.

Les lecteurs qui voudraient mieux connaître l'histoire du Kerala et ses mœurs en cette Inde du XVe siècle pourront consulter dans la Bibliographie ci-après une sélection de livres. Grande est notre dette envers leurs auteurs sans qui *Le Seul Amant* n'aurait pas pu être écrit. Nous nous sommes inspirés pour la poésie des vers de Roumi, soufi et poète persan du XIIe siècle, l'un des plus grands poètes mystiques de tous les temps. A Cochin et Calicut, nous avons rencontré les descendants de nos héros : nayars hindouistes, chrétiens syriaques, juifs et musulmans, tous nous ont aidés de leurs conseils et de leur savoir avec cet amour pour le Kerala que nous partageons.

Nous avons eu enfin la chance d'avoir deux lecteurs exceptionnels – Nicole Lattès et Raymond Lévy – qui ont été nos éditeurs, aussi sévères et pointilleux qu'ont été chaleureux nos amis du Seuil, Claude Cherki et Bertrand Visage.

Bibliographie

AUBIN, JEAN, *Le Latin et l'Astrolabe*, Centre culturel Calouste Gulbenkian, Commission nationale pour la commémoration des découvertes portugaises, Lisbonne-Paris, 1996.

AUBOYER, JEANNINE, *Daily Life in Ancient India*, New Delhi, Munshiram Manoharlal Publishers, 1994.

AYYAR, JAGADISA P.V., *South Indian Customs*, New Delhi-Madras, Asian Educational Services, 1992.

BECKER, RAYMOND DE, *L'Hindouisme et la Crise du monde moderne*, Encyclopédie Planète.

BELLEC, FRANÇOIS, *Nefs, Galions et Caraques*, Paris, Éditions Chandeigne, 1993.

BOUCHON, GENEVIÈVE, *Albuquerque, le Lion des mers d'Asie*, Paris, Desjonquères/PUF, 1992.

–, *Vasco de Gama*, Paris, Fayard, 1997.

BROWN, LESLIE, *The Indian Christians of Saint Thomas*, Madras, Bi-Publications PVT.

CALASSO, ROBERTO, *Ka*, Londres, Jonathan Cape, 1998.

CHAITANA, KRISHNA, *Kerala*, National Book Trust of India, 1994.

CHAITANYA, KRISHNA, *A History of Malayalam Litterature*, Bombay, Orient Longman, 1971.

DANIELOU, ALAIN, *Mythes et Dieux de l'Inde*, Paris, Flammarion, 1994.

DJALAL AL-DIN, MAWLANA, *Roumi, odes mystiques*, Paris, Klincksieck, 1973.

ERNST, CARL W., *Sufism*, Boston, Shambala Publications, 1997.

432

FRÉDÉRIC, LOUIS, *Dictionnaire de la civilisation indienne*, Paris, Laffont, « Bouquins », 1990.

FUKS, SUZAN, *Keeping the Light*, The Memorial Foundation for Jewish Culture, 1997.

ISAYEKA, NATALIA, *Shankara, An Indian Philosophy*, New York, State University of New York Press, 1993.

KRISHNA AYYER, K. V., *The Zamorins of Calicut*, Calicut, The Norman Printing Bureau, 1938.

LACK, DONALD F., *Asia in the Making of Europe*, Chicago, The University Chicago Press, 1965.

MARTIN-DUBOST, PAUL, *Le Théâtre dansé du Kerala*, Paris, La Différence, 1990.

MILLER, ROLAND E., *Mappila Muslims of Kerala*, Hyderabad, Orient Longman, 1976.

PUTHENKALAM, D., *Marriage and the Family in Kerala*, Calgary, University of Calgary, 1973.

SEGAL, J. B., *A History of the Jews of Cochin*, Londres, Vallentine Mitchell, 1993.

SUBRAHMANYAM, SANJAY, *The Carrier and Legend of Vasco da Gama*, Cambridge (USA), Cambridge University Press, 1997.

ZIMMER, HEINRICH, *Philosophies of India*, Princeton, Princeton University Press, 1969.

COLLECTIF, *Contes du vampire*, Paris, Gallimard, 1963.

COLLECTIF, *Krishna, l'amant divin*, Paris, Vilo, 1982.

COLLECTIF, *Voyages de Vasco de Gama, Relations des expéditions de 1497-1499 et 1502-1503*, Paris, Éditions Chandeigne, 1995.

COLLECTIF, *Goa*, Paris, Autrement, « Mémoires », 1996.

RÉALISATION : PAO ÉDITIONS DU SEUIL
IMPRESSION : BUSSIÈRE CAMEDAN IMPRIMERIES
À SAINT-AMAND-MONTROND
DÉPÔT LÉGAL : MAI 2000. N° 41688-3 (002862/1)